将洒下的光藏进故事的土壤里

U0125756

第一条，物业及日常水电
　　　　费用平摊。

第二条，不得以任何借口
　　　　进入对方的卧室。

……

第十条，一方需经另一方同意
　　　　才能带异性朋友回家。

抵岸

Di an

林春令 著

台海出版社

目录

抵岸

林春令

前夫归来

chapter 01

东堰市的春天总比其他地方结束得更早些，东堰的方言里有句老话叫"春脖子短"，这才刚进入五月，天便热得让人受不了。

许泊宁踩着高跟鞋急匆匆地从写字楼里出来，还没到停车场就已经跑出了一身的汗。每月一次的家庭聚会雷打不动，她就是拿工作当借口都推辞不掉。家族群里几个长辈爱挑她的毛病，他们你一言我一语，比她的老绩效考核还严格。

仪表盘上的发动机故障灯又闪烁了几下，前两天这辆车也出现过这毛病，4S 店的工作人员简单检查后告诉许泊宁可能是油质问题。

车还没开出去，忽然原地剧烈抖动，许泊宁吓了一跳，忙停车熄火。

许泊宁联系好 4S 店的人明天过来把车拖走，临时喊了一辆网约车。她赶到东湖饭店的时候，还是迟到了。

包间里能容纳二十人的圆桌几乎坐满了人，许泊宁推开门，屋里空气骤然安静了。她心里暗叫一声倒霉，笑着走进屋里，说："不好意思，公司临时有点儿事，下班晚了几分钟，车又出了点儿毛病。"

"没事，没事，泊宁来这儿坐。"大姑招呼她。

许泊宁还没坐下，原本脸上一直没什么表情的许齐元冷哼一声，说："你那工作倒是忙，忙得让我们这些长辈坐这儿等你，忙得连儿子都不要。"

许泊宁的身子僵了僵，默默地拉开椅子，没吭声。反正自从她离婚，孩子跟了前夫以后，父亲见着她就发火，三年里她都习以为常了。

"老许。"田卫方私下扯了一下许齐元的衣服，"这会儿好好吃饭，说这些做什么。"

许泊宁烦透了家族聚会，然而她父母双方的几个亲戚，都对聚会乐此不疲。

无非就是把家里大小破事都摊到桌面上来讲。听说大表哥的公司产品这一季销量不错；她父亲的小建筑公司接了一个政府的项目；二表姐夫妻前几年特意买了学区房，现在学区房逐步改革，他们的女儿马上要上初中了，好在政策还没有完全落实，钱花得不算冤。

许泊宁心如止水地听着。桌上有人提了她的名字："泊宁，你家喻喻今年几岁了，我记得是不是快要上小学了？"

"是的，五岁了，明年上小学。"许泊宁扭头看向二表姐唐余。

唐余比许泊宁大八岁，在社保局工作，说话向来直接："准备在哪儿上？你家那房子学区的T大附小可是挤破头都上不了。时洲还带着喻喻在清瓷镇吗？孩子上学还是要在大城市里的好，小城市毕竟配套设施跟不上。这孩子的大事，可不能耽搁，你跟时洲好好商量。"

许泊宁笑了笑，附和她道："我都没怎么了解，回头我跟时洲商量商量，毕竟监护权在他那儿，要征求他的意见。"

"孩子的事怎么能不上点儿心，要我说你就该让许喻跟着你。"二表姐有些埋怨地说。

许喻跟妈妈姓。许泊宁和时洲都是独生子女，许喻刚出生，两家就因为他的姓氏闹得不愉快，后面时洲退步才算平息家庭纠纷。

"还有，你的年纪也不小了，二婚可不能再马虎，好好找个对象正经过日子才是。别像时洲那样不务正业，整天搞什么碗啊盘子的，捣鼓泥巴能有什么出息，上回你三姑介绍的那人你怎么没去见？"

话转了一圈，又成了许泊宁的个人批斗大会。说得好像她现在是在混日子似的。

许泊宁脸上的笑容渐渐凝固。她看向说话的长辈，平静地道："那叫陶瓷艺术，而且我刚交了男朋友，暂时不想结婚。"

真是稀奇，她结婚那会儿极不认同时洲的工作，现在离婚了竟会帮他说话。

"就你公司那个？他大学才毕业，哪里能当真！"

…………

一顿饭吃得许泊宁心力交瘁。她饭没有吃几口，气倒受了不少。

晚上刚到家没多久，品牌部那边的同事又出了纰漏。

品牌部有四五个人，原本负责新媒体宣传，划入许泊宁的运营部没有多久。她憋着怒气开了半个多钟头的电话会议，等会议结束才发现手机上有两个视频请求，时洲打来的。

许泊宁迟疑片刻，拨了语音通话过去。那边几乎瞬间接起，声音显然刻意压低了："今天周五，许喻想要跟你通电话。不过现在太晚了，孩子已经睡下了，明天再说吧。"

时洲的性子不温不火，从他的话里就能察觉出来，这点跟许泊宁正好相反。

"好，我刚才忙，没有注意，下次我尽量早点儿。"她说。

那边沉默了几秒，许泊宁公事公办地挂断通话，根本没注意到电话那边的人似乎还打算再说点什么。

大概这天诸事不顺，许泊宁的头突然难受得厉害。她疲惫地揉着眉心，在窗边站了一会儿。

时洲还是一如既往地当烂好人，说什么许喻找她，孩子跟她根本不亲，每次都要时洲在旁边提醒才会喊她一声"妈妈"。

也难怪，她本来就没怎么带过他，他从出生起就是时洲抱大的。

两个人离婚，时洲主动要许喻的抚养权，许泊宁没有跟他争。

倒是许齐元知道她放弃了抚养权，指着她的鼻子大骂她自私、不孝，还差点儿被气得送进医院去。

离婚是时洲主动提出来的，许泊宁虽然错愕，但是她心里早就生出同样的想法，只是碍着面子不知道怎么开口。他有这想法，她正好一拍即合。

二人的离婚手续办得很顺利。一个月的离婚冷静期过后，他们领完离婚证，喊双方父母出来吃了一顿饭。

长辈自然不同意，但木已成舟，再多说也无益。

唯独不好处理的是房子。

房子是许泊宁跟时洲的婚房，由双方家里共同出资购买，地段不错，位于东堰市核心区，市值两千多万。如今时洲带着许喻去了清瓷镇，她一个人住着，但还有一半份额属于时洲，终归谁也拿不出一千万给对方。

夜幕降临，身前的窗户上映出许泊宁的影子。她盯着玻璃上的人影好久，怔怔地摸了摸自己的脸，最近太过焦躁，感觉人老了一圈。

二十八岁虽说年纪不大，皮肤却开始走下坡路，许泊宁认真考虑要不要去做个热拉提什么的，连办公室里那几个刚毕业的小姑娘都在讨论瘦脸针的事。

许泊宁很久没像今天这样感触良多。不少人在她这个年纪，压根儿没有步入婚姻的打算，而她结婚，生子，离婚，短短几年就把人生大事都干完了。

她打小就性子冲动，做事从不瞻前顾后。家里的长辈觉得她离经叛道，跟她那几个循规蹈矩的表哥表姐一比，似乎她做出什么都不叫人惊讶。

高三时，许泊宁不顾家里反对，非要报考软件工程专业，毕业后又改行跑业务。按她父亲的话说，就是瞎折腾。

她跟时洲的婚姻也是，没过两年就闹离婚。

思虑过重的后果就是许泊宁第二天起床黑眼圈重得没法儿见人，遮瑕膏抹了两层才勉强遮住。

虽然是周六，但还是要去趟公司。她出门时下意识地去取车钥匙，看到空空的挂钩，突然想起车昨天已经被 4S 店的人拖走。

许泊宁最近非常忙。她在一家互联网旅游公司负责东堰周边几个市的业务。公司总部在花城，旗下 App（手机软件）预计五月中旬新上主打周末亲子游的产品，不止运营部，产品部的研发、UI 界面设计同事，近半个月都没有休息一天。

许泊宁的男朋友韩尧就在产品部。公司并不反对办公室恋情，她离婚后"空窗"了近三年，刚跟韩尧确定关系没多久。

韩尧也是东堰本地人，还是比许泊宁小几届的学弟，大学毕业来公司还不到一年的时间。

上午忙完工作，两个人抽空约出来吃饭。

"陈家巷那儿有家私房菜馆，我之前去过，口味挺不错的，昨天我打电话预约好了，一会儿去怎么样？"许泊宁在写字楼下等韩尧。

韩尧点头道："行啊，昨天你车坏了怎么没跟我说，早上我也好顺路去接你。"

"一着急就给忙忘了。"许泊宁沉默半晌，笑了一下。大概是两个人在一起的日子太短，她还没能把韩尧划入自己人的行列。

汽车七拐八拐绕进偏僻的巷子，在一座私人院子前停下，门梁上方悬挂着桃木匾，上刻"郝厨"二字。

服务生帮忙泊车，很快有人引着他们进院。院内是典型的旧时东堰城建筑风格，青砖步道，亭廊水榭，与不远处的高楼大厦形成迥异的两个世界。

"地方挺好，就是太偏了，一般人还真找不到，你怎么知道这儿的？"韩尧问许泊宁。

许泊宁推开身旁的窗棂，看了一眼院内角落里摆放着的烧炭的小煤炉，刻意避开了他的话题："他家的瓠子鸽子炖老鸭汤不错，要不是我电话打得早，今天还吃不上呢。"

韩尧意识到她不想回答，便也不再继续追问。

许泊宁昨天没睡好，要不是韩尧一直在跟她讲话，坐着等上菜的工夫，她都要睡着了。

阳光照在许泊宁的脸上，她眼睛几乎睁不开。她伸手把窗户关上，端起桌上的杯子喝了一口水提神，才道："你们跟界面设计的同事对接得如何？产品出来，我们这边才好做推广，套餐里打包的酒店也要重新请人去谈。"

韩尧失笑道："许总，许学姐，你确定吃饭的时间要聊这个？"

不过他还是回了她的话。

"安卓的测试版本已经差不多了，就是苹果系统那边，还有部分细节需要调整，如期上线应该没有问题。"

许泊宁也觉得这话题不太恰当，捂额道："不说了，不说了，坏了吃饭的心情。"

正巧服务员端着炖盅上来，许泊宁伸手给韩尧盛了一碗汤，道："你尝尝看。"

饭吃到一半，许泊宁的电话忽然响了起来，来电显示竟然是时洲！

他从来都不会在白天给她打电话。

许泊宁抬头看着坐在对面的韩尧，迟疑了半秒才按下接听键，说："时洲？"

许泊宁听完那边的话愣了愣，回了一句："我现在在外面吃饭，两个小时后我回给你行吗？"

许泊宁心不在焉地挂断电话，脑子里突然一片混沌，刚才时洲那话是什么意思？

韩尧看她失魂落魄，顺口问了一句："谁的电话？"

"前夫。"许泊宁说，"他说要带着孩子回来。"

气氛瞬间变得微妙起来。

韩尧比许泊宁小四岁，知道她有个儿子，离婚后儿子判给了前夫。不过这话让她这样直接说出来，总有点儿尴尬。

他搁下汤勺干笑几声，说："挺好的，其实我挺喜欢小朋友的，正好见见你儿子，就是不知道小家伙喜不喜欢我。"

这话许泊宁没法儿接。许喻对她没多少感情，而且她一时半会儿并没有把韩尧介绍给许喻的想法。

许泊宁捏着手机塞到包里敷衍道："会喜欢的。"

吃完饭后，韩尧送许泊宁回家。他知道她还有事情要谈，没有多留，只将她送到小区门口便走了。

许泊宁低头看一眼手机，转而上了一辆出租车。

出租车在酒店门前停下，许泊宁并不知道他们父子俩的房间号，便在酒店大堂里等着，服务员给她倒了一杯水。

她轻声道过谢，百无聊赖地盯着水杯中的波纹。时洲什么时候做事这么不着调了？昨天就带着孩子回东堰了，电话里却提都没有提。

耳边传来一连串的脚步声，有些细碎杂乱，但许泊宁还是很快从中辨出了熟悉的节奏。

她抬起头，露出亲切的笑容，柔声道："喻喻。"

男孩的手由男人牵住，他仰面看着男人，男人松开他，他慢吞吞地走到许泊宁身边坐下，喊了一声："妈。"

许泊宁上次见许喻还是过年的时候，他在她这儿待了一天。但是小家伙跟她陌生得很，晚上怎么都不肯留宿，没办法，她只得大半夜开了两个多小时的车，把他送回时洲父母那儿。

许泊宁高兴地在儿子的脸颊上亲了一口，才扭头看向男人说："时洲，好久不见。"

他们没有大矛盾，当初是和平分手，因为孩子的成长，二人约定好一周视频一次，不过时洲都是把手机对着许喻，自己从来不出镜。

时洲身着浅咖色的衬衫，袖口一丝不苟地扣着，只有领口那儿敞开。

时洲站在茶几旁垂眸看许泊宁。男人很高，她几乎要仰着头才能看清他的脸。

"好久不见。"时洲在她对面沙发上坐下。许喻见状，很快站起来挪到他身边去了。

孰亲孰疏，一目了然。

许泊宁有些眼热。她低下头酝酿两秒，问："怎么突然回来了？"

"有个面试。"他说。

许泊宁诧异片刻，没忍住张嘴问道："谁的？"

"我的。"时洲顿了一下，对上她的目光，"T大美术学院的陶瓷专业缺讲师，现在准备跟我签合同。正好许喻明年也该上小学了，幼儿园大班转到东堰市来上，你觉得怎么样？"

许泊宁显然一时没有反应过来，她怔了一瞬道："啊，我觉得挺好的，昨天吃饭时唐余还说T大附小不错。"

她只是没想到清高自傲、一心专注搞陶瓷艺术的时洲有一天竟会改变心意，肯低下头颅，尝尝人间烟火了。

"时老师和曹老师知道吗？"许泊宁问。

时洲的父亲是大学教授，母亲在医院妇产科工作，除去在门诊和住院部的时间，还同时带着几个研究生。

"我没有跟他们提，等定下来再说。"时洲的手在浅灰色的大理石台面上轻轻地敲了一下。

时洲的手指白皙且骨节分明，指甲修剪得很平整，圆润又饱满，连指甲缝都很干净，丝毫看不出这双手整天跟泥巴和颜料打交道。

时洲其实是个很矛盾的人。他有轻微的洁癖，出门回家后必定要重新换一身衣服，在外面住酒店也自己带着床单。可偏偏这么个人，选择了这个职业。

就连许喻出生后，给许喻换尿不湿，时洲也得心应手，没见嫌弃的样子。

时洲和父母一直保持着平等独立的关系，亲近却不过分干涉彼此的生活，许泊宁丝毫不奇怪他没有告诉他父母。

她想了一会儿，看着对面坐着的父子俩，问："回来后你打算住哪儿？"

这是个非常现实的问题，时洲父母住的是两层小别墅，但毕竟东堰市太大了，别墅离T大太远，如果这对父子过去住，开车来回要四个多小时。

时洲沉默两秒，突然问许泊宁："听说你新交了一个男朋友？"

"嗯？听谁说的？"许泊宁蹙起眉。

作为前夫，时洲问这个问题明显越界了，何况还是当着孩子的面。幸好许喻年纪还小，不清楚母亲交男朋友的含义。

"我妈之前提了一下，说在你的朋友圈看到花束。我没别的意思，就是想问问，我和许喻暂时住到你那里方不方便？我让张景帮我租了一间小型工作室，装修花去了不少钱，如果再另外找住的地方……"

许泊宁的朋友圈早就设定对时洲不可见，却忘记还有他的父母。说起来，时洲的母亲还是二人的媒人，不过当初的场景颇为尴尬。

许泊宁下意识地觉得不方便，他们已经离婚，住在同一个屋檐下算怎么回事？

然而她很想许喻，偶尔夜深人静的时候，她甚至还偷偷蒙在被子里哭过。至于时洲，房子本来就有他一半，他完全用不着跟她商量。

许泊宁盯着时洲的指尖看了半天，笑着道："我一个人住，方便的，你和喻喻什么时候回来住？我把屋子收拾好。"

"我们明天一早坐飞机走，下次回来是七月初，插班申请我之前已经提交过了，八月正好要审核资料，喻喻的户口还在你那儿。"

时洲讲的这些，许泊宁都不了解。她愣愣地听他说着，点头道："好的，如果需要什么资料，你跟我说。"

对面的时洲这会儿却有些狼狈。他单手搂着往自己身上爬的儿子，可惜小家伙不受控，他熨烫整齐的衬衫很快变得皱巴巴，西装裤也让儿子踩脏了。

时洲并不恼。他抱许喻下来，耐心教导："喻喻，公共场合不能这样，爸爸告诉过你。"

这话温声细语的，没有半点儿震慑力。

许泊宁觉得时洲这种教育方式不可行。她试图和许喻处好关系，看过不少儿童心理学的书，知道小孩子其实很聪明，会慢慢试探大人的底线。但鉴于她自己的严重失职，她抿着唇保持沉默。

该说的话都已经说完，许泊宁开始有些坐立不安，为掩饰心中尴尬，她已经喝光了面前的水。

中午的老鸭汤许泊宁喝得不少，这么大杯水进肚，膀胱有点儿受不住。她想走，却不知道怎么开口。

"要不要上去坐坐？"时洲像是看出了她的烦躁，问她。

许泊宁摇头道："不了。"

她的眼神往许喻身上瞧。时洲轻轻拍了拍儿子，说："喻喻，去跟妈妈拜拜。"

许喻这回倒是很给许泊宁面子，或者说是给时洲面子，他走过来，轻轻伸手环住她的腰，脆生生道："妈妈，拜拜。"

孩子的身子软糯糯的，这样扑进许泊宁怀里，倒弄得她的眼眶骤然发红。她拼命眨了眨眼，试图将眼泪挤回去。

她突然有点儿理解时洲不肯对他严厉了，要是她她也舍不得。

何况时洲的脾气一向温和。许泊宁想起自己怀孕四五个月那会儿，他就喜欢对着她的肚子碎碎念。她嘲笑他幼稚，他却郑重其事地拿了一本书过来，书名就是《爸爸的声音最好的胎教》。

那时两个人结婚才一个多月，正处在蜜里调油的阶段。

现在想起来，心下不由得怅然若失。

隔天下午，周盼约许泊宁出来逛街，两个人去了一家猫咖。

许泊宁跟周盼的交情从小学开始，二人初中、高中都是同一所学校。只是许泊宁大学留在东堰市，周盼去了外省。这几年她回了东堰市，一直在报社工作。

周盼听许泊宁说完，差点儿被咖啡呛到。她手上抚摸猫的动作稍重了一些，灰蓝色的卡尔特猫低哼几声，从她腿上跳走。

"许泊宁，你是不是昏头了！喻喻跟你住自然是没有问题，可是时洲，你们都离婚三年了，还同居，搞破镜重圆吗？"周盼咳嗽几声，缓和了一下语气道。

许泊宁端起咖啡喝了一口，轻笑道："你想多了，我跟他不合适。你知道他当年怎么说的吗？说我跟他精神没法儿共鸣，那玩意儿能吃吗？"

这大抵是时洲对许泊宁说过的最重的一句话，虽然他很快为自己气头上的口不择言道歉，但裂痕一旦产生，就是再如何极力弥补也会留下疤痕。

"不过我也有错。"许泊宁用脚尖蹭了蹭脚下的猫，又道，"房子有时洲的一半，真卖了，喻喻也没法儿上学，我哪里能拿出一千多万给他。不提我的事了，你那相亲对象怎么样？"

周盼的父母着急得很，这一年给她安排的相亲对象两只手都快数不过来，好不容易有个大家都满意的。

"他去非洲建铁路了，起码半年才能回来。先聊着吧，省得我妈一心想着给我塞人。"周盼转过头来看她，"像你这样结婚早也烦。"

时洲要带着许喻回东堰市住这件事情，许泊宁想了想还是没有跟韩尧说。至于家里，她摸不清他们的态度，先缓一缓再做打算，免得又把许齐元气出个好歹。

许齐元那个暴脾气，常骂许泊宁脾气倔、不着调，其实许泊宁跟他很像。

许齐元年轻的时候不好好学习，老爷子把棍子打断都不顶用。他初中就辍学出来闯荡，家里三个姐姐，就他没念大学。

那个年代的大学生可吃香了，许泊宁的姑姑们个个都是体制内的工作。好在许齐元也是硬骨头，在建筑工地上跟着人做小工，寒天酷暑愣是撑下来，干到了包工头，后来还混出名堂，开了一家建筑公司。

田卫方跟他相亲的时候，许齐元还在工地搬砖，连建筑图纸都不会看。

田卫方跟许齐元一样，是家里最受宠的老幺。当年她接了许泊宁外婆的班，每天打扮得精致漂亮，踩着小高跟鞋在邮局上班。

许泊宁曾私下问过田卫方："您究竟看上老许哪儿了，那么个五大三粗、衬衫扎在裤腰里的暴发户？"

"别乱说，你爸年轻时长得挺好看的。"田卫方轻拍她，涨红了脸说，"媒人约错地方，把我叫到你爸工地那儿去了。"

剩下的不用田卫方多描述，许泊宁都能想象出来。年轻健硕、皮肤被晒成古铜色的小伙子，肩上搭着块破毛巾，胸膛淌着汗，隔多远都能嗅到荷尔蒙的气息。

"颜控"这一点，许泊宁像田卫方。至于一味要强，她则十足随了许齐元。

许泊宁读大学的时候，班上只有两个女生，其中一个开学没多久就转去了其他系。

都说软件工程是和尚专业，女生不适合，许泊宁长得漂亮，又成了独苗苗，班上的男生大半对她有意思，拿她当女神。她偏不示弱，铆足了劲儿学，每年的一等奖学金都是她的。

毕业两年后同学聚会，许泊宁带着时洲参加。

同学中没几个像她这么早婚早育，大家在软件行业，薪资特别可观。她原来也想在自己专业做出成绩，可她在还没准备好成为一个母亲时就意外怀上了许喻，心中难免生怨，以至于别人问起她老公的职业时，她下意识地选择了撒谎。

坐在她身边的时洲听到了，只是脸上挂着礼貌而疏离的微笑，沉默地扮演着她口中事业有成的好丈夫。

当年的男同学有些已有秃顶趋势，再看时洲这清雅的模样，不由得自惭形秽。

聚会结束后，时洲没说什么。许泊宁性情莽撞，时洲却正好相反。他的温柔给了她一种错觉，似乎在他那儿可以予取予求。

许泊宁把自己上一段失败的婚姻归咎于太年轻。

她觉得自己已经完全放下了，所以才能够轻飘飘地就承认当初的错误，重新开始一段恋情。

周一晨会，分公司经理照例听各部门汇报工作。许泊宁进会议室早了点儿，只有行政部主管孙婧婧先到，在那儿调整投影仪。

"怎么了，泊宁？你脸色看着不太好。"二人私下关系不错，孙婧婧问她，"要不要去补个妆？"

许泊宁从几天前就一直失眠，整个人气色差，看着有气无力，再多的粉也掩饰不住。

"没睡好，家里这两天事情多，工作也忙。对了，婧婧，你上次说有认识的家政，回头能介绍给我吗？我家里正好要请人收拾。"

"行，回头会开完了我把对方微信号推给你，要实在不舒服就请假，可别硬撑着。"

许泊宁轻摸了一下脸，知道自己可能压力有点儿大。今年的年假她还没有休过，但许喻七月份就要过来，还是省着点儿假期，到时好多陪陪他。

"没事，等过了这一两个月再说，这次新上的板块总公司很重视，门票、酒店补贴投入几百万，我们大区总得做点儿业绩出来才能交差。"

"也不要太拼，我看过上个月的加班时长，你又排在前面，要留点儿时间给男朋友。"

许泊宁笑了笑。

开完会，许泊宁的办公桌上多了一杯咖啡和一块蛋糕，没多久，短信跟着来了，是韩尧："记得吃。"

许泊宁回了一个爱心过去。她的自制力实在不算好，独居的很长一段时间里都没有吃早餐的习惯，如今已熬出了胃病。

有天加班，她疼得站都站不稳，还是刚进公司没多久的韩尧送她去的医院。她病好后为表示感谢请韩尧吃了顿饭，这才有了之后的发展。

事实证明，她跟医院挺有缘的。

周三下班，许泊宁和韩尧出去吃饭、看电影。他照例送她到小区门口，她跟他道别后就准备下车。

"泊宁。"韩尧喊她。

许泊宁纳闷地回头。韩尧忽然低下头，亲吻了她。

大概是许泊宁做贼心虚，觉得在时洲回来这件事上隐瞒了韩尧，对他有亏欠。她虽然觉得两个人才确定关系不到一个月，进展太快，但到底没有拒绝他。

要说婚姻给她留下的后遗症，在感情上畏首畏尾也许算一个。要知道，她当初与时洲认识才半个月，就已经牵手去了酒店。

只是开始并不顺利，许泊宁原本以为时洲这种接受过新思想熏陶的男人，在感情上会更开明些。他或许跟她有同样的想法，毕竟她表现得比他还急切。

僵持很久之后，两个人对看一眼，同时尴尬地笑了，还是时洲说："不然，我们先找个片子看看吧。"

韩尧试图将舌头伸进来时，许泊宁收回思绪，推了推他。

大家都是成年人，讲究你情我愿。韩尧见好就收，用手蹭了一下唇，指腹上沾着她的口红。他轻笑，说："好在这会儿天黑了，你不用再补妆。"

许泊宁从包里掏出纸巾帮他把唇角擦干净，笑道："我先回去，你开车慢点儿。"

"不请我上去坐坐？"

许泊宁知道韩尧在开玩笑，没理会，拉开车门走了出去。

天可真热，脚刚踏到地面上，热浪迎面扑来。许泊宁忍不住摸了摸唇，那儿滚烫得厉害。

这三年许泊宁一个人住，除了书房和主卧，其他两个房间连门都很少开。

儿童房还维持着原先的模样，许喻一次都没有睡过，他两岁之前都跟他们睡在主卧。

另外一间，则是时洲以前的书房。他离开的时候就把东西都搬空了，连书桌都在网上转让出去了。

两个房间一直闲置在那儿，里面放着几个空箱子。

许泊宁请家政阿姨过来帮忙收拾屋子，她站在门边拢了拢手，思考片刻后给时洲发去一条短信："需不需要给你的房间配张床？"

短信发出后，她隐隐有些后悔，觉得这话不太妥，想撤回，又觉得万一时洲已经看到，岂不是更会多想，索性就搁在一旁不管。

然而时洲迟迟没有回复。

孙婧婧介绍的阿姨手脚很勤快。她平时在正规家政公司那里做事，周六周日出来接些私活儿。

只用了上午两三个小时，她就把房间收拾好了。

"许小姐，你说这屋子里的东西全不要了，我刚在窗台上看到这个，挺好看的，扔掉可惜了，能不能送给我？我拿回去当花瓶。"家政阿姨突然走过来，不好意思地问许泊宁。

许泊宁一愣。她不记得还有别的东西。

家政阿姨手上举着一个黑白树叶花纹瓶，瓶子不大，这两年一直搁在那儿，像被人遗忘了。

许泊宁看清对方手中的东西，不由得蹙了一下眉，很快笑道："你要不嫌弃就拿走，也不是什么值钱的玩意儿。"

阿姨听她这么说，便没有当回事，随手装在透明袋子中，和带来的工具一起摆在玄关的地上。

许泊宁看着对方的动作，再看孤零零的被抛弃在地上的花瓶，忽然有种暴珍天物的感觉。但她只是瞥了一眼，又不动声色地挪开视线。

时洲直到下午才回复："不好意思，上午没有看手机，麻烦你了，钱我到时候给你。"

许泊宁回了一句"不客气"过去。

六月底，时洲和许喻回东堰市前夕，许泊宁接到一通电话，是时洲的母亲打来的。那会儿许泊宁刚在园区食堂吃完饭，打算回办公室眯几分钟。

"曹老师。"她拿着手机一边说话,一边对孙婧婧摆手,走远了一些。

曹梅善解人意,分寸把握得极好,连时间都选在午后,避开了许泊宁的工作时间。她亲切地叫了声:"泊宁。"

许泊宁不知道对方打电话的来意。离婚三年,她们没怎么见过面,仅有的几次,还是许泊宁送许喻回曹梅那儿。

不过许泊宁对曹梅一向尊敬,婆媳关系融洽。

许泊宁的这位前婆婆很好相处,不像别人,嘴上说拿儿媳妇当亲生女儿,背地里又是另外一副嘴脸。她从不干涉他们小夫妻的生活,待许泊宁甚至比对时洲还用心些。

曹梅是妇科专家,当初许泊宁因为卫生巾过敏,去医院挂的正是曹梅的号。

诊室里除曹梅外,还站着一位年轻的男人。

许泊宁痒得厉害。她原本以为不严重,愣是拖到经期结束才来医院,可那么私密的地方,连挠痒都不方便。

她皱着眉,一直保持着奇怪的姿势,快要痒哭了,根本没心思仔细去瞧那人的长相,看见对方穿着白衬衫,还以为是助手或是学生之类的人。

曹梅见状,忙把许泊宁带到内室。

许泊宁分腿躺在检查床上,迷迷糊糊地听曹梅说"你进来"。她毕竟是个小姑娘,因为害羞,还特意挂了女专家的号。听到这话,她吓得去扯裤子,慌慌张张地直接从检查床上摔下来,把曹梅和推门而入的护士都给吓傻了。

她这才明白自己误会了,结结巴巴地说:"不是……我还以为,您是喊外面站着的那个男……"

曹梅扶她起来,给她道歉:"对不起,那个是我儿子,今天临时有事来找我。你没摔伤吧?要是不舒服,过一会儿我带你去拍个片子。"

这乌龙闹得有些大。

许泊宁一脸尴尬地从诊室里出来,没想到男人还没走,就坐在外面淡蓝色的椅子上。

曹梅在电话那端又说了几句,许泊宁的回忆被迫戛然而止。

原来是许喻那个大嘴巴,跟曹梅夫妇视频时说了他要回东堰市上学的事。

虽然许喻跟许泊宁姓，两边都叫"爷爷奶奶"，但许喻明显与曹梅他们更亲近。田卫方也想许喻，可时洲到底是前女婿，总不好天天联系对方。

"东堰市的条件毕竟要好些，现在时洲刚回来，万事开头难，如果你们那儿有困难的话，尽管同我们提，我和时洲他爸能做到的，肯定会帮。"

"你们"那两个字，不像是面面俱到的前婆婆会说的话，而且这话许泊宁不太好应。

她笑了笑，敷衍道："好的。"

许泊宁忍不住猜想曹梅的意思。其实也不难猜，双方父母都觉得他们这婚离得草率，并没有不可调和的矛盾，感情更是未完全破裂，如今曹梅听说这件事情，怕是觉得他们还有复合的可能。

许泊宁瞬时有点儿唏嘘，都说儿女是父母的债，原来即便曹梅这样看似潇洒的母亲，也免不了为子女操心。

许泊宁同样有要劳神的人。

时洲和许喻回东堰市那天，她请了假开车去机场接他们。

许喻坐在行李箱上，时洲推着他缓缓走到接机大厅。男人身材颀长，生得一副好皮囊，许泊宁几乎一眼就瞧见了这对父子。

她向二人招了招手。

时洲远远就看到了她，嘴角含着笑意目睹她一路小跑过来。

许泊宁仅冲他点点头，随后蹲下身子，将手里的玩具递过去说："喻喻，送给你的。"

许泊宁不知道许喻的喜好，还是玩具店老板告诉她男孩子都喜欢奥特曼。

许喻从她手里接过玩具，抿着唇，礼貌地跟她道谢："谢谢妈妈。"

他虽然说着这话，但脸上看不出半点儿开心。

"喻喻不喜欢？"许泊宁轻声问。

许喻盯着她，犹豫了一下才点头道："我喜欢乐高积木，爸爸经常陪我玩的那个。"

许泊宁记在心里，温和道："妈妈知道了，下次不会再买错。"

她是真心想修补与许喻之间的裂痕，幸好时洲并不是那种离婚了就要孩子与另一方断绝往来，把孩子当成私有物品的父亲。

在这点上，许泊宁其实挺感激时洲的。他自恃清高，注定了不会做出那些下三烂的事情来。

车还是结婚时买的，里面的装饰几乎没什么变化，还有股淡淡的香味，和许泊宁身上的味道很像，时洲上车时明显晃了晃神。

父子俩坐在后排座位上，从机场出来，许泊宁便没同时洲多说话，一直保持着疏离而拘谨的态度。她是特意来接许喻的，时洲只是顺便，他们的目的地一样，总不好单独撤下他。

而许喻因为奔波的劳累，刚上车没多久就在时洲怀里睡着了，车内的气氛在他睡着后变得有些僵，也有些冷。

许泊宁从车内后视镜看去，时洲正单手从背包里取出薄毯，轻轻搭在许喻身上。

许泊宁趁着等红灯将空调的温度调高了一些。

"他身体还行，不过睡着容易受凉。"时洲低头看着许喻道。

许泊宁沉默了一会儿，说："这几年你既当爹又当妈，将他照顾得很好，时洲，谢谢你。"

她的朋友圈几乎找不到一丝离婚已育的痕迹，这几年她每个月转去五千块的赡养费，便心安理得地在东堰市过着舒心的独居生活。

"喻喻也是我的孩子，照顾他是应该的。"时洲骨子里其实是个比较传统的人，重责任。他不太赞同许泊宁说出的话，皱着眉道。

许泊宁没有再出声。

时洲意识到自己的话太过严肃，安静了片刻。他盯着许泊宁搁在方向盘上的光秃秃的左手无名指，抿了抿唇道："抱歉，我的话说重了。"

"啊？"许泊宁没懂他怎么突然认错。她摇了摇头苦笑，"你说得对，我们总要有个人负起责任来，否则许喻岂不是太可怜？"

时洲将目光从她身上挪开，看向车窗外。

暮色悄然降临，街灯如繁星亮起。东堰市比清瓷镇要热闹许多，而且时洲还生活在清瓷镇下辖的一个村子里。

时洲习惯清净，原本以为会不适应。可是此刻，他怀里抱着稚儿，她在前面开着车，他的心，没有哪时像这般平和，如倦鸟归巢，扁舟抵岸。

许泊宁将车开到地下车库，却发现自家的车位被人占了。她联系车主，对方的态度倒是好，一个劲儿地道歉，只是这会儿人在外面，赶回来也要两个多小时。

"时洲，要不你抱喻喻先上楼吧，我去找停车位，电梯卡你有吧？"许泊宁跟时洲商量。

"有。"时洲点了点头，抱着孩子先上楼了。

地面车位向来紧张，许泊宁转了两圈才停好车，上楼已经是二十分钟后的事情了。

没想到时洲并没有进屋，他抱着孩子站在入户电梯旁，姿势看着很熟练。许泊宁见了，问："时洲，你怎么不进去？"

时洲原本在走神，听到她的声音，一愣，回过头来看着她，迟疑地开口："门锁密码是多少？"

"密码没变。"许泊宁走过去按了几个数字。

910921，时洲的生日。

按到最后一个数字时，许泊宁终于后知后觉地反应过来，时洲本人就站在她身边，窘迫之下开门差点儿夹到自己的手。

许泊宁听到身后的男人闷笑了一声。她又羞又恼，心里一阵烦乱，觉得时洲在嘲笑她，说不准还以为她旧情难忘，于是恶狠狠地扭头瞪了他一眼，质问道："你笑什么？"

许泊宁将没有修改密码的原因归咎于自己太懒，毕竟他们在一起过两年多，又是领过证的夫妻，有点儿没分清楚的地方很正常。

"还是这样莽撞，你慢点儿。"时洲已敛了笑，温和道，"别伤到自己。"

这话刚落，许泊宁立马换了一副防备的姿态看向时洲。作为前夫，他的话明显越界了。

许泊宁从没有怀疑过时洲突然回来住的目的，只是觉得就算住在同一个屋檐下，除了许喻，他们还是不要有任何交集的好，像他这无处释放的温柔、可有可无的关心更是没必要。

时洲心里叹了一口气。他不想在她面前暴露自己的心思，整理好心情，方才故作镇定地跟在她后面进屋。

他把许喻安顿好，从房间里出来，许泊宁正大剌剌地跷着腿坐在沙发上等他。

时洲身材高大，此时坐在许泊宁身侧，依然比她的视线高一些。

许泊宁微微歪头看他，递了几张纸过去，说："我之前想了想，虽然我们现在住一起只是权宜之计，但万一因为某些误会闹得太难堪，对许喻的成长也不利，最好先约法三章。这纸上的内容你大概看一下，如果有别的想法可以再补充。"

三四张纸，上面列满了条款，当年二人签离婚协议书也不过这阵仗。

第一条，物业及日常水电费用平摊。

第二条，不得以任何借口进入对方的卧室。

⋯⋯⋯⋯⋯

第五十条，一方需经过另一方同意，才能带异性朋友回家。

时洲看得仔细，尤其最后一条，许泊宁怀疑他连标点符号都没落下。他一直沉默着，她解释道："主要是许喻的年纪还小，我怕他一时很难理解这些关系。当然，如果你要领女朋友回家，我可以带许喻先避开。"

时洲挑眉盯着她半晌，拿起一旁的笔签下自己的名字："我暂时没有这个困扰。"

许泊宁愣了愣，总觉得时洲的话意有所指。她笑着对他说："你总要找的，前两天曹老师给我打电话说，她很担心你的感情生活。"

时洲一怔，顿了顿，问："我妈说什么？"

"无非操心你和许喻。"许泊宁把自己的那份协议收好，站起身说，"你们既然在飞机上用过餐，我就不准备你们的晚饭了。"

她有种预感，今晚大概又要失眠了。

窗外月朗风清，许泊宁仰面躺在床上。原本床头的这面墙上挂着她跟时洲的结婚照，现在只剩下一颗暗钉留在那儿。

许泊宁以为自己会难以入睡，没想到她一觉睡到天亮，连梦都没做。

第二天清早她醒来，迷迷糊糊地看了看摆在床头柜上的电子闹钟，客厅里隐隐约约传来窸窣声。她趿着拖鞋下床，没怎么多想便打开门。

餐厅里正端坐着一大一小，几乎同时扭过头看她。

许泊宁总算想起自己已不是独居的事实。她揉着凌乱的发，只能尴尬地笑："早，喻喻都起床了，昨晚睡得好不好？"

"睡得很好，妈妈，早安。"许喻咽下嘴里的包子，仰头跟她打招呼。

"早，我熬了粥，还蒸了三丁包，要不要一起来吃？"时洲的目光自许泊宁身上掠过。他突然一怔，表情顿时微妙起来，喊了一声，"泊宁？"

"嗯？"许泊宁说，"我不吃了，你们慢慢吃，我一会儿还要去公司。"

时洲又瞟了她一眼，脸颊上不觉泛起红晕。他愣了愣道："不是，你先回房间换件衣服吧。"

许泊宁一头雾水，等站在更衣镜前才反应过来。她的脑子轰隆一声，懊恼地捂住脸。

她睡觉时向来没有穿内衣的习惯，身上的衣服又薄，布料下的春光看得清清楚楚。

太丢脸了，时洲肯定看见了，她只能勉强安慰自己，他又不是没看过。

许泊宁化好妆，躲在房间里磨蹭了半天。直到再不出门就要迟到了，她才佯装没事出房来取过客厅衣帽架上的包。

许喻蹲在地板上玩遥控汽车，时洲正在收拾餐桌，转过身看着她道："我白天带喻喻去工作室那边，有东西要整理一下。你晚上想吃什么？"

许泊宁搞不懂时洲怎么能这样泰然处之。她顿了一会儿才道："谢谢，不用了，我跟人有约。那个，时洲，昨天协议里有些细节可能没写清楚，工作日我就不回来吃饭了，周末的话，我们可以带喻喻出去吃，你看怎么样？"

这样免得彼此尴尬，若大家都在家里还要分桌吃饭，又显得太过奇葩。

许泊宁着急出门，没空跟时洲在这个问题上掰扯。似乎听到他"嗯"了一声，她拎着包，在玄关处换上高跟鞋，便匆匆进了电梯。

时洲将厨房收拾干净后出来，许喻已经不知道跑到哪里去了，而许泊宁的房间门虚掩着。他跟许泊宁有约定，只站在门外看了几眼，喊道："喻喻。"

屋子里还算整齐，购房时是全精装现房交付，家具格局基本没变化，毛地毯上落了一件真丝睡裙。

时洲挪了挪身子，想帮她叠好。他还在犹豫的时候，一个小小的身影忽然向他扑过来。

"爸爸。"许喻手里举着不知从哪里拿的相框跑过来，"你看，这是你和妈妈的照片。"

时洲垂下头，看向相框。那是他跟许泊宁的婚纱照，二人抵着额，眼底的笑意几乎要溢出来。他的指腹在玻璃面上轻轻划过，又蹭了蹭，才叮嘱许喻："喻喻，不要随便乱动妈妈的东西，我们帮妈妈放回去。"

许喻抬头看着他，问："就在那个抽屉里，爸爸，你和妈妈拍照片的时候我在哪儿呀？"

"在妈妈肚子里。"时洲摸着他的脑袋告诉他。

许喻闻言点了点头，似乎很满意这个答案，咧开嘴冲时洲笑了笑。

许泊宁的生理期向来不大准，发现怀孕的时候许喻已经在她肚子里两个月了。她原本想去海岛上拍婚纱照，因为怀孕只能作罢，连蜜月都没能去。

时洲明显有些心不在焉。他大概看了看那个抽屉，里面放着不少东西，离婚证和婚戒也在，好半天才默默关上抽屉。

上午时洲带着许喻去了一趟工作室。工作室装修好已有段时日，都是张景帮着前后忙活。

时洲回来特意请张景吃饭。

张景知道他讲究，主动提出来去"郝厨"："正好你也许久没过去了。"

他们都是"郝厨"的常客，老板娘亲自出来招待，笑道："有些日子没见了，倒是小许来过几次，我也没敢乱上前搭话。"

老板娘并不清楚他们离婚的事，见时洲不吭声，她暗骂自己没有眼力见儿，上次小许身边的人可不是时洲。

"那你们先坐着，有什么事让服务员告诉我一声就行。"老板娘忙找了一个借口离开。

张景的父母跟曹梅是同事，他认识时洲许多年，自己开了一家装修公司，时洲才会把工作室交给他。

"回来是为了她？"张景问时洲。

以张景对时洲的了解程度，他若真想跟一个人老死不相往来，连面都不会见，哪里还会再搬回来住到同一个屋檐下，在人家面前狂刷存在感。

时洲没否认。

"许泊宁知不知道？"张景好奇道。

时洲摇了摇头。他侧过身，拿了一张纸巾一边慢条斯理地给孩子擦嘴，一边说："不要在孩子面前谈这事。"

张景说："他还小呢，又听不懂。"

许喻从时洲胳膊间探出头，眨了眨眼睛道："张叔叔，我能听懂，许泊宁是我妈妈的名字，爸爸教过的。"

"那喻喻想不想让爸爸妈妈住在一起？"张景笑着问。

许喻歪头想了一会儿。

小孩子其实对父母分开这件事情懵懵懂懂，许喻在乡下幼儿园上学，同校留守儿童多，平时来接送他们的大多是祖辈，很少有父亲像时洲这样亲力亲为，幼儿园的小朋友还曾经羡慕过他。

"我比较喜欢和爸爸住。"许喻看了看时洲，"不过爸爸说，如果我不喜欢妈妈，妈妈会很伤心，我们现在就住在一起呀。"

时洲面上讪讪的。他不大习惯孩子在旁人面前提起他跟许泊宁的事，他难得对许喻语气重了一些："大人说话小孩子不要乱插嘴，好好吃饭。"

张景叹了一口气道："既然舍不得，那你当初又何必离呢？我怎么听说许泊宁有男朋友了，上次李茜跟许泊宁吃饭时，听许泊宁亲口说的。"

李茜是张景交往多年的女朋友，许泊宁性子外向，社交能力强，跟时洲身边人的关系处得不错。她跟时洲离婚后，还跟李茜保持着联系。

时洲默然，很难再回忆当初的心态。

两个人草率地由男女朋友变为夫妻，性情其实不如想象的那般合拍。他当时太过高傲，一直认为在婚姻中付出更多的是自己，所以觉得在许泊宁那儿克制已久。在察觉到她的敷衍后，他的自尊心受挫，终于忍不住开口向她提了离婚。

"总要经历一回才知道。"时洲唏嘘道。

张景愕然，似乎不信这话是从时洲嘴里说出的。他笑道："时洲，你还别说，我们认识这些年，我几回见你这么焦头烂额，都跟许泊宁有关。"

朝夕共处

chapter 02

虽然许泊宁说过晚上不回来吃饭，但时洲仍准备了她爱吃的油焖大虾。

时洲跟许喻都不喜欢这道菜，他发现自己手艺明显生疏了，甚至调味料都没把握好度。他尝了一口觉得太咸，又带着许喻出门去了一趟菜场。

不过直到晚上七点多许泊宁都没有回来，多出的那盘大虾都让时洲一人吃了。这菜齁咸齁咸，他平日里吃得清淡，就着水才勉强吃下去。

"爸爸，你不吃米饭吗？"许喻好奇地坐在对面看他，瞄了两眼他的盘子。

时洲问许喻吃不吃。小孩子讨厌有点儿海腥味的食物，连连摇头。

许喻生活规律，每天晚上八点前准时上床睡觉。

时洲照例给他念故事，白天刚买了一套新的绘本《小兔汤姆》。

时洲刚念了几句就被许喻打断。他从床上爬起，凑过去盯着时洲手上的画册道："爸爸，这儿不对，汤姆在幼儿园里很舍不得爸爸。"

他认识的字并不多，看不懂完整的句子，只是把时洲刚才那句"汤姆在幼儿园门口很舍不得妈妈"给改了。

时洲一时语塞。他摸了摸许喻的脑袋，说："妈妈也很爱你。"

许泊宁怀孕后期吃了不少苦，腰疼得下不来床，就连洗澡、上厕所都得要人搀扶着。她从小到大哪里吃过这种苦，常对着时洲抹眼泪。

她心里应该一直都有怨气。本来她说三十岁后才考虑要宝宝的事，谁知道某个周末去看海上日出，二人都有些激动，他甚至忘记做防护措施就抱了她。后来虽然反应过来，但还是遗留了一颗种子，慢慢在她的身体里生根发芽。

许喻趴在时洲的膝上，歪着头说："爸爸，你说过好多次，我记得的。爸爸，我有点儿想小贝壳他们了，在这儿没人跟我玩。"

小贝壳是他们在清瓷镇邻居家的孩子，比许喻小几个月。村里的幼儿园总共就四五个班，大半的小朋友都互相认识。知道要离开清瓷镇，许喻不高兴了好些天。

"明天爸爸带你去楼下广场那儿玩。"时洲安抚他，"下半年去新的幼儿园，你也会认识许多小朋友的。"

许喻靠着时洲懵懂地点了点头。

时洲继续念着绘本。他的声音不徐不疾，低沉又平缓，比催眠曲还管用，许喻很快扯住他的衣角睡着了。

时洲轻轻地把衣服从他手心抽出，帮他披紧被子，才站起身看了一眼手机。

深夜十点，许泊宁终于从外面回来了。她在玄关处换好鞋，将手中的饭盒搁到餐桌上，桌子中间摆着三四个菜，看着像是完全没有动过。

许泊宁微怔。她晚上跟产品部对接线上活动，到现在还没来得及吃饭。她在回家的路上去一家二十四小时便利店打包了一份简餐回来准备吃，现在骤然看到大虾，她忍不住吞咽了一下口水。

她记得时洲的厨艺挺不错的，以前留学都是自己做饭吃。然而她想到自己之前的话，又生生打住别的想法。

许泊宁一扭头便瞧见了时洲。他大概刚洗过澡，头发还没完全干透，穿了一身简单的白T恤、长裤，戴着金丝边框眼镜，坐在沙发上翻着厚厚的彩页书。

"时洲，你怎么还没睡？"许泊宁挪了几步把包搁在架子上，在离他两米开外时停住。她觉得别扭，又道，"那个，我先去洗手。"

她饿得有些肚子疼，决定一会儿把饭热好，拎到卧室吃算了，顶多把窗户打开散会儿气味。要搁以前，时洲肯定受不住，不过他现在也没什么权利过问她的事。

时洲收起书，抬头喊她："泊宁，能坐会儿吗？我有话跟你聊聊。"

"嗯？"她疑惑地转身，慢吞吞地坐到椅子上，"什么事情啊？"

"关于许喻的。"时洲等她坐下才开口，"当初我们协议离婚，许喻虽然跟了我，但你我毕竟是他的父母，对他都有责任。如果可以的话，希望你尽量多抽出些时间陪陪他。"

许泊宁垂眸看着地板上的纹路，手不自觉地绞在一处。她道："我也知道，这两天公司事情比较多。现在正好是旅游旺季，我已经提前请了年假，等过了这些天，我们带喻喻出去玩两天，不知道你到时有没有空？"

之所以用"我们"，那是因为许泊宁有自知之明。许喻跟她待不了多久就会闹着找时洲。

时洲将书本合上，笑了一下道："八月二十号之前我都有空的，后面要参加学校的岗前培训。"

许泊宁松了一口气道："好。"

刚说完，她的肚子就咕咕响了几下。她快速起身，当作什么都没有听见，走开了。

许泊宁从卧室洗了手出来，发现时洲正在厨房里忙活，桌上的两个菜还热腾腾地冒着气。她盯着那升起的近乎透明的薄雾，眨了眨眼睛。

"先吃吧，虾很快热好了。"时洲平淡地说。

"我不饿的。"她嘴上这么说，心里却道：早知道中午就多吃点儿了。

时洲系着她那条有只傻笑的猫图案的围裙，显得有些荒诞。他微挑眉，啼笑皆非地打量着她的肚子。

许泊宁欲盖弥彰地挡了挡，转念觉得太过刻意，便拉开椅子一屁股坐下。她说："突然有点儿饿了，谢谢你呀，时洲，回头饭菜钱我们再另算。"

时洲不愿意在这上面纠结，爽快地应下："好。"

许泊宁默默地坐在餐桌前，背对着时洲。等听到身后清晰的脚步声以及关门声，她才松了一口气。

时洲就是这样，待任何事都如浮云淡薄，在他身上几乎瞧不出局促和为难的情绪。就像早上，她尴尬得能在地板上抠出个洞来，他只不过轻飘飘地提醒了她一句。

说好听点儿是沉稳，其实时洲骨子里是比较淡漠的人。跟时洲在一起，总能衬得许泊宁冲动又暴躁。

许泊宁吃完夜宵，把餐具收拾好，才发现厨房已经被时洲重新整理过了，原本乱七八糟的刀具归整好，盘子规规矩矩地摆在沥水架上，没有一丁点儿水渍。

她的心情忽然一下变得糟糕。凭什么他们已经分开了，自己还要受他影响，这些东西可都是她后来重新买的，他有什么权利按着他的喜好做事。

许泊宁将水流开得极大，泄愤似的将碗盘刷洗干净，料理台上水溅得到处都是，不但如此，连她身上都湿了一大片。

湿漉漉的衣服贴在身上很不舒服，她甩开塑胶手套，用冷水冲了一下脸，总算稍微冷静下来，发觉自己还是太幼稚。

许泊宁站在原地沉默半晌。看着被弄得杯盘狼藉的料理台，她自嘲一声，又将台子上的水擦干。

客厅里留了一盏夜灯，给许喻夜里上厕所用的。时洲虽然对许喻宠爱，但许喻的自理能力还算不错。

许泊宁蹑手蹑脚地看了一眼睡着的许喻。

许喻的眉眼很像时洲，连头顶的两个旋儿都遗传了时洲。他唯一像许泊宁的地方大概就是鼻子，她俯身在他额间轻轻落下一个吻。小孩子睡得很熟，完全没有苏醒的迹象。

许泊宁从浴室里出来，赤脚走在地毯上，拿过在床头充电的手机半蹲在那儿给周盼发信息。

"盼盼，问你个问题？"

那边很快回复了。

"嗯？"

"你说同前夫住在一起，该怎么保持风度？或者说，怎么让自己不那么暴躁？刚才有那么一刻，我真的很想揍时洲一顿。"

"我以为你要问我，跟前夫干柴烈火、死灰复燃该怎么办？"

许泊宁："滚。"

周盼："那时洲哪里惹到你了？"

许泊宁愣愣地盯着手机，直至手机屏幕渐渐暗淡下去都没有回复周盼。

门外传来轻微的敲门声，许泊宁披上外套，拉开门，时洲正站在门外。他手中捧着叠好的衣服，说："下午收衣服，喻喻帮着拿，弄混了，我这会儿才看到。"

"谢谢。"许泊宁从他手中接过，轻声道了一句"晚安"就要把门掩上。

时洲伸手挡了挡，许泊宁愕然，抬头，恰好对上他的眼睛。

时洲那一瞬间的表情，深沉又似乎蕴含着绵绵温柔，她突然有些看不懂。然而仅仅片刻，他已经恢复平静，抿唇道："晚安。"

许泊宁这个时候才肯承认，她心底是恨时洲的。她这辈子没遭受过什么挫折，诸事要强，偏偏在时洲这里摔得鼻青脸肿。

想当初公司去校招，在一干灰头土脸的男生中间，许泊宁化着淡淡的妆，明艳动人，而且她的专业技能足以将大部分同学碾压。

公司招聘主管同样是名女性，甚至在录取后私下跟她道歉："抱歉，许泊宁，开始我还当你是来应聘程序员鼓励师的，你比他们都厉害，我很看好你。"

许泊宁同对方相视一笑道："他们男生能做的，我们自然也能，还能做得更好。"

她天生有股不服输的劲儿，努力又上进，就算因为怀孕被迫"断层"，也不甘心居于一隅。

可是后来，是时洲先选择抛弃她。

许泊宁深吸一口气，用手背抹了一下眼睛，爬上床重新打开手机给周盼回复："没有，我就觉得别扭，没事了，你早点儿睡吧。"

"许泊宁，你老实告诉我，是不是还对时洲旧情难忘呢？你可要想清楚了，这是在玩火。你自己都说你们不合适，就是再来一回，无非是重蹈覆辙，趁早打住吧。走都走出来了，再往回跳干什么，又不是脑子有'坑'。"

周盼直接发了一段很长的语音消息过来。她太了解许泊宁了，很快看出症结所在。

许泊宁怔了一秒，下意识地反驳，怎么可能。

两天后，中午吃饭的时候，许泊宁跟韩尧说了自己将要休年假带孩子出去玩的事情。

韩尧笑着看向她说："要不然我也请假好了，我们认识以来，除了公司团建，还没一起出去玩过呢，你们打算去哪里转转？你放心，我可会带孩子了，我表姐家那小子就常黏着我。"

他们自从上次那一吻后，感情进展神速。果然男女之间一旦有了身体接触，会促使多巴胺分泌，不说爱不爱，起码双方都有好感。

许泊宁摇了摇头，没答应："下次吧，我们就去周边的古镇转转，而且……许喻他爸爸也会一起去。"

韩尧大概没想到这点，脸上的笑意瞬间淡去。过了好一会儿他才悻悻道："你们都离婚了，还这样同游，不太好吧。"

许泊宁并不想刻意瞒着他，但看他此刻这态度，自己前夫搬回来住的事，更不知道怎么开口了。她想了想，轻声回道："有许喻，我不可能跟他断得完全干净，但我和他的关系，仅限于此。"

"那好吧。"韩尧勉强应下，"你得记得你是有男朋友的人，别搞得你们才像一家三口，倒把我排除在外。"

韩尧性子直爽，不像时洲那样藏在心里，跟他相处确实没什么负担，非常轻松，不用想东想西。

许泊宁暗自懊恼，怎么又想起时洲了。她最近早出晚归，不管他有没有给她留饭，她都没吃过。

她笑了笑，道："知道，我有数的。"

许泊宁连续加班几天，到周五的时候好不容易能准点走人，韩尧他们产品部还在忙。她给韩尧发了一条信息，便自己打卡下班了。

回到家里，时洲和许喻父子俩头靠在一处举着手机，似乎在跟什么人视频。

听到动静，屋子里突然安静下来，时洲抬起头，说了声："回来了。"

许喻紧跟着喊了一声"妈妈"。

许泊宁顺手将包挂好，笑道："嗯，今天不用加班，喻喻好，妈妈去洗个手来抱你。"

"是泊宁吗？"手机里传来熟悉的女声，是曹梅。

许泊宁虽然已经不是曹梅的儿媳，但该有的礼貌还得有。她走过去，时洲把手机屏幕偏了偏，她问候道："曹老师好。"

时洲单手搂着许喻，这姿势使得许泊宁离时洲极近，甚至能闻到男人身上浅浅的清香。她不自在地挪了挪身子。

"刚才我还跟时洲说呢，明天不是时洲他爸生日嘛，我们晚上在家吃，泊宁一起来吧。"曹梅背靠着沙发笑着说。

许泊宁摇了摇头，正要拒绝，时洲突然问她："明天你要不要加班？我给喻喻联系了围棋老师，明天上午去试听。"

"不用加班的。"许泊宁看了一眼许喻，顿了顿道，"我跟你们去，晚上吃饭你和喻喻回去就好。阿姨，我下次再拜访您。"

一番话疏离又客套，她既然都这么说了，曹梅也没有勉强。

许泊宁几乎对许喻的事一无所知。她小时候跟着祖父学过一段时间围棋，自认为棋艺还算不错，晚饭后特意翻了棋具出来，对许喻说："喻喻喜欢围棋？"

许喻点点头。

许泊宁在棋盘上落了几子，刚想教他辨别什么是"棋子的气"，时洲却俯身看了看道："他知道的，喻喻是业余二段，你我都不一定能赢过他。"

许泊宁顿时语塞，好半天才道："许喻年纪还小，才五岁，正是爱玩的时候，没必要'鸡娃'。"

她看公司里有些同事，恨不得孩子全能，丁点儿大的孩子，周一到周末每天满课，活得比成年人还辛苦。

"之前没让他上过辅导班，我有空才教他，这孩子天赋还算不错，自己愿意学，当个兴趣也行。"时洲道。

许泊宁没再反驳，转而跟许喻对弈了一局。

果然，靠着自己以前的那点儿知识完全不是许喻的对手，数十个来回后，许泊宁已无子可落。她觉得有些丢人，而且时洲全程在旁围观。

不过换个角度来说，许喻在围棋上的确有点儿悟性，而且他年纪尚小，坐得住，心态也稳。这么一想，许泊宁顿时抛去不快，替儿子高兴。

辅导班是时洲一早联系好的。他并没有刻意把许喻往职业选手上培养，老师是业余七段，曾拿过世界业余围棋锦标赛冠军。

时洲没有车，下午许泊宁送父子俩去曹梅那边。路上，她想了想说："时洲，你也该买辆车，在东堰市这边出行总归是方便点儿。"

许泊宁舍不得许喻跟着他挤地铁，但一直这样也不是办法。

"嗯。"时洲应了一声，"最近有时间我去看看。"

许泊宁没将车开进小区，在外面停好车。她问："你们什么时候回去，到时提前告诉我，我来接你们。"

"妈妈不去奶奶家吗？"许喻忽然开口，指着时洲手上的蛋糕，"一起吃蛋糕吧。"

许泊宁没答话。时洲揽着许喻说："既然都来了，就顺便吃个饭吧，回头吃完饭，我们一起走，省得你来回跑。"

许泊宁抿着唇，低头看向儿子稚嫩的脸蛋儿，终究没能拒绝他。

时洲在前面一手牵着许喻，一手拎着蛋糕。幸好许喻没有想牵着许泊宁的心思，否则乍看像一家三口，她怕是会窘迫得落荒而逃。

她慢吞吞地跟在父子俩后面进了院子。

曹梅看到许泊宁，脸上半点儿诧异都没有。她笑着将他们迎进来，对时洲说："外面热，快进屋吧，你爸在楼上书房接电话，这会儿有个学生找他改论文，我让顾阿姨晚点儿开饭。"

许泊宁浑身都不自在。时洲在那儿陪曹梅聊天，许喻蹲在儿童区域玩积木。看得出时家对许喻很上心，特意在一楼弄了一个游戏区，连室内滑梯都有。

她心不在焉地盯着电视上的新闻频道，耳边时不时传来他们母子说话的声音。

"时洲，我们李院长说要给你介绍个姑娘……"

"妈。"

许泊宁叹了一口气，觉得自己不该坐在这儿。她斟酌片刻，站起身，借着上厕所避开。

母子俩的话题几乎瞬间停止，时洲扭头看着许泊宁的身影，不赞同地看了一眼曹梅道："妈，你怎么突然说这个？"

"时洲，我和你爸对你向来管得不多，但不表示我们不关心你。我看泊宁不明白你的想法，或者不想给你回应。上次我试探着说了两句，她完全没有要接我话的意思。"

"我知道。"时洲点头道。

她爱憎分明，脾气又倔，当时肯定恨透了自己。

"依我看来，那个姑娘你见见也没什么，你身边总要有个陪着的，就是谈不成，交个朋友也好。"

时洲远远看向专心致志搭建着积木的许喻，说："妈，不用，我现在有喻喻陪着就够了。"

"喻喻总会长大，等你到了我和你爸这个年纪才知道身边人的重要性。况且，泊宁新交了男朋友，我看她应该有再婚的打算。"

时洲面色微僵，像被人戳到了心肺管子，没有说话。

曹梅瞧见儿子的脸色，有些不忍。但她实在不好再多说什么，站起身找了个借口："我去厨房帮顾阿姨的忙。"

许泊宁躲了好一会儿从洗手间出来，曹梅已经不在那儿了。倒是时洲若有所思地抬头看了看她。

她摸着头干笑两声，说："那什么，刚才曹老师跟你说的话，作为前妻，我在旁边也不方便听，不是吗？"

时洲的目光定定地留在许泊宁身上片刻，笑了一下，说："嗯，是不方便。"

语气阴阳怪气的。

许泊宁特别烦时洲这副从容不迫的模样，搞得别人都很傻似的。她忍不住在心中翻了好几个白眼。

恰好时保宗从楼梯上走下来，许泊宁绕过时洲，看向时保宗道："时老师，生日快乐。"

时保宗在高校里教书，对待学术向来严谨，跟着他的几个研究生都怵他。不过他在家里倒是丝毫没有架子，卷了卷衬衣的袖子道："泊宁，谢谢你，我们有些日子没见了。"

他们一家子都不爱张扬，许泊宁到吃饭时才知道是时保宗六十岁的生日。她空手来蹭吃蹭喝毕竟不大好，便站起身端着饮料杯敬时保宗："时老师，我也没有带什么礼物来……祝您安宁健康，桃李满天下。"

"人到了就行，只要你们小辈好好的，其他都是虚的。"时保宗笑着回她。

连时老师都这样，许泊宁若有所思地瞥向时洲。

时洲侧着身，没注意到她的视线。

吃饭间四个大人没怎么说话，时保宗吹灭许愿蜡烛，几个大人意思意思尝了尝蛋糕，曹梅和时保宗便各自忙去了。

时洲给许喻切了一小块蛋糕，小家伙吃完后眼巴巴地看着时洲。

小孩子都喜爱甜食，在许喻三岁以前，时洲一直尽量避免让他接触这些。不过后来他进入幼儿园，老师有时候会送孩子们一些糖果作为奖励，即使时洲再怎么注意，他还是长了一颗蛀牙。

就算时洲再疼许喻，他还是坚定地摇了摇头。

许喻见求爸爸不成，又扭头去看许泊宁，小孩子察言观色的本事半点儿都不比大人弱。

许泊宁嘴硬心软，因为不常在他身边，待他总有亏欠之心，张嘴就答应："那喻喻就再吃一口，让爸爸给你切小点儿。"

话音刚落，时洲却断然否决："不行。"

他这样直接，许泊宁面上顿时有些不好看。她默默地看了他几眼，只得蹲下身去哄许喻："喻喻，我们今天就算了……"

时洲站着，看向温和地跟孩子说话的许泊宁，忍不住捏了一下鼻根。他兀自叹息道："只能一小口，喻喻吃完记得自己去刷牙。"

这样反复，要不是在时洲父母家，许泊宁早想骂他了。她没吭声，许喻像是感受到了大人间的剑拔弩张，直摇头道："爸爸，我不吃了，我现在就去刷牙。"

小家伙颠颠跑开。

"我去跟曹老师他们打个招呼，我要回家了。"许泊宁不想搭理时洲，说了一句话便径直走开。

回去的路上气氛有些凝重，时洲试图同许泊宁讲话，但她除了

"嗯""哦"，不肯再给任何回应。

以前他们刚认识时许泊宁可不是这样的，她几乎对时洲无话不说，只不过后面两个人交流渐渐少了。她其实并不善于冷战，但时洲明显精于此道。

现在许泊宁这副抿着唇，倨傲的神情，倒是和后座上的那人如出一辙。

时洲心里不好受，斟酌半天都没能让许泊宁多说几个字。他嘴拙，这会儿绞尽脑汁找话题，让许泊宁觉得莫名其妙。她透过车内后视镜看了一眼许喻，刻意缓和语气道："时洲，你究竟有什么话，能直说吗？一味支支吾吾真的让人很难跟你沟通。"

这话三年前许泊宁就想送给时洲，没想到他至今还是这样，反正现在他们只是纯粹的室友关系，不用忌讳太多。

"你是不是生气了？"时洲问。

许泊宁微愣，不太懂时洲说这话的意思。

许喻看看两个大人，用清脆的童声道："妈妈，你不要生气，我回去把乐高借给你玩。"

时洲可真会抓人的软肋。

"妈妈没有生气。"许泊宁哑然失笑。

回家安顿好许喻，时洲被许泊宁堵在了客厅。

她双手抱胸，趿着拖鞋抬头睨他，嘴角的讽刺意味明显，道："时洲，你到底搞什么鬼？我没空跟你在这儿浪费时间。是，今天我本来是有点儿不舒服，你当着孩子半点儿不给我留面子。但是后来我也想通了，你是为了喻喻好，至于我生不生气，我觉得不在你的操心范围。"

她比时洲矮了近一个头，气势上不免矮人半截，且觉得倍感压力。

时洲缄默许久。直至许泊宁将要失去耐性，他才开口："对不起，是我说话欠考虑。"

这话虽然令许泊宁吃惊，却也让她不由自主地松了一口气。至于她害怕时洲说什么，连她自己都没弄清楚，只能揣着明白装糊涂。

"多大点儿事，我原谅你。"许泊宁摆摆手，又笑着对时洲挑眉，"听曹老师那意思，你这是已经有合适的对象了？你打算什么时候约人出来见一面？"

许泊宁很聪明，时洲看着她，一时也分辨不出她是不是在故意试探。他摩挲了一下指腹，笑道："就最近吧，等我们带许喻从古镇回来。"

"挺好的。"许泊宁煞有介事地点点头，"要真合适的话，你也别挑三拣四。你年纪也不小了，难怪曹老师着急。我们各自找一个，指不定以后还能凑成一桌打麻将，喻喻长大后在旁边帮我们端茶倒水。"

时洲蹙了一瞬眉，很快又恢复成温和的模样道："那也是以后的事。"

"想想也行啊。不早了，我回房去了，你也早点儿洗漱休息吧。"

说实话，许泊宁还真怕刚刚时洲讲出什么不恰当的言语，主要曹老师和时老师表现得太过明显，就差明着劝他们复合了。

不过也许只是他们自己的想法，时洲并不知情。

当年刚离婚，许泊宁心有不甘自己被人甩了，不是没幻想过时洲跪在她跟前痛哭流涕，恳求她复婚的场景。现在想起来，滑稽又可笑，暂且不论时洲做不出来这种事，就是他做了，她也没有吃回头草的打算。

太累了。

许泊宁觉得，现在唯一能让自己暂时忍受时洲的，只有许喻了。

但也只是暂时，就算是为了许喻，让她长期跟时洲住在同一个屋檐下，她也没法做到。

可惜她拿不出那么多钱把房子买下来，时洲更不用说，他那点儿钱肯定都砸到工作室里了。

许齐元那儿倒是有，不过她知道他肯定不会给。

平心而论，田卫方和许齐元除了对时洲的工作稍有怨言，对他这个前女婿的印象还算不错。

时洲在她父母面前素来谦逊，尤其他在许喻姓氏上的让步，让许齐元极其欣慰，听说许齐元在外头饭局上还曾四处炫耀他家姑娘调教丈夫有一套。

毕竟社会上大多数人的思想还停留在旧时，像时洲这样没确定要不要二胎，就轻易同意孩子随母姓的情况也少。

时洲长得英俊，又是天生的衣服架子，田卫方很满意他的长相。许喻小的时候，田卫方推着他在小区里散步，大家都夸宝宝生得俊俏。

至于韩尧，许泊宁家里一直不同意，总觉得他这么个年纪轻轻的小伙子跟离异有娃的女人谈恋爱是别有用心。

"妈，你说他图我什么呢？图色我不介意，都是相互的。图财嘛……你问问你老公愿不愿意现在分我点儿，我穷得连想换车都要考虑好久。"许泊宁的房门并没有关，手机开着免提放在床上。她穿着睡衣在那儿给脚涂指甲油。

时洲坐在客厅里刷手机，闻言侧身往许泊宁的卧室瞥了一眼。

田卫方说不过她，便道："你这孩子，怎么说话的。你二姨之前给你介绍的对象，我觉得你还是去看一眼，多交个朋友也是好的。"

许泊宁笑了一声，说："妈，你就别操那个心了，我爸回来没有？我喊喻喻跟你说话。"

"喻喻？喻喻什么时候回来了？"

"就最近的事，明天我们要去周塘古镇，等过两天跟你碰面再细说。"

许喻跟许泊宁都不熟，更别说田卫方了，他过来礼貌地喊了一声"奶奶"就没什么话讲了。田卫方问一句，他就答一句，不见得多乐意。

"那跟奶奶拜拜。"许泊宁看田卫方讨好半天也不见什么效果，开口道。

许喻很快跑出去。

田卫方向许泊宁感慨道："你看喻喻，都不跟我亲近，还是他那边的爷爷奶奶亲。你自己说，哪有你这样当妈的，人家妈妈离婚都抢着要孩子，你倒好……"

"妈。"

"好了，好了，我不提了，提了你也不会听的。"田卫方道。她知道许泊宁从小到大都极有主意。

许泊宁心虚，便没说话，田卫方这会儿还不知道时洲也在屋子里。

等指甲油干透，许泊宁才慢吞吞地下床。时洲刚才应该都听见了，不过她并不想顾忌他。

"还有东西要我帮忙收拾的吗？"看时洲把他和许喻的衣服都整理好搁在客厅的行李箱里，许泊宁尝试着问道。

时洲摇了摇头，看着她，忽然又开口道："你想要换车？下次一起去看看？"

"不了，我哪有闲钱，就随口跟我妈那么一说。"许泊宁干笑两声，"难不成你要顺便连我的一起付了？"

她胡乱说说而已，不想时洲沉思几秒，回她道："也可以，之前我得了一个奖，奖金还可以。"

许泊宁对他的奖项没有半点儿兴趣。不过时洲看着她，脸上没有一丝开玩笑的意思。

他这样郑重其事，倒让许泊宁觉得汗颜："我乱说的，你怎么还当真了，你有钱的话还是省着点儿花，存起来，你先给我一半钱也行，我们这样住着也不是办法。"

时洲便没有再提。

次日吃完午饭，三人从东堰市出发，时洲开车。

因为怕许喻坐久了不舒服，几乎每经过一个服务区时洲都会停留一会儿。原本两个多小时的车程，愣是开了近四个小时。

到周塘镇上的酒店办理入住手续时，服务员贴心地问他们有没有会员，有的话可以免费赠送两晚双人自助餐。

许泊宁刚要说没有，时洲却已经直接报出了她的电话号码。他们刚认识那会儿来过周塘古镇，住的也是这家酒店。

天虽然还亮着，但已经是下午六点多，夏季镇上有灯会嘉年华，周围色彩斑斓的灯渐渐亮起。

多年前的那天，原本定好的行程，中途却因为许泊宁公司的电话戛然而止。那晚古镇还有她心心念念的灯会，她当时遗憾万分，对时洲说以后有机会定要好好来玩一回。

她说那话的时候，绝对想不到再次站到这里已经是五年之后。而此刻她跟时洲的关系，其实比陌生人还要疏离。

许泊宁的那声叹息恰好被时洲听到，他牵着许喻偏头看她，抿唇道："回酒店吃饭吧。"

许喻腾出一只手主动去拉许泊宁。

许泊宁愣了愣，看了一眼站在许喻左侧的时洲，还是乖乖任由许喻拽着。

这一路走过去，众人看着这一家三口，郎才女貌，小孩也生得伶俐可爱。只不过没人想到这一家三口要了两间房。

最近许泊宁跟许喻的关系稍微好了一点儿，跟时洲有很大的关系。他把每晚给许喻讲睡前故事的任务交给了她，许喻没怎么反对。

许泊宁跟许喻站在805客房门前，许喻扯着时洲的T恤，让他再三保证："爸爸，一会儿要是我睡着了，你一定要记得来抱我，我想跟你睡。"

许泊宁对这话已形成免疫，并不像开始那般难过。时洲半蹲下身跟他拉钩，许喻才同许泊宁进去。

许泊宁念了两本书，许喻就睡着了，她正要出门去喊时洲，外面门铃响了一声，他已经过来了，站在门口说："睡着了？我想差不多到时间了。"

许泊宁点点头，侧过身让时洲进房间。许喻虽然才五岁多，但身高已有123厘米，体重40多斤，她根本抱不动他。

时洲踏进屋子没多久，许泊宁的手机便响了一下。她怕惊吓到许喻，连忙接通，连视频是谁拨来的都没注意。

"许泊宁，我来查岗了。"男人欢快的声音从手机里传出。

许泊宁听到韩尧的话，惊得差点儿把手机给摔了。她忙示意时洲，让他先避一避，可他像压根儿没看懂她的意思。

时洲甚至在床沿坐下，一副还有事的模样。许泊宁冲他挤眉弄眼，他也完全不看她。

许泊宁只得比了一个安静的手势，冲他"嘘"了一声。她拿着手机挪了两步，这才看向韩尧，小声说："今天你不用加班？产品部不忙吗？"

"嗯，怎么这么久才说话呀？许泊宁，你老实交代，是不是瞒着我做什么坏事了？"韩尧正在家里打游戏，依稀能瞧见书桌上电脑的游戏界面。他举着手机笑着问她。

许泊宁心虚地瞥了一眼时洲，他正低头看着许喻，半边面容挡在阴影中，完全看不清他脸上的表情。

他这么堂而皇之地听墙角，许泊宁虽然硌硬，却又碍着韩尧不好当下发作，只能比他还厚脸皮，当他不存在。

"没有，刚拿衣服准备去洗了睡，你正好打过来，手滑了，差点儿没把我手机摔坏。"她镇定地说。

"摔坏了我重新送你一个，你前夫呢？你可要离他远一点儿。"

"知道的，他带着孩子住在隔壁客房。"话说出口，许泊宁自己都觉得别扭。她不自在地挪开眼，恰好对上时洲看过来的眼神。

时洲轻抿唇，无声地凝视着她。他的眼神清澈又幽深，她似乎从里面看到了自己的影子。

许泊宁一度很喜欢时洲的眼睛。每每被他那样温柔地望着、亲吻着的时候，她都觉自己心里快活得想跳舞。

她不觉舔了一下唇，心中一慌，试图遮掩这片刻的失神："韩尧，我一会儿准备洗澡，你打游戏也别太晚了，早点儿睡吧。"

"不去不去，你洗你的，视频搁旁边开着就行。"

许泊宁的嘴角抽搐了一下，笑着骂他："快滚吧你。"

"我说真的，许泊宁，你下次别单独和你前夫出去了，行不？说实话，我是真的很介意。"韩尧道，"况且他一个老男人肯定没我厉害，你下次试试就知道了。"

话越说越歪，许泊宁这会儿不想跟韩尧扯嘴皮子，忙道："好了，不扯了，我先挂了。"

"那你亲我一下。"

许泊宁没法儿，敷衍地嘟了嘟嘴。跟小男人在一块儿，就这点不好，太腻歪了。不过大多数时候，她都愿意配合他。

她挂断电话。

时洲像发现新大陆般若有所思地看着她，许泊宁心里憋着股气，瞬间变了脸，瞪着他问："时洲，你什么意思？我不是让你先避开吗？"

时洲没有说话，破天荒问了她一个逾矩的问题："许泊宁，你现在是不是过得很开心？"

那样鲜活，无忧无虑，就像他刚遇到她那会儿。

时洲性子沉闷，连曹梅都没想到，是他主动问许泊宁要的电话号码。

二人婚后那段日子并没有多愉快，如今离开时洲，许泊宁似乎过得很不错。他知道自己此刻嫉妒得发狂，可偏偏什么都不能说，只能将下颚紧了紧。

许泊宁靠着酒店里的办公桌，一头雾水道："嗯？当然开心哪，你有什么话要跟我说？"

"没事！"时洲已俯身去抱许喻，"出来玩不要太辛苦，明天也不用早起，九点多去餐厅就行。"

时洲把怀里的孩子掂了掂。他看着瘦，但其实非常健壮，脱去衣服该有料的地方半分不少，许喻这点儿重量对他来说实在不算什么，可这会儿他的脚步却异常沉重。

就这事？值得他在这里听她打情骂俏半天？

许泊宁有点儿无语，可又隐约觉得，时洲的状态不太对。好歹跟他在一起两年多，她对这人还是有几分了解的。

刚才他那话，已经超出了离婚夫妻的范畴。

许泊宁盯着时洲离开的背影，仿佛要从他那高大修长的身躯里瞧出些端倪。

时洲腾出一只手去开门的时候，她终于没忍住，抬手摸了摸鼻尖喊他："时洲，你实话告诉我，你究竟为什么要回东堰市？"

时洲抱着许喻返了回来，他小心翼翼地把孩子安置在她床上，扭头看着她道："许泊宁，你能不能重新把微信朋友圈对我可见？"

猝不及防地，许泊宁站在那儿怔怔地看着他，眼泪就这样流了出来。

生完许喻后她患上了轻微的产后抑郁症，虽然不是很严重，但总觉得事事都不顺心，有股气堵着宣泄不出来，时洲理所当然地成了她的垃圾桶。

她完全沉浸在自己的世界里，在朋友圈转发了许多奇奇怪怪的东西，把自己塑造成一个悲惨的新手妈妈，甚至指桑骂槐地讽刺时洲。为了不让家里担心，这些状态，只对他一人可见。

而时洲看到这些从没有动怒，他耐着性子陪她度过了那一两个月，告诉她无论什么都可以跟他说。

时洲不善言辞，却是个极好的倾听者，只不过当初许泊宁把他的话当了真。

时洲默默递了一张纸巾过来，许泊宁接过，拭去眼角的泪珠。她眼里还闪着泪花，偏头笑道："好哇，这算多大的事儿，不过时洲，你还没有回答我的问题。"

时洲动了动嘴唇："一半为了许喻。"

另一半，时洲不肯说。

许泊宁仰头看着他，忽然失去了深究的欲望。她点头道："我知道了。"

她说到做到，当下就给时洲重新开放了权限，并把手机屏幕给他看了一眼，说："你们早点儿回房间休息吧。"

身边的许喻熟睡着，时洲几乎一夜都没有合眼。

许泊宁还有个工作号，只谈与工作有关的事情。这个号的朋友圈很杂很乱，几乎什么零星的事情她都会一股脑塞进去。

他翻遍了她的朋友圈，这缺失的三年，她站在东堰市标志的建筑下面拍过照，跟她那个闺密周盼约着出门吃饭、看电影，加班至深夜回家将车停在路边买烧烤，还有那束娇艳欲滴的玫瑰花。

明明乏善可陈，却看得时洲眼圈微微发红。他轻叹一口气，退出微信。

时洲是个内敛且理智、不擅长将爱搁在嘴边的男人，就算二人水乳交融，兴致正浓的时候，他最多也只是拥着许泊宁轻轻地喊她宝贝。

那时候许泊宁能读懂时洲眼底的温柔和他的珍视。韩尧有一点说错了，别的她不清楚，但时洲这个老男人在某些方面对极了她的胃口。

像他那样温雅斯文的人，很难想象他还有强势的一面，那些夫妻相处的片段极大满足了她的幻想，轻易就能让人着迷。这种情况导致许泊宁离婚后很长一段时间，都是看着她跟时洲的结婚照想入非非。

身体上的发泄就如同望梅止渴，后来她在某个夜里哭着醒来，告诉自己得戒了他，不能再被他影响。于是她将两个人所有的合照都收了起来，朋友圈和他有关的一切也删得干干净净。

许泊宁曾经以为自己捡到了宝，她信任时洲如信任许齐元和田卫方。所以她同时洲在一起的时候，几乎将所有的负面情绪全都暴露在他面前。

有段时间，她觉得他们的婚姻没有那么和谐。她极重面子，连最好的朋友都不好意思去开口倾诉。

其实时洲自从回来以后，一直没有掩藏过自己的心。许泊宁最初的确不解，就像她对他肯回来在大学任职这件事感到十分诧异。

他说一半为了许喻，另一半不肯明说。不是许泊宁自作多情，那一瞬间，她隐约从他唇齿间读出了自己的名字。

她不敢再细想。说实话，这段日子以来，她因为时洲回来，已经失眠过许多次，她不想再为时洲劳神了。

对许泊宁来说，时洲就像一把生了锈的钝刀，杀不了人，但是疼。那种痛楚，她不想再尝试第二次。

翌日，两个人都有些精神不济，在酒店餐厅吃早餐的时候，许喻蹭在时洲身上跟他说悄悄话："爸爸，我刚才看到妈妈也在打哈欠呢，妈妈是不是也跟你一样，因为想工作的事没有睡好？"

孩子嗓门大，他自以为很小声，其实许泊宁坐在对面听得清清楚楚。她跟时洲对看一眼，男人眼底泛着淡淡的青，她又漫不经心地挪开视线。

周塘镇夜里下了一场雨，青石板路面还没有完全干透，许泊宁穿着高跟鞋走在父子俩后面，刻意离远了一些。她心不在焉地看着身旁古宅门楣上的"大夫第"几个字，忽然脚下一滑，踉跄着往后倒去，她疼得龇牙咧嘴地喊了一声，忙一手扶住墙爬起来。

时洲和许喻听到她的声音，匆匆回头跑过来。

"怎么啦？"时洲问她。

许泊宁靠着墙，抬起一条腿试图把系在脚踝上的高跟鞋的细长带子解开。她说："脚崴了，能不能歇会儿再去坐船？"

时洲闻言，一言不发地蹲下身。他温热的指尖刚触上许泊宁的肌肤，她就浑身一激灵，畏缩了一下，试图收回脚。

"别乱动。"时洲低头认真看着。许泊宁皮肤薄嫩，稍微磕碰了都会留下明显的印子，他的指腹掠过那透着血丝的脚踝，"有些肿了，先回酒店找些冰敷一下，坐船的事回头再说，还能走吗？"

许泊宁赶紧点头。不知道是不是她的错觉，刚才那一下，她像被时洲调戏了。

时洲拎着她的鞋子站起身，道："鞋跟太高，光脚的话，地上又都是石砖，我背你回去吧。"

"不用了，我自己可以走。"她拒绝得干脆，可光脚站在地上，刚踩过去就"哎哟"了一声。

时洲扶住她，帮她把另一只鞋也脱了。他在她面前低下身道："别逞强，上来吧，我带你回去，总不能让喻喻跟着在这儿晒太阳。"

许泊宁看了看许喻，小家伙正一脸担忧地望着她。

她心想，背一下又不会少块肉，何况从这里到酒店还有几百米。她不想跟自己过不去，便跳着脚过去趴到了他的背上。

时洲的手规矩地搁在许泊宁的小腿附近，他站起身，颠了颠背，稳住她的身子。

"许泊宁？"

"嗯？"

"你是不是胖了？"

女人无论到什么年纪，都厌恶别人对自己的身材指手画脚，尤其许泊宁这种在意自己形象的人。她冷下脸道："背不动就放我下来，我自己能走。"

时洲的步子走得很稳，还时不时叮嘱走在前面的许喻。她的头发落在他的颈间，他不自在地摇了摇头说："这样挺好的，有段时间你太瘦了。"

时洲正值盛年，几年没有交往过对象，此刻许泊宁伏在自己肩头，一股馨香钻入鼻尖，他几乎很难控制自己。

男人有些羞赧于自己的反应，只能尽量稳住呼吸，不让人察出端倪。

许泊宁笑了笑，说："时洲，你再说这些奇奇怪怪的话，我会误会你怀念过去，想跟我重归于好。"

时洲步子未停，脸色不怎么好。他沉默片刻，偏了一下头，因为不想让许喻听见，声音极低道："你有男朋友了不是吗？"

没有承认，却也没有否认。

许泊宁脸色一僵，说："时洲，这话一点儿都不好笑。"

时洲"嗯"了一声，并不打算跟她解释。

许泊宁蹙起眉，这话犹如一拳打在棉花上。她同样压低了嗓音道："那你也赶紧找一个呗。"

四个人凑一起打麻将吗？

时洲更想跟她再生个孩子，打麻将一桌正好。要是她不想生，三个人斗地主也行。

时洲问酒店要来了冰块，用毛巾裹着帮许泊宁敷在脚踝附近。她坐在床上，双腿平展着，说："我自己来吧。"

时洲动了动喉结，盯着她修长又笔直的腿没有再坚持。

许泊宁说完又对许喻道："今天妈妈恐怕不能陪你去坐船了，一会儿你跟爸爸去好不好？"

许喻扭头看时洲，时洲正拿着纸巾擦手，说："也不急在这一时，后天才回去，等明天看看你的情况。小孩子不在乎那些，我过一会儿陪他去一楼游乐场玩。"

许泊宁不想扫兴，但她现在这个情况，确实是稍微动一下都觉得疼。

时洲带着许喻去了楼下，许泊宁反而松了一口气。她闲着无事窝在酒店客房里翻手机。

二表姐唐余更新了一条朋友圈，许泊宁原本没有在意，顺手点赞后便打算划过。

直到她瞥见上面的字，叶酸片，不由得仔细盯了一会儿。

许泊宁认识这东西。她怀孕的时候，时洲做了许多攻略，叶酸能预防胎儿神经管畸形，在怀孕早期她也吃过一段时间，听说不少人在备孕期就会开始服用。

不过无论哪种情况，似乎都跟唐余扯不上关系，许泊宁记得唐余比自己大八岁，女儿都十来岁了。

难不成是打算要二胎？上个月家里聚会吃饭的时候，似乎没有听他们提过。

许泊宁心想，人与人的差距就是这么大，她生了许喻一个都没信心当好母亲，人家都准备生二胎了。

但许泊宁跟唐余年纪差距大，也不算多熟悉，没有私下去问她。

时洲父子俩没多久就从外面回来了。时洲手上拎了一个半透明的袋子，里面是双编织凉鞋，带有鲜明的民族特色，大概是从小商品市场批发来的，粉红淡黄相间的颜色，看着又土又廉价。

许泊宁嫌弃地皱了皱眉，不知道男人从哪儿弄来的这玩意儿。

时洲却把袋子往她这儿递了递，道："没买到别的鞋，这两天你别穿高跟鞋了，先拿它应付应付。"

因为来周塘镇是时洲开的车，许泊宁连平底鞋都没有带。

许泊宁以为自己听错了，再看时洲和许喻，一大一小正同时望着她。她好歹算个生活精致的女人，怎么可能会穿这么丑的鞋子。

"谢谢，不用了，我穿酒店拖鞋就行。"她拒绝道。

时洲将袋子放下，说："拖鞋鞋底不防滑。"

"妈妈不喜欢吗？这是我和爸爸一起选的，我最喜欢红色了，爸爸也觉得很好看。"

许泊宁纳闷地睨了时洲一眼。她能理解小孩子喜欢花花绿绿的东西，但时洲这种谜之审美是怎么回事？他平日里穿着得体，也不像啊。

她脸上挂着笑哄骗孩子："喻喻，妈妈穿自己的鞋子就行，你选的这双等回去了妈妈再穿。"

许泊宁在这上面很坚持。不过她很快就"打脸"了。

一晚过去，许泊宁的脚踝已经消了肿，勉强能下地走会儿路。可是还没有痊愈，细跟鞋穿着很不舒服，她在屋里走了两三分钟，实在受不了，便把扔在角落里的袋子扒拉出来。

时洲他们在一楼大厅等许泊宁，见她下来，时洲低头看见她的鞋，她拘谨地往后缩着，嫩葱一般的脚趾蜷起。

时洲的眸色黯了黯，什么都没有说。

船自河中缓缓驶过，船娘哼着当地小调，许泊宁看着这座已有上千年的古镇，心意外地慢慢平静下来，连时洲说拍张合照她都没有拒绝。

许喻坐在二人中间，时洲跟许泊宁一左一右贴着他的肩膀，三人都笑得很开心。

只是下船时，时洲先抱着许喻到岸边，转而把手递给许泊宁要扶她，却被她侧身避开了。

各怀心思

chapter 03

从周塘镇回来第一晚，许泊宁险些夜不归宿。

韩尧约许泊宁去一家法国餐厅，在他家附近。餐厅的灯光柔和，气氛暧昧，她喝了两杯红酒，头开始发蒙，晕乎乎的，要不是还保留了一丝理智，怕是在车上就能脱光衣物。

热吻过后，两个人都有些气喘吁吁，韩尧抵着她的额轻声道："许泊宁，不然去我家吧，两分钟就到了。"

他这是在邀请，许泊宁能听懂。她迟疑了几秒，正要答应，手机却突然响了。

是时洲发来的视频请求，他虽然心思不纯，却几乎不会主动打扰她。

许泊宁看了一眼坐在驾驶座的韩尧，稍微侧过身挂断视频。她转过身对他说："韩尧，我得回去，我的车就停那儿，我自己打个车回去好了。"

"谁打来的？"

"我儿子，可能找我有事。"

"哦。"韩尧失望地应了一声，"你先在这儿接电话，我等等也行。"

许泊宁整理好自己的衣服，打开车门，笑了一下，说："改天吧。"

下了车，她才给时洲回拨过去。

许喻的脸蛋儿很快出现在视频中，他圆溜溜的眼睛眨了眨，看着她说："妈妈，你什么时候回来，我还在等你给我念故事。"

大概因为在周塘镇那几天的接触，许喻明显跟许泊宁亲近不少。她有些愧疚，她完全忘记了晚上要给他讲睡前故事。

等她到家的时候，许喻早已经被时洲哄睡着了，时洲也穿着睡衣在浴室刷牙。

许泊宁蹑手蹑脚地掩上许喻房间的门，踟蹰了好一会儿才对时洲说："抱歉，我今天回来晚了。"

"你不用跟我道歉。"时洲平静地回了句。

他虽然没有苛责她，但她心里的内疚却愈发强烈。她顿了顿，说："明早喻喻醒来，我跟他说对不起。"

小孩子从来都不记仇，许喻压根儿没把许泊宁爽约的事放在心上，但许泊宁却不敢再食言了。孩子八点睡觉，她如果不加班，肯定准时回家。

周末，许泊宁约了田卫方和许齐元吃饭。

"老许，你今天可得控制好自己的脾气，我们就这么一个女儿，难不成你还要和她拗一辈子？她现在连家都不怎么回了。"田卫方出门前劝许齐元，"关键你自己也不好受。"

好多次，许齐元夜里不睡觉坐在客厅里抽烟、叹气。

许齐元梗着脖子道："我这当老子的还要跟她道歉不成？你看她干的都是什么事！"

田卫方瞪了一眼，他瞬间就服软："好了，我清楚的，今天就吃个饭，我不会骂她。何况她说喻喻也在，我怎么也不会在孩子面前凶。"

然而，田卫方压根儿没想到，最后险些没绷住的人是她自己。

时洲没有跟许泊宁他们去饭店。母子俩刚在饭店坐下没多久，包间门就被人从外面推开，田卫方踩着小高跟，一看到许喻，忙将手中的小提包递给许齐元，自己蹲下身去抱他。

"爸，妈。"许泊宁喊了一声。

许齐元这天的心情应该还算不错，破天荒应了一句："嗯，是不是瘦了？自己一个人在外面住着没吃好？"

许泊宁一时没能适应许齐元突如其来的关心，慢了半拍才回道："爸，我还好的。"

许喻却忽然道："奶奶，妈妈跟我和爸爸住一起。"

许齐元跟田卫方都愣了愣，不太明白许喻的意思。还是田卫方先回过神，轻声问许喻："喻喻现在和妈妈住一起吗？还有你爸爸？"

许喻点头道："嗯嗯，爸爸还说我要换个幼儿园。"

许齐元下意识地就要发火，转而又想起自己答应田卫方的话，不好当着许喻动怒，勉强按捺住情绪没吭声。

田卫方将许喻抱起，让他重新坐在椅子上。这小家伙个子随他爸，有点儿分量，她笑着摸了一下他的头说："咱家小帅哥都长这么高了。"

她扭身去问许泊宁："什么时候的事？"

"有段时间了，时洲要在T大任教，许喻转回来上学。那天唐余姐说得对，东堰市这边的教育资源比清瓷镇好。"许泊宁帮他们各倒了一杯茶，把菜单给田卫方递过去，"妈，你点菜吧。唐余姐是不是要生二胎了？"

"你还有空管别人的闲事，上次我听你姑姑说，唐余夫妻俩在备孕，应该是想要个二胎。你看人家夫妻日子和和睦睦，哪像你这么不着调。"田卫方瞥了一眼菜单，蹙着眉往左手边推了推，又道，"在T大工作挺好，那时洲呢，他怎么没一起过来？"

"我们一家吃饭，喊他过来不合适吧。"许泊宁道。

田卫方纳闷地看向许泊宁："怎么不合适？你们不是都准备复婚了？"

许泊宁发现她妈跟她完全不在一个频道，再看许齐元，明明是在跟许喻说话，可注意力还是放在她的身上。

"妈，你弄错了，时洲住进来只是暂时的，以后他还会搬出去住，或者我搬出去。"许泊宁压低了声音，"我们没有复婚的打算。"

"胡闹！"许齐元沉了脸斥责，把许喻吓了一跳，孩子蒙蒙地仰头。

许齐元忙低头笑道："爷爷说你妈妈呢，妈妈不懂事。"

许喻突然开心地把腕上的儿童定位手表给许齐元瞧："爷爷，你看，我爸爸刚给我买的，按这个，还能讲故事。"

田卫方的脸色有些不好看，说："泊宁，这件事情你做得糊涂，时洲也跟着你瞎胡闹，你们年轻人的事情我是不懂，但哪有你们这样的。要么看着还合适好好过日子，要么就分开各过各的，回头我给时洲打电话。"

"哎，不是，妈，你联系他干吗？"

田卫方淡淡地看了许泊宁一眼，说："我问问时洲他怎么打算的，还有他谈对象了没？"

"还能有什么打算，跟我想法一样，虽然还没谈，但他早有合适的人选了。妈，你就别操心了。"许泊宁摊手说。

田卫方确实不能理解许泊宁这种想法。且在她看来，这样住着，明显自己女儿要吃亏些。她面露愠色道："我看你爸也没骂错，你做事没脑子。"

这下倒好，连带把父母都得罪了。

许泊宁早做好了心理准备，她觍着脸笑道："你就是想太多，何况我现在跟喻喻住着，你见他也方便，不是该高兴吗？"

田卫方完全高兴不起来。直到出了饭店，许泊宁带许喻先离开，她还是一直皱着眉。

许齐元在一旁劝她："不是让我别发火吗，你这又跟她生什么气？"

"我不是气她，我生的女儿，我自己清楚，她脾气和你一样臭，但其实心软，没什么心眼儿。但时洲那孩子不一样，什么事都藏着掖着，当时我就觉得他们不合适。不过看泊宁喜欢，不声不响的，孩子都怀上了，好在女儿看人的眼光随我，时洲对她不错。"

田卫方轻叹一口气，继续说："再不错也离婚了，还是没缘分。你说时洲怎么突然说要住到泊宁那儿去，不行，我还是得打个电话问问。"

"问了他也不一定说实话。"许齐元道。

"也是。"

"实在不行我们给她钱算了，我上次那个工程款到手了，有点儿闲钱能拿出来，钱赚得再多，以后还不是要留给她和喻喻。"

"还是再等等，她和时洲中间还夹着喻喻呢，我看泊宁话里话外没有想现在就搬出去住的意思，你说泊宁不会还惦记着时洲吧？"

许泊宁并不知道她父母为她操碎了心。她只是很忧愁，以前许齐元看她不顺眼，现在连田卫方大概都不想见到她。

自从时洲回来，除了许喻，她就没碰上什么好事。

父母这儿不好交代，男朋友那儿更是，搞得她在外面偷情一样。而且因为她每天要准时回家给许喻读书，韩尧嘴上不说，心里不可能半点儿想法都没有。没有人像她这么大了，谈个恋爱，家里还有"门禁"的。

好在时洲终于决定要去相亲了。

时洲母亲把女方照片和联系方式发给时洲的时候，他正和许喻在客厅里下围棋，许泊宁在对面正好看了个大概，捂嘴笑道："曹老师介绍的？挺好看的姑娘，我瞧着跟你很配。"

时洲"嗯"了一声，点了几下手机屏幕，然后把手机反扣在木制茶几上。

许泊宁暗自撇了一下嘴。

时洲默默地抬头看了她一眼，又跟许喻对弈去了。只是他运气太差，接下来的棋局连两回合都没撑住。

许泊宁自觉无趣，默默去了书房。满墙的书架之前已经腾出一块地方给时洲用，摆着数本和他专业有关的书籍，还有诸如《大学的精神》之类的书。

她拿了最边上的作者写着"时洲"的那本《釉的配置》随意翻了几页，就从里面飘出一张照片来。

照片没有塑封，边角微微卷起，还有些泛黄，二十三岁的许泊宁站在医院门口，嘴边含笑，轻抚着尚未凸起的小腹。

许泊宁手一颤，忙蹲下身去捡。

背面似乎还写着什么，她正要看，身前的光突然让人遮住了大半，时洲不知道何时走了过来。

许泊宁慌张地把照片塞进书中，仰头递给他："时洲，不好意思，我不是故意乱翻你的东西，就好奇看了一眼，什么时候出的书？"

"没关系的。"时洲从她手里接过，轻声道，"去年一月份。"

"哦，恭喜。"

男人打开书，把照片抽出。从许泊宁的位置，恰好看到后面的内容，漂亮的花体字，是时洲的笔迹。

Re（重新和再）。

许泊宁僵硬了一瞬，不想问时洲为何留着她的照片，那么暧昧的文字，还夹在一本去年才印刷的书中。她径自起身，偏着身子匆匆从他身边走过。

时洲独自站在书房里，指尖拂过照片上女人精致的眉眼，许久之后，才将照片重新放回去。

许喻正跪在地毯上收拾棋子，见许泊宁出来，看了看她。

许泊宁咧开嘴走过去帮他一起收拾，问："怎么不下了？"

"爸爸说不想下了。"许喻嘻嘻笑着，小手慢吞吞地挑着他自己刚才用过的白子，"妈妈，爸爸他下不过我，所以才不玩的。"

许泊宁听到时洲的名字就有些不自在。她笑了笑，默默将黑子装进罐里，想了一会儿对许喻说："喻喻，你爸爸明天有事，明天妈妈送你去上课，然后中午我们在外面吃饭行不行？"

"行啊。"小孩子很好哄。

母子俩在这儿说话，时洲进浴室调好水温，然后叫许喻："喻喻，一会儿来洗澡、刷牙。"

许喻应他，然后忽然压低了声音问许泊宁："妈妈，你跟爸爸晚上怎么没睡一起呀？"

这问题许泊宁压根儿不知道怎么回答，许喻又自顾自地说："我看《小猪佩奇》，猪爸爸和猪妈妈就在一起的。"

许泊宁暗自思量，她跟时洲离婚那会儿，许喻还很小，不管是她还是时洲，应该都没有刻意跟他讲过这些事。

她还在想着怎么跟许喻解释，眼角余光瞥见时洲的身影，她不知道怎么说，只好盯着孩子稚嫩的脸开口告诉他："你看的动画片许多都是假的。"

许喻懵懂地听着她的话，扭头去问时洲："爸爸，但是圣诞老人是真的，他会送我礼物，对不对？"

时洲点了一下头，又看看许泊宁，对许喻道："不过妈妈说得也没错，等你再大一些就知道了。"

时洲一直觉得动画片之类的对孩子而言是有时效性的，作为父母可以引导，不该过早地戳破孩子的想象。不过他虽然这么想，也还是下意识地顺着许泊宁的话，维护她在孩子面前的权威。

许喻被他们弄得有些迷糊，他这个年纪正喜欢刨根究底，扯着时洲问："为什么妈妈也是对的？还有我明年算长大了吗？"

许泊宁站在一旁，看时洲被追问得焦头烂额、揉乱头发的样子，突然有点儿想笑。

时洲当父亲后，好像接地气了点儿。

时洲见她偷笑，无奈地摊手道："看吧，你儿子一向有点儿难缠。"

许泊宁毫不客气地笑出了声。

时洲和相亲对象约在一家咖啡馆，女方是曹梅就职的医院行政院长介绍过来的，叫赵彤，是神经内科的医生，比时洲小三岁，平时喜欢画画，还得过什么奖项，去年刚离婚，没有孩子。

如果时洲不是一心想着跟许泊宁复合，按照曹梅的话来说，这是个挺合适的姑娘。她同时洲一样，都有一颗搞艺术的心。

"你是第一次出来相亲？"女方大概是看出时洲的窘迫，笑着问道。

时洲拧了一下眉，思忖着如何跟对方解释。他这天之所以答应出来，完全是为了堵住许泊宁的嘴，她一副不把他推销出去就不罢休的架势。

其实许泊宁应该早猜到了，或者是为了许喻，一旦他戳破了那层薄薄的窗户纸，以她的脾气，大概第二天就会搬走。

时洲低头喝了一口咖啡说："不好意思，如果你一会儿有时间的话，我请你吃个饭吧。"

"没看上？心里有人了？"

时洲没有到处跟人剖析自己感情问题的爱好，就没有接话。他沉默的时候，容易给人拒人千里之外的感觉，浑身跟冰碴儿似的，不可靠近。

赵彤看他的样子，原本的好感顿时散得干干净净。她也不是爱死缠烂打的人，大方道："行啊，就是让你破费了，去哪儿吃？"

男人低头看了一会儿手机，不知翻到什么，问她："火锅行不行？正好德平商场离这里也近。"

"好哇。"赵彤愣了一下。她还是头一次碰到时洲这样奇怪的人，两个陌生人初次见面选择去吃火锅。

许泊宁也没料到，她好端端地带许喻出来吃饭会遇见时洲和他的相亲对象。

她倒是想当作没有看到，可是许喻已经看到了时洲。小家伙拖着她往时洲那儿走，她不想动，许喻便直接喊出了声："爸爸！"

许泊宁尴尬得只想钻到桌子底下躲起来。

她不得已跟着过去打招呼："时洲，你怎么也在这儿？"

时洲吃东西挑三拣四，规矩多得很，从不喜欢吃这些东西。说完，许泊宁又冲赵彤笑了笑。

赵彤玩味地看了一眼坐在对面单手揽住孩子的时洲，说："不给我介绍一下？"

时洲抿唇看着许喻手腕间的儿童定位手表，还没开口，许泊宁先打了招呼："你好，我是许泊宁，时洲他……前妻。喻喻，到我这边来。"

许泊宁将许喻领走，赵彤才看着对面男人笑了："我怎么感觉被你利用了。"

时洲没有否认。

时洲从不觉得自己是什么正人君子，所谓贪嗔痴，他一样都不少，偏偏许泊宁一直觉得他光风霁月，做不出多龌龊的事来。

只有他自己最清楚，看她嘟着嘴跟她男朋友撒娇，打情骂俏，什么阴暗的想法都从他脑子里过了一遍。

想把她手机摔了，抱着她亲，让她昏头昏脑只能喊自己的名字……然而他仅仅是想想罢了。

时洲方才的表现已经够明显，赵彤对心里仍装着前妻的男人不感兴趣，顶多就是有点儿好奇。毕竟据她所知，时洲三年前就离婚了，到现在还放不下。要知道她前夫，去年他们才离婚，今年就已经打算重新摆宴请客。

"冒昧问你一句，既然还惦记着，怎么不去追？跟我相个亲这么迂回，想让她吃醋？我看她可不像是对你余情未了。"赵彤好心提醒。

时洲收回目光，一脸严肃道："不急。"

男人心里完全没底，说来说去，决定权根本不在他这儿。

赵彤没有深究的意思，两个人友好地各自吃着菜，也不交流。

时洲并不喜欢这种重口味的东西，点了一个清汤锅也只在那儿涮蔬菜。

一顿饭结束，时洲结了账，赵彤笑了笑道："我还要去医院，回头互删吧，就说都没看上。"

"好的。"

不远处几个服务员窃窃私语，偷偷揣度着几人的关系。

时洲起身去了许泊宁那桌，在许喻身边坐下。

许喻乖巧地吃着番茄锅里煮的面条，偏头去看时洲，嘴角还沾着红色番茄渍。他问："爸爸，刚才你怎么不跟我们一起吃？"

时洲帮他擦了擦嘴，道："喻喻吃的什么？分爸爸一点儿？"

小家伙很兴奋，忙把自己手边空着的盘子挪到时洲跟前，问他："面条，爸爸你吃不吃？那儿还有。"

许泊宁坐在对面吃着辣锅，没怎么咀嚼就咽下一口毛肚，听着父子俩的对话，她差点儿把自己呛到。她瞥了一眼时洲，说："你刚才没吃饱吗？怎么没送人家回去？"

"人家要回医院，我今天出门没开车。"时洲伸手把剩下的面条搁到番茄锅里煮了，又让服务员另加了一套碗筷，看样子刚才确实没怎么吃饱。

"女方是医生？"许泊宁停了筷子，"挺好的，怎么样，合适不？"

时洲道："没什么戏，人家没瞧上我。"

"哦。"许泊宁附和了一声。

时洲这长相虽然很能唬住人，家境也不错，但其实在婚恋市场上并不占优势，最重要的因素在于许喻的存在。

但许泊宁绝对不可能觉得自己儿子是拖油瓶，她劝时洲："不急，你年纪不算大，再多看看就是了。"

时洲看了她一眼："上次你还说我年纪大了，要抓紧呢。"

许泊宁被他说得有些无语，他何时变得这么牙尖嘴利。她两手一摊道："随你，你好歹要找个心灵契合的。"

她说这话并没有想太多，时洲的脸却瞬间白了。

恶语令人心寒，要论他这辈子最后悔的事，恐怕就是当初口不择言，说什么跟许泊宁说没法精神共鸣。

其实人与人之间的吸引力真的很奇妙，时洲第一次牵许泊宁的手，心便跳得极其厉害。当时他就暗自想，只是牵手而已就激动成这样，日后肯定要跟身边这个女人结婚。

后来如愿以偿，两个人结婚了。之后也并没有什么大的矛盾，只是生活毕竟掺杂了太多东西，加上他处理得很糟糕。

时洲将锅里的面条捞起来，良久之后忽然郑重其事地说："许泊宁，我应该向你道歉的。"

"嗯？"许泊宁没懂他的意思，抬头看着他，一脸疑惑。

这样子像极了许喻遇到不解的问题时的表情，害得时洲手痒，忍不住想去揉她的脑袋。

"我没有自以为的那么理智，那会儿说了很过分的话……"时洲说得有些艰难。

许泊宁面无表情地听完，轻声道："时洲，我没有觉得是你的错，你不用跟我讲这些的，何况，事情早过去了。"

她转向许喻，笑了笑，说："现在只要我们许喻开开心心的就好，对不对呀？面条好不好吃？"

许喻不太明白父母间的暗潮涌动，冲许泊宁点点头："嗯，很好吃。"

时洲的心沉了大半下去。

饭后，时洲要蹭许泊宁的车回家，她抱怨道："时洲，你故意的是不是？你自己的好车不开，偏要挤我的，回头记得补贴我油钱。"

她很眼馋时洲新买的那辆车，时洲刚提回来的时候她还开过一回，底盘几乎听不到什么声音，座椅又大又舒适，可惜价格不便宜，她舍不得买。

"好的，我连同下个月的水电费一起转给你。"时洲认真答应。

"那样我不就成你司机了吗？"许泊宁真的怕了时洲，还能不能开玩笑啦？

时洲想了想，说："我用车的时间也不多，不然跟你换着开吧。"

"别，别，要是我男朋友误会了怎么办？他到现在还不知道我们住在一起，知道了铁定要闹。"许泊宁叹息道。

时洲可没有指点她跟别人感情困扰的癖好，只是有感而发道："有话还是说开了好。"

许泊宁懒得听他说教，只当作没听见。

下午许泊宁跟韩尧约好了去看电影。把时洲和许喻送回家后，她补了妆准备出门。

许喻并不黏着她，不过还是没忘记提醒她："妈妈，睡觉前要给我念书哇。"

"知道了，七点半前妈妈就回来。"

时洲又在一旁道："你跟阿姨说过没有？如果不方便的话，我问问我妈有没有时间。"

时洲的学校培训要一周左右，现在还在暑假，不能让许喻一人在家里待着，田卫方主动说要来帮着带几天。

"曹老师还要去医院，时老师那儿忙，我妈也没有什么事，几天而已，搭把手应该的。"许泊宁低下身穿上高跟鞋，匆匆出了门。

许泊宁完全是掐着时间跟韩尧约会，两点半的电影，五点去吃饭，七点回家，时间卡得死死的。

"我知道你和你儿子约好了八点视频通话，要给他讲故事，但视频也不一定非回家不可呀。"韩尧购的情侣座，他揽着许泊宁的腰，让她靠在自己肩头，小声嘀咕道，"天天准点回去，我都要以为你家里有人等你。"

许泊宁被他准到要命的第六感吓住，缓了缓，避重就轻道："我妈确实要跟孩子来我这儿住几天。"

这样一直敷衍韩尧实在不是什么好办法，许泊宁虽然只是试着跟他交往，暂时没有结婚的打算，可这么重要的事，她不想一直瞒着。

说来讽刺，当初许泊宁对待感情可不是这样畏首畏尾的，她大胆且张狂，几乎全无保留。她微微偏过头，鼻尖险些贴上韩尧的喉结，话也有些不连贯："韩尧……我……"

男人吻了下来，荧幕画面映在二人脸上，耳边响起电影的前奏，温热的唇覆住她的。

韩尧抵着许泊宁轻声道："那你要补偿我，说说看什么时候？去我家还是你家？等你妈回去？"

许泊宁理解情侣间的感情有很大一部分是在肉体接触时升温。她轻轻咬住韩尧的唇，他的脸是好看的，她的身体也有感觉，却找不到当初的怦然心动。

许泊宁跟时洲第一次约完会，他送她回家。就在她家小区外面的绿化带旁，他低声说："泊宁，我想亲你。"

她手都不知道往哪儿搁，咬着唇哼道："你要亲就亲呗。"

许泊宁想自己毕竟年纪大了点儿，那时候二十出头，刚尝过爱情的滋味，恨不得天天缠着、黏着对方。

不过现在，许泊宁猜就算是时洲脱光了站在她面前，于她而言也仅仅是块拥有某些器官的"老腊肉"而已。

"好。"许泊宁仔细想了想，应下韩尧。

T大校区离许泊宁家的小区很近，大概就两三千米的距离。时洲把汽车钥匙留给了她，道："早晚高峰路上堵，我走过去就行，车钥匙你先收着，要是需要的话就用。"

许泊宁没当一回事，让他把钥匙搁在书房书架上："你放那儿。"

她肯定不会开就是了。

时洲去T大参加培训，田卫方一早便让公司司机送她来了许泊宁家。

许泊宁这儿只有四个房间，时洲主动把自己卧室让了出来，说自己跟许喻挤挤。

田卫方嘴上不说，心里却对时洲的体贴很是满意，便跟许泊宁打听时洲的感情状况。

许泊宁很警惕。田卫方刚开口，她立刻神情戒备地反问："妈，这是别人的私事，你管那么多干吗？"

田卫方心道：还不是为了你个不省心的。她这才提了时洲的名字，许泊宁就跟爹毛了似的。

许泊宁毕竟是从她肚子里生出来的，她一边涂着护手霜一边瞟许泊宁，说："你老实告诉我，现在对时洲还有没有别的想法？"

许泊宁一听这话，受惊般连连摇头否认："怎么可能！妈，你想什么呢！"

"我就开玩笑问问罢了，你这么大反应干吗？"

"妈，这话一点儿都不好笑。"许泊宁难得正色道。她才不要在一个坑里摔倒两次，摔得鼻青眼肿，既疼又丢人。

田卫方听了直叹息。她自己的婚姻算得上顺遂，许齐元搞建筑在外头跑工程，都说这行业男女关系乱得很，但老许确实洁身自好，没弄出什么不干不净的事来。

依着田卫方的意思，肯定不愿女儿孤身一人，最好趁着还年轻再找个合适的。女儿那个小男朋友，别说许齐元不同意，她也觉得不靠谱。

还是要先寻个机会跟时洲谈谈，两个人这样不明不白地住在同一个屋檐下，传出去像什么话。

暑期快要结束了，十一黄金周又还没到，许泊宁的工作终于清闲了几天。

倒是时洲开始忙碌起来。他白天除了在学校培训，还要练习粉笔字、简笔画等。听说等十月份的时候还要参加教师资格教育基础理论知识培训，工作室只能暂时搁置些日子。

不过时洲虽然忙，晚餐还是他回来准备。

许泊宁因为母亲在这儿，哪里好意思让时洲做四个人的饭，都不是一家人。

这样别扭的组合，她母亲、她儿子、她前夫，关系一团乱，亏得大家都是有涵养的人，还有许喻在中间维系着，竟意外和谐共处了两天。

"有没有需要我帮忙的？"许泊宁站在门边问。

时洲也没客气，指了指架子上的蔬菜道："你来把菜择了吧。"

厨房地方不算大，单独跟时洲待在一个空间里总让许泊宁觉得不大自在。她蹲在那儿，时洲给她拿了许喻平时用的小板凳来："坐着吧，蹲久了腿疼。"

"哦，谢谢。"

"不客气。"

"那个，时洲，"许泊宁抿着唇，低头将菜根去掉，"我妈她这两天有没有跟你说些不合适的话？"

"你指什么？"

许泊宁偃旗息鼓道："没什么，我妈要是跟你聊了不恰当的话题，你当没听见就好了。"

时洲沉默了一会儿又回她："泊宁，阿姨昨天早上问我是不是想跟你复婚。"

他说完扭头看向许泊宁。她把烂菜叶扔进垃圾桶，解释道："我妈这是病急乱投医，随便逮个人，巴不得我再婚呢，你甭理她。"

"嗯。"

许泊宁没问时洲是怎么回答田卫方的。

事实上时洲也只是跟田卫方说："阿姨，这得看泊宁的意思。"

田卫方听出他话里的意思，并不见得多高兴。她叹了一口气对时洲道："照理说，你跟泊宁都离婚了，我不该多嘴，你们年轻人做事就是太冲动。"

"您说的是。"时洲在她和许齐元面前一向谦逊，姿态放得极低。

"你们年轻人的事，我们做不了主，不会去干涉。泊宁随她爸，爱面子，脾气又倔，你得让她把那口气理顺了。"末了，田卫方还是说了一句。

田卫方心里也纠结。不为别的，就冲许泊宁那避而不谈的态度。

当初他们儿戏般离婚，跟小孩子过家家一样，又不是说感情破裂，何况还有她的心肝宝贝许喻。

田卫方在这儿帮忙带着许喻，许齐元拉不下脸，趁着许泊宁他们去上班的时候偷偷过来看许喻。

田卫方说许齐元死要面子活受罪，明明没人比他更疼许泊宁。小时候许泊宁喜欢坐在他肩头骑大马，他每天跑工地回来已经快要累瘫了，也从来都没有拒绝过女儿。

"我有什么好怕她的，她买这房子的钱当初还是我们给的，认真说起来，她那一半其实是我们的。"许齐元跪在地毯上陪许喻玩消防员的游戏。

田卫方瞥了他一眼，看了看时间道："晚上在她这儿吃饭吧，泊宁最近不用加班，七点多就能到家，时洲过会儿也该回来了。"

许齐元脸色微变，忙起身就想走人，却被许喻扯住了裤脚。他奶声奶气道："爷爷，这个消防车的梯子还没有装好呢，你快来陪我一起搭。"

乖孙子都发话了，许齐元只得又坐了下来。

田卫方以前想许喻时会给时洲打视频电话说上一两句，不过时洲一次都没在视频里见过许齐元。因此在家里见到许齐元时，是时洲先反应过来，叫了他一声："叔叔。"

"嗯。"许齐元冷着脸不咸不淡地回应他，又看到田卫方站在边上对自己使了一个眼色。

许齐元不明所以。他让着女儿还有可能，对这个前女婿，不翻脸就不错了，难不成还指望他好声好气。

"叔叔，晚上在家里吃饭吧，我再去买几个菜。"

田卫方口袋里的手机响了几下，她去摸手机，及时喊住时洲："不用了，我上午去菜场买了不少，家里的菜够吃。"

"好的。"

电话是许泊宁二姑打来的，田卫方刚听了两句，就按了静音键对许齐元道："你二姐，说唐余备孕了好久，迟迟怀不上，想去东大医学院附属医院看看，问你有没有认识的人？"

许齐元说："我怎么会认识，我们基本都没跟医院打过交道，唐余她自己在社保局，认识的人也比我们多。况且她这又没大毛病，早点儿去挂号排队就是了。"

田卫方点点头"嗯"了一声，时洲俯身抱起凑到他跟前的许喻，看向她说："阿姨，不然我给我妈打个电话，我妈就在附院。"

要说刚才田卫方和许齐元还真没想起这么一茬，即使记得也不会提。

"这样不太好吧。"田卫方斟酌道。

"我问问我妈，如果她那边方便的话，您就跟二姑说一声。"

田卫方知道时洲对女儿的心思，更不大想找他，无端欠了他的人情。可她又不能直接拒绝，便笑道："时洲，那麻烦你，要是不方便可千万别打扰你妈妈，又不是什么大不了的毛病。这老大刚上初中，唐余夫妇就琢磨着想要二胎。"

时洲给曹梅打了一个电话。曹梅是妇产科主任，还是东大医学院的副院长，帮唐余介绍一个生殖科的专家只是举手之劳。而且她这个儿子，独立自主惯了，几乎没求过她什么。

他一开口，曹梅没怎么想就应了他。

许泊宁下班回来看到许齐元，碍着许喻和时洲都在，父女俩这几年还是头一回心平气和地同桌吃饭。

时洲陪许齐元小酌，许齐元酒量不好，一般饭局都由身边人帮着喝酒，没几杯就喝醉了，拉着时洲称兄道弟。

"老许。"田卫方把酒杯从他手中拿开，"不能喝还喝这么多。"

田卫方看得真切，刚才许齐元猛灌了两三杯酒下肚，时洲拦都拦不住，明显是带着情绪呢。

"我可没醉，时洲呢？让他再过来陪我喝几杯。"许齐元的脸涨得通红，摆着手道，"他当初是怎么答应我的，说会一辈子对泊宁好，最后倒好，以离婚收场不谈，还弄得我们父女失和……"

"哐啷"一声，许泊宁失手把汤碗打翻了。她脸色苍白，低垂着眼睑，匆匆站起身道："我去拿垃圾桶来收拾。"

"老许！"田卫方拉了拉许齐元。

许泊宁转身进了自己的房间。她环抱着双膝坐在飘窗上，歪头看着外面的高楼，呆呆地发愣。

不知过去了多久，房门被人敲响，她以为是田卫方，抹了把脸开口："进来。"

没想到来的人却是时洲。

他端着餐盘，弯下身搁在她身前的飘窗上，没说多余的话，只轻声道："晚上你没吃多少，阿姨很担心你。"

虽然刚才许齐元喝醉了口不择言，但许泊宁这会儿也完全不想看到时洲。然而他太会作弊，没等她说话，他身后探出个小小的脑袋来："妈妈，我们都吃完了，你快吃吧，奶奶说谁最后一个吃完谁洗碗。"

许泊宁被小家伙逗得扑哧一下笑出声来："知道了，妈妈一会儿出去吃。"

"就在这儿吃吧，现在你出去也不方便。"时洲的目光从她脸上掠过，压低了声音说，"你妈在外面教训你爸呢。"

时洲不是故意偷看。刚才掩门时不小心看到田卫方揪着许齐元的耳朵骂的样子，他到这会儿还处在震惊中。

毕竟在时洲的印象里，他这个前任丈母娘一直都是优雅大方的，待他和许泊宁和风细雨，连动怒都不曾有过。

"哦。那我等会儿出去。"许泊宁见怪不怪。

"在房间里吃吧，一会儿饿坏了肚子。"

许泊宁纳闷地挑了一下眉，还是没有忍住："时洲，你不是最看不得别人在卧室里吃东西的吗？"

别说味道重的饭菜，就是饮料都不能带到卧室里来，这会儿倒是稀奇了，从他嘴里说出这话，总有种荒诞的不真实感。

时洲一时语塞，半晌才憋出一句："还是吃饭比较重要。"

许泊宁"哦"了一声，有点儿怀疑刚才父亲是故意的。

许齐元酒量不行，酒品还算可以，喝醉了最多是蒙头大睡。而且他做工程，跟人打交道比较多，哪会这么没分寸。

许泊宁不懂她父亲，更弄不明白时洲。他们浓情蜜意的时候，这人的条条框框都标得明明白白，现在反而改了性子。

她伸直腿从飘窗上下来，揉了揉许喻的脑袋对时洲说："时洲，刚才我爸的话你别放在心上，他酒喝多了胡言乱语，我替他向你道歉。"

时洲的手攥紧了又松开，艰涩地开口："没关系的，你爸是长辈，而且我觉得，他说的也没错。"

许泊宁真想敲开时洲的脑袋，看看里面是不是哪根筋没搭上。

她冷着脸没说话，时洲却走了出去，没多久便又返回来，手中拿着儿童毛巾和牙刷问："叔叔这会儿用着外面的浴室，快八点了，能不能让许喻在你这儿洗？"

"行啊。"许泊宁不愿让时洲进自己的私人空间，扭过头问，"喻喻，妈妈一会儿吃完饭帮你洗澡行不行？"

小家伙连连摇头，他早有了性别意识："不要，妈妈是女生，我要爸爸给我洗。"

时洲的目光温柔地看着这母子俩，笑道："现在别说你，上次他要穿衣服，还让我关上门避开。"

父子俩进了浴室，顺手把门给锁上。

"爸爸，妈妈房间里好香。"许喻睁大圆溜溜的眼睛四处打量着，还伸手去摸台子上的瓶瓶罐罐。浴室里的香气是许泊宁各种卸妆水、洗面奶的气味。

时洲不好跟小孩子一样肆无忌惮地打探许泊宁的隐私，只能一边叮嘱许喻，一边佯装矜持地扫几眼，把牙刷递给他。

许泊宁的固执不仅仅表现在人际交往上，还有她数年如一日的喜好，合心意的电视剧能反反复复看十来遍，歌曲则可连续数日循环。

时洲跟许泊宁在一起两年多，离婚三年，她连用的沐浴露和卫生巾牌子都没换过。

时洲卷起裤管，光脚进淋浴间帮许喻调好热水，等将喷头放回去时，他忽然受惊般顿了一下，压根儿没察觉到喷头放歪了，水全浇到了他身上。

"爸爸，爸爸。"许喻刷完牙，自己脱光了衣服，光溜溜地站在淋浴间外面蹦跳着，"水好了没？"

时洲这才如梦初醒，不自在地伸手把置物架上的东西往里面挪了挪，神色窘迫地干咳一声，告诉许喻："好了。"

给孩子洗个澡而已，怎么时洲倒像是从水里捞出来的一样，许泊宁蹙眉看着他。他浑身上下几乎没多少干的地方，湿漉漉的布料贴在身上，依稀能看出胸前起伏，头发上还粘着白色的碎纸屑，大概是用纸擦过。

"那个……我先带许喻回房间。"时洲牵着儿子，几乎没等许泊宁回应，便如同后头有瘟疫般，疾步离开她的卧室，许喻几乎是被他拖着走的，弄得许泊宁险些怀疑这个男人在自己浴室里干了什么坏事。

稍晚些的时候，许泊宁收拾好去洗澡，在浴室里转了一圈都没有瞧出端倪，唯一能够让人想歪的大概只有搁在置物架上的Y形瘦脸按摩仪。

许泊宁什么都没有跟时洲解释，只过了两天便当着时洲的面使用。时洲开始见到这玩意儿还大惊失色，后面才意识到是他自己想歪了。

许齐元夜里醒了酒，大清早被田卫方给撵回了家，许泊宁都能猜到许齐元存心借着酒意指责时洲，田卫方这个枕边人自然更是清楚。

时洲看上去并未将昨晚的事放在心上，田卫方这个前丈母娘也权当事情没发生过，早晨两个人还其乐融融地打招呼。

最尴尬的要数许泊宁，前脚被父亲戳了伤疤，后脚又在前夫那里丢了脸，好像她欲求不满，特别饥渴似的。

许泊宁这个人万分看重脸面。她能跟非当事人倾诉的肯定是无关紧要的小事，要是她心里特别介意，她绝不会吐露半句，就是最亲密的人也不能。

就像几个月前她能跟周盼怒骂时洲，这会儿自己的生活被搅得一团糟，却开始缄口不言起来。就像田卫方和许齐元一直觉得她以前和时洲婚姻美满，离婚纯属瞎折腾。

隔了两天时洲学校培训结束，距离开学就剩三四天了，田卫方回家了，许泊宁还在公司时接到唐余打来的电话，唐余说他们夫妻要请她和时洲吃饭。

许泊宁不解。她跟唐余就没什么交集，更甭提时洲了。她没直接应下，纳闷了一会儿才问唐余："姐，你怎么突然要请我吃饭了？"

"前两天我不是去医院检查嘛，时洲他妈妈帮了不少忙，给约的专家号……"

敢情自己才是顺带的那一个。

许泊宁不愿去凑热闹，直接把时洲的联系方式推送给了唐余，又问她："姐，你怎么想起来找时洲他妈妈帮忙了？"

八竿子打不着。

"我迟迟怀不上，本来我妈想问舅舅舅妈在医院那儿有没有认识的人，可巧你前婆婆愿意帮忙。泊宁，你们两家现在还有联系呀？回头我约了时洲，你一起出来呀，不然我们又不熟悉，多尴尬。而且我查出了输卵管狭窄，医生说按我的身体情况，大概率要做试管，以后怕是还要麻烦人家。你就当帮姐的忙。"

许泊宁完全不理解唐余为了要二胎竟然这么拼，可她听完唐余的话，稍微想想就能猜出个大概。

许泊宁坐在自己的工位上忍了又忍，最后还是没憋住。

她掏出手机给时洲发了一条短信："时洲，你有毛病啊，我家七大姑八大姨的事，跟你有什么关系？！"

许泊宁不想回家。韩尧晚上要加班，她便约了周盼出来吃饭。

周盼在报社编辑部工作，如今他们部分业务转型，她所在的板块除了日常采访新闻外，还开始接广告业务，涉及各种硬广。她时常吐槽自己跟在广告公司上班没两样："一周有三四天都想着辞职。"

"毕竟你们也是要吃饭的。"许泊宁笑了，"像我们恨不得多找几个合作商，可惜你们那儿广告费不便宜，我做不了主，回头我给总部提交看看。"

周盼翻了一个白眼："业务那块我可管不着，你这大忙人今天怎么有空喊我出来吃饭呢？"

许泊宁低头喝了一口汤，没事人似的道："最近不忙，想着我们也有段日子没见面了，今天晚上我住你那儿行不行？"

周盼盯着她看了几秒，蹙眉问："许泊宁，究竟发生什么事了？"

"没什么。"许泊宁将垂在面颊的碎发拨弄到耳后，选了一个无关痛痒的借口说，"天天对着家里、公司一堆破事，烦躁得很。"

许泊宁实在是没脸告诉周盼，她怀疑时洲还对她余情未了。这可不是什么能显摆自己女性魅力的好事。

周盼虽然还没有结婚，但周围例子见得不少，见许泊宁一脸倦色，便轻声劝慰了两句："你这还算好，我单位同事有孩子的，哪个不是忙得脚不沾地，操不完的心。"

"嗯，我知道。"

许泊宁打定主意在外过夜，连短信都没给时洲发一条。

本来他们就只是室友关系，她回不回去时洲也管不着，至于许喻那儿，时洲会哄好的。

到周盼小区楼下的时候，许泊宁接到时洲打来的电话。

许泊宁一看到时洲的名字，就干脆利落地挂断了电话。

周盼问："谁呀？"

"骚扰电话。"

"现在这些骗子可真是敬业，都知道加班加点。"

许泊宁干笑两声："谁说不是呢？"

不过以时洲心高气傲的脾气，肯定不会再打来就是了。果然，直到许泊宁跟着周盼上楼，手机都没有再响起。

周盼的房子并不大，许泊宁挤在她家次卧的小床上，翻来覆去睡不着觉。

许泊宁有认床的毛病。好不容易折腾到东方发白，她顶着黑眼圈跑过去敲周盼的房门，说："我先走了，还得先回家换衣服再去公司。"

大清早的家里却没人，时洲和许喻的房间门敞开着，被子叠得整齐，像夜里根本没人睡过，可能他们去了时洲父母那儿。

许泊宁不知怎么忽然有点儿心慌。她给时洲拨了电话过去，那边很快接起，然而片刻后才出声："泊宁。"

许泊宁别扭地开口："时洲，你和喻喻回你爸妈那儿了？"

时洲的声音嘶哑，像是整夜未睡，低沉的声音里明显夹杂着萎靡。他低声道："我在医院。"

许喻小时候的样子在许泊宁脑子里其实已经很模糊，时洲带着他离开的时候，他不过一岁半，学会走路没多久，说话吐字也不清晰。

她对许喻最直观的看法就是，这孩子似乎一夕之间就长大长高了，会跟人沟通，懂得也很多。

许泊宁完全不知道许喻有高烧惊厥的病史，她印象里许喻似乎不怎么生病。

等许泊宁赶至医院，小家伙正坐在病床上由时洲喂粥。他头上贴了一片退烧贴，左手埋着留置针头，见到她乖巧地喊了一声："妈妈。"

许泊宁的眼眶一下就红了。她眨了眨眼走过去，时洲站起身让开，她俯身摸了摸许喻的小脑袋，问："喻喻还难不难受？"

许喻摇摇头，将嘴里的粥咽下答道："不疼了。"

许喻两岁多时第一次高烧惊厥，突然口吐白沫，浑身痉挛抽搐，险些把时洲给吓出心脏病来。他当初对这病也不是特别了解，后来他带许喻看过医生，做了各种检查，孩子并没有问题，医生偏向于家族遗传，一般这种情况六岁之前比较常见。

昨天下午许喻在外面跟小伙伴玩得满头大汗，晚上吃完饭，时洲有些心神不宁，没顾得上给他洗澡、换衣服。夜里发现孩子高烧时，他已烧到 39.7 摄氏度，送去医院的路上就惊厥过去了。好在相较两年前，这次只有短短几秒。

时洲昨晚一直在等许泊宁回来，本来是想跟她谈谈，之后送许喻去医院，他匆匆给许泊宁打电话，却被她挂断。

小家伙昨晚没怎么睡好，吃完就躺下睡了，许泊宁一脸愧疚地看了他好久，才从病房里走出去。她倚靠着墙慢慢蹲下，难过地捂住了脸。

病房门再次被人打开，许泊宁身边默默站了一个人。这会儿才七点多，走廊上偶尔有一两个护士经过，安静得只听得见她的啜泣声。

许泊宁意识到昨天时洲找她，其实是想说许喻的事，而她一时意气竟挂断了电话。

她的眼泪从指缝中渗出来，时洲低头看她，紧握着拳微微发颤。他终于没能忍住，低下身去，轻轻地碰了碰她的胳膊说："泊宁，你别哭，是我昨天没注意到喻喻的情况，下次不会了。"

许泊宁没有吭声，双手环膝，整个脸埋了进去，也不知道过了多久，哽咽声渐渐变小。她抬起头，时洲正满脸担忧地看着她。

"时洲，我觉得自己挺失败的，稀里糊涂有了许喻，从来没怎么照顾过他。"许泊宁带着哭腔开口。对她而言，在时洲面前承认自己是个失败者，无疑是将自尊一遍遍踩在地上碾压。

可是，无论如何，在许喻的问题上，能跟她感同身受的只有时洲一人。

时洲皱着眉听她说完，沉默了一瞬道："你做得够好了，你别担心，喻喻抽血化验过，是病毒感染引起的高热，没有什么大碍，三四天就能出院。就是幼儿园那边，开学估计赶不上，回头我跟他们老师请个假。"

许泊宁稍微松了一口气，试图从地上站起身："你辛苦了，你去休息会儿，我来照顾他。"

"没事，你的脸色也不太好。"时洲道。

许泊宁蹲久了，身子不由得往左侧趔趄，时洲及时扶了她一把。他的胳膊有力，稳稳地撑着她，掌心炽热的温度传至她身上。她脑子晕，这会儿没有心思再去计较他居心不良的事，站直身对他道了一声谢，进了病房。

许喻睡得正熟，小孩子血管细，昨天送过来时又是高烧，护士戳了好几个地方才找到血管。许泊宁坐在凳子上耷拉着脑袋，握住许喻的手，默不作声地轻揉着他手背泛青的针眼。

这孩子在许泊宁肚子里时，其实挺能折腾的，她为此吃了很多苦。她不清楚别人做母亲是什么样的心情，对她而言，相较于对新生命到来的欣喜，更多的是手足无措。

小儿难养
chapter 04

　　许泊宁生在八月初，田卫方说她打小儿见人就笑眯眯，跟小太阳似的，她又是两边家族里最小的，家里的老人特别喜欢她。就是这样的性子，许喻出生后她却患了产后抑郁症。

　　时洲迁就她，几乎一手操办了许喻所有的事。

　　许泊宁刚才听时洲轻描淡写地说许喻两岁时也曾高烧惊厥过，他的语气虽平静，但细想想，事实肯定不像他说的那样不痛不痒。

　　门被人推开，许泊宁怏怏地歪头看去，时洲从外面进来，将东西递到她面前道："早饭还没吃吧，先垫垫肚子。"

　　许泊宁没有拒绝，接过豆浆和包子，低头啃了几口。她擦了擦嘴角的油渍，抿唇道："时洲，以前的事是我不对，以后我们就是合伙人，好好把许喻养大行不行？"

　　她在他们婚姻存续的很长一段时间里，都觉得时洲一事无成。她耻于在外面提及他的工作，彻底否定他在家庭里的价值。

　　许泊宁破天荒地认了错。她精神状态不佳，话里的意思却不含糊。

　　时洲看了她半晌，轻叹一口气道："泊宁，我没有想要逼你，关于过去的事，有什么话，等许喻出院，我们再谈。"

　　双方长辈都知道他们三人住在一起的事，几乎每天都会跟许喻视频通话。小家伙住院的事没瞒得了多久，当天下午田卫方和曹梅就各自赶到医院。

许齐元原本定了要去山城出差，也临时推了。时保宗那儿脱不开身，没能及时过来。

两家就这根独苗苗，看许喻这病恹恹的模样，几个长辈心疼得不行，田卫方和曹梅更是一口一个"心肝儿"唤着。

除了许齐元，大家都是文化人，接受过正规教育熏陶，尤其是曹梅本身就是医生，她仔细问了许喻的状况，说："病程短是好事，不过还是要注意点儿，喻喻这种情况，超过 38 摄氏度就该喂退烧药，时洲你有些糊涂。"

曹梅当面指责时洲，田卫方不好护短，跟着开口训女儿："泊宁更不像话，工作再忙也不能耽误了孩子的事，好在这次喻喻没事，否则有你后悔的。你都快三十的人了，还没一点儿当妈的样子，你什么时候才能懂点儿事？"

许泊宁从上午过来就一直陪在许喻身边，此刻连妆都没化，素面朝天，头发随意扎在脑后，顾不得半点儿形象。她被教训得越发灰头土脸，勉强咧嘴笑道："妈，我知道错了。"

时洲见许泊宁硬撑着可怜兮兮的样子，有些不忍，在旁围道："妈，叔叔，阿姨，我们去病房外面聊吧，让泊宁陪喻喻待会儿。"

"我看孩子累了，咱别挤在病房里，让孩子好好休息，护士也不让待久了。"曹梅看一眼儿子笑了笑，"时洲，你照顾好喻喻和泊宁就成，我们自己出去转会儿，有事给我们打电话。"

话音刚落，田卫方和许齐元便互相交换了一个眼色。时洲不自在地摸了一下衣角，转身去瞧许泊宁。然而她的注意力此刻全都在许喻身上，并没有什么表情。

田卫方跟许齐元先出了病房，才往前走了两三米就被曹梅喊住："泊宁爸爸、泊宁妈妈。"

除了在许喻姓氏上起过龃龉，两家关系处得还算不错。上回他们碰在一起还是许泊宁和时洲离婚的时候，那两个小的倒是潇洒，离婚证各自揣兜里，抱着许喻说让他们出来吃顿散伙饭。

双方都不同意小辈离婚的事，可架不住时洲和许泊宁先斩后奏。

田卫方把许齐元打发走，自己跟曹梅在医院的咖啡厅坐了一会儿。

"曹老师，上回家里侄女的事，多亏有你帮忙，我正愁不知道怎么谢谢你。"田卫方理了理裙上的褶皱，端起面前的咖啡喝了一口。

"这哪算个事儿，说起来，我还见过她几回，能帮得上忙应该帮的。"曹梅笑道。她显然是有话说，犹豫片刻道，"泊宁妈妈，他们年轻人的事我不该多嘴，不过你我都是做母亲的，我不问吧，心里又不踏实。"

"曹老师，有话你直说就行。"

曹梅想了想说："我也不瞒着你，我一直都很喜欢泊宁这孩子，当时两个人不声不响地离婚，我看就是年轻气盛太冲动。如今三年过去了，你看他们还有没有可能？"

田卫方前几天还跟时洲他们住着，方才在病房里，时洲对许泊宁的维护她同样看在眼里。

曹梅都说到这份儿上了，田卫方不好藏着掖着敷衍对方。她没有明着回答，却道："我就这么一个姑娘，别看她爸一天到晚对她横眉瞪眼，其实最是惯她，还是要看她的意思。不过依我看来，要论对喻喻好，哪个都比不上亲爸亲妈。"

好歹是稍微松口，表明了自己的态度。

曹梅微露喜色，将小蛋糕往田卫方那儿推了推："小年轻总免不了会走弯路，瞎折腾，等到咱们这年纪才知道什么是对自己、对孩子好。"

"谁说不是呢，操不完的心，这还又多了一个小的，哪天是个头。"

"咱们家喻喻聪明，上次我听时洲讲，这孩子在围棋上很有天赋。"

谈起许喻来，两个人顿时有了共同话题，田卫方喜道："泊宁她爷爷下围棋就不错，这说不定隔代遗传了。"

"可不就是嘛。"

好在许喻也不是多严重的病，就是普通流感，只要注意别再发生二次惊厥，基本没有大碍。

田卫方和曹梅说去泊宁家里做点儿饭菜送来，被时洲制止了："妈，阿姨，我订了医院餐，你们别忙了，这边我和泊宁会照应着。没什么事，你们先回去吧，晚上医院也没法待。"

她们便也没再坚持，轮流拉着许喻说了一会儿话才离开。

孩子无假病，许喻的精神头比上午好了不少，许泊宁一直坐在床边陪他玩。

她帮许喻把退热贴换掉，摸了摸他的额头，觉着还有些烫，扭头去问坐在沙发上翻手机的时洲："好像又开始发热了，要不要去问问医生？"

时洲走到她身边，驾轻就熟地探到许喻颈后，用手腕部位感受温度。隔了一会儿，他道："应该还行，用耳温枪测一下吧，两三天反复是正常的，你不用太担心。"

"应该要摸脖子后面吗？"许泊宁问他。

时洲这些年跟许喻待久了，对他的体温变化极其敏感，稍有点儿波动他都能觉察出来。他说："都可以的，其实还是温度计最准确。"

"哦。"

时洲倾过身，把耳温枪递给许泊宁，道："你试试，对着耳道，按一下这个键就可以。"

二人的手难免会触碰到，许泊宁慌忙缩回手，又觉自己大惊小怪，总归是别扭。

许泊宁别开眼，时洲却已经低声跟许喻说话了："喻喻，头偏一点儿，让妈妈给你测一下。"

"哔"的一声，液晶屏上显示出温度，37.1摄氏度。

"还行，过一会儿用温水帮他擦擦就好。"时洲凑过去看了一眼，呼吸落在许泊宁颈后。温热的气息拂过耳畔，惹得她一阵惶恐。

再往窗外望去，天已经完全暗淡下来，窗户上映出三人看似亲密的影子，而这样不尴不尬，才更叫人唏嘘不已。

时洲照顾许喻细致而耐心，许泊宁只能在旁帮着换水、拧毛巾，小家伙听完故事没多久就睡着了。

"你要不要回去洗个澡再过来？"时洲问许泊宁。他知道，直接说让她回家歇着，她肯定不会同意，"顺便帮我拿两身换洗衣服，带条毯子。"

许泊宁没拒绝，点头道："行，你到时候要想起还缺点儿别的东西，就打电话给我。"

自从时洲回来，他那间卧室许泊宁就没进去过。就是前段时间，田卫方住这儿，她最多也只是站在门外。

时洲的房间跟他的人一样，整个透着股疏离的味道。房间里的家具除了她当时购置的衣柜和床，就没有别的什么东西。

床头柜上摆了一个电子时钟和黑白树叶花纹瓶，花瓶瓶口都没有抹平整，看着歪歪扭扭的，里面插了几枝干花。

许泊宁瞥了几眼，从柜子里取了时洲的衣服装进袋子里。关上门时，她的目光驻留了片刻，突然想起这花瓶本是一对。

时洲房间里的这个，是她捏的。他握着她的手腕，一点点教她，可惜她这个徒弟太过愚笨，怎么都学不好，最后他还是郑重地拿去上釉烧制。

结婚生子之前，时洲身上自带光环，他艺术细胞浓厚，很懂得生活。许泊宁觉得这个男人几近完美，家世、性格、品行、长相……挑不出半点儿瑕疵。结婚之后，这些曾让她喜欢的，仿佛一夕之间全打了折扣。

她皱了一下眉头，不愿再想。

从家里出来，许泊宁给韩尧打了一个电话。韩尧说明天打算来医院看看她和孩子，她说："许喻他爸也在这儿，不是很方便。等许喻出院吧，我领他见见你。"

这决定做得丝毫没过脑子，欠考虑极了。只是许泊宁如今脑子里一直有个念头，仿佛在告诉她，她往前再走一步都是错误。

韩尧知道她又和前夫搅和在一起，不太高兴，语气里明显带着失落。但他毕竟懂得分寸，没有再多说什么。

许泊宁这一整天心力交瘁，完全没精力顾及韩尧的心情，匆匆说了几句便挂断电话。

她换了双平底鞋推门进病房，把装着衣服的袋子给时洲。他打开后略微翻了翻，手微顿，没说话。

"怎么了？"许泊宁看出他的不对劲。

"没什么。"见许泊宁一脸不信，时洲把袋子搁在床脚，无奈道，"就是你似乎忘记给我带内裤来了。"

"哦。"许泊宁应声，早知道她就不问了，"不好意思，我没注意，要不你自己回去拿？我在这儿照看，你明早过来就行。"

"没事。"时洲淡淡地回她，拿起衣服袋子站起身，"我去冲洗一下，我刚才量过喻喻的体温，暂时没发烧。"

许泊宁不是故意忘了的，不过她听了时洲的话，还是有点儿好奇，像他这么个洁癖严重的人，衣服换不了要怎么办。

夜里，许泊宁枕着靠垫，睡在病房里的沙发上。时洲让她先睡，说上半夜他守着许喻，下半夜再换她。

许泊宁了解时洲这个人，他多半只会自己守一夜，根本不会喊她。她躺下前定了闹钟，又怕吵醒许喻，便压在靠垫下面。

十二点多的时候，闹钟响起，许泊宁睡得并不踏实，几乎闹钟一响，她就睁开了眼。没想到迷迷糊糊发现沙发边蹲了一个人，她被吓住，揉着眼，好一会儿才反应过来道："时洲？"

时洲显然比她还慌张，低头跟她对视几秒，讷讷道："空调温度有点儿低，我帮你盖下毯子。"

"谢谢，我不睡了，你来这儿躺会儿吧，昨天夜里你也没睡。"许泊宁掀开身上的毯子坐起身。

"不用，我不困。"时洲刚开口，许泊宁已俯下身去穿鞋。

许泊宁固执起来，谁也拗不过她，时洲没有勉强。他把沙发上的薄毯展开，想给她披上，迟疑半秒还是递到她手中说："裹着吧，别吹冷风感冒了。"

时洲这人做事从来都是这样细心，许泊宁的手搭在床边扶栏上，看一眼许喻，又望向躬身躺在沙发上的时洲。他那么高的一个人，这会儿局促地窝在那儿，腿蜷缩着，胳膊都没地方搁，瞧着有几分滑稽。

许泊宁坐在凳子上，背后的窗帘遮得严严实实，她大半个身子都藏在黑暗中。她摸出手机看了一会儿，刺眼的屏幕照得她眼睛疼，便闭了闭眼，轻声唤男人："时洲？"

沙发上那人一动没动，许是已经睡了。

许泊宁心想，也好。

"嗯。"她已经收回目光，那人又忽然应了她一声，"泊宁，怎么了？"

许泊宁临到嘴边的话一下变得烫嘴起来。她借着廊灯垂眸，小家伙的眉宇完全舒展开来了，鼻翼微微颤动，睡得正香，完全看不出他还反反复复发着烧。

"这些年你一个人带着许喻，是不是挺辛苦的，怎么没找人帮帮忙？"

许泊宁的手捻着毯子一角，那地方都快被她揪出个洞来。

时洲若想当个甩手掌柜也不是不能，请个阿姨帮忙带就是。可偏偏他没有，对孩子几乎事无巨细，连许喻的指甲都是他修剪的。

许泊宁看见时洲动了动，他淡淡的声音从不远处传来："还行。"

"哦。"时洲这样平静，让许泊宁一直不知道如何接话。她憋了半天，说出句，"孩子不好养，我知道的。"

时洲没吭声。

许喻住的是单人病房，空荡荡的屋子里只有小孩的梦呓声，许泊宁仔细听了一会儿，轻笑道："喻喻做梦还在跟你下棋呢，你睡吧，我不打扰你了。"

时洲忽然坐起身，许泊宁只能看到他的侧影。他抿唇坐在那儿，T恤皱巴巴地套在身上，头发凌乱地翘着。

时洲默坐了好一会儿，突然开口："就一次，那时候我刚带他搬到清瓷镇，也是我疏忽，他高烧到没了意识，两眼翻白，嘴唇发紫，还打着冷战……后来喊了救护车，我当时很后悔把他带到那里去。"

时洲没说的是，许喻出院后的很长一段时间里，总有莫名心悸的毛病。他连心脏造影检查都给孩子做过，但依旧没查出问题。

许喻两次发病，许泊宁都没目睹，但只听时洲描述，她都觉得喘不过气来。她眼眶湿润，看着时洲道："虽然这话说得有点儿迟，也极其不负责任，但以后要是有需要我的地方，你尽管说。就像昨晚，是我有错在先，挂断电话，其实你后面也可以给我发个短信的。"

时洲闻言，长长地叹了一口气道："我也做得不好，当时我的状态不太对。"

"我能理解。"许泊宁点头，"许喻这事儿肯定把你给吓坏了，你一时没顾得上很正常，我没有怪你的意思。"

"不是。"时洲否认，他的视线落到她身上。许久后，他道，"不是的，我给喻喻喂了退烧药，这次惊厥时间短，送到医院已经没什么事了。"

"那怎么……没告诉我？"

时洲顿了顿，说："泊宁，我一整晚都在想，你去了哪儿，又跟谁在一起。"

这话来得猝不及防，许泊宁偏着身子靠在床边，愣怔地看向他，险些从板凳上摔下来。

跟那晚在古镇一样，他低声下气地问她能不能把朋友圈对他可见，他此刻的表情，就像等待宣判的囚徒。

许泊宁压根儿没料到时洲会这么直接，完全跟他的性子不符。而且儿子还在病房的床上躺着，他就这样轻飘飘地说了出来。

她不知做何反应，目光游移，干笑两声说："时洲，那什么，我们都离婚多久了，要不是喻喻生病，怕吵醒他，你开这种玩笑，我肯定要揍你的。"

而且还是时洲先不要自己，许泊宁不甘落了下风，每每念及两个人离婚的原因，她都觉得是自己也厌倦了对方。时间一久，连她自己都信了。

"没开玩笑。"时洲脸色微白，缄默了一会儿又道，"那时候我总觉得在你那儿自尊心受挫，尤其从你的同学会回来，我们的关系几乎陷入谷底。你对我没什么好脸色，我也说了过分的话。那段时间，我一直在想，这种婚姻生活究竟是不是我想要的……"

像他父母亲，相敬如宾，恩爱了大半辈子，只需对方一个眼神就能心生默契。时保宗和曹梅都不是善于言辞、习惯向伴侣表达喜怒的性子。可是许泊宁不一样，她对亲近的人藏不住半点儿秘密，她好脸面，也更有倾诉的欲望。

"所以，"许泊宁的身子扭了一下，一摊手，"在你深思熟虑后，发现我们并不合适？"

时洲的喉咙紧了紧，即使他万般不愿在她面前承认，然而那时他的确就是这样想的。他的声音低了几分，苦笑道："人总在不理智的时候做出错误的判断，我做的错事并不少。"

"时洲，我们好聚好散不行吗？"许泊宁半晌后回他。这次她总算没拖韩尧出来当挡箭牌，也没有大仇得报，在他身上扳回一局的快感。她轻声道，"你现在来跟我说这些，又有什么意义呢？我老实说，你那'坑'太深了，不适合我，我暂时也没有再婚的打算。"

"嗯，我知道。"

那又何必说这些叫人困扰的话。

许泊宁其实挺怨时洲在这个时间点跟她说这些的，毕竟他们还要在医院照顾喻喻，他们的关系本就够尴尬的了，如今更是待一块儿都别扭。

虽然他们都默契地没再谈及那晚的事，可许泊宁表现得太过刻意，一天晚上，许喻趁她上厕所的时候，偷偷问时洲："爸爸，是不是我惹妈妈生气了？"

"没有，喻喻怎么这样问？"时洲给他理好衣服，问他。

许喻的左手背因为留置针头戳了两三天，稍微肿起来了。他换了只手去搂时洲的脖子，说："就是看妈妈好像不太高兴的样子，今天都不怎么说话。"

时洲愣了愣，小孩子很会察言观色，对大人情绪的变化其实最为敏感。他在许喻身后轻轻拍了拍，道："没有，妈妈永远都不会生喻喻的气。"

已经一脚踏出洗手间门的许泊宁，闻言又悄悄缩了回去。

时洲垂眸盯着小家伙头顶的两个旋儿，低声细语安抚他，却忍不住开始质疑自己是不是做错了。

他带许喻回来，平白无故将孩子卷入大人间的事。

许喻原本对许泊宁的印象并不深刻，也许母子缘浅并不是多糟糕的事。如今他跟许泊宁一天天亲密起来，他总会长大，迟早会意识到父母早已分开的真相。

若许泊宁绝无半点儿回头的打算，时洲真不知道到时要如何跟许喻解释。

许泊宁躲在水池边洗了把脸，冷水拍打在脸上，她心情才平复了一些。

许泊宁出去看见时洲正站在病床前，她不得不承认，他的衣品很好，是天生的"衣架子"。浅灰色的T恤，深色的四分裤，他穿着看上去一点儿都不像快三十岁的人。

时洲也注意到了许泊宁，侧身看了她一眼。

这一眼看得许泊宁有些心惊，寂静的病房里，仿佛只听得见一家三口的呼吸声。

时洲的眼圈红了。

许泊宁只见时洲哭过一次，还是偶然从他的手机视频里看到的。

她生许喻那天，两家长辈都守在产房门口，时洲独自躲在安全楼梯给她录了一个视频。后来大概他自己觉得害羞，压根儿没拿给她看。

他在视频里具体说了什么话，许泊宁已记不太清，唯独他那双红通通的眸子还留在她的印象里。

时洲这么冷静的人，哭起来颇有点儿罕见的凌虐美感。她觉得好玩，笑嘻嘻地让他当着自己的面再哭一次，他却红着脸别开眼，怎么都不肯。

此刻许泊宁无声地盯着时洲，忽然心生怜悯。她站在原地没动，心想，原来男人的眼泪也没那么值钱，更没什么叫人开心的。

最后还是时洲先避开了，他的声音微哑，轻声道："下午我问过医生，后天应该就能办理出院手续，明天你上班去吧，医院这儿有我看着。"

时洲的学校十五号才开学，他向许喻的幼儿园提前请了三天的假。

"也不差这一天，还是等喻喻出院吧。"许泊宁说。

不过就职场而言，时不时请假的确是大忌，她这一连请好几天，公司领导颇有微词。尤其她那个位置，各个方案最后都要她来落地实施。

唐余和她老公严树杰从田卫方口中得知许喻住院的事，两个人提着一堆东西来医院看望。

许泊宁一见着她这个自来熟的表姐就头疼，但还是笑着跟他们打招呼："姐，姐夫，你看你们这费什么心，小孩子感冒而已，明天就出院了。"

"应该的，应该的。"唐余看向时洲道，"时洲也在呀，你看我跟你姐夫上次那事还没来得及感谢你呢。"

时洲不知道如何回应，看向许泊宁。她脸上的假笑快绷不住了，只得开口应付两句："也没帮上什么，你们不用客气。"

"虽然说都是亲戚，但该谢还得谢……"

时洲现在算唐余哪门子的亲戚……但许泊宁只敢在心中念叨，她要是直接说出来，第二天家里的亲戚估计都要来讨伐她。

何况他们不都一直看不上时洲吗？

许泊宁听不下去了，生怕再从唐余嘴里听到什么不合时宜的话，便借口去开水房打水遁走了。

打完水，许泊宁顺便去了一趟医院超市。没想到她从电梯出来，转头就碰到严树杰站在走廊窗户那儿打电话。

"我知道，你先别急，先跟你那男朋友提分手，我这儿再想办法……等明天去公司再说。"

许泊宁不是故意偷听的，但听完觉得怪怪的，往前走了两步又忍不住回头看，正好跟严树杰的视线对上。他显然愣了愣，略显慌张地收起手机，笑着解释道："泊宁，你怎么在这儿？刚才公司同事找我有事来着。"

"姐夫。"许泊宁点头唤他，抬手指指手中的袋子，"我去楼下给许喻买点儿黑米粥。"

许泊宁对别人的隐私不感兴趣，但不管怎么说，唐余都是和她有血缘关系的表姐。小时候在她爷爷奶奶家，她们吃同一锅饭长大。

唐余在社保局上班，工作稳定。严树杰是一家世界五百强企业的高管，年入数百万，事业有成。若说许泊宁的婚姻闹腾，唐余跟严树杰的婚姻便堪称家族里的典范。他们是大学同学，恋爱长跑几年后顺理成章地结婚生子，十几年的婚姻生活里没红过脸。

许泊宁确定自己没听错，而且哪个女同事会私下跟已婚的男同事讨论自己的感情问题呢，避嫌都来不及。

不知道是不是许泊宁的第六感作祟，她觉得她这表姐夫后来总是刻意看她，像要从她脸上瞧出什么端倪来。

许泊宁没傻到跑去跟唐余嚼舌根，人家夫妻的事，外人最难插手，但又不好撞见了当没碰上。

唐余应该还浑然不知，否则怎么会想着做试管要二胎。

许泊宁直接把这烫手山芋抛给了田卫方，也没添油加醋，将事情一字不落的全说了。末了，她还补充道："我只听到这些，具体怎么回事我也不清楚，妈，你可别乱往外传，坏了人家夫妻和睦就不好了。"

田卫方从邮局退休后，每天有大半时间都在和家里这些亲戚沟通感情，让她去处理总比许泊宁横插一脚来得强。

何况她这儿已经够乱了。

许喻在家休息两天便要去新幼儿园报到，时洲嘴上不说什么，心里还是忍不住担心，怕他适应不了。

毕竟许喻自有记忆时就在清瓷镇生活，村里的孩子不多，整个幼儿园才四五个班，一共七十来个学生，一个班级十几人，老师哪个孩子都能照顾到。

许泊宁和时洲一同去送许喻。时洲这男人，陌生人面前憋不出半句话，今天却破天荒跟许喻班里的老师聊了好久。

许泊宁木桩似的站在边上，听时洲事无巨细地跟老师交代着。他这老父亲的心态她很能理解，怎么说许喻都是他一手带大的。

"那个，时洲，你刚才说那么多，老师会不会觉得我们家事儿比较多？"许泊宁出来的时候私下问时洲。如果她是老师，肯定也怕那种一点儿事情都能琢磨半天的家长。

时洲揉了揉眉，说："大概吧，我这也是关心则乱，晚上你回来吃饭吗？我今晚约了人，到时候把喻喻一起带过去。"

要是往常，许泊宁大概还能调侃他是不是见女朋友之类的话，不过现在，这话连在心里过一遍都觉得别扭。她远远按下车钥匙，道："好，我晚上也约了人。"

时洲闻言，心一顿，在许泊宁打开车门时又唤住她，说道："那个，泊宁……"

"嗯？"她歪头看他。

许泊宁眼睛澄亮，揣着明白装糊涂的本事也不小。

时洲低眉垂眼看她，局促地拢起手问："早上那束花你喜欢吗？"

说实话，许泊宁拿这样干脆直接的时洲有点儿没办法，要是他憋着什么都不说，她或许还能装聋作哑。她想起家里客厅那一大束显眼的花，蹙眉思忖片刻，轻叹一口气道："谢谢你，花很漂亮。不过老实说，时洲，你这样让我很困扰，要不是现在舍不得许喻……"

许泊宁没再看他。事实上，在医院看到他眼里的泪那晚，她有那么一刻，挺想问他："时洲，你何必呢？"

她花了三年时间，好不容易让自己慢慢走出来，他却突然站到她面前来告诉她，他后悔了，能不能重新开始。

天底下哪有这么好的事，好坏都是他说了算。

"那你开车慢点儿，路上注意安全。"时洲俯身看着她，笑了一下，生硬地转开话题。

许泊宁系好安全带，对前夫不合时宜的关切表示了感谢："谢谢，晚上麻烦你来幼儿园接一下许喻。"

晚上许泊宁跟韩尧有约会，韩尧吐槽自己就像等待被临幸的嫔妃："学姐，好歹看在我是你学弟的份儿上，也稍微匀点儿时间给我吧。"

许泊宁被他滑稽的语气逗笑，问他想吃什么。

最后二人去了东堰信息工程大学本部校区附近。本部校园并不大，他们以前都在这儿上学，只不过她比韩尧大了四届，他入学那年，她正好毕业。

学校后街有家开了许多年的鸭血粉丝店，信息工程大学的学生基本都来这里光顾过。店里生意火爆，里头已经坐满，两个人在露天的空桌里随意找了个位子坐下。

许泊宁吃鸭血粉丝必加辣油和醋，醋少了还不行，非要弄得碗中飘红，口味跟许齐元一个样儿。田卫方十分瞧不上父女俩这做派，说他们完全不像是土生土长的东堰人。

韩尧笑着看许泊宁倒了近三分之一罐醋，忽然想起什么，拿出手机翻了翻，又把凳子往她边上挪了挪，凑过来问："许泊宁，你知不知道咱学校的表白墙？"

许泊宁疑惑地看着他，点头道："知道，怎么了？"

韩尧将手机递到许泊宁跟前，打开照片给她看。

许泊宁一看照片上的侧脸怎么这么眼熟，不就是她吗。大冬天的，独自一人坐着，脖子上围了一条男款的围巾，吃得鼻涕眼泪直流。

"我给表白墙发匿名信，想要照片上女生的联系方式。"韩尧的语气中带了点儿遗憾道，"后来他们说，对方已经毕业了。"

许泊宁笑了笑，把手机还给韩尧，说："照片拍得没有本人好看，韩尧你眼光挺好的，我吃成这个样子，你都能发掘出来。"

照片上她围的围巾好像还是时洲的，当时他去了哪里，她记不太清了。

时洲在生活方面格外讲究，可能也跟他的家庭有关，他从不吃路边摊或者小店里的东西。许泊宁那时候被爱冲昏了头脑，压根儿没觉得这是多大的分歧，顶多认为他讲究。

现在一想，人和人的差异不就体现在这些细节上吗？

"我当时就好奇，这女生挺能吃醋的，我要是店家，肯定要把你列入黑名单，否则十来块钱的鸭血粉丝岂不是亏死……你看这就是缘分。"韩尧回忆道。

说到这儿，许泊宁难免有些好奇："之前怎么没听你提过？"

韩尧愣了愣。他大学时候发到表白墙的女生有好几个，早不记得这一茬了，还是这天才想起来，难怪当初他刚进公司就觉得许泊宁很眼熟。

他没有瞒着许泊宁，学她给自己的碗里倒了点儿醋，不好意思地说："大学的时候宿舍里的男生都滥用表白墙，其实我忘了……"

许泊宁倒没觉得有什么不好。相反，韩尧在感情上一向很坦白，她不免又想起时洲那事。

"韩尧，有件事我想跟你说。"她有些紧张。

韩尧埋头吃了一口粉丝，嘴里含混不清地问她："什么？"

"就是我现在住的那个房子，其实还有我前夫的一半，他最近带着孩子暂时要到我这儿住一段时间。"许泊宁说完，等着韩尧的反应。

韩尧花了好一会儿工夫才明白她话里的意思："许泊宁，你没跟我开玩笑吧？"

然而许泊宁坐在桌子对面，搁下筷子正色看着韩尧。她没有接话，可脸上的神色没有半点儿开玩笑的样子。

韩尧皱着眉盯了她许久，味同嚼蜡般咽下嘴里的鸭肝。他是真的挺喜欢许泊宁的，进公司那会儿，他还没能认出她就是自己曾在表白墙登过寻人启事的学姐，就第二次对她心动了。

"我觉得这事儿吧，我实在不能接受。"韩尧想了想还是告诉她，"许泊宁，不是说我不信任你，可心里难免硌硬。你们这孤男寡女应该避嫌，住在一起怎么都不妥吧，实在不行你搬出来到我那儿去住。"

许泊宁垂下眼道："韩尧，这件事你让我再考虑考虑吧。"

就是他不提，她也有要搬出去的想法。

主要还是许喻这次生病住院把许泊宁吓狠了，在医院的短短几天，可比许齐元骂了三年管用，让她在这时候离开，她真不一定能做到。

韩尧完全不能理解她的想法。他以前也交过两个女朋友，后来好聚好散，互删了联系方式，完全不像她这样拖泥带水。

他再看向许泊宁时，不免带了审视的意味："你和你那前夫，不会还旧情难忘，想着复合吧？而且这些天你又在医院天天跟他处在一起，保不齐……"

许泊宁一听这话，也不由心生恼怒，叹一口气冷冷地看着他道："韩尧，你这话过了。"

最后二人不欢而散。韩尧本来是坐许泊宁的车过来的，回去也没要她送，自己叫了一辆网约车走了。

临走前，他对许泊宁说："你有没有觉得自己在这个问题上，挺不尊重我这个男朋友的？当初你为什么同意跟我谈恋爱？"

许泊宁虽然有过一次失败的婚姻，却没到对感情避之不及的程度。要是韩尧出现得早一些，或者他长得丑一些，她当然不会答应他的追求。

客观说来，许泊宁在韩尧面前已经足够收敛脾气了。

韩尧性子直率，他们相处一直很愉快，还没红过脸，她挺不习惯情侣间的这种别扭。

开车回去的路上，许泊宁仔细反省了一下自己的行为。这件事原本就是她做得不太对，她的脾气该软些的，不该跟韩尧犟，总归太过冲动。再说了，她本来就比他年长几岁，能退让的就该忍一忍，等那股气过去就没事了。

等明天到公司见面，看对方的态度再说吧。

许泊宁早晨对时洲说晚上有约会，反倒先到家，时洲和许喻过了半个多小时才回来。

小家伙手中抱着一个大大的纸盒子，换了鞋进门，看到许泊宁就开心地举给她看："妈妈，张叔叔给我买的。"

许泊宁俯身抱了抱他，扭头看时洲将文件袋搁好后进了浴室。

隔了一会儿，时洲换了衣服，又洗过手出来，许泊宁问："时洲，晚上你们是和张景一起吃饭？"

时洲摇头道："我今天有个饭局，送喻喻去上围棋课后，让张景和李茜他们带他吃饭。"

许泊宁沉默了一瞬，道："你让别人帮忙带孩子之前，可以先问问我有没有时间，我也能照顾他的。"

时洲没回答她的问题，轻推了一下许喻，道："喻喻先去洗手。"

直到许喻走了，时洲身着一身素色T恤、长裤站在那儿，低声道："泊宁，你昨天打电话的时候我就在边上，我知道你今晚有约会。许喻现在还小，我觉得现在让他见你的男朋友，对他而言，恐怕没那么容易接受。"

说完，男人停顿了一下，又补充一句："何况你我当初约法三章，暂时不带他见别人。"

在这个问题上，他们曾经达成过共识，还是许泊宁主动提出来的，她却先违了约。

许泊宁瞥了一眼时洲，不咸不淡地道："我知道了。"

时洲看出她情绪不大对劲，没再多说什么。等小家伙过来，二人颇为默契地同时扯了扯唇角，笑容满面看向许喻。

屋子里的气氛越发微妙起来。

许喻笑嘻嘻地过来扯时洲的手，完全没看出父母间的不自然："爸爸，你来陪我玩乐高。"

他刚洗过手，没擦，水全弄到时洲身上了。时洲也不嫌弃，耐着性子帮他擦干，顺便低身教育一番："喻喻，爸爸告诉过你的，洗完手后要擦干再出来。"

许喻的小脑袋直点，说："我知道，爸爸……我就是刚刚忘记了。"

时洲意有所指地望向许泊宁说道："我们喻喻很聪明，很多事都明白的。"

这话明摆着是对许泊宁讲的。她想啐时洲，但碍着自己理亏，只能被他掣肘，权当听不懂他的意思。

今晚两边都没讨得了好，处处碰壁，许泊宁感觉自己筋疲力尽，沾床就不想爬起来。可即便是累成这样，她还是在床上翻来覆去了半天，总也睡不着。

小时候，许齐元告诉许泊宁要按照自己的心意行事，等到她真能自己做主的时候，家里又嫌弃她瞎折腾。

人生越活越混乱。

时洲按时起床做早饭，看到锅里煮了鸡蛋，粥在电饭煲里温着，吓了一跳，再看许泊宁卧室的门没有关紧，人不在床上，似乎已经出了门。

他以为许泊宁为了避开自己，又早早遁走了。谁知没过多久，她从外面开门进来，穿着紧身速干衣，头发扎成马尾垂在肩后。她抬腿撅着屁股在那儿换鞋，浑圆的臀部被紧身衣勾勒得清清楚楚。

时洲眼神飘忽，最后还是忍不住落在她身上。他吞咽了一下口水，哑声道："泊宁？"

"嗯？怎么？"许泊宁抬起头顺手抹了一下汗，"你起床了，今天我上班的时候顺便送许喻去学校吧。"

"哦……哦，好的。"时洲魂不守舍地挪开眼，心不在焉道，"那你来得及吗？"

"没关系的。"

许泊宁送许喻去学校，许喻班上的生活老师就在幼儿园门口守着。

许泊宁完全忘记了昨天她说时洲的话，也忍不住问了几句。

"许喻适应得很好，自理能力也强，许喻妈妈不用太担心。今年我们班上除了许喻，还有另外两个转园过来的孩子，小朋友一起玩会儿就熟悉了。"老师边说边牵着许喻的手道，"喻喻，跟妈妈拜拜。"

许喻走到许泊宁跟前，示意她稍微低下身，他踮着脚揽住了她的脖子。

许泊宁对孩子突如其来的亲近还没反应过来，他就在她脸颊边亲了一口，说："妈妈，再见，晚上你也来接我好不好？"

许泊宁愣了一下，手抚着左边脸上湿润的部分，根本拒绝不了他。她算了算时间，许喻在幼儿园延时班，差不多五点半离园，如果她稍微早些，应该来得及。

"好。"她揉了揉许喻的头发。

那种曾经共享生命的亲密，瞬间被无限放大，许泊宁的心柔软得不像话。无论许喻这会儿要什么，她想自己都会答应的。

韩尧这次大概是真的生气了，许泊宁特意大清早来公司给他带了早餐，他也没有任何表示。

"你们吵架了？"连孙婧婧都瞧出来不对。中午吃饭的时候，她问许泊宁。

许泊宁矢口否认："没。"

"那怎么刚才路上见了，连招呼都不打？"

"应该没看见吧。"

孙婧婧笑了笑，没再追问。

许泊宁主动给了韩尧台阶下，然而韩尧还是不高兴，归根结底还是因为她现在跟前夫同住一个屋檐下，这点她自己也很清楚。

但说实话，以许泊宁的脾气，能先低头已经是不容易了，她不是那种能低声下气的性子，何况是在公司里。她今天满心都沉浸在许喻那个吻中，连带着觉得周围这些棘手的事都没那么令人烦躁。

下午五点二十五分，她匆匆赶到幼儿园的时候，时洲已经在大门外排队。见到她，他似乎有些惊讶，困惑地看向她。

"喻喻让我放学来接他。"许泊宁的车停在远处。她换了高跟鞋小跑过来，站到时洲身边，喘着粗气道。

时洲不着痕迹地皱了一下眉，道："哦。没必要这么赶，我接孩子也是一样的。"

"早上我都答应他了。"

许喻从幼儿园里出来，时洲让许泊宁去教室拿被子，下午老师在家长群里通知过。

许泊宁丝毫没起疑，跟许喻打过招呼就去了。

时洲虽然不爱外露情绪，其实敏感又细腻。他牵着许喻的手，蹲下身跟他平视了一会儿，轻声开口问："喻喻，怎么突然想让妈妈来接你？妈妈工作很忙的，如果来不了，爸爸来接好不好？"

小家伙睁着圆溜溜的眼睛望向他，不说话。

时洲又耐心地哄了哄他，他才揪着时洲的衣袖说："爸爸，我昨天看到好多小朋友都是妈妈来接。"

许喻的事时洲几乎一手包办，从入园报名，到班级的家长群，都是他在处理。但孩子越大，他就发现自己在"孩子妈妈"这个问题上，越来越心余力绌。

让孩子别在意这件事显然不行，时洲转而笑了笑："那今天爸爸妈妈一起接你，喻喻开不开心呢？"

许喻用力地点了点头："很开心。"

"什么事呀，喻喻这么高兴？"许泊宁拎着大包见到父子俩在笑，问道。

"喻喻说今天玩得很开心。"时洲自然地从她手里接过被子。

小家伙揽着时洲的脖子撒娇要他抱，另一只手去牵许泊宁。

"还是我拿着吧。"许泊宁说。

"没事。"时洲单手搂着许喻站起身。

几天后的家族聚会，一大家子其乐融融，许泊宁看严树杰那八面玲珑、左右逢源的样子就觉得别扭。她趁田卫方出去买单的工夫，偷偷问了关于唐余的事。

田卫方含糊其词道："你别管人家，只要夫妻俩还诚心想在一起过日子，对孩子好就行。"

"什么意思？"许泊宁觉得这话怪怪的，"妈，你跟二姑提了？"

"没有，你姑姑自己说的。前天你姐夫已经在你姑姑和姑父面前磕头认错，说跟对方已断了关系。你姑姑私底下跟我哭，你姐怕是早就清楚他在外面的事，这才想拼个二胎。"田卫方叹了一口气。

毕竟是枕边人，唐余要真没察觉，那得多迟钝。

许泊宁觉得唐余脑子有"坑"，一脸嫌弃道："她有毛病啊，不离婚，还想着拿孩子绑住对方，我姑姑他们能同意？而且全凭他一张嘴，他说断就断了？"

"琰琰刚上初一，要是离婚了对孩子伤害多大呀，你姐这不是没有办法吗。你虽然有了喻喻，但是他没在你身边几天。"田卫方瞥她一眼，"你自己又是怎么打算的？"

"什么打算？"

"你和时洲的事，他妈妈之前已跟我通过气，我是觉得，可以再给双方一个机会。"

"没打算，你们怎么就非觉得我跟他合适呢？"

"那你也没找个合适的人给我和你爸看啊。你年纪小，遇到的事不多，就你那男朋友，真不是我打击你，成不了。"

田卫方和许齐元一样，无论什么话题，最终都能牵扯到许泊宁身上来。她深感无力，尤其还被戳到痛处。她跟韩尧冷战两天，后来和好是和好了，可那根刺一直悬在两个人中间，昨天韩尧还非要送她上楼。

许泊宁对唐余的想法完全没办法共情。不过即使她恶心坏了，还得装作没事人一般坐在桌上吃饭。听到唐余说在调理身体准备做试管的时候，她差点儿没能绷住情绪。

难怪家里都说她和时洲离婚是儿戏，两个人糊涂。跟唐余的老公对比起来，时洲简直纯良无害，挑不出毛病来。

许泊宁晚上回家跟周盼吐槽，说自己身边的长辈大多只会劝人为了孩子委曲求全，不巧让来客厅喝水的时洲听见了。

男人只听了一半，端着杯子站在饮水机前喝光了两杯水，还没离开的意思。

等许泊宁打完电话，时洲满脸严肃地告诉她："我虽然想跟你复婚，但肯定不会让你为了许喻做出不合你心意的事情。"

她知道对方听岔了，却没过多解释。

不过这还是许泊宁头一回明确地从时洲嘴里听到"复婚"二字。她抬头看向他，盯着他骨节分明的手指恍惚了片刻。

许泊宁忽然想起来那会儿时洲去了哪儿，就是韩尧手机里那张她独自坐在鸭血粉丝店前的照片。

时洲给她买水去了。因是大冬天，他觉得冷水喝下肚不好，愣是跑到附近的快餐店要了一杯热开水回来。

她当时感动得热泪盈眶，觉得时洲这个男朋友虽然不那么接地气，但是温柔又体贴。她顺手拿过一旁的东西捂住脸，是他借给她的围巾。后来那条围巾他没再拿回去，她当宝贝似的叠好放在家中。

结婚后，许泊宁跟时洲天天生活在一起，她才意识到，以他的脾气，之所以不把围巾拿走，也许是嫌她弄脏了。

她明白之后气得想骂人，可惜许喻已经在她肚子里待着了。

许泊宁抿着唇垂下眼。她刚卸了妆，下眼睑浮现出淡淡的阴影，她近来的睡眠一直都不大好。她安静了一瞬，跟他道："时洲，你就没想过别的选择吗？实在没有合适的，也不一定要找个人结婚。"

他沉默着听她说完，喉结滚了滚，艰难道："你是这样想的？是之前我们那段，给你留下了不好的……回忆？"

这话时洲斟酌了半天。

"老实跟你说吧，我觉得婚姻挺没意思的。"许泊宁脸上笑吟吟的，歪着脑袋看他，"你看我们这样好聚好散，现在还能心平气和地说句话。"

许泊宁认为自己在时洲面前已经够坦诚。反正也没有什么好隐瞒的，他什么没见过，比她母亲都了解她。

"那你别把我当洪水猛兽就行。"男人缄默了足足有半分钟之久。

许泊宁拧着眉否认："我没有。"

"嗯，下周末喻喻班上组织亲子秋游，老师要求爸爸妈妈一起参加，你有空吗？"

许泊宁撇嘴，他都说是周末，又刻意提了是老师要求，她还能拒绝吗，便答应道："有的，那个……时洲，许喻的班级群，你把我也拉进去吧。"

"好。"

好聚好散

chapter 05

几天后，时洲学校开学，工作室前期的工作也准备得差不多了，他忙着处理各种事，不过大部分时候还是他接送许喻。他在美国艾德大学教授"现代陶瓷"，没想到开学第一天就碰到了难题。

离课程结束还有十分钟，时洲收拾好电脑，给大家留了自由提问时间。班上某个学生问道："时老师，我们该如何平衡艺术与生存的关系？"

说白了，这问题涉及金钱，有关理想与现实，任何一个老师都能侃侃而谈。就是这样一个老生常谈的问题，时洲却被问住了。他怔怔地站在讲台上，直到气氛凝固，台下开始窃窃私语，他才说了一句："这取决于你试错的成本，好了，今天的课就上到这里。"

时洲家境殷实，几乎没有因为金钱困扰过。他这些年在业内小有名气，作品曾获得中国工艺美术"百花奖"金奖，还身兼多职，是清瓷镇陶艺协会会员、东堰市美术家协会会员，看着顺风顺水，前方一片坦途。这话从他嘴里说出来，旁人听着都感觉没有任何说服力。

晚上院系老师有聚会，时洲给许泊宁打去电话，她说有时间去接许喻，他才答应下来。

"小时看着年纪不大，这是已经结婚了？"坐在他对面的关老师笑着问道。

时洲闻言，下意识地缩了一下光秃秃的左手，回答道："嗯，孩子已经上大班了。"

"看着可不像，之前你们新教师培训，可有好几个人来跟我打听你的感情状况，我们学院未婚的女老师不少……下次聚会记得把夫人介绍给大家认识认识。"

"好的。"

今年T大美术学院陶瓷艺术设计专业只新聘了时洲一人，这一桌子八九个人说起来都是搞艺术的，可又不是单纯的艺术家，喝起酒来各个不遑多让。作为新老师，时洲难免被敬了几杯酒，多喝了一些。

出了酒店大门，时洲的头晕乎乎的，差点儿站不稳。T大离他家不远，他沿着马路牙子慢吞吞地往回走。

许喻已经睡下，许泊宁开了一盏夜灯，敷着面膜坐在客厅里看恐怖电影。她胆子一向挺大。听到玄关处有声响，她屁股没挪动，只探了半个身子去看。

时洲头昏脑涨，迷迷糊糊抬起头，胃里翻滚难受得很。

客厅里灯光昏暗，时洲对上一副惨白的面孔，再听着不知从哪儿传出来的瘆人的声音，他心惊了一下，喉头一紧，凭着本能跑到浴室就吐了。

好一会儿时洲才从浴室里出来。他径自走到沙发边，一屁股在许泊宁身旁坐下。

时洲身上一股子酸腐和酒精味，呛鼻得很，也不知道他有没有漱口，许泊宁嫌弃地捏住鼻子说："时洲，你这是喝了多少酒呀？赶紧去洗澡，换身衣服上床睡觉。"

他这有洁癖的人怎么能忍的。

"嗯……我一会儿就去。"时洲疲倦地揉了揉眉心，半瘫在沙发上。他的衬衣皱巴巴的，上面两颗扣子开了，胳膊伸展开横在沙发后头。

男人大刺刺地坐在这儿，许泊宁压根儿不能静下心来继续看电影。她强迫自己看了两分钟，身边人却安安静静的，听不到半点儿声音。

她终于觉出不对劲，扭头去看时洲，他已合眼睡着了。

"哎，时洲，你别在这儿睡呀，你要是不想洗澡就直接回床上睡。"许泊宁忙站起身关闭投影，推了他一下。

时洲锁着眉头倚在那儿，被人推搡着，好半天才睁开眼，看了看她嘟囔一句，又歪头睡了。

"老婆。"

许泊宁听得分明。

许泊宁扔了脸上逐渐变干的面膜，躬着身半天未动。

沙发一角的落地灯映在时洲棱角分明的脸庞上。他的头稍稍往后仰着，薄唇紧抿，浅色衬衫凌乱微敞，露出精致的锁骨和胸前隐约起伏的肌肉。

时洲大概是真的累坏了，在许泊宁灼灼的目光下愣是没有丝毫清醒的迹象。

许泊宁盯着那圈光晕许久，直看得眼睛酸涩，发干，才慢吞吞直起身揉了揉眼。她的食指指腹掠过眼眶，湿润润的。

她转身要走，却因为保持同一个姿势过久，身子趔趔趄趄，往前晃了一步，脚尖猛地踢到了木制茶几腿上。

"哎哟。"许泊宁心想自己是不是今年犯太岁，怎么老跟脚过不去。

时洲几乎在许泊宁惊呼的同时睁开眼。见她痛苦地蹲在那儿，他的脑子还有些糊涂，直接从沙发上起来，伸过手抱住了她。

他醉醺醺的，满身都是酒气，又吐过，凑过来的时候差点儿把许泊宁熏晕。他说："老婆，你怎么了？"

许泊宁一颤，胳膊肘狠狠往后捅了两下，挣扎着怒道："时洲！你发什么疯！我们早离婚了。"

许泊宁下手不轻，顶到了时洲肋骨附近。他总算清醒了些，低头看向怀里眸子通红的女人，如梦初醒般蹙了一下眉。只是他竟舍不得松开，混乱道："抱歉，我刚……"

"再不松开我就要报警了！"许泊宁的声音闷闷的，脸上全是泪。她顾不得脚上的疼痛，伸手拍他。

"爸爸，妈妈，你们在做什么？"许喻穿着一条平角内裤出来尿尿。他看到许泊宁和时洲蹲在地上，狐疑地问。

许泊宁瞪了时洲一眼，抹掉泪尴尬地笑道："没什么，东西掉地上，爸爸妈妈在捡呢。"

"捡什么？"小朋友的好奇心比猫还重，他完全忘记了要去厕所，身子趴到茶几上看。

许泊宁哑然，别过脸正要编个借口搪塞过去。

时洲看到许喻扭着身子晃动的怪异动作，便喊他："喻喻，不要憋着，快去尿尿吧。"

"哦。"小家伙这才屁颠屁颠地往浴室跑。

许泊宁也不知道时洲是不是借酒装疯，她不想管他。等许喻关门上床睡觉，她低头看了一眼被踢得有点儿翘起的趾甲盖儿，忍着疼挪了一下身子。

时洲轻声道："我看看，你的脚怎么了？"

"没事。"

他干脆自己绕过去，低身看了看说："侧边被劈开了，要剪掉，做消毒处理，你坐这儿，我去找指甲剪。"

"谢谢，不用。"

时洲笑了笑说："你敢吗，不是一看这伤口就眼睛难受？以前许喻去打疫苗，你见了针头都怕。"

许泊宁坐在沙发上，双手交叠着仰头看他："时洲，你了解我多少呀，这么肯定！我们都离婚三年了，你不知道的事情多着呢。"

男人看着她道："我想跟你复婚，泊宁。"

许泊宁终于确定时洲是真的醉了。正常情况下，被她这样呛，他只会哑口无言。

"我不想。"许泊宁冷冷道。

"那为什么哭？"

许泊宁指着自己的脚，眼眶含泪笑道："时洲，你的脚弄成这样试试，看还能不能笑出来。"

时洲没说话，转身离开。很快，他手里拿着药箱过来，直接在她面前半跪下。

"我知道你不是因为这个，泊宁，也许我比你以为的要了解你。"时洲挡着她的路，取出指甲剪，"我给你弄掉，不然明天穿鞋会疼。"

"男女授受不亲，而且我有男朋友。"

"我知道……上次你看到我的身体，说根本不把我当男人看。"

许泊宁："……"

什么乱七八糟的，这酒还能让人变了性子不成？上次她有事找他，明明已经敲过门，鬼知道他在房间里都不穿上衣，白白让她饱了眼福。

她看出时洲的用意，跷着二郎腿抖了抖，讥讽道："是呀，好歹夫妻一场。时洲，你是不是觉得我挺好哄，当初说离婚的是你，现在说要复婚的也是你。"

许泊宁知道这话说出来就落了下乘，摆明了自己还介意被他甩了的事，不过现在求着要复合的人可不是她。

时洲开药箱的手一顿，轻声说："可能有点儿疼，你忍一忍。"

他帮她把裂开的小块趾甲剪去，抹了碘酒，怕她疼，还低头吹了吹，这僭越的动作惹得她脚趾紧缩。

时洲浑然不觉地问她："站起来看看，能走吗？"

还有点儿疼，不过许泊宁红着脸，愣是咬着牙走了。

时洲看着她的身影一阵叹气。

许泊宁回房后给周盼发了一条短信，问她这周六有没有空。

周盼睡得晚，很快回复她："怎么，约我去逛街？"

"是呀，顺便帮我带半天孩子。"

周六天气不错，平时的周末许泊宁喜欢窝在家里补觉。不过自从许喻回来，她顶多比平常晚起一两个小时。

"我今天带喻喻出门，你忙你的去吧。"许泊宁一早对时洲道。

时洲看了一眼高高兴兴的许喻问："去哪儿，他奶奶那儿吗？"

"不是，我跟周盼约好了去看展，她同事送了她几张门票。"

时洲没多想，点头道："好，上午我学校这边还有个培训，明天喻喻他们班集体活动，你还记得吧？"

"记得。"

时洲还想说什么，许泊宁已经拉开椅子。那天酒醉后的事情其实他都记得，她的反应，让他难过之余又忍不住生出一股莫名的窃喜。

她会哭，会说出那样的话，是不是意味着她还没有放下？

时洲目光柔和地看着许泊宁牵着许喻的手出门。当下他以为自己最不缺的就是耐心。

许泊宁带着许喻先到了东堰市美术馆门外，周盼晚了五分钟才到。她蹲下身亲了亲许喻的脸颊，拉着他就要进去："走吧，都跟你说了，一米四以下的小朋友不要门票的，还非让我拿三张票过来。"

"再等等吧，我还约了人，路上有点儿堵车，一会儿就到。"许泊宁说。

"谁呀？"

许泊宁沉默了几秒道："一个同事。"

周盼很快猜出许泊宁指的人是谁。她有些不确定地瞄了一眼许喻，说："你不是说……这件事你跟时洲商量了没有？"

许泊宁闻言，身子微僵。其实她在来的路上就后悔了，对上许喻毫不设防的脸，她心头一疼，摇摇头道："不是，我没打算给他们介绍，就说是普通同事。"

周盼不明白许泊宁的意思："普通同事？我可听说现在小孩子都早慧，别以为他们什么都不懂。"

"妈妈，还要等谁呀，我认识吗？"许喻抬头问她。

许泊宁的脸色骤变，没吭声。她这几日脑子混乱得很，仿佛那晚喝醉酒的不是时洲，而是她自己，且这后遗症到现在都没完全消。

将自己柔软脆弱的地方暴露在时洲面前，似乎是件极其掉价的事情，她迫不及待地想跟时洲划清界限，特别是他那么笃定地认为她的眼泪是为他而流。

然而连周盼这个没做过母亲的，都知道其中厉害。

许泊宁轻轻地摸了一下许喻的头，笑道："喻喻，先跟周盼阿姨进去好不好？妈妈过一会儿来找你们。"

周盼意味深长地瞥了许泊宁一眼，许喻乖巧地跟着她往台阶上走。这孩子除了在时洲面前会稍微放肆些，对别人都是极其听话又懂事，善解人意得让人心疼。

许泊宁侧身站着，台阶有些高，周盼低下头跟许喻说着话，伸手大概是要抱他，小家伙却摇头拒绝。

"喻喻。"许泊宁张嘴喊他。她突然发现自己蠢得很。

小家伙对父母的声音非常敏感，这是藏在血缘中与生俱来的本能。他远远回头，几乎一眼就看见了许泊宁，高兴地喊："妈妈。"

许泊宁笑着冲他摆手道："我马上去找你。"

东堰市美术馆地面建筑四层，因为最近二楼展厅有毕加索原画展出，人流量不小，许泊宁却没费多少工夫就在一楼找到了周盼和许喻。

许喻刚瞧见她，就扭头激动地指着展示柜里的作品道："妈妈，你看，是爸爸捏的。"

"你家小家伙守在这儿有二十分钟了，说什么都不肯走。"周盼笑了笑，瞟了一眼她身后，"已经跟他说好了？"

"嗯，他对这个不感兴趣，他家里正好也有事找他。"

许泊宁应声，随着许喻的动作往展览架上看了看。

许泊宁作为一个工科生，该有的审美还在线，虽然说不出这陶艺作品哪里好，但乍一看真的挺漂亮。

"挺好看的。"她心不在焉地说。

许喻听到她夸赞时洲时，眨了眨眼歪头说："妈妈，我告诉你一个秘密。"

"什么秘密呀？"许泊宁蹲身下来。

"爸爸说的，妈妈你也好看。"

许泊宁神色别扭地垂下头，周盼则站在一旁毫不客气地笑出声来："许泊宁，你挺能啊。"

中午周盼临时接到一篇加急稿子，没能跟许泊宁一起吃饭，时洲上完课给许泊宁打电话，她一见时洲的号码就把手机交给许喻。

小家伙捧着果汁杯糯糯地开口道："爸爸，我也想去……我们看到你捏的东西了，嗯，嗯，好的。"

"妈妈，爸爸说让你听电话。"许喻把手机递给许泊宁。

"我下午打算去工作室，喻喻说要跟我一起去玩泥巴，你们有别的安排吗？没有的话我去接他。"时洲的声音从那端传来。

许泊宁对他说："行的，我们在市美术馆外面的餐厅。"

时洲没吃饭就从学校赶了过来，许泊宁喝了一口白开水，对眼巴巴盯着时洲碗里饭菜的许喻笑道："喻喻刚才不是吃饱了吗？"

"爸爸碗里的好吃。"他一本正经地告诉她。

时洲笑了一下，问服务员要了一双新筷子，夹了一块西兰花塞到许喻嘴里。

"嗯，我……不喜欢吃……"许喻鼓着脸颊咀嚼，含混不清道，"我要吃肉……"

"小朋友不能挑食。"

"哦。"许喻不情不愿地咽下。

许泊宁望着对面的父子俩。许喻看向时洲的眼神里满是仰慕之情，她不自在地低头玩了一会儿手机。

许喻坐在后排的安全座椅上，时洲关好车门，正要绕到前面去开车，许泊宁喊住他："那个，时洲，有件事我想跟你道个歉。"

"什么事？"时洲纳闷地问。

许泊宁顿了顿，有些难以启齿："本来我今天约了韩尧……"

时洲扶着车门转身看向她。他知道韩尧，他背过身去，隔了几秒才回应她："许泊宁，我以为我们有过协议……"

他连名带姓地喊她，没有再说别的，淡淡地看了她一眼，径自开车走了。

在许泊宁的印象里，时洲没怎么发过火。她有段时间自我反省，觉得成年人的世界或者就该像时洲那样，善于掩藏自己的情绪。

她处在内外交困的境地不是一两天了，现在周盼都不赞同她的做法，说她处事不够成熟。用不着周盼多说，她自己也早后悔了。

第二天许喻班上组织亲子秋游，野餐的零食许泊宁早已经准备好，连同野餐垫一起装进时洲的汽车后备厢。

许喻因为要出去玩，前一天晚上兴奋到九点多才躺下，刚上车没多久便睡了。

"时洲，我知道昨天那件事情是我不对，但今天在喻喻的老师和同学家长面前，你好歹还是别……嗯……态度太过……随你吧。"许泊宁看了一眼车内后视镜，也不知道要怎么说。

不过依她以前的个性，怕是宁可一直嘴硬，也不会像现在这样动不动就轻易认错。

时洲开着车，沉默了一会儿道："泊宁，其实我最近一直在想，怎样才对喻喻最好，也许我们不该带给他错误的认知。"

许泊宁神色恹恹的，坐在副驾驶座上轻轻"嗯"了一声。

"上次你说我不跟你商量就让张景他们接走喻喻，在我这里，同样也希望有关喻喻的事，你能及时告诉我一声。"时洲稍停了一瞬，又说，"我不希望因为我对你的感情，而使你做出冲动的决定。泊宁，人在不理智的情况下，很难有正确的判断。"

那样的事，他早已经经历过一次。

许泊宁微微抬起头，却没有吭声。她扭头看了一眼驾驶座上的时洲，他不笑的时候，侧脸的轮廓精致又淡漠，明晃晃写着"生人勿近"。

不是许泊宁妄自菲薄，虽然时洲这次带着许喻回来，没掩饰过他想复婚的目的，可她觉得他并不是因为对她的感情有多深。

感情嘛，他们毕竟曾经真心相爱过，他或许还有那么点儿残存，说到底人是感情复杂的动物。但除了这些，更重要的恐怕还是许喻。

许泊宁是许喻的亲妈，以时洲对许喻的爱，许喻就是他的逆鳞，他未必做不出来这样的决定。

但是许泊宁跟时洲最大的区别就在这儿。为了许喻让步妥协可以，可让她为了给孩子织造虚假的幻想，勉强自己跟另一人绑定在一起，她做不到。

时洲似乎觉察到许泊宁的视线。等红灯的时候，他的身子偏了偏，忽然低叹了一声道："我以前总觉得，若是心意相通，许多话不用说对方也能明白。后来发现其实不是，就算是继承了血脉的父母子女之间都有躯壳隔着，何况是三观成熟后认识的爱人。泊宁，这点你一向做得比我好。"

那时候，她有什么话从没瞒着他，几乎事事对他坦白，与他沟通。她脾气倔，但心肠软，很好哄。虽然当时他们磕磕绊绊，但现在想来，也许熬过那段磨合期便会好。

不少夫妻都是在结婚或者有孩子的初期闹出矛盾，何况他们二者全占了。

许泊宁安静地听着，半晌才开口回应他一句："时洲，这才几年的时间，你口才变得这么好，现在说这些干什么呢？"

时洲顿了几秒，踩下油门。车驶出一段距离后，他又开口道："我没别的意思，就是突然觉得，我们的性情现在似乎互换了。"

"那又不一样。"许泊宁嘀咕。以前他是她的老公，她闭上眼，不想再说这些，"我想眯会儿。"

幼儿园安排秋游的地方在离许泊宁家十几千米外的上武山脚下的公园。公园里有大片的草坪，很适合野餐和集体游戏。

许泊宁压根儿不知道幼儿园秋游是什么样子的。她没有参加过亲子活动，以为就是大家一起坐着吃点儿东西，互相介绍两句就结束，谁知道游戏玩了一个接一个。

倒不是体力问题，就是别人都以为他们是夫妻，游戏中免不了肢体接触。

比如"喊数抱团"游戏，由老师任意说出数字，家长及小孩根据数目抱在一起组团，最后获胜的竟是许泊宁和时洲。她跟时洲搂在一起时，已经被淘汰的许喻在一旁高兴得拍着手直蹦跳。

许泊宁尴尬得要死。但她看到许喻兴奋的样子，忍不住也笑了。

不过，她趁着没人注意的时候，私下问时洲："刚才玩游戏的时候，你怎么没拉许喻，倒把我给扯过来了？"

要不是想陪许喻多玩两局，她早就想被淘汰了。上一轮时洲顺手将她拽到自己队伍，反叫许喻没能组成团。

最后一轮只剩下三个人，他们和班上某个小朋友的父亲，需要组成二人团。许泊宁总不至于去跟别人的丈夫抱在一起，能选择的就只有时洲。

"你当时离我最近。"时洲的解释半点儿毛病都没有。

许泊宁点点头，道："行吧。"

这天她心里有愧，为了许喻主动跟时洲求和，可她只想低调点儿，没想要在许喻老师和同学家长跟前大出风头。

许泊宁瞧见许喻回来，已经快走到他们身边，立马收敛了神色，低头向他招手，帮他擦去额头的汗。

"爸爸，妈妈，刚才黄子奇夸你们好厉害的呢。"许喻眨了眨眼，跟他们炫耀，还紧跟着补充道，"我也觉得你们很厉害。"

话说完没两分钟，许喻闲不住，又跑到别的地方去了。

许喻在公园的草坪上疯玩了一整天，回家的路上，他跟来时一样睡着了。到家的时候许泊宁他们也没喊他，时洲轻轻地把他抱上楼，许泊宁拎着野餐垫跟在后面。

"还是小朋友舒服，没什么烦恼，说睡就睡。"时洲将许喻放在床上，给他擦洗手脚，许泊宁拿了干净的衣服来给他换上。

时洲配合她的动作，抬起许喻的腿，说："也不是，他们想得也多，连午餐有不喜欢吃的菜都能琢磨半天。只不过这些在我们看来不值得一提，在他们那儿却是天大的事情。"

"小屁孩儿还会自寻烦恼。"许泊宁笑着摸了一下许喻的脸。

两个人蹑手蹑脚把孩子安置好，又帮他盖好毯子，才轻掩上门。

许泊宁没有在韩尧面前提带许喻跟他见面的事。她以为昨天她放韩尧鸽子，他起码心里会有点儿不舒服。

然而韩尧根本没有，第二天上班时反倒对许泊宁异常殷勤。

"怎么了，韩尧，你这是？弄得我有点儿慌。"中午吃饭时许泊宁问他。

韩尧犹豫了一会儿才告诉她："我妈说想见见你。许泊宁，其实昨天发生了点儿事……我跟你说，你可别生气呀。"

"阿姨要见我？我不生气，什么事？你说。"

"前天上午，我妈说家里有事让我回去一趟，到家又让我开车送他们出门，等到了地方我才知道，原来是给我介绍了一个对象，他们是骗我去相亲的。我跟他们说我有女朋友了，他们不相信，非让我领着你给他们看看。"

许泊宁想了想，一时间连筷子咬在嘴里都没察觉，等咬出印子来才松口道："我是觉得不大合适，不过既然你妈妈要见我，她是长辈，吃顿饭也没什么。"

许泊宁跟韩尧才交往几个月，远没到谈婚论嫁见父母的地步。她不知道韩尧有没有跟他父母提过自己的情况。

"好，那回头我订酒店，时间的话，你看这周六晚上怎么样？"韩尧点头答道。

周六下午四点许喻有围棋课，晚上许泊宁要给许喻讲故事，她几乎没怎么多想，就开口道："周六晚上我有事，你跟你爸妈商量看看，周六中午行不行？"

韩尧面色微僵，大概是想到了什么，勉强笑了笑道："我都忘了，你每天晚上要回去给你儿子念书的。"

许泊宁看他的反应，暗叹了一口气。她知道韩尧心里不痛快，可她的情况就在这儿摆着。

当初她答应跟韩尧交往的时候，时洲还没带着许喻回来，她也没瞒过自己离异、有孩子的事情。她的生活看似和单身女性没什么区别，然而再怎么着也只是"像"。

尤其许喻开始上幼儿园后，许泊宁加入了他们班级群几天，便意识到时洲平日里有多难做。这才上幼儿园，几乎每天都有需要家长配合的工作。

许喻五点半离园，许泊宁不可能每天都踩点下班去接他，幸好时洲的时间稍微自由点儿。他承担了大部分的教养责任，她总不能真当个甩手掌柜，万事不管不问。

晚上时洲回他父母那儿拿东西，许泊宁下班接了许喻去上围棋课，母子俩在外面吃完饭才回家。

电梯门刚打开，许泊宁就被吓了一跳，只见门前走廊上堆了好几个大箱子。早上出门时她还没瞧见，这里的入户电梯快递员也上不来。

许泊宁给时洲打电话，他说不是他放的。她问了一圈，电话打到田卫方那儿。田卫方吃惊道："你没见到你爸吗？前天有人送了他一箱膏蟹和虾，他今天正好去你家附近办事，说晚上吃饭前给你送过去。你爸这人，做事太不靠谱了，连电话都不打一个，你看看是不是。"

许泊宁拿了剪刀将纸箱拆开，果真在最下面的泡沫箱里找到了田卫方说的海鲜，剩下的几个箱子，则装着不少孩子的玩具。

许齐元连屋子都没进，许泊宁花了番力气才将箱子都拖到屋里，又将海鲜一一放到冰箱里摆好。她关上冰箱门，扭头看到许喻在拆玩具。

她像许喻那么大的时候，许齐元已经很忙了。他手底下跟了几个工人，每天还得回来看书考证，不过该给她的疼爱半点儿都没少。

许泊宁爱吃海鲜，又嫌麻烦，都是许齐元剥好送到她碗里。上高中那会儿，晚自习上到近十点，许齐元只要在东堰市，就会去接她。

许泊宁拿起桌子上的手机，给许齐元发了一条信息过去。

许齐元刚从酒席下来没多久，司机帮他落下车窗，调整后视镜时，就看到自家老板坐在后排对着手机傻乐。

"小刘，我记得你家是个儿子吧，我上次听你说，他明年要高考？"

司机不明所以，道："是呀，不过这小子不好好学习，成绩吊车尾，我们对他也没多大要求，只要他能考上大学就算是对得起我和他妈了。"

"所以要我说还是生个姑娘好，贴心。"

司机："……"

车往前开了几分钟，许齐元又抬手看了一眼时间，说："现在还早，先不回家，去趟华庭国际。"

那是老板女儿所在的小区，司机应声，正打算在前面路口掉头，许齐元忽然又改变主意道："算了，不去了。"

许齐元让司机把他送回家。

田卫方睡得早，已经歇下。她听到楼下的声响，披了条毯子出来看，说："这么高兴，还哼起曲儿来了，这桩生意成了？"

"我公司资质不够，今天也就是跟着去走个过场，陪标的，大家心知肚明，肯定中不了。"许齐元说。

"那还这么高兴，喝了多少酒？"田卫方慢吞吞地从楼上走下来，"让你去给女儿送东西，连电话都不打，要不是泊宁问到我这儿来，她还以为家里进贼了。"

"没怎么喝酒。"许齐元往沙发上一躺，惬意道，"我今天路上寻思着，老李家的孩子不是和泊宁差不多大吗，他到现在也没成家，他小时候最喜欢泊宁，还牵着泊宁的手说长大要娶她，回头我问问老李。"

田卫方翻了一个白眼，催他道："一身难闻的味儿，赶紧去洗洗。大半夜的乱点什么鸳鸯谱，喜欢，再喜欢也早被你吓跑了。"

亏得许齐元还有脸说，当年他脸一沉，眼一瞪，把老李家那小子吓得哭哭啼啼。

不过田卫方想想又觉得奇怪，这几年，老许提起女儿，什么时候这么好声好气的。没等她开口，许齐元便翻了手机给她看："你看，养姑娘还是有点儿用的，终于知道心疼她老子了。"

田卫方凑过去看了看。许泊宁其实没说什么，也就是些让许齐元少喝点儿酒，注意身体之类的话。

田卫方笑着拍了一下许齐元，说："泊宁小时候跟你最亲，哪能不关心你，你们爷儿俩就是一个比一个倔，牛脾气。"

许泊宁原以为时洲会住在他父母家，明早直接从他父母那儿去学校，结果他夜里开了两个多小时车赶回来。

初秋时节，早晚凉意明显。许泊宁没有管时洲，给自己和许喻的床上换了一条稍厚些的被子。她将换下来的被套扔进洗衣机，时洲走到阳台上收自己的衣服。

"泊宁。"时洲突然说。

"嗯？"许泊宁在倒洗衣液，一不留神，多倒了大半。她往洗涤槽里看了一眼，转身问时洲，"时洲，你的被罩或者床单要不要洗？洗衣液倒多了。"

时洲一声不吭地回去拆了自己的被罩拿过来，许泊宁顺手塞进去。

"对了，你刚要跟我说什么来着？"许泊宁这才想起来问他。

时洲本来只是想跟她说，要不然把自己的被套也一起洗了，这会儿她问，他竟不知道说什么。他沉思一会儿，说："年底张景和李茜的婚礼你去不去？"

"去，李茜已经把喜帖寄到我公司了。"许泊宁蹙了蹙眉。

他这不是废话吗，以他和张景那关系还能不清楚她去不去？

时洲点了点头，说："嗯，喻喻幼儿园的手工作业做了没？"

"做了，就在客厅桌子上摆着，你没瞧见？"她瞥了他一眼，"时洲，你究竟有什么事呀？"

"没事。"时洲摇摇头，见她不信又忙接道，"这两天冷了，你记得带件外套出门，这周六我们带喻喻出去玩怎么样？"

时洲自从戳破那层窗户纸，越来越不要脸，尤其喜欢打着孩子的名义约她出去，她一度怀疑他让什么妖孽附了身。

"我这周六有事情，周日吧，今晚我跟喻喻约好了星期天去海底世界。"她毫不犹豫地从他身旁绕过。

近来许泊宁的事情特别多，她一人恨不得当几人使。

周盼那位相亲认识、地质勘察专业、去非洲修铁路的男朋友听说下月初就要回国，提前给周盼寄回来了一大箱的巧克力，她喊许泊宁有空开车去拿。

"人家给你的一片心意，我就不要了。"许泊宁躺在床上道，"等他回来，我请他吃饭。"

"再说吧，我心里还没底。"

许泊宁听出周盼的意思："你要是觉得不合适，就趁早跟对方说清楚，免得耽误了人家，你自己也不好处理。"

周盼"嗯"了一声，说："他其他方面是挺好，我们也算聊得来，不过他两三年内想结婚，我暂时还没这计划……等他回国吧。倒是你……许泊宁，这话我也该送给你才是，你跟你那小男朋友一天天的，过家家呢？"

许泊宁笑了一声道："什么过家家，这周六韩尧他爸妈喊我碰个面。"

"怎么？你这是有了？"

"你乱说什么。"许泊宁把音量压低了一些，"我有喻喻就够了，而且我跟韩尧，还没到那地步……你又不是不知道。"

"所以我才说你这恋爱谈着跟玩似的，一点儿都不像你。我怎么瞧着，这饭局像是来者不善呢，才谈了多久，没'闹出人命'，好端端见什么家长！"

许泊宁愣了一下，然后才回她："去了再看吧。"

她也不是任人拿捏的性子。

许泊宁发现自己可能是年纪渐长，连见男朋友父母这件事都因为有经验而没感觉紧张，跟往常一样化了妆出门。

许喻趴在桌上画画，看到许泊宁拎着包，问她："妈妈，你要去上班吗？"

"不是的，妈妈出去有点儿事。"许泊宁穿着一条撞色低领长裙，外面罩了一件薄薄的针织衫。她弯身理了理裙边，又说："韩尧他爸妈喊我吃饭，我下午就回来了，可以送许喻去上课。"

后面那话是对时洲说的。他闻言微怔，眸色骤然黯淡了下来，目光慢慢地落在她小腹处。

许泊宁瞧见，恼怒地挡了一下平坦的肚子，说："时洲，你往哪儿看呢……没影儿的事。"

见面的地点是韩尧选的，还是许泊宁之前带他去过的"郝厨"，他提前订了包间。

这里的老板娘大概已经猜出如今许泊宁和时洲的关系，笑着招呼了两句便退出去了。

约定好的时间是十一点半，许泊宁独自坐在包间里喝完了两杯茶，韩尧和他父母才推门进来。

许泊宁见状忙站起身，韩尧站到她身边，转身介绍道："爸，妈，这是我女朋友许泊宁。"

"叔叔，阿姨。"许泊宁看向对面的中年男女，喊了一声。

韩尧的父母保养得不错，看起来四十出头的模样，女人化着优雅的妆容，一身小香风经典套装，看着精明又干练，站在她身旁的男人西装革履，韩尧的长相和他有几分相似。

女人笑着应声，不动声色地打量了许泊宁一番，热情道："这就是小许吧，坐，坐，你看我们家韩尧之前瞒得紧，都没在我们面前提过你。"

许泊宁一听这话，心里不由得咯噔一下。她默默地看了一眼自己左手边的韩尧，觉得这事怕是要黄。

不得不说，跟田卫方和曹梅比起来，韩尧他母亲的段位还是太低了，刚开口就完全露了底牌。

许泊宁心中已然有数，按铃招呼服务员过来。她示意对方将菜单交给韩尧父母，绾过耳边碎发，笑着说："叔叔阿姨，你们可以试试他家的瓠子鸽子炖老鸭汤，挺有特色，现在天凉了，正好可以暖暖胃。"

韩尧跟着附和："上回我同泊宁来喝过，鸭肉完全没有腥味，还是炭炉小火煨的，爸，妈，你们肯定喜欢。"

"那就点一份这个。"韩尧的母亲说。她又随手点了两个菜，递给许泊宁，"小许，你再看看。"

服务员添好茶水退出去，韩尧侧过身跟许泊宁说了几句话。

韩尧他父亲突然开口，温和地问许泊宁："小许，我听韩尧讲，你跟他还是同专业的校友，女生学软件可不容易，怎么转行了？"

韩尧他父亲从进包间就没怎么说话，只在许泊宁喊人时答应了一句。

许泊宁蹙起眉，有些反感对方一上来就站在性别对立的角度挑剔自己的职业。她不自然地扯了一下嘴角，轻笑着回他："当初因为身体原因所以选择了离职。"

许泊宁当初辞职时极其不甘，现在说出来好像也没有那么在意了。于是她又坦然笑道："那会儿我怀孕了，天天高负荷工作对身体不好。不知道韩尧有没有跟您说过，我离异，有个孩子，已经五岁了。"

韩父对此并不吃惊，只是许泊宁这样直白，倒让他不大好意思起来。韩尧母亲在旁打圆场道："好了，一会儿我们边吃边聊吧。"

许泊宁喝了一口水没吭声，歪头看向韩尧。韩尧察觉到她的视线，没心没肺地冲她一笑。

包间里四个人，怕是只有韩尧以为今天仅仅是单纯地吃个饭。许泊宁敢打包票，他父母在他跟前肯定没表现出任何对自己的不满。许泊宁作为独生女，其实很能理解韩尧父母的做法。一般这种家庭下的父母子女关系会更亲密，也更小心翼翼，尤其在对待子女的感情问题方面。

这时，她放在桌子上的手机响了一下，时洲发过来一张食物的照片，拍得有些模糊，不过依稀能看出里面的内容。大概是许喻拿着时洲的手机玩，他认得许泊宁的微信头像。

她会心一笑，回了一个表情。

很快，那边发了一段语音消息过来，许泊宁没有点开，转成文字看了一会儿，正打算将手机收起，韩尧的母亲转过身来道："小许，我们加个微信吧。"

许泊宁直接翻到二维码页面，将手机递过去。

这顿饭没有吃太久，且算得上气氛和谐，韩母或者韩父偶尔问许泊宁两句，许泊宁一一回答了。好在对方有分寸，并没有涉及过于私密的话题。

然而人跟人之间的情感是能感知到的，刚才韩尧的父母一进门，许泊宁就明白了对方的态度。

开车回去的路上，周盼打电话来问许泊宁的感情进展。

许泊宁戴着耳机回她："鸿门宴你知道吗？韩尧他妈妈特意加了我微信，我猜她是有话私下跟我讲。"

"你打算怎么办？"

"你知道的，我和韩尧现在也没有别的想法，只能说他爸妈紧张过度，想太多。"许泊宁皱眉，"结婚哪那么容易。"

"我不是说结婚，如果他家里要求你们分手呢？"

这个问题许泊宁还没仔细想过，她叹了一口气道："我不喜欢强人所难，没必要给自己找不痛快。"

周盼在电话那头不知说了什么，许泊宁笑着否认，挂断了电话。

果然，等许泊宁到家的时候，发现手机上多了一条未读信息。她没给韩尧的母亲备注，是"平凡的世界"发来的。

"小许，你人很好，也很优秀，不过作为韩尧的父母，我和他爸都觉得你们不是很合适，你说呢？"

许泊宁看完，没给韩尧的母亲任何回复，直接删掉了聊天对话。她活到这么大，还是头一回被人毫不掩饰地嫌弃。

许泊宁对韩尧并没有更高的要求和期盼，对于他父母认为自己不是合适的人选，也没觉得被冒犯和轻视，只是情感上，叫人不那么愉快罢了。

许泊宁不想把糟糕的心情带到许喻跟前。她出了电梯却没进屋，眯眼靠墙站了一会儿才去开门。

"回来了。"

许泊宁刚进屋，就听到时洲的声音。

时洲坐在沙发上看着许泊宁，屋子里有股怪味儿，茶几上搁着一包拆开的烟。她"嗯"了一声，一边换鞋一边问他："喻喻呢？你什么时候开始抽烟的？别在家里抽，对孩子身体不好。"

"喻喻刚午睡去了。我不会再抽了，刚才抽了一口，差点儿把肺咳出来。"时洲低声道。

许泊宁没继续追问，换了拖鞋往自己卧室里走，随口道："哦，我也去休息会儿。他下午四点的课吧？到时候我送他。”

“泊宁。”时洲从后面喊住她。

许泊宁顿了一下脚步，怔怔地看向他。

时洲站起身，走到许泊宁跟前。她仰起头，才发现他面色苍白。

许泊宁浑身一僵，愣了一瞬。

时洲就在她身前，只要稍俯身就能碰到她。她心慌地往后退了一步，拉开两人间的距离，说：“有话你直接说。”

时洲低头看她，呼吸落在她额间，将她颊边的碎发吹起。他凝视她半天，才开口：“太迟了是不是？”

许泊宁有点儿听不懂他的话。

自许泊宁出门，时洲就心神不宁。他领许喻出门买菜，还鬼使神差地带了一包烟回来，都说这东西能令人愉悦。

然而等许喻睡下，他尝试着吸了一口，最后只把自己呛得头晕眼花，喉咙到现在还疼。

“什么迟了？”许泊宁想了想，没弄明白，反问道。

时洲高大的身子挡在她面前。他脸色不太好，身子微微颤着，声音嘶哑道：“你这是打算要跟……你那个男朋友结婚，那我怎么办呢，泊宁？”

所以她才会撕毁约定急着让许喻认识对方，现在连家长都见了。

“许泊宁，我一天都没有忘记过你，不管你信不信，三年前对你说出那些话，我不知道悔了多少回。”时洲抬起手，似乎想摸她，悬在半空却又陡然垂下。他自嘲道，“我明白自己没资格，也不是一个好父亲，借许喻接近你。过段时间，我找好房子，会带着许喻搬走的。”

许泊宁有些哑然。

她什么时候要结婚了？连她自己都不知道。但是时洲这副模样，她实在没法面对。

“没有。”她摇了摇头，“你想哪儿去了，我没有结婚的打算。”

她飞快地打开卧室门，闪身进去，又从里面锁死。

许泊宁倚在门后捂住胸口，刚才时洲神色落寞地在她跟前剖腹明心：“那我怎么办呢，泊宁？”

那一瞬间，她心跳得厉害，几乎要从胸膛蹦出来。

就像很多年前，两个人刚认识那会儿，时洲向她告白，问她能不能做他的女朋友。

明明心境早就不一样了，而且她也发过誓，再不往"坑"里跳。

她没那么蠢。

午睡自然没睡成，时洲隔了两个小时来敲许泊宁的门。她开门出来，尴尬地说："我一个人送喻喻去就行了。"

时洲压根儿没说话，许喻拉过时洲的手说："妈妈，爸爸也一起去。"

时洲抿唇轻笑，许泊宁狠狠地瞪了他一眼。

明明丢脸、先投降的那个人不是她，她搞不懂，时洲的脸皮怎么越来越厚了。

许泊宁没有回复韩尧的母亲，对方也没有再给她发信息。只是过了几天，她听韩尧讲他要搬回家去住些日子。

韩尧的外婆原先跟着他大姨在福昌生活，最近来了东堰，很想念韩尧，他父母让他暂时在家里住着。

她想起那条短信，看破不说破："你回去吧，还是要多陪陪老人家。"

公司毕竟不是谈恋爱的地方，下班后两个人各自回家，周末许泊宁要空出时间来陪许喻，如今连韩尧都忙，算来，他们已经有好几周没正经约会过了。

许泊宁和韩尧都发现了问题，如今就看谁先开这个口。

别看许泊宁平日里咋咋呼呼，在感情上她向来挺被动。当初时洲如此，现在韩尧也是这样。

隔了几天，中午孙婧婧拿着饭卡喊许泊宁去食堂吃饭，韩尧突然走到许泊宁工位旁说："泊宁，我们出去吃吧，就去公司旁边那家餐馆，你喜欢他家的水煮鱼。"

许泊宁抬头看着孙婧婧，对方连忙摆手道："你们约会，我就不跟着凑热闹了，你们去吧。"

"那行，孙姐，一会儿回来给你带奶茶。"韩尧笑着道。

这家餐馆他们之前来过几次，鱼是挑选好了现杀的，烹饪时间长。

许泊宁看了韩尧一眼，说："怎么突然想起出来吃了？"

韩尧发了一会儿呆，怔怔地看着她没说话。

许泊宁心下了然，猜到他这是有话想说。她笑了笑，低下头。

"泊宁……"韩尧终于开口，"要不然……我们还是分手吧。"

许泊宁几乎没多想就应道："好。"

她应得毫不拖泥带水，倒让坐在的对面的韩尧有些受伤。他沉默了一会儿，说："我以为你至少会考虑考虑。"

他欲言又止，结结巴巴地说出这话，未必就没有让对方挽留的私心。

许泊宁想了想回他："韩尧，我承认有段时间跟你相处挺轻松愉快的，不过好像我在感情方面处理得不太好，说实话，我自己的压力也比较大。"

她没有把他母亲的短信告诉他，自然也不可能当着他的面去剖析自己对前夫的心态。说到底，还是她的问题。

"嗯。"韩尧抿了一下唇，原本一肚子的话，好像没有再说的必要，他也不是没谈过恋爱的愣头青，"那就……这样了？"

"先吃鱼吧，饿了。"

韩尧怔了一下，半晌才道："那许经理，我们以后还是同事，可别让你们运营部的同事给我穿小鞋。"

许泊宁白了他一眼。

再生情愫

chapter 06

　　她谈过两次恋爱，两次都是男方主动追求的她，两次都让对方甩了，说出去实在不是多光彩的事。

　　她也不会敲锣打鼓四处去宣传自己分手了。田卫方还打着撮合她跟时洲的主意，至于家里的姑姑阿姨，全凭唐余那张嘴，据说都以为她跟时洲重新"勾搭"上了。

　　许泊宁压根儿懒得去解释。她每天的生活格外规律，早晨送许喻上学，然后去公司，不加班的时候六点多准时到家，睡前给许喻念故事。

　　许喻正是天马行空，幻想力大爆发的年纪，动不动就说出几个许泊宁没法回答的问题。

　　许泊宁听说，许喻这个年纪总觉得父母无所不能，于是她的手机从来不敢离手，只要小家伙问到她的知识盲区，就忙打开网页去搜索。

　　她总算体会到，之前时洲跟她讲小家伙有点儿难缠时的无奈，还心平气和地跟时洲交流了一下育儿心得。

　　"上次喻喻问我，妈妈，你有没有不懂的东西，我说有，他愣是追问了我半天，我从种地、养猪、摘棉花扯到宇宙、黑洞还不够，他又接着问我怎么养猪，然后我们看了二十分钟的生猪饲养视频。"

　　时洲有点儿跟不上许泊宁的脑回路，她思维的跳跃程度，连他这个靠想象力谋生的人都甘拜下风，还靠着胡诌把小家伙忽悠得一愣一愣的。

　　但他很喜欢看着她说话，尤其是这副生机勃勃的样子，叫人的心情也不由跟着欣喜起来。

他唇角带笑，目光柔和地落在她身上。

许泊宁说了好一会儿，发现时洲根本没反应。她扭头看他。

客厅的窗户开着，风从外面吹进来。她晃了一下神，觉得他的头发好像长了点儿。她喊："时洲？"

"难怪上次我去接喻喻，听到他跟小朋友聊天，说他妈妈会养猪，大家都夸许喻妈妈好厉害，我还以为他吹牛来着。"时洲笑出声来。

"这孩子。"丢脸丢到幼儿园去了，许泊宁拍了一下额。

时洲笑意未散，忽然喊她："泊宁。"

"嗯？"

"你最近周末怎么都不出门？不用约会吗？"他观察有一段时间了，不但如此，晚上也没见她打电话。

许泊宁跷着腿轻咳了一声，说："哦，那个，我跟韩尧分手了。"

"怎么突然分了？"时洲一时愣住，缓了一会儿问道。

"不合适。"

时洲"哦"了一声，觉得自己这会儿说什么都不大好。不过他心里有些窃喜，安静了好一会儿，挤出一句："你也别太伤心。"

许泊宁觉得他倒是挺开心的，晚上家里又吃的油焖大虾，难怪这几个月生活费不停地往上涨。

她比不得许齐元财大气粗，跟时洲这种有两份工作的人也没法比，多多少少有些心疼自己的钱包。她还有儿子要养呢。

上次时洲说要带着许喻搬出去，到现在也没点儿动静。许泊宁现在已经习惯了许喻在身边的日子，别说让孩子搬走，她就是一天不见都觉得空落落的，出去逛街，也总惦记着要给他买点儿什么。

连加了两天班，周末好不容易能睡个懒觉。许泊宁正蒙头睡着，扔在角落的手机响了许久，她蹬了蹬被子，没接手机，还是时洲在外面敲门道："泊宁，你手机是不是在响？"

这屋子的隔音做得很不好，许泊宁迷迷糊糊睁开眼，爬下床去摸手机。

"姐？"许泊宁靠着床点了接听键。

唐余怎么突然想起给她打电话了，别又是要请她跟时洲吃饭吧？

那边却没回应。

许泊宁把手机从耳边拿开看了一眼，又出声问了一句，那边才断断续续传来几声啜泣。

"怎么了？"她吓了一跳。

"泊宁，你是不是早就知道你姐夫外面那女人有孩子了？"唐余带着哭腔问。

许泊宁听着云里雾里，严树杰那件事她当时只觉得对方的反应有点儿奇怪，就透了个信儿给田卫方。其他的，她可什么都不知道，而且后来再没管过。

"什么孩子？"她疑惑地问。

可唐余根本不跟她解释，只顾着在那儿哭，一边哭一边骂严树杰没良心。

许泊宁让她哭得没办法，戴着耳机开始换衣服，问她："姐，你先别哭，你现在在哪里？今天琰琰要上课吗？她人呢？"

要在以前，许泊宁怎么都不知道要关心她那表侄女的，也许是同许喻待久了，此刻她母爱泛滥，将心比心，觉得孩子格外可怜。

十几分钟后，许泊宁从房间里出来，许喻看起来也刚起床没多久，顶着乱糟糟的头发坐在桌子旁喝粥。他跟她打招呼："妈妈早。"

许泊宁过去摸了摸他的头，转身跟时洲说话："我有事出去一趟，下午不一定能赶回来。要是没回来的话，还要麻烦你送喻喻去上课。"

"没事，我上午带他去工作室。"时洲道，看她急匆匆地穿鞋，还是没忍住多问了一句，"发生什么事了？你去哪儿？"

自己家里的丑事，总不好到处宣扬，许泊宁皱了一下眉，说："没什么，唐余那边有事找我。"

"嗯，你开车慢点儿。"时洲叮嘱。

许泊宁出了门，按下电梯，身后的门忽然又打开了。时洲追了出来，塞给她一些东西，说："一会儿有空的话吃点儿。"

"谢谢。"许泊宁拿着面包对着电梯，沉默了一瞬道，"那我走了。"

"好。"

唐余家离许泊宁家不算太近,许泊宁开了半个小时车才到唐余家。她按了好一会儿门铃,唐余才低着头过来给她开门。

刚进门,许泊宁还没发现端倪。等她注意到唐余半边脸被人扇肿了,眼圈四周都是惨不忍睹的淤血时,她蓦地倒吸了一口冷气,问:"谁打的!你报警了没有?"

"走,我们先去医院。"许泊宁伸手去拉唐余,唐余畏缩地退了一步。

她的袖子往上卷了一些,露出手腕处青一块紫一块的痕迹,看着触目惊心。

"是严树杰干的?他怎么敢!"许泊宁气愤不已。

唐余没有否认。她呆呆地坐在沙发上,紧紧裹住身上的毯子。

许泊宁在家族年轻人这一辈里年纪最小,大姑妈家的孙子比她都小不了几岁,她跟他们的关系算不上多亲密。

唐余出现在许泊宁面前时,永远是一副爱管闲事的模样,许泊宁还暗自吐槽过她,上次一起吃饭,还怒其不争。

然而这样被伤得千疮百孔、沉默不言的唐余,让许泊宁心里瞬间只剩下愤怒。她气得发抖,从包里掏出手机就要报警。

"泊宁。"唐余出声喊她。

唐余断断续续说完,许泊宁才勉强理出个头绪。

"渣男"就是没底线,她根本想不到严树杰会下贱卑劣到这种地步。

严树杰一大早接到领导电话,说公司收到匿名举报邮件,检举他私生活不端,上头领导层决定暂停他的职务。

严树杰做贼心虚,以为是上次许泊宁把他的话全听到了,将外面小三怀孕的消息告诉了唐余,唐余在报复他,他情绪失控便把唐余给打了。

"我当时只是觉得奇怪,为什么公司同事跟男朋友分手严树杰也要管,就跟我妈提了一嘴,其他的我真不清楚。"

许泊宁见过不少打着感情的名号"家暴"的社会新闻,然而这种事真真切切地发生在自己身边还是第一次。

她慢慢冷静下来,走到饮水机边给唐余倒了一杯茶,然后在唐余身边坐下,说:"姐,这件事我二姑父他们知道吗?"

唐余沮丧地摇摇头。她父母年纪都大了,六十来岁的人,还整天为了她的事情操心，她哪有脸去折腾老两口儿，让严树杰再在他们跟前哭一回。

要不是上回她偶然开了严树杰的车去接孩子，在学校门口等孩子时，发现车上多了一个蓝牙连接记录，账号名字是"高小姐的手机"，只怕到现在还蒙在鼓里。

都说女人的第六感准得可怕，后来她果然从严树杰的手机上看出了端倪。

她最近还一直在吃药调理身体，就为了做试管，好怀上二胎。

当然，唐余清楚，这些话跟许泊宁说了她也不懂。

"你打算怎么办？你家里有没有药箱？我先给你抹点儿药，然后要不要报警？"许泊宁缄默了半天，才出声问唐余。这件事要换成许泊宁，她肯定会跟对方死磕到底，非得让对方身败名裂不可，但她毕竟不是唐余，没法直接替唐余做决定。

说实话，家庭聚会时唐余口若悬河，看着不像是软弱的性子。说是为了孩子，但孩子在支离破碎的环境下成长，真的就好吗？

"在壁橱下面的抽屉里。"唐余呆呆地说。

许泊宁拎了药箱来给唐余处理伤口，蹲下身翻找创可贴。

唐余盯着这个比自己小八岁的表妹，突然开口问："许泊宁，如果是你，你会怎么做？"

许泊宁的手一顿，看了唐余一眼。她思忖半天才说道："说实话，我是真的不太能理解，作为妹妹，如果你选择继续忍耐，我也不会过多置喙。可能我确实不是个好母亲，但我觉得像这种自我感动毫无意义，等琰琰长大，她真的会因你现在的牺牲而高兴吗？"

再讲难听点儿，万一将来琰琰遇到这种情况，也要劝孩子跟她母亲做出一样的选择吗？

许泊宁没有再说什么，她轻轻地掀起唐余的衣袖，那上头的痕迹远比她想象的严重。她活这么大，都没见过这么惨烈的景象。

她闭了闭眼，恨不得最恶毒的诅咒能在那渣男身上应验。她起身把药箱放回原位，终于没忍住说："我收回刚才的话，你不报警的话，这个电话我来打。"

唐余歪坐着，不知道在想什么。

许泊宁捏着手机，满脑子只想叫严树杰这个人渣得到他应有的惩罚。

屋子里悄无声息，气氛压抑得令人喘不过气来。

唐余忽然从沙发上站起身，取了一件外套出来穿在身上，说："走吧，泊宁，你跟我去派出所，出了小区就是。"

"哦。"许泊宁愣了愣，忙跟上她的脚步，"好。"

笔录做了很长时间，许泊宁就在外面守着。一个多小时后，她们才从派出所里出来，派出所民警给唐余开具了验伤单和报警回执。

她们连午饭都没吃，又去了一趟医院，伤情结果要七个工作日才能出来。

许泊宁不放心唐余一个人待着，跟着她上楼。

门刚打开，许泊宁就看见在客厅里坐着抽烟的严树杰。

他一见唐余，忙站起身来问："老婆，你去哪儿了？给你打了好几个电话也不接。"

他转而又看向许泊宁，勉强笑笑道："泊宁也来了，在家里坐会儿吧。"

许泊宁没搭理他，严树杰的态度颇令人玩味，他不是以为是自己跟唐余告状导致他工作不顺吗？怎么会还好声好气的？

"姐，你去收拾东西，我就在这儿等你。"许泊宁对唐余道。

唐余低着头，拿着文件袋正要去卧室，手里的东西忽然被严树杰一把夺过。他扫了几眼，猛然将纸撕碎扔在地上，大声道："唐余！你是不是脑子不清楚？你竟然去报警！"

"让开。"唐余弯身将纸捡起来，冷冷道，"这东西你撕了还能补。"

"老婆，是不是你这表妹撺掇你？你可别听她的，她自己婚姻失败，就到处挑拨，不让我们好好过日子。你也不仔细想想，我要真留了案底，琰琰以后找工作肯定要被歧视。"严树杰指着许泊宁，低声下气地跟唐余道。

严琰就是唐余的软肋。果然，唐余听了他的话，犹豫着看了许泊宁一眼。

"严树杰，你在这儿忽悠谁呢，真当我们什么都不懂！"许泊宁将唐余往自己身后拉了一把。严树杰比她高出大半个头，正捏着拳脸色难看地盯着她，她愣是没退缩，"你自己做出那些下贱的事，怎么就没想到琰琰，现在倒想起孩子了。"

严树杰倒不是完全没有理智。他知道，真弄出点什么，他这妻妹肯定会闹得不好收场，只硬声跟许泊宁说："我们家的事你少掺和！"

严树杰要去扯唐余，被许泊宁挡了挡。她举着手机道："姓严的，你再这样，我报警了！"

严树杰不是蠢货，他怒瞪了许泊宁一眼，知道决定权在唐余那儿，又舰着脸道："唐余，早上的事是我错了，是我误会你，我发誓我早已经跟对方断绝了关系，你就看在孩子的面上原谅我这一回。你看琰琰再过几年就要离开我们上大学了，二胎我们也不生了，到时候我们退休，四处转转。你不是说喜欢昆明吗，我们就去那儿住段时间，你看怎么样？"

许泊宁被严树杰这一番天花乱坠的说辞给惊呆了，这明显是忽悠唐余，好话谁不会说？她就怕唐余临阵倒戈，看唐余面无表情，她才安了几分心。

"严树杰，你自己想想，这话你说多少回了？每回吵架就拿这话来搪塞我。"唐余轻声说。

许泊宁侧过身去看唐余，完全想象不出来，她之前是如何忍下来的。

好在最近严琰去了唐余父母那儿住，许泊宁带唐余去酒店，安顿好她，又一直陪着她，到深夜才回家。

时洲没有休息，刚听到玄关有动静，他就起身跑过去。

许泊宁愣了一下，问："你怎么还没睡？"

时洲重重地松了一口气，让她进屋，说："怎么现在才回来，手机也打不通？"

许泊宁从包里翻出手机看了看，不知道什么时候关机了。她说："唐余那儿发生了点儿事，我没注意到手机没电了。"

时洲"嗯"了一声，问："吃晚饭了没？"

"吃过了。"许泊宁筋疲力尽。她抬头看着男人说，"时洲，以后有事你就先休息，不用等我。"

"我不大放心。"时洲低声道。

有严树杰那个渣滓的衬托，时洲在许泊宁心目中的形象一下高大了起来。她笑道："我都这么大的人了，能出什么事呀？"

她不是没发觉，他们近来的相处方式有点儿问题，而且她竟然越来越不排斥这样的生活。

许泊宁不敢细想。

次日，三个人都在家没什么事，许泊宁想下午再去唐余那儿看看情况，上午便在家里陪许喻。

许喻枕着许泊宁的胳膊，半倚在她怀里，母子俩一起看绘本，时洲则在一旁看书，偶尔回过头来瞄上几眼。看到那娘儿俩正贴着说悄悄话，他会心一笑，又低下头去。

然而没多久，许泊宁的手机便响了起来。

许泊宁收起绘本对许喻讲："喻喻，妈妈接个电话，你自己玩会儿好不好？"

"好。"许喻从沙发上下来，自己跑到游戏区玩乐高。

许泊宁看了看手机屏幕："二姑？"

一接通电话，那边就像炮仗似的，完全不给她反应的机会，响起一连串质问："泊宁，你这孩子怎么回事，怎么能怂恿你姐跟你一样离婚呢？你也不想想，他们都结婚多少年了，不看僧面看佛面，琰琰接到她爸的电话后一直哭，你看你这事做的，也太不厚道了，以后你姐的事你别乱插手！"

对方的嗓门太高，就连坐在不远处的时洲都听得一清二楚。

许泊宁则被她二姑说蒙了。她试图张嘴解释："二姑……你是不知道昨天严树杰……"

对方却根本没耐心听，"啪"的一声，挂断了电话。

许泊宁抬头看向时洲，他也正在看她，显然已经把刚才电话里的话都听了进去。

许泊宁扯唇笑了笑，说："我好像多管闲事了，有一回我妈跟我爸拌嘴，说我们老许家都是一样的偏脾气，死要面子活受罪，这话真是一点儿没说错。你看我姑也这样，难不成女儿的幸福比不上那点儿虚伪的面子？"

时洲面色温和，建议她道："你先给你姐打个电话再说。"

许泊宁这才想起来给唐余打个电话。她想着唐余那副心如死灰的模样，总不至于反戈。

没想到唐余在电话中支支吾吾、模棱两可，跟许泊宁讲她自己也咨询过，她的伤最多是轻微伤，构不成刑事案件，再怎么说严树杰也是琰琰的父亲，看在孩子的面子上，没必要赶尽杀绝。

唐余松动的态度直叫许泊宁咬牙切齿，差点儿没气得昏厥过去。她没心思问唐余离不离婚的事，直接道："行，姐，我知道了，这件事随你自己处理吧。"

说完，许泊宁气呼呼地把手机甩到沙发上，刚扔出去又想起许喻还在家里，不能把负面情绪带给他。她扭头去看许喻，他玩得正入神，没注意到她这略显粗暴的举动。

本来她跟唐余也没有那么熟，昨天早上要不是唐余主动找她，又在电话里头哭，她才不会动了恻隐之心，匆匆赶过去。现在倒好，他们夫妻统一战线了，自己倒闹得里外不是人。

许泊宁窝了一肚子火，委屈得厉害，还没坐多久，田卫方的电话又打来了。不用说，八成是二姑去她那儿告状，她兴师问罪来了。

她不想接，铃声持续响个不停。

许泊宁转头看着时洲，毕竟二人曾经做过夫妻，这点儿默契还是有的。他拿起手机，迟疑了半秒，说："阿姨……泊宁她这会儿不在……嗯，她刚去楼下拿快递了……好，我等她回来跟她讲。"

"阿姨让你一会儿回个消息给她。"时洲把手机递给许泊宁，低头看到屏幕上的照片，是她和许喻的自拍照。他怅然地看了她一眼，收回了手。

"哦，再说吧。"许泊宁难受地揉了一下额头，心塞得厉害，"时洲，你说人的脑子怎么能糊涂成这样，我是不是又做错了？在他们看来，我做什么都是不成熟的表现。要是你，你会怎么做？"

好像许泊宁天生反骨，自己在婚姻上不那么如意，注定是个失败者，所以她不能在婚姻这个话题上表达任何意见，不然便是见不得别人好，是想破坏人家家庭的和谐美满，而且谁都能拿婚姻失败的事来攻讦她。

严树杰这样就算了，连看着她长大的二姑也如此。

反正刚才二姑噼里啪啦一顿说，时洲也听进去不少，许泊宁发完牢骚也没指望他说什么，只是这会儿身边除了儿子，便只有他一人，何况他还算得上是个不错的倾听者。

许泊宁闷闷地抱着靠枕坐在沙发上不吭声，时洲已经从她刚才的两通电话里猜出了个大概。依着他的性子，估计根本不会去管别人的闲事。

"我觉得你没有做错，以你和你表姐的关系，你本来可以什么都不管，可你没有选择袖手旁观。她们的说辞那么多，说到底，只有你是真正为了你表姐着想。"时洲开口对她道。

许泊宁总算从旁人口中听到一个肯定的答案，虽然这个旁人正是导致她成为"失败者"的前夫。她吁了一口气，道："嗯，时洲，谢谢你。"

"不用谢。其实我挺佩服你的勇气的，但是从我的私心来讲，如果有下次，你尽量不要一个人去，毕竟碰着一个易怒的男人，很难想象对方会做出什么过激的举动。"时洲应声，缓了缓道，"你可以给我打电话。"

许泊宁可能是这两天被表姐他们刺激了，好不容易遇到一个正常人，脑子一抽，回他说："但是我们现在这关系，找你不太妥吧。"

成年人的世界不像小孩子那样直接，一句话有时候不但要听一半，还要反着听。许泊宁语气轻快地说出这话，很容易让人误解她是口是心非，故意撩拨时洲。

果然，时洲看着她抿唇笑道："我随时欢迎，或者你给我别的身份也行。"

他穿着一身纯色的家居服，嘴角挂着浅浅的笑凝视她，整个人看起来毫无攻击性，温柔又平和。

许泊宁轻咳了一声，感觉喉咙有点儿干，脸颊忽然发烫，热意流向耳根。她不自在地伸手摸了摸耳垂，扭头去喊许喻："喻喻，还要一起看绘本吗？"

那天晚上许泊宁梦见了时洲，两人正在蜜里调油的热恋期，只不过梦境美好却短暂。她捂着脸从梦里清醒，大半夜去浴室里待了好一会儿才出来，又将换下的衣物搓洗干净。隔了两天，许泊宁跟周盼聊天，又不经意谈及时洲。

自从这父子俩回来后，这已经不知道是许泊宁第几次在周盼面前提起时洲的名字。

周盼直接发了语音消息过来回她："许泊宁，我看你直接报自己身份证号，说你还对前夫有意思得了。"

许泊宁还想嘴硬，字没打完，又被周盼给堵了回来。

"都多大的人了，没两年都奔三了，还在感情上婆婆妈妈。现在你和时洲都单身，许泊宁你要是还喜欢就上啊，在这儿试探来试探去，你当小孩子过家家呢，就像你跟你那小男朋友一样，亏得他脾气好。不合适大不了就一拍两散，反正又不是没分过，这可一点儿都不像你。再说你就不想看看，他这些年功力退步了没？"

撇开其他的不谈，许泊宁某个瞬间还真挺想找时洲试试。她是个成年女性，整天面对着这么一个脸长得好，身材也不错的男人，她要是半点想法也没有那才叫奇怪。不过她充其量只是臆想而已。

许泊宁没有再过问唐余和严树杰那些乱七八糟的事。

倒是后来她从田卫方口中听到了一些当天事情的始末，原来捅到严树杰公司领导那儿的邮件，是女方男朋友发的。

女方也是公司的员工，怀了严树杰的孩子，要跟男朋友分手，男朋友不甘心头上被戴了这么大一顶绿帽子，不但给领导发了邮件，还拿着女方的手机，把女方和严树杰的合照发到女方的朋友圈。

严树杰在公司里大小也是个中层，谁都知道他有妻有女，这下直接成了公司的笑柄。公司以影响公司形象，违反员工手册为由将他辞退了。

田卫方没有指责许泊宁的莽撞，只说唐余毕竟比她大，是她姐姐，这种事情下次不要贸然插手。

要是唐余真的打定主意去报警，早就自己去了，何必等到许泊宁来。正因为她本身就摇摆不定，才扯出后头的事。

姜还是老的辣，田卫方一眼就看出了问题所在。

许泊宁已经被这件事打击得开始怀疑自己的三观，忍不住向田卫方求证："如果哪天我碰到跟唐余一样的事，你和老许也会这样要求我吗？被打了也要忍耐着不报警？"

"你这话说得，哪个父母不心疼自己的孩子，你别看你二姑现在怪你，以后谁说得准，小严这人做事太不像话。"田卫方笑了一下，"别的我不清楚，谁要敢动你一根手指头，你爸怕要拎砖上去跟人拼命。"

许泊宁跟着笑了一声，这听起来的确像许齐元能做出来的事。

许齐元虽然后来自学考了一堆证书，但骨子里其实还是个粗糙汉子。

"有空带喻喻回来吃饭，你爸在我面前念叨了好几次，还不是想让我来跟你开这个口！"田卫方又道，"你也别嫌我啰唆，你和时洲究竟怎么打算的？还有你那个同事……"

"我跟韩尧已经分了。"

田卫方一怔，转而问她："怎么说分就分？"

"你和爸不是一直都反对来着，现在分手了不是正合你们的心意？妈，看看哪天周六，等喻喻上完围棋课我领他回家看你们。"

"哎，行，行，到时候记得提前打电话告诉我你们想吃什么，我好早点儿让阿姨准备。分了你也别太难过，你看这好的……不都在后头。"

许泊宁撇了一下嘴。跟韩尧刚分手那几天，她还觉得别扭，不大适应，在公司碰到了也会有意避开。

反倒是对方像没事人似的，惹得她暗自感慨，果然这年轻人的爱情观就是和她不太一样。后来她也渐渐习惯了。

虽没人大张旗鼓地宣传，但分公司几个部门的同事很快都知道他们分手了。

十一月中旬时，许泊宁在韩尧的朋友圈看到了另一个女生的影子。她非但没觉得不适，反而隐隐如释重负。

和韩尧谈恋爱那会儿，许泊宁就知道他有不少前任。跟他相比，她那点儿可怜的经验根本拿不出手。

许泊宁没在那条状态下回复，直接划了过去。

许泊宁这几年，除了年三十的时候，几乎就没怎么在家里待过。

周六下午许喻上完课，许泊宁带他回家。路上她跟他说晚上在爷爷奶奶这里睡，小家伙坐在后面玩着魔方，连连点头答应。

许泊宁将车开进院子的时候，许齐元正围着围裙躬身在院子里拔菜，她吓了一跳，还以为自己眼花了。

许齐元起身看到许泊宁回来，忙让开些，指挥她把车倒入车库。

"哎，方向盘往左打……再打，再往后面倒一倒，你这孩子……左边那么大位置不停，非要把车挤那儿，我看你一会儿车门怎么开。"许齐元搁下菜篮子，手随意地在围裙上擦了擦，嘴里虽一直抱怨着，却笑得满脸褶子。

他要去抱许喻，才想起自己手上还沾着泥土，忙说："爷爷去洗个手，换件衣服再来抱喻喻。"

田卫方听到外面的动静，从屋里出来。外面冷得很，她披了一件大衣招呼许喻："乖孙孙，赶紧进屋。泊宁，你给孩子穿得太少了。"

"他爸早上给他拿的衣服，没事，小孩子身上三把火，不怕冻。"许泊宁脱了外套，悄声问田卫方，"今天这是怎么了，老许还有这份闲心，在家里弄菜？"

外面院子里的花圃还是当年许齐元亲自画图让工人改造的，费了好大一番功夫。

田卫方年轻时生活精致，喜欢侍弄花草，退休之后却迷恋上种菜，原本花圃里还种着几株山茶，现在一看都秃了，完全变成了菜园子。

"种的小青菜能吃了，你爸说拔点儿给你明天带回去呢，菜都没打农药，上次我看到有青虫，还让你爸一个个捉掉了。"田卫方一边给许喻剥着橙子，一边说。

"你这弄的，是你种菜还是我爸种呢，脏活儿都是我爸干的。"许泊宁笑道。

"可不就指望他这点儿事，少年夫妻老来伴，你和许喻都不在家，我平时不就使唤使唤你爸，除了他还能使唤谁？"

说完她瞟了许泊宁一眼。

许泊宁注意到后当没瞧见，说："那我搬回来住，你看怎么样？"

"得了，别贫嘴。"田卫方摆了摆手，把橙子塞到许喻嘴里，"宝贝喻喻，来吃橙子，我让阿姨做了你最爱吃的玉米烙。"

许齐元换好衣服洗完手出来，两个人轮流抱了抱孩子，直围着他转。

许泊宁站在一旁，忽然一阵叹息，当初她轻飘飘放弃孩子的监护权，对许齐元和田卫方而言，何尝不是巨大的伤害。让人强行进行情感上的割舍，未免太过残忍。

晚上在家里吃了饭，许泊宁跟许喻住在她以前的套房，知道他们回来，田卫方特意帮她重新铺了床。

许泊宁给许喻念了故事，正要关灯，许喻开口说："妈妈，我今天还没有跟爸爸说晚安。"

"好。"许泊宁点了点头，把手机给许喻。

许喻没跟时洲说两句就挂断了电话，许泊宁问他怎么不多说两句，他眨眨眼睛看着她，摇头说："不说了。"

然而熄了大灯后，他翻来覆去好一会儿还是睡不着，许泊宁轻声问他："喻喻，怎么不睡？是不习惯爷爷奶奶这儿，还是要去上厕所？"

"不是的，妈妈，我今天跟爸爸下棋，还没有下完呢。"

"明天回去再下好不好？"

许喻"嗯"了一句，不吭声了。

隔了一会儿，许泊宁已昏昏欲睡。她借着小夜灯看过去，许喻的眼睛睁得圆圆的，半点儿睡意都没有。

"喻喻，睡不着吗？"她问。

"妈妈，昨天放学的时候，爸爸给我讲的故事，最后那只兔子怎么样我不记得了，能不能再打个电话给爸爸呀？"许喻小声说。

许泊宁彻底没了睡意。她看向许喻，他同样看着她，想了想说："不打也没有关系的。"

感情不是一朝一夕就能培养好的，许喻其实已经跟许泊宁亲近很多了，然而他一天都离不开时洲。

许泊宁出差时，许喻虽然也想她，但顶多念叨两句，不会这样辗转反侧睡不着。

而且跟她在一起的时候，许喻从不会像对着时洲那样坦然。就像这会儿，他明明因为大半天没见到时洲，很想时洲，可他拐了半天弯儿，偏偏不肯直接跟她说。

"是不是想爸爸了？"许泊宁想了想，直接问他。

许喻眨巴了一下眼，好一会儿才轻轻点头。

田卫方和许齐元因为女儿回来，这日睡得比往常都要迟些，这会儿还坐在楼下看电视。

见到许泊宁牵着许喻的手下楼，夫妻俩都愣了愣，田卫方问许泊宁："怎么了，还没睡觉？"

"爸，妈，我还是带喻喻回去吧，好在这会儿才九点。"

"好端端的怎么又要回去？夜里别把孩子给冻着了。"田卫方站起身，"那菜还摊在厨房地上，没给你装起来呢。"

不过看许泊宁连衣服都穿好了，田卫方推了推许齐元道："你去拿袋子装菜，还有几箱水果，也给她放后备厢，我们也吃不完。"

说完她又扭头问许泊宁："出什么事了？"

"没什么，就是喻喻想他爸，睡不着。"

田卫方叹了一口气道："那也是没办法，孩子是时洲带大的，肯定跟他爸爸亲，我去给你拿个毯子，一会儿下车记得给孩子裹着，可别冻感冒了。"

许泊宁夜里十点多到家，许喻坐在后面的儿童座椅上睡着了。她没办法，只得给时洲打电话。

时洲很快下来，许泊宁将车门打开，小声说："他还是黏你，晚上折腾着不肯睡觉，这不一告诉他回来，路上没多久就睡着了。"

"这事不用依着他的，下次再这样，直接教育就好了。"时洲弯身抱起许喻，许泊宁踮着脚把毯子给小家伙围上，等确定裹严实了，才打开后备厢。

后备厢被许齐元他们塞得满满当当的，许泊宁站在原地犯难了一会儿，时洲转身说："泊宁，东西你先放车上，一会儿把钥匙给我，我下来提就行。"

"哦，行。"

有时候许泊宁自己都不大能分清，他们这种情况究竟跟普通的夫妻有什么区别。别说没有同床共枕，事实上许多夫妻在这方面并不和谐。

至于每个月的生活费，ＡＡ制的夫妻也不在少数。

时洲刚回来那会儿，许泊宁连油盐酱醋都跟他划清界限。现在两家时不时投喂点儿东西过来，东西都混在一起了，时洲从来不提，如果几块钱的菜她还计较，又显得她太过吝啬。

许喻在许泊宁家待了半天就要回来这件事，许泊宁都没怎么放在心上，田卫方和许齐元那晚有点儿伤心，感慨了一会儿，也就过去了。

倒是有一天许泊宁意外从许喻口中再次听说这件事，才知道时洲早在第二天就私下教训过他。

小家伙奶声奶气地学着时洲的语气讲话："许喻，下次你可不能这样，妈妈想见自己的妈妈和爸爸，而且你这样，爷爷奶奶也会难过的。妈妈，对不起。"

许喻扑到许泊宁怀里仰头看着她道歉。

许泊宁搂着孩子，哪里顾得上多苛责他。她摇摇头说："没关系。"

作为前夫，时洲做得的确无可挑剔，从不在孩子面前挑拨两家人的关系，连前妻父母的心情都能顾及。

然而那一瞬间，许泊宁的心情复杂极了。

每年的五月初到次年一月是旅游旺季，特别是临近寒暑假的时候，运营部的工作都要比平时更烦琐些，尤其今年主打"亲子游"项目，品牌部现在还归许泊宁管，她更是忙得脚不沾地。

前几天许泊宁到洋川市出差了几天，洋川是以冬季温泉闻名的旅游城市，离东堰也近，不少家庭会在周末选择自驾过去，她刚代表公司与一家温泉酒店签了合作协议。

酒店经理在许泊宁临走前送了她几张房券，请她有空可以带家人来这里体验体验。

这段时间许泊宁基本都在公司加班，连续三四天晚上放了许喻鸽子，哪还有那份闲心出去玩。

直到时洲跟许泊宁商量怎么给许喻过生日。

许喻生在十二月，往年这个时候他都在清瓷镇。

许泊宁对时洲说："我前几天跟我妈提了提，你也问问你爸妈，不然大家一起吃顿饭，省得喻喻惦记？"

像他们这样，离婚了，两家还能坐在同一张桌子上吃饭的可不多见。

"我妈说到时候他们就不过来了，让我们领着许喻出去转转，我查过日历，今年他生日正好赶上周末，你看到时候我们去洋川怎么样？"时洲却反问她。

许泊宁不太想再跟他出去玩，嘴上说："我还是跟我妈讲一下看看。"

许泊宁跟田卫方提起许喻生日的事，田卫方直接问她："时洲他爸妈那边怎么说，一起吃饭吗？你不觉得尴尬？"

"时洲说曹老师跟时老师都有事来不了，到时候你和我爸要是能来，我们就一起吃个饭。"许泊宁说道。

田卫方在视频里头点了点头，却说："既然这样，那我们也不过去了。那天正好是周末，你们带许喻去玩玩，礼物回头我和你爸提前送给他。"

"妈，你们为什么不来？时洲他爸妈没空，这样不是正好吗？也省得到时候我们大家坐在一起大眼瞪小眼。"许泊宁不懂田卫方的想法。

田卫方觉得自己这女儿还是经历的事情少，表面上看着精明，其实一股憨直的傻劲儿，对人情世故懵懵懂懂的。

"什么大眼瞪小眼，你看喻喻那边的爷爷奶奶都不去，搞得我们跟没眼力见儿似的。到时候我和你爸跟你们一家三口出去吃饭，给孩子过生日，这看着像什么，时洲又没来咱家做上门女婿。好好的生日，也不可能让你撇下时洲，单独领喻喻回来。"

许泊宁的脸色僵硬了一瞬："妈，什么一家三口，是许喻跟他亲爸、亲妈。"

"我这不是一时口误嘛。"田卫方知道许泊宁不爱听这些，没多说什么，"喻喻呢？我跟他讲两句话。"

"他在外面客厅里玩呢，我去喊他。"许泊宁从房间里出来，把手机递给许喻。

"喻喻想要什么生日礼物，奶奶给你买好不好？"

许泊宁在一旁听着祖孙俩说话，想了想，从房间里翻出之前酒店送的客房券。

时洲在书房里备课，许泊宁走过去说："我爸妈也没空过来，这是上次合作方送给我的，正好在洋川那儿，是家温泉酒店，到时候可以带许喻去泡泡温泉。你看合不合适？要是确定的话，我提前打电话预订客房。"

时洲摘下眼镜，有些疲倦地捏了捏鼻梁。他接过券看了一会儿，说："我觉得挺好的，喻喻喜欢玩水，知道后肯定高兴坏了。"

"哦，那行，时洲，我们晚上煮面条吃吧。"她说，"正好冰箱里还有点儿小青菜，和面一起煮，我再熬点儿浇头。"

时洲点头道："好的，我这个课件今天要完成，辛苦你了。"

许泊宁瞟了一眼他的电脑屏幕，密密麻麻的文字看得她眼花，心道大学老师也不是这么好当的。她说："那你忙，一会儿面条好了我喊你。"

家务基本都是谁有空谁做，不过大部分时候还是时洲做。

前段时间许泊宁听说了一个新词汇，叫"窝婚"，说离婚的夫妻因为经济原因而不得不继续在同一个屋檐下生活，就像她和时洲这样。

然而，事实上许泊宁和时洲都是有退路的。在逐渐习惯了这种家庭生活，现在连双方家长都默认未来两个人会复合的情况下，有时候许泊宁会无端生出叛逆的心，特别想从这种境况里剥离出去。

许喻生日那天，时洲开着车，三个人去了洋川市。

晚上他们从外面餐厅吃完饭回来，时洲跟许泊宁都分别给许喻送了礼物，两个大大的箱子，还有彩色气球。

原本礼物一直藏在后备厢里，时洲领着许喻出去转了转，许泊宁赶紧搬来布置好。

许喻对生日的定义完全停留在大人会对他异常好的阶段，不但有礼物收，当天还几乎有求必应。

他兴奋地跑过去拆纸盒子，许泊宁一脸温柔地盯着他，见他撕不开胶布，正要上前帮忙，时洲却突然喊住了她："泊宁。"

许泊宁脸上挂着笑容回头问他："嗯？"

时洲却突然递了一个纸盒子过来，许泊宁一眼认出上面的品牌标志，她警惕地看向男人："干吗？"

"送你的。"时洲看着她说，"其实之前就一直想给你……"

不是因为想感谢她带许喻来到这个世界上，仅仅是他想告诉她，她曾经受过的苦他从没有忘记过。

"我不要，你还是自己收着吧。"许泊宁不肯接，"你莫名其妙地给我送这个干什么？今天又不是我生日。"

而且即便是她生日，她也没收他的礼物。

八月初那会儿，许泊宁领许喻跟田卫方他们吃了顿饭，就算过了生日。

他们的婚姻关系还存续的时候，许喻也还小，他办满月酒和周岁生日宴时，时洲倒是给许泊宁送过东西。

其实许泊宁生许喻那天倒没吃多大的苦，但是因为她怀得艰难，时洲吓坏了。

而许泊宁以为一生完就彻底解脱了，没想到孩子生下来仅仅是开始。

时洲没有勉强许泊宁，只是把礼盒轻轻地放了桌子上。

酒店那边安排了一间两室一厅的行政套房，房间外面附带着小院，拥有独立的私汤温泉。如今虽是萧瑟寒冬，小院内映着昏黄色的灯光，绿叶葱葱的竹林被笼罩了一层雾色，从山上引下来的天然温泉水冒着氤氲热气。

许喻拆完了礼物，迫不及待地要换了泳裤下去玩水。

许泊宁原本带了泳衣来，但是刚才被时洲一折腾，压根儿没打算再去泡温泉。她给许喻拿了浴衣出来，跟时洲说道："时洲，你带他玩会儿吧，晚上冷，出来的时候还是要穿上浴衣，我有点儿困，想先去睡会儿。"

她也不是故意找借口，前些日子一直在加班，好不容易能有个周末，因为要给许喻过生日，又没能好好补觉。

许泊宁打开卧室的门，简单冲完澡爬上床，没多久就躲在被子里沉沉睡去。

不知过了多久，许泊宁醒来，客房外面听不到半点儿声响。她趿着拖鞋下床，隔壁房间的门半掩着，许喻躺在床上睡着了。

房间里只有他一人，时洲不知道去了哪里。

许泊宁往外看去，院子连着客房的那两扇门没关，男人背对着她泡在温泉池子里喝酒。他稍微抬起胳膊，水珠自他裸在外头的肩胛滚落，顺着性感的脊柱沟往下滑，直到落入水中。

许泊宁呼吸凌乱了一瞬，默默站在原地，没再往前走。

时洲却似乎注意到她了，扭头看过来，举了举手中酒杯道："要一起喝一杯吗？"

许泊宁没回答。

时洲忽然从水中站起身，那藏在水下的秘密再无半点儿遮掩。他胸前的肌肉线条明显，紧身平角泳裤裹着大腿，许泊宁觉得自己的喉咙好像又干了。

她知道时洲身材不错，上回她单方面臆测男人这几年已变成一块没什么用的"老腊肉"，事实证明是她自己想错了。

时洲像是没发现她的失态，直接从架子上取了浴巾披在肩上走进屋内。

许泊宁略有些失望地收回目光，她没下水，只坐在台阶上，腿悬空着泡在温泉里。

时洲拿了一条浴巾给她，在她身边坐下，又递了一杯红酒过去。

这次许泊宁总算没再拒绝。

两个人各自喝着酒，远处冷月高悬，影子落在水面上，许泊宁轻轻踢了一下脚，水面泛起涟漪，清亮的倒影摇晃着，很快又恢复了平静。

"时洲，我觉得这样是不正常的。"许泊宁终于先开口。

时洲盯着她的侧脸问："哪里不对？"

许泊宁发了一会儿呆，心想也许她就是天生不爱被人拿捏，性格叛逆。她犹豫着说："就我们现在这种相处方式，你是不是也觉得，我迟早要妥协的……"

所以笃定她是囊中之物，现在连送礼物都变得明目张胆。

许泊宁虽然含糊其词，时洲却听懂了她的意思。他摇摇头，说："没有，我从没那么想过。"

许泊宁淡淡地看了他一眼，没吭声，分明是不相信。

"真的。"时洲忽然转过身来面对着她，"上周五晚上你没有加班，也没有回家吃饭，后来我听到你跟周盼打电话，才知道是有人约你出去吃饭，还跟你表白了，你知道我当时怎么想的吗？"

那人是许泊宁的大学同学，上周来东堰市出差，说请以前的老同学一起吃顿饭。

128

许泊宁过去了才发现对方请的人只有她。面对突如其来的告白，她当时也很尴尬。

"怎么想的？"她怔怔地重复了一遍时洲的话。

时洲倾身向许泊宁。她的手一颤，酒杯里的红酒溅了出来。

"这样……"时洲后面的话吞没在许泊宁唇齿间。

许泊宁睁大了眼，还没来得及反应，时洲已放开了她。

"对不起。"他似是有些后悔自己的冲动。

许泊宁傻愣着摸了一下唇。时洲低头看着她轻声道："泊宁，我从来没有你想象的那样淡定，从知道你交了男朋友，到你每一次晚归，我都抑制不住地会去想你跟谁在一起，又做了什么。比刚才更过分的场景，我都想过。"

直到这会儿，唇上残留的温度才让许泊宁后知后觉地回过神，刚才她被性骚扰了。她告诉自己应该毫不客气地直接上去给时洲一巴掌，然而她好像并没有那么反感。

他们在一个屋檐下同住了这么几个月，时洲对她始终规规矩矩，没经过她的同意，连她的东西都不会乱碰。

在这方面，许泊宁一直还挺信任时洲的。大多数时候，两个人还是保持着应有的社交距离，她相信，以时洲的为人和骄傲，不会做出龌龊的事。

时洲后面还讲了一些什么，许泊宁都没怎么听清。可能是刚刚那两杯红酒的缘故，她脑袋发沉，晕晕的。

月色朦胧，温泉池水雾气氤氲，而面前的这个男人此刻像换了一副皮囊。他裸着胸膛，原本裹在肩处的浴巾这会儿松松垮垮地搭在他腰间，院子里温馨的灯光衬着他胸前流畅的线条。

许泊宁跟他对视几秒，目光不由自主地下移，落在男人胸膛上。

明明时洲平日里是那么温和的一个人，此刻却莫名地令人觉得窒息，喘不过气。

这种熟悉的侵略感让许泊宁忽然心生不安。她拽了拽自己肩上的浴巾，极力让自己表现得不那么慌张。

"时洲，你……"她努力眨了眨眼，才发现自己的声音哑得厉害。

也许是她离婚后即使交了男朋友，跟韩尧的关系却一直处在接吻的阶段；也许她梦到时洲的时候就已经猜到迟早会有这么一天。

许泊宁其实不是多会委屈自己的人。

她将杯中红酒一口饮尽，唇角沾着酒渍，被她轻轻抬手抹去。她歪头安静地看着时洲，没有说话。时洲同样在看她，毕竟曾经做过夫妻的人，他们之间默契还在，仅仅眼神的对视，两人瞬间洞悉了对方的意思。

屋里陷入黑暗，时洲没有像往常一样矜持守礼地喊许泊宁的名字。他喊她宝贝，说他爱她。许泊宁一度怀疑自己听错了。她跟时洲在一起那么久，听他说这话，印象最深的还是在两个人的婚礼上。

司仪照着流程念台本，让新郎向新娘示爱。当着几十桌亲友的面，时洲穿着礼服单膝跪地牵住她的手，虔诚地仰头凝视着她。

那一刻许泊宁的虚荣心得到了极大满足，婚前那点儿小遗憾都抛诸脑后。

发现怀孕后，两个人匆匆去领了结婚证，然后就是两家商量着办婚礼的事。等她拿着结婚证，肚子里揣着许喻，都快举行婚礼了，她才想起时洲没有跟她求婚。

因为自从她查出怀孕，两家父母包括他们自己都已经默认了要赶紧结婚的事实，连时洲这样细致的人都忘了。

可是许泊宁糊里糊涂变成已婚，心理上还没接受，自然会觉得缺了点儿什么。

许泊宁忽然鼻头泛酸。她眼睛明净清澈，几颗泪珠滚落脸颊，时洲低头一一吻了去，安慰道："别哭。"

许久之后，时洲伸手打开屋内的灯，抱着许泊宁去浴室冲洗。直到重新躺回床上，她连眼睛都没睁开。

不过抱许泊宁上床后，时洲冲了好一会儿澡才从里面出来。

许喻睡在隔壁房间，夜里起床小解完发现卧室里只有自己一人，他揉着眼睛去敲他们的门。

过了好一会儿，时洲才披了一件浴袍过来给他开门。

"爸爸，你不是说好跟我睡的吗？"许喻一脸不解地仰头看他。

时洲只将门开了道不大的缝隙，身子挡在那儿，面色微赧地小声哄他：“喻喻自己回房睡好不好？平时在家不都是自己睡的？”

“妈妈呢？妈妈睡在哪儿？”

时洲摸摸他的头轻声说：“妈妈在这个房间里睡着了，不要吵醒妈妈。”

“那我也想跟爸爸一起睡。”许喻抱住时洲，往他怀里钻，一手去推他身后的门。

时洲没办法，只得单手捞起小家伙往他房间里走，顺便将房门轻掩上：“喻喻已经长大了，是男子汉了对不对……”

小家伙噘着嘴摇头：“可是妈妈也长大了，妈妈在家也是一个人睡的。”

时洲噎住。

好不容易等许喻睡下，帮他盖好被子，时洲才重新回房间。

许泊宁早已熟睡，侧躺着背对着他。他闻着她身上熟悉的气息，眼皮渐渐撑不住，耷拉下来，没多久也跟着睡着了。

举棋不定

chapter 07

许泊宁眼睛睁开，几乎刚动了动身子，时洲就醒了。面前是男人温热的胸膛，她的脸还埋在男人怀里，他的手牢牢环在她身后，卧室暖气开得足，她身上黏糊糊的，两个人都没有穿衣服。

昨晚事情发生时，许泊宁的脑子其实还算清楚，酒不过是壮胆。然而这会儿没了酒精掩护，她尴尬地抬头看他，动了动嘴唇，不知道说什么好。

"醒了？"时洲也没有多自在。他耳垂红透，温柔道，"要不要再睡会儿？时间还早，才五点多，喻喻也没起。"

许泊宁抿唇沉默着，扭头往窗户看去。

窗帘遮得严严实实，完全看不清外面的景象。

许泊宁做事从来不瞻前顾后，这会儿也没有后悔。和面前这人发生点什么，起码不用担心他有什么不干不净的疾病，他向来挺洁身自好。

昨晚她太过兴奋，不知喊了多少声，以至于现在嗓子眼还有点儿疼。

事情做是做了，就是后果她还没想好怎么面对。如果是别人，她完全可以不当一回事，当陌生人也行。

"泊宁？"时洲叫她。

许泊宁不吭声。

"我先去陪喻喻，昨天答应了陪他，一会儿他醒了看不到我会怪我说话不算数。"时洲看出她的纠结，开口道。

他裹了浴衣起身，在客厅换了衣服，去了许喻那儿，许泊宁拧着被子的力道才松了一些。

一个多小时后，许喻起床，看到时洲正坐在床头看手机，压根儿不知道时洲是临时来陪他，高兴地去搂他："爸爸早。"

时洲原本心不在焉，许喻猛地扑过来，他身子往后倒，磕了一下后脑勺，声音挺大的，惊得许喻喊了一声。

许泊宁早早起了床，刚在小院里站了一会儿，听到孩子的动静急忙跑进来问："喻喻怎么了？"

"喻喻，爸爸不疼。"时洲揉着头安慰被吓到的许喻，又跟许泊宁道，"他没什么事。"

许泊宁"哦"了一声。她果然还是做不到像时洲那样，无论发生什么都能一副泰然的模样。

"妈妈抱。"许泊宁喊许喻。她一伸手，发现手腕上面有清晰的指印，是时洲紧压着她时留下的。

许泊宁狼狈地缩了缩手，许喻从被子上爬过来，说："妈妈，刚才我不小心推了爸爸，然后爸爸撞到头了。"

许泊宁抱着孩子下床。许喻刚回来那会儿，她完全抱不动他，现在他重了点儿，她反而练出点儿力气来了，抱他走个两三步没问题。

"那喻喻有没有跟……爸爸说对不起？"她问许喻。

"我忘记了。"

许泊宁抱着许喻走到外面，小家伙听到母亲的话，又要她抱自己进去："爸爸，对不起，我不是故意的，你还疼不疼？"

"没关系的，爸爸不疼，让妈妈放你下来吧，妈妈手酸，抱不动你。"时洲将手机搁在一旁，翻身下床。

许泊宁瞥了他一眼，总觉得这话意有所指。

许喻的生日过得很开心，回去的路上，他将许泊宁和时洲送他的礼物拿在手上玩。

许泊宁瞧他高兴的样子，又默不作声看了一眼在前面开车的时洲，心情极为复杂。她如今实在摸不准时洲的脾气，他都会把曹老师和田卫方搞定，让她们变着法儿来敲打自己。万一家里知道了这件事……

许泊宁烦躁地捏了一下眉心，不敢想象自己在父母心里是多不靠谱。

许泊宁很爱面子，又喜欢剖析自己，她怀孕那会儿闲来无事研究星座，关注了好几个星相博主。

她生在八月，而时洲生在九月，都说狮子座和处女座这两个星座结合挺微妙，一个以自我为中心，骄傲又固执；另一个处处要求完美，内敛又沉闷。

许泊宁觉得挺像她和时洲，就发了许多截图给时洲看。

时洲完全不信这些，还一本正经给她说"巴纳姆效应"，看着某个星座描述跟自己性情非常契合，却不知这些笼统的描述总能让人在其中找到契合点。

许泊宁又不是让时洲来说教的，压根儿不想听。其实从这件事上就能看出她跟时洲在性格上的差异。

都说面前这人是最好的，父母那辈或多或少还被"原配夫妻"这四个字束缚着，但她完全找不到自己能重新和时洲过下去的信心。

快到小区门口时候，许泊宁对驾驶座上的时洲讲："前面路口停一下，你们先回去吧，我去买点儿东西。"

许泊宁记得刚才那个路口拐过去几百米有家药店。

"妈妈，你要去买什么？我跟你一起去。"许喻看着她。

许泊宁的嘴角抽搐了一下，表情有点儿怪异。她从来不在这种小事上拒绝许喻，这天却破天荒地没答应他，说："喻喻听话，跟爸爸先回家，妈妈买完就回去了。"

时洲从后视镜看了看许泊宁，突然说："我先送你和喻喻回家，一会儿我去买，今天外面冷，风又大，你和喻喻就别出去了，免得冻感冒。"

她要去买什么，两个人都心知肚明。

许泊宁抬头看了他一眼，道："也行，那你快点儿。"

"好。"

许泊宁和许喻先上楼，时洲又开着车出去了。

二十分钟后，时洲拎回来一个袋子，里面乱七八糟的，有一大堆维生素C之类的保健品，许泊宁翻了半天才找到自己要的小药丸。

她喝了一口水咽下药，时洲指了指袋子说："药房店员说可以同时补充点儿维 C，对身体好。"

许泊宁心说他八成是被店员忽悠了，这种包装看起来价格就不便宜的保健品，店员都有销售提成，她每次去买药，无论什么症状，人家都问她要不要带点儿。

"不用，我平时有在吃复合片。"

时洲点头道："哦，好的。"

男人将大衣挂好，伸手去摸手机，却不承想，大衣口袋里掉了一个花花绿绿的长方形盒子出来。

许泊宁脸色微变，看向时洲。

时洲忙蹲下身捡起盒子，对许泊宁解释："不是……我就先买着，吃药对身体不好……也不是，我没有别的意思，你不要多想。"

他们前一天刚"探索过生命的意义"，今天他就买了计生用品回来，实在很难不让人想歪。

许泊宁摇摇头，看了一眼自娱自乐的许喻小声说："我没有多想，你是不是对我们的关系有什么误解？"

时洲愣了愣，一言不发地将盒子塞进裤子口袋。他侧身看向许喻道："喻喻，你自己玩会儿，爸爸妈妈在书房有话说，你有事就来找我们好吗？"

小家伙玩得正起劲，抽空看了他一眼，点了点头，又忙自己的事情去了。

"泊宁，聊一聊？"时洲问她。

早晨他就有话想跟她谈，不过时间太早了，他想让她多休息一会儿，才借口跑到许喻房间里去。

然而这会儿看她的意思，似乎与他以为的出入挺大。

时洲承认自己居心不良，故意接近她。但是昨夜，他觉得她并不是丝毫不动心。

许泊宁跟着时洲进了书房，两个人各自倚着书桌站着。

时洲指了指椅子说："要不要坐？"

"要说什么？"许泊宁说。

时洲凝视她半晌，斟酌了一番，才小声说道："那个……泊宁，是不是昨天晚上，我哪里做得不太好？"

毕竟许喻还在外面，不好让他听到。

许泊宁脸微红，睨了他一眼道："时洲，你什么时候变成这样的？"

时洲暗叹了一口气看她，道："泊宁，其实你的变化也挺大的，就像昨晚，我以为你同意是默认我们有复合的可能，我猜不出你究竟是怎么想的。"

他们的性子像是调了个儿，她轻易不肯吐露半句，他在她面前反而格外坦诚。

时洲离婚后认真反思，他觉得夫妻之间要像她那样率真才好。而许泊宁却正好相反。

隔了很久，时洲以为许泊宁又要保持沉默的时候，她终于开口："我不知道，时洲。我老实说，让人对你动心并不难，可你有没有想过，仅凭那点儿荷尔蒙分泌，很难支撑两个人走到最后。我们的性格并没有那么合拍，就算再走到一起，谁知道会不会重蹈覆辙，到时候闹得连朋友都做不了，许喻该怎么办？"

这还是许泊宁头一回在时洲跟前说这些。

"当初我们结婚的时候我就稀里糊涂的，还没有做好成为母亲、妻子的准备。"许泊宁顿了顿，"我今天想了半天，不然我们还是当作什么都没发生过，省得大家以后难办，你看怎么样？"

反正在一起那么多次，也不差这么一回。

时洲的呼吸明显重了一些。他眉心一跳，仔细听着她的话，突然面色稍霁，说："你的意思是对我……并不反感，就是不想跟我在一起？"

"你这样解释也没什么问题。"许泊宁将手搭在椅背上轻声回他。

时洲不能理解许泊宁的想法，但听到她说对自己不是毫无感觉，心里好受了点儿。

时洲的生活圈子其实很窄，日常更是乏善可陈，在清瓷镇的那段日子，他身边只有许喻，每天跟泥土和画纸打交道。若非必要，大部分时候，他连村子都没出过。

张景嘲笑他要不是还有个儿子，恐怕连门都不会出。

"我以为当时我们没有喝醉，起码都是保持理智的。"时洲拧着眉跟许泊宁说。

许泊宁回他："如果可以的话，这件事情还要麻烦你不要告诉曹女士他们。"

"我不是那样的人，我还没丧心病狂到把自己的感情生活四处宣扬。"他低垂着眼看她，"你对我的误解有点儿深。"

许泊宁笑了一下，说："我不是那个意思，只是我们之间的事，如果牵扯到长辈，会变得很棘手。"

"什么棘手？"

"我不想被催婚。"

谈对象与结婚不同。

许泊宁和时洲、韩尧恋爱，彼此还保持着独立的生活方式，将部分自我呈现到对方面前，如果双方连这部分都不能接受，也就没有继续交流的必要。而结婚则是完全融入对方的生活中，对双方而言，都是场豪赌。

上一场，许泊宁跟时洲已经赌失败过一次。

时洲还在思忖如何回答许泊宁的话，她的手机忽然响起来。她看了一眼屏幕，任由手机响了好几声，见对方仍没有挂断的意思，她才接起。

"孙鹏……不好意思，我今晚已经跟人约好了，没有时间……我以为我上次已经跟你说得很清楚……谢谢你的花，但下次还是不要送了……嗯……"

孙鹏就是上次请许泊宁吃饭的大学同学，说是暗恋她很久了。前段时间他听说她已经离婚，直接把花送到她公司去了。

办公室里同事看到，私下里讨论她和韩尧在较劲，一个前脚刚找了女朋友，后一个迫不及待地秀自己的追求者。

许泊宁得知自己成了饭后谈资简直哭笑不得。她跟韩尧是和平分手，他们哪里来的脑洞想出这些狗血剧情。

当然，要是那会儿韩尧的母亲棒打鸳鸯，她死缠着不放那就另当别论了。

"这个孙鹏，是你大学同学？就是你上次跟周盼说约你吃饭的那个？"时洲等许泊宁挂断电话，忽然出声问。

许泊宁闻言纳闷道："是，你认识？"

她不记得自己这么详细地讲过，只跟周盼提了提有个男生跟她告白。

"有点儿印象。"时洲"嗯"了一声，低低道。

"什么？"

时洲看向她，说："我跟你去过一回同学聚会，当时他就坐在你身边。"

第六感这东西并不是女人的专利，其实男人也有，时洲当年一眼就看出对方有觊觎自己老婆的心思，这大概是雄性与生俱来的护食本能，所以彼此都能感受到对方淡淡的敌意。

许泊宁早忘了当时坐在自己另一边的同学是谁，不过时洲提及，却让她想起一件事来。

她对上男人的目光，说："时洲，有件事我一直都想跟你说一声对不起。我当年没有顾虑你的感受，在同学面前胡乱虚构你的工作，是我的不对。"

争强好胜，虚荣心强，这是自己性格上的缺陷，许泊宁并不否认。尤其当年她还面对着一帮学生时代并不如自己的男同学，饭桌上人人都以金钱来衡量成功与否，她因为怀孕生子被迫提前退出战场，脑子一抽，那些话已经说出口。

时洲没有立刻回答她，听完沉默了很久。他说："泊宁，其实我不太在乎别人怎么看我，就像我没有走我爸妈的路转而跑去玩艺术，周围人都说我是不务正业，这些话我很少放在心上……"

剩下的话，时洲不说许泊宁也明白。她轻叹了一口气，摇头道："我那时候并没有贬低你的意思。"

"我后来想，以你的性子，当时或许根本没有想太多，只是被嫉妒和恼怒蒙了眼，我又不愿意跟你坦白求证。"时洲怅然道。

"嫉妒？"

哪里来的嫉妒。

时洲自嘲地笑了一声，说："当时我看出孙鹏对你有意思，你又在孙鹏面前说那样的话，也许在你心里我并不如对方，所以你才会选择隐瞒我的职业。我那会儿非常介意，甚至想过你是不是后悔跟我结婚了。"

许泊宁抿唇说："没有，我只是没做好结婚的准备。"

但是从来没有后悔过那个人是时洲。

"当时作为夫妻和父母，我们都有不成熟、不理智的地方。"

这还是他们第一次开诚布公地谈论以前的事，时洲还想说什么，让许泊宁轻轻带开了："你晚上想吃什么？冰箱里好像没多少菜了，一会儿我去买。"

她如今顾左右而言他的本事见长。

时洲也不算毫无收获，不想再继续逼她，说："天气冷就不要出门了，晚饭我来做，简单吃点儿就行。"

"好。"

这样的谈话让许泊宁不舒服。

二月一日就是春节，一月中旬的时候，许喻幼儿园放假，曹梅把他接回去住了几天。

自从上回许喻生日，许泊宁跟时洲越界后，最近一段时间，双方都保持着异常纯洁的同居室友关系，各睡各的房间。

许泊宁其实挺怕再发生什么事情的，不料时洲接连两个晚上都晚归，早上她起床时他已经出门，连面都没照。要不是夜里她迷迷糊糊听到动静，压根儿不知道他回来过。

她的担心完全显得多余。

等到第三天，许泊宁休息。她起床煮了粥和鸡蛋，坐在桌子前吃早饭的时候，时洲房间的门突然打开，他从里面出来。

许泊宁看了他一眼，说："粥在锅里，你自己去盛。"

"好。"时洲进了厨房，没多久在她对面坐下。

他低头喝了一口粥，说："前两天学校出了点儿事，所以回来晚了。"

因为不光彩，时洲才没有跟她说。

许泊宁没有刨根究底问他什么事，说道："现在事情处理好了吗？"

"差不多吧。"时洲左手捏了一下眉心，似乎不想再多谈这种事。

许泊宁这才注意到时洲手上的戒指，是他们的婚戒。离婚后二人都摘下了，这会儿重新出现在他手上，她瞧见了不免愣住。

时洲注意到，解释了一句："在学校里戴着方便些，总能省去不少事。"

许泊宁没听懂他的意思，什么叫"能省去不少事"？不过看着他不大好的脸色，她克制了自己的好奇心。

"下午你去曹老师那儿接喻喻吗？明天张景婚礼不是要喊他当花童？"许泊宁问时洲。

张景原本是想请时洲当伴郎，他们从小到大关系比谁都铁。

许泊宁跟时洲的婚礼上，张景就是伴郎。

可是碍着时洲离异的缘故，李茜父母那边死活不同意，说不吉利。

就为了这件事，张景还和李茜闹了点儿小矛盾，李茜私下跟许泊宁说，许泊宁才知道这件事情。

李茜之所以告诉许泊宁，也是拐弯抹角希望许泊宁能告诉时洲。毕竟张景和她父母拗上，她夹在中间也难办。

许泊宁看出李茜的用意，特别能理解她父母的顾虑。

谁结婚不是图个吉利，连日子都要挑良辰吉时，除了张景这个脑子不清楚的，许泊宁实在想不到谁会请离异人士当伴郎。

后来还是许泊宁跟时洲提了一句，时洲主动推辞，才结束了这场风波。

"不用接，到时候我爸妈直接带喻喻去婚礼现场。"时洲摇头道。

许泊宁差点儿忘记，张景父母跟曹老师是同事。她说："那行，许喻这几天不在家，怪冷清的。"

时洲也许是碰到了什么麻烦。

难得的周末，小家伙不在家里，公司也不用加班，许泊宁在屋子里转了一圈，家中窗明几净，根本没有打扫的必要。

全托了时洲的福，他有洁癖，家里的地板几乎天天都要擦。许泊宁扔在沙发上的毯子，前一天晚上裹着睡觉，次日保准叠得平平整整。

许泊宁闲着没事，穿着睡衣盘腿坐在沙发上看电影，时洲的电话一直响个不停，她听到"校领导""学生"等字眼。

"发生什么事了？"许泊宁还是没忍住，腾出空问他。

"没什么。"时洲回道。

许泊宁一脸平静，淡淡地"哦"了一声，又继续看自己的电影去了。

片刻之后，时洲想了想，坐到沙发上跟她解释："这件事不是我不跟你说，就是觉得难以启齿。"

"没事，我就是随口问问。"许泊宁没回头，"你不想说就不用说，别勉强自己。"

许泊宁虽然这么说，却不自觉地将电影声音调低了一些。

"我教的班上有个女生……对方年纪还小，不是很成熟。"时洲打开手机，将聊天记录递给许泊宁看。

许泊宁扫了几眼，看到类似表白的话。

时洲开始并没有回复，只在对方接连发了好几段"小作文"时才回了一句："谢谢你的欣赏，我已经结婚了。"

曹梅和时保宗都是大学教授，时洲或多或少见过他们如何跟学生相处。他过了三十岁的生日，年纪不算大，但在面对班上那群不到二十岁的学生时，他看他们的心态其实跟看许喻差不多，这是基本的职业素养。

T大职工手册中有条例明令禁止大学教师与学生谈恋爱，时洲在真正走上教学岗位之前，从未有过这方面的困扰。

倒不是因为他对自己的长相不自知，而是他的生活圈子实在太窄。离婚后，除了曹梅和许喻的幼儿园老师，他和女性说不上几句话。

因为离婚后摘了婚戒，学生间一直有传言说时老师还未婚，校表白墙上跟他匿名表白的学生并不少。

时洲没听过这些，就是听到了，他也不可能大张旗鼓地跟学生讨论自己结婚与否。

他在回复对方后的第二天，默默地将他和许泊宁的婚戒重新戴上了。

原以为事情便这样过去了，谁知道最近又出了一些事，那个女生连续两天在宿舍楼下当众示爱，又是点蜡烛，又是唱歌，周围的同学跟着起哄，闹出的动静惹来了校园保安，连校领导都惊动了。

这件事对时洲来说确是无妄之灾，但毕竟对他的职业形象有影响，校领导的意思是让他在家休几天年假再去学校。

时洲困扰地轻叹了一口气。

许泊宁退出聊天页面，将手机还给时洲，说："既然学校已经做出处理，你先听从安排好了。学生对老师产生孺慕之情，其实很能理解。"

时洲性子温和，身上各种奖项加持，他和学生本就不是对等的关系，学生很容易就会对他产生崇拜的心理。

时洲情绪不高地"嗯"了一声。

许泊宁一时不知道说什么好，扭头看他，问："前两天你回来晚了，就是因为这个吗？"

"嗯，学院领导那边给我打电话，喊我去给那个女生做思想工作。"不过倒是没让他去现场。

现在的孩子心理承受能力都比较弱，学校谨慎对待也是怕闹出事。

"都是一时迷恋，你不要太在意了，这么大的孩子都没什么定性，就像追星一样，今天喜欢这个，明天又参加另一个的生日会。"许泊宁笑了笑，"我们都是从这个年纪过来的。"

时洲看向许泊宁，很难想象她也有疯狂追星的时候。

"我没有，嗯，我是说别人。周盼你知道吧，那会儿她喜欢一个男团成员，天天跟我念叨。后来人家被爆出来有女朋友，她当天变成人家'黑粉'了。所以这些孩子心智还不成熟，她们的喜欢，纯粹跟闹着玩儿似的。"许泊宁忙又道。

时洲笑出声，惹得许泊宁不解地看他。

他的面容舒展开来，唇角勾起，微微笑着，说了一句："有没有人说过你很会安慰人？"

没有，他是第一个。

许泊宁的共情能力其实很强，虽然她每次说出口的话都有点儿插科打诨，看着不着调，但时洲这个一本正经的性子却偏偏吃她这一套，总能被她带偏，忘掉先前的不快。

许泊宁下午临时出门去给李茜买结婚礼物。她跟李茜的关系毕竟比不上周盼，只单独备了一个红包。

还是看见时洲早早准备好放在客厅里的礼物盒子，许泊宁才想起来空手去可能不大好。

"我跟你一起去吧，我正好也要去买东西。"时洲喊住她，顺手拿起衣架上的外套穿上。

许泊宁弯腰在沙发上到处翻找着自己的车钥匙，昨天她明明记得搁在羽绒服口袋里的，这会儿怎么不见了。她没多想就拒绝："礼物我自己出门买就行。"

"你找什么？"

"车钥匙，你看见了没？"

"昨天晚上回来，我看到掉在地板上，就挂到钥匙架子上去了。"时洲边说，边走到玄关拿了钥匙递给她。

许泊宁从他手里接过，随口问道："你要买什么？"

"快过年了，给许喻买两件新衣服留着过年的时候穿。"时洲回她，"他长得快，去年冬天还有好几套没穿过的衣服，今年穿不下了，前段时间我捐出去了。"

许泊宁几乎是刚听完就立刻改变了主意。她将钥匙重新放回去，扭头看向时洲，说："那我跟你一起出去吧，正好可以帮忙参谋一下。"

半年前，许泊宁还完全不能理解田卫方所说的，大部分的父母在思考问题时，都会将孩子放在首位，现在她好像稍微能感觉到了。

两个人开着时洲的车出门，路上许泊宁又暗自感慨了一下时洲车的配置。跟他这车比起来，自己开了好几年的那辆车连方向盘都死沉死沉的。

不过感慨归感慨，许泊宁计算了一下自己现在的存款，换个大几十万的车确实费劲。她没想过再回去啃老，在这点上，时洲和她挺像。

结婚时许泊宁刚毕业，时洲也从国外回来没多久，完全没有经济能力，更别说在东堰市定居。

婚房是两家父母共同出资买的，每家出六百多万，写的他们的名字，双方父母在这上面已帮了他们许多。

以至于后面田卫方和曹老师考虑说要不要给他们请个住家阿姨，他们不约而同地拒绝了。

再后来小两口变成三口之家，许泊宁从月子中心回来，许喻也是夫妻一起照顾着。

许泊宁给李茜挑了一件中规中矩不会出错的摆台作结婚贺礼，价格也合适，没超出她预期的心理价位。

"这家东西还不错，比我挑的那家好，早知道我也来这儿买了。"时洲在一旁说道。

"我以为张景结婚你会亲手做点儿什么瓷器给他，这样才更显得你诚意满满。"许泊宁掏出手机付款，"没想到也是跟我一样买的商场货。"

"照你这么说，每次我都送人家瓷器，岂不是会省下很多份子钱。"

"我知道了，你不给他送，就是我们常说的'物以稀为贵'，东西多了就不值钱了是不是？"许泊宁开玩笑，"回头你送我一两件。"

时洲没作声，过了一会儿说："以前我不是给你送过花瓶吗，那个你还留着吗？"

许泊宁拎着礼物袋子，脸上的笑容僵持了半秒，说："那个呀，之前帮忙打扫卫生的阿姨瞧着喜欢，我搁在家里又吃灰，想着不能埋没了它，就让阿姨拿回去插花了。"

"嗯。"时洲眸色微黯，淡淡地回她。

时洲应该是不太高兴，许泊宁也不是毫无察觉。她不开口，他也不说话，两个人一前一后进了童装店。

许泊宁前几天刚给许喻量过身高，小家伙又长高了点儿，现在 124 厘米。

许泊宁拿了一件羽绒外套转过身问时洲的意见："你看这件喻喻穿着怎么样，130 尺码可以吗？现在他身上的衣服就是 130 的。"

时洲接过衣服，仔细看了一下上面的尺码，说："衣服样式可以，不过我看了尺寸，腰围偏小，还是拿 140 的吧。"

他看着比当妈的还了解些。

许泊宁凑过去看了看，点头道："还是你细心，我刚才只顾看衣长了，都没注意到腰围。"

"你好，麻烦帮我拿件 140 的，谢谢。"许泊宁跟店员道。

许泊宁已经比几个月前熟悉了许多，过去她买衣服只知道 S、M、L，从来没看过后面的数字。

许喻虽说已经有了自主意识，不过他的衣服显然要比大人的好买许多，全凭父母的审美。

许泊宁看着合适就给他买下，一口气挑了三件外套后，时洲开口道："没多久就二月了，买多了也浪费。"

许泊宁这才停手，主动问他："这都五点了，我们找个地方吃点儿东西再回去吧，省得开伙。"

他们离婚后，还是头一回单独在外面吃饭，许喻也没有跟在身边。他们又是逛街又是吃饭的，跟正常的夫妻、情侣约会也没什么区别。

许泊宁心不在焉地划过平板上的菜单，暗自懊恼。她装模作样地点了两个菜，有些后悔自己刚刚主动邀约。

"你看看想吃什么？"她推给时洲，不自在地端起杯子喝了一口水。

时洲修长且骨节分明的手指自平板上划过，他左手无名指上的铂金戒指在餐厅壁灯的照耀之下，熠熠发光。

时洲戴上戒指的原因已经跟许泊宁解释过，她不好去苛责他什么，但此刻看到，心里难免觉得别扭。

她轻轻地挪开了视线。

许泊宁刚和时洲谈恋爱那会儿，张景和李茜已经在一起有段时间了。

都说交往久了分手概率极高，能步入婚姻的凤毛麟角，跟许泊宁相比，他们就是截然相反的例子。

曹老师他们早早将许喻带去了婚礼现场，小家伙第一次担任花童，需要在婚礼前配合新人彩排。

时洲开车，路上他的手机响了，是曹老师发来的视频邀请。

许泊宁看了看手机又扭头看时洲，问："要我帮你接听吗？"

时洲说："你接吧，应该是喻喻打的。"

曹梅和时保宗很少找他，即便有事也是电话联系。

果然，许泊宁刚按下接听键，许喻便出现在画面中，小家伙穿着香槟色的西装，打着领结，手提花篮跟许泊宁打招呼。

曹老师举着手机没出镜，将镜头调成后置模式。

许泊宁唤了曹老师一声，把画面往时洲那儿转了转。曹老师刚应她，许喻已忙不迭地抢着喊"爸爸"。

时洲一门心思留神注意前方路况，答了一声，没回头。

"喻喻，张景叔叔今天帅不帅呀，还有李茜阿姨漂不漂亮？"许泊宁逗着许喻。

摄影师为了拍摄效果，给他化了妆，他的脸蛋儿两侧打着浅浅的腮红。

许喻连连点头，清澈的眼睛睁大了看着她，又说道："不过没有妈妈漂亮，也没有爸爸帅。"

"哎哟，时老师你来看看，这我们可没教他，喻喻才这么大，就晓得偏心爸爸妈妈了。"曹老师的声音先传了过来。

前婆婆在那儿喊着前公公，许泊宁忽然觉得手中前夫的手机发烫起来。她干笑着说："曹老师，您还有事情要吩咐时洲吗？"

曹梅若不是刻意，在待人接物方面分寸向来把握得极好。她听出许泊宁想回避，道："没事，没事，我跟他爷爷领喻喻去玩会儿，你们开车注意安全，时间还早呢，不急。"

曹梅和田卫方向来最会四两拨千斤，许泊宁暗叹，自己要是能学会她们一半的本事，如今也不会觉得坐立不安。

许泊宁如释重负地松了一口气，将时洲的手机放回原位。

时洲的视线从她身上掠过，说："刚结婚那会儿阿姨私下跟我说，你看着胆子大，其实都是装的，让我多担待。"

许泊宁皱眉看向他，说："我妈以前没事跟你说这个干吗？还有我什么时候胆子小了？"

"我倒觉得阿姨说的是对的。"时洲露出一抹复杂的情绪，喉结动了动，"你对我也不是没有感觉，要不是胆子小，为什么不愿意跟我试试？"

许泊宁向来不喜欢咄咄逼人的语气，不过时洲这人，再强硬的话从他嘴里说出来，都带了平和的意味，不至于让人心生厌恶。

"我不想结婚。"她低头开始玩手机，"而且你说的根本就是两码事，我有好感的人多了去了，难不成都要交往？"

时洲自动忽略了她话里不中听的部分，说："我们可以先不谈结婚的事。"

"那会让我怀疑你在跟我耍流氓。"许泊宁搪塞道。伟人在这上面早有先见之明。

时洲意外地没有否认。他点点头，说："你要这样说也没错，每次跟你在一块儿我都不大能控制得住自己。"

许泊宁作为运营部主管，不是没见识过某些中年油腻男人在酒桌上的劣根性。她曾经遇到个酷爱讲荤段子活跃气氛的景区对接人，她心里极其不喜，但还是得为了双方合同赔着笑脸听。

听时洲说出这话，许泊宁愣了愣，目光不由自主地往下扫，说："是我理解的那个意思？"

男人抿唇默认了。

他既然破罐子破摔，许泊宁懒得再给他圆场，毫不客气地当着他的面笑出声，说："时洲，你挺叫我意外的。"

时洲的手顿了顿。车开进酒店停车场停稳后，他忽然转过身，异常认真地看了她良久，说："许泊宁，我只是在学着对你坦诚。"

许泊宁脸上的笑容僵住了，半天才挤出句话来："到了，下车吧。"

张景和李茜两家亲戚朋友不少，许泊宁是新娘邀请的宾客，时洲他们一家则是新郎那边的。

两个人去得不算太早，婚礼没多久就要开始了，许泊宁在休息室抱了抱已做好准备出场的许喻，找了一个摆放着"女方亲友"卡片的桌子坐下。

一桌子人没有许泊宁认识的，毕竟她跟李茜认识就是源自时洲跟张景的关系。只不过后来她们投缘，才发展成好友。

她刚坐下几分钟，时洲就走过来，俯身在她旁边低声说："去我们那桌吧，我爸妈给我们留了位子，一会儿喻喻过来问你去哪儿了怎么办？"

"我不去。"许泊宁在这上面倒是很坚持。

时洲的父母都在，指不定还有他父母的同事，她过去的话，别人肯定要误会。

时洲也没有勉强她，只说："那你回去的时候等一下我们。"

许泊宁觉得时洲这话莫名其妙，道："好，我不是坐你的车来的吗，也没法儿提前回去呀。喻喻要坐你那儿就让他坐，别走来走去的，今天人多，别磕着碰着了。"

那边曹老师正跟她医院里的同事说话。

"曹主任，我还说正好认识合适的女孩子要给你家时洲介绍，刚才我怎么看他手上戴着戒指呢？是年轻人戴着玩玩，还是已经有对象了？"

曹梅压根儿没注意到，跟时保宗对视一眼，摇头道："你知道的，他又不跟我们住在一起，这小年轻的事情，我还真不清楚。"

"该问的还是得问问，像我家那个，我跟我家老刘操碎了心。"

婚礼正式开始，时洲才回来，曹梅留心看了看，果然儿子左手无名指那儿银光闪闪。她犹豫一会儿，最后还是当作没看见，小声问他："泊宁人呢？"

"她已经坐下了，别喊她了，喻喻一会儿在我们这边就好。"

"也行，这边许多叔伯都是看着你长大的，还参加过你的婚礼，到时候问起来，泊宁脸皮薄，肯定觉得不自在。"

曹梅一边说话，一边看了一眼儿子。

时洲脸上的表情根本没什么变化。

张景的父母在东大医学院附属医院工作，这前后七八桌都是医院里的同事和同事家属。

许泊宁这桌的位置靠后，离舞台远些。婚礼仪式开始没多久，她远远看到台上李茜的父亲将李茜的手交到张景手中，背对着人抹了抹泪。

这几年身边的同学朋友陆续结婚，许泊宁参加过几场婚礼，在这一环节总能看到雷同的场景。连许齐元当时都没能免俗，在她跟时洲的婚礼上红了眼。

事后，许泊宁拖着长长的婚纱，当着他的面说："老许，你这是做什么？刚才在台上吓了我一跳，生怕你控制不住哭出来。我是结婚，又不是跟你断绝父女关系了。"

许齐元压根儿没理她，紧张兮兮地让她把举着的手放下来："有孩子了还毛毛躁躁的，手别举那么高，去把这身换了，衣摆那么长。时洲呢？我喊你妈扶着你去。"

许泊宁想到上次回家，田卫方说她和许喻不可能常在身边，能使唤的就只有老许，她忍不住感慨，这话是在敲打她，趁年轻找个老伴呢。

她心不在焉地想着，这时，时洲领着许喻过来了。

许喻今天将花童角色发挥得极其稳定，走到哪儿都有人夸他可爱，小朋友也喜欢好听的话。他看到许泊宁就高兴地炫耀："妈妈，好多好多阿姨要抱我呢，我还看到上次见过的那个阿姨了。"

许泊宁笑着侧身捏了一下他的鼻尖，说："谁呀，是李茜阿姨吗？"

"不是。"许喻摇摇头。

许泊宁抬头，纳闷地看着时洲。

他轻咳了一声，说："上次吃火锅见过的。"

父子俩话说得不清不楚，好在许泊宁记性不错，想起上次跟时洲相亲的姑娘似乎就是个医生。

"今天她男朋友也跟着来了。"时洲又解释道。

许泊宁不以为意地"嗯"了一声，对时洲说："让喻喻跟着我坐吧，我们这桌人没满，还空了位子。"

"好。"时洲嘴上说好，却抱着许喻在许泊宁身边坐了下来，让许喻直接跨坐在自己腿上。

他们一家三口在这儿说话，坐在许泊宁身旁的人早善解人意地腾了位子，桌上一位年纪稍长的阿姨还道："小朋友长得真可爱，像你们夫妻俩，今天还给李茜和张景他们当花童了？肚子饿了没？赶紧吃点儿东西，可别把孩子饿坏了。"

许泊宁不好当着一桌子人的面去辩解，暗自瞥了一眼时洲。

"我妈他们那桌都是长辈，我和喻喻坐着都不太自在。"时洲对她说。

许泊宁点点头，给许喻盛了一碗汤，说："喻喻，喝点儿热的。"

她又扭头问时洲："要添副餐具吗？"

"不用，我吃了一些东西，也不饿，你吃你的，我看着他。"

许泊宁没说话，同桌有人开口道："听你这口音，都是东堰本地人吧？是茜茜的同学？要我说，结婚还是要找我们本地的，不管男女都顾家，还省心。像我家那个不争气的，非要嫁到外省去，逢年过节才能见到一两回。"

"唉，你别说这话，我那儿媳妇说是本地的，也不行，在她自己娘家伺候一家老小可勤快，回头在家里，我做好了饭，端上桌，还得催两三回才搭理人。"

桌上两个阿姨聊得起劲，听她们话里的信息，一个是李茜母亲的表妹，还有一个大概是李茜家中的干亲，两个人平时连面都没照过，这会儿谈起小辈，倒一见如故起来。

许泊宁真不耐烦听这些抱怨。结婚从来都不是两个人的事，不管是当丈母娘的还是做婆婆的都颇有怨言，这后半生的生活似乎都不得不因子女的择偶而发生改变。

她扭头看了看坐在时洲腿上还在用勺子舀着汤喝的许喻想，指不定自己将来哪天也会跟桌上这两个阿姨一样满腹牢骚，逮着人就诉苦。

然而细究起来，她很难想象田卫方和曹梅做出这样的事来，所以这种事情八成还是得看人。

婚礼结束，曹老师和时老师去跟张景父母道别，许泊宁他们三人在门外大厅等着，正好碰到时洲先前的相亲对象。

赵彤并不清楚许泊宁是李茜邀请来的，走到时洲面前，大方地道了一句："恭喜你们。"

许泊宁慢了半拍才反应过来，意识到赵彤是误会她跟时洲的关系了。她勉强扯了一下唇，默默地往许喻身边靠了靠。

赵彤见她这举动，微愣了一下，不过她很快挽着男朋友的手离开了。

许泊宁闷闷地看了看前方走着的父子，憋了一肚子的火不知道从哪儿发泄。回头一看，时洲他父母走了出来，曹老师给许喻准备了许多东西，大包小包装在后备厢里，她也不好对着人摆脸色。

"许喻的衣服、玩具够多了，还让你们这么破费。"时洲领着许喻在车头前跟时老师说话，许泊宁和曹梅在车尾。

"应该的，孩子难得来家里住几天，你们时老师因为这小家伙在，最近几天都早早从学校回来。"曹梅拎着袋子，"你们没事也带喻喻回家看看，你爸妈肯定也惦记着他呢。"

这个家自然是指许泊宁父母家。

许泊宁叹了一口气，说："我爸妈惦记是惦记，不过许喻还是跟你们亲，他都不肯在家里过夜。"

她现在对时洲的态度就跟处在天平两端的秤砣差不多，忽上忽下。有时候觉得他作为父亲还算得上有担当，有时又对他深恶痛绝，恨不得立马跟他撇清关系。

这话明显挟私，曹梅闻言看着许泊宁笑道："哪有不一样，喻喻在我跟前常提起他田奶奶呢。"

"我随口说说，您别放在心上，其实还是您照顾得多些。"许泊宁沉默了几秒，觉得自己那话说得十分不妥，有挑拨两家关系的嫌疑。

曹梅说："都是一样的，我们还不是为了你们小辈好，我和你妈都是这样的想法。"

许泊宁心想，要是田卫方知道自己在时洲他母亲面前胡说八道，还无端让自己这边落了下乘，跟争宠失败的深宫怨妇似的，肯定要苦口婆心地教育她。

好在现在曹老师对她而言只不过是许喻的奶奶，虽然是长辈，较真儿说来，跟她没有任何关系。

曹梅也不是爱背后嚼舌根的性子，只跟时老师概叹了一句："今天我看时洲把婚戒都戴上了，而我跟泊宁聊天时感觉她不是很高兴，你说这两个孩子，究竟在别扭什么？"

"年轻人的事，还是得他们年轻人自己去解决。"时保宗说道，"我们也插不了手。"

曹梅自认是个开明的母亲，在儿子人生大事上没有指手画脚过，或许是年纪越大，心越软，想得也多了。她说："话是这么说，可他们这么着也不是个事儿，还不明不白地住在一起。"

"两个孩子心眼儿都不坏，合不合适我们说了不算，得看他们，但有一点，不能影响了喻喻，他们得先担起父母的责任，再过好自己日子就行了。"

曹梅笑了笑，说："还说我净操心，时老师，你自己不也担忧？"

"毕竟是自己的孩子，哪有真不管不顾的道理。"

许泊宁从婚宴回来后突然对时洲生疏了起来，不过也没有表现得特别明显。她工作忙，其实在家里的时间不多，与时洲更是说不上几句话。但他本来就是敏感的性子，很快察觉到了她的变化。

许泊宁看着跟往日没有什么区别，跟许喻和他说话时都细声细气，时洲有意和她谈谈，连个借口都找不到。

周盼上个月在美容院办了一张会员卡，说额外赠送了几个项目，可以领朋友过去体验，便喊许泊宁一起去做美背SPA。

许泊宁偶尔来这种地方还是陪田卫方。她看这里的装修环境不错，有些心动，顺口问了周盼价钱。

周盼趴在一旁的理疗床上说了一个数字。

"那还是算了，太贵了，我负担不起，要是单做脸的话，还不如去打水光针见效快。"许泊宁不免咋舌。

她也有容貌焦虑的时候，不过还没那么迫切。再想想现在自己身上的经济压力，还是作罢。

"水光针效果也有限，还不能停针，要定期打，跟这个也不冲突。"周盼偏头看她，挺不可思议，"许泊宁，你还没钱？什么时候听你喊过穷？上学那会儿咱班上就你零花钱最多。"

"是真穷，喻喻他们幼儿园一个月学费就六千多，还有课外兴趣班，先前五千块抚养费根本不够，我哪好意思占时洲便宜，去年就涨到七千了，还有油钱、生活费，每个月基本入不敷出，现在我就指望着下周的年终奖能多发点儿。"

本来这几年她也没存下什么钱。

"养孩子可真不容易，你工资还比我高点儿呢，弄得我更不敢结婚了。你最近跟时洲怎么样了？"

许泊宁一脸不想多谈的表情，平淡道："就那样吧。"

"那样是哪样？是不是跟你那小男朋友分手后，觉得还是年轻人好，时洲变成油嘴滑舌的大叔，让你'下头'了？"周盼揶揄道。

"油腻不假，不过讲道理，有一说一，他那身材还没到大叔的程度。"许泊宁回了她一句。

周盼一听她这话就不对劲，差点儿从床上跳起来，吃惊道："你们还真'擦枪走火'了？"

许泊宁没否认。

周盼皱了一下眉，问她："我以前就看你心思不对，话里话外明显对时洲还有点儿意思。不过前夫前妻住在一起，迟早要出问题，你这是想好要跟他复婚了？"

许泊宁摇头道："没有。"

周盼完全不能理解。技师按摩的手劲儿重了一些，她闷哼一声说自己不吃力，又去看许泊宁，说："那你心里总得有个想法吧，以后要怎么办，许泊宁？时洲他是什么意思？"

回答周盼的是一段长久的寂静，许泊宁抬起头，搭在肩处的毛巾滑落几分。她轻声道："时洲说想跟我复婚，说对我还有感情，盼盼，你信吗？"

周盼认识许泊宁很多年，就没见过她这样心事重重过，即使她跟时洲离婚那会儿也没有。

"为什么不信？你们那会儿离婚还算平和，两个人都有些冲动，照你这个样子来看，他对你同样有感情不是很正常的事吗？"

"你也觉得我跟他复婚是最好的？"许泊宁反问她。

当年离婚，周围人都觉得他们是和平分手，家里人甚至觉得许泊宁没心没肺。可时洲带着许喻搬走后，她把自己关在家里两天没出门。

周盼想了一会儿，说："还记得填高考志愿那时，你爸气得想来学校给你改志愿，老师都建议你不要填报，说没有竞争优势，你听过他们的话吗？我不明白的是，你也不是对时洲没有感情，为什么会这么排斥？"

这个问题前不久时洲才问过，许泊宁翻身，拿毛巾遮住脸，良久后闷闷道："当初是他要离婚的，而且你知道身边的人都在逼你的感受吗？"

许泊宁实在不能适应跟非苦主坦白自己的心路历程，让她觉得既挫败又丢脸。即使在她身旁的是她最好的朋友也一样。

她没指望周盼给她建议，当然，即使周盼说了，她也根本不会听。她会选择告诉周盼，未必不是将自己逼得太狠。

"说来说去还是那口气不顺。"周盼叹道，"实在不行，你也甩他一次，这样你们就扯平了。"

许泊宁翻了一个白眼："净出馊主意吧你。"

工作失误

chapter 08

　　还有十天左右就是农历新年，腊月二十一这天，东堰市这边几个部门领导人去花城总公司参加年会。

　　昨天东堰下了一场雪，雪后初霁，空气质量好得出奇，城市中尽是被冰雪覆盖后再重启的清冷幽香。

　　时洲和许喻都放假在家，父子俩一大早送许泊宁去机场。

　　时洲将车停在 T 1 航站楼外，许泊宁就去两天，小型行李箱装在汽车后备厢。

　　时洲下车帮她拿过来，说："自己注意安全，下飞机了发个信息。"

　　"嗯，好，谢谢。"许泊宁默默道了一声谢，转身就要进大厅。

　　许喻忽然从车窗探出头喊了许泊宁一声。她停住脚步扭头去看他，这一眼就愣住了。

　　许喻泪眼汪汪地趴在车窗上看她，他根本不会掩藏自己的情绪，一张嘴声音瞬间哽咽："妈妈。"

　　许泊宁忙将行李箱留在原地，走过来问他："喻喻怎么了？"

　　"妈妈你去多久呢？什么时候回来？"许喻红着眼问她。

　　许泊宁听了心头一酸，打开车门抱了一下他，说："妈妈后天就回来了，你在家里乖乖地听爸爸的话，妈妈给你带礼物好不好？"

　　"好，妈妈，你不要骗我。"

　　"不会的，妈妈不会骗你。"许泊宁亲了亲他的小脸蛋儿，轻声安抚他，

"别哭，再哭就不帅了，喻喻是个勇敢的男子汉，要跟爸爸一样帅气对不对？"

时洲就站在许泊宁左手边，许喻仰头望了他一眼，果然不再哭了。

许喻用力冲许泊宁点点头，说："我要跟爸爸一样帅。"

哄好许喻，许泊宁这才对时洲说："晚上他睡觉前你讲故事的话，就讲昨天那本《我能打败怪兽》，我答应了今天晚上再给他念一遍。"

"好的，我知道，你进去吧，安检人多，来不及。"时洲应下。

或者是母子天性，许泊宁没有想到许喻会因为舍不得她而哭。她对许喻感情的期待值并没有那么高，一直默认自己在许喻心中的位置上比不上时洲，此时才明白小孩子的依赖超过了她的想象。

孙婧婧坐在许泊宁隔壁靠过道的位子，看许泊宁的眼妆有点儿花，提醒她道："泊宁，你要不要补个妆，我看你眼线晕染开了。"

"你要不说，我都没注意。"许泊宁从包里摸出化妆镜看了一眼。

"怎么了，我看你像是哭过？"

许泊宁笑了笑，反有些骄傲道："我家小孩子，刚才舍不得我走，他这一哭，我心里也不好受。"

孙婧婧有个孩子，比许喻小一岁，听了不免跟着感慨："都一样，我家那个早上都不让我出门，非要跟着我来，我当时就心软了，挺不是滋味，最后还是她奶奶拿吃的才哄住。"

许泊宁补好妆，望着机窗外白云翻滚的浩瀚蓝天发了一会儿呆。

有时候的确是她想得太多，对许喻而言，她就是他的母亲。孩子的爱简单纯粹，不掺杂丁点儿杂质，他不会像大人那般去权衡利弊，计较得失。

今年许泊宁所在的东部大区销售额仅次于公司总部所在大区，不出意外的话，今年的年终奖会比去年高些。

许泊宁上次还真没在周盼跟前哭穷，生完许喻后工作四五年她几乎没存下什么钱，年底花钱的地方多，平时没孝敬过田卫方和许齐元，新年礼物总不能再缺，还有许喻那儿也不能少。

下飞机到酒店放好行李，时间还早，年会要第二天才举行，许泊宁跟孙婧婧还有两个同事约了出门逛逛。

许泊宁如今捉襟见肘，不敢像先前那样花钱大手大脚，几人在一家当地挺有名的餐厅吃早茶，人均三四百，吃得她暗自心疼，心想这钱都能给许喻买套小点儿的乐高了。

她小时候家里条件一般，不过那时候她对金钱并没有什么概念，父母又是各自家族里最小的孩子，两边长辈都疼她，吃穿都不愁。

后来长大记事了，许齐元的事业已稍微有起色，因此许泊宁还真没有为钱犯愁的时候。就像周盼说的，上学时候就数许泊宁的零花钱最多。

许泊宁终于体会到钱掰成两半来花的感受。但她也不是多会委屈自己的性子，就等着年终奖到手能添补添补。

次日年会晚宴，东部大区运营部受到表彰，许泊宁和分区总经理一同上台。她笑得格外真诚，有一大半都是因为钱的缘故，看来这年终奖板上钉钉要涨。

席上觥筹交错，许泊宁也跟着喝了不少酒，不过还没到神志不清的程度。

中途许泊宁离席去洗手间，碰到其他大区的负责人。去年年会她见过对方一面，二人平日里完全没有交集。

对方上来就邀请许泊宁年会结束后跟他们去唱歌，她没怎么多想就拒绝了："不好意思呀，周总，我明天一早的飞机，刚才酒喝得不少，想早点儿回去歇着。而且，你们这私下聚聚，我去也不大合适。"

许泊宁贴着身后的墙。在她刚踏入社会时，许齐元就告诉过她，不喝来历不明的酒，不去陌生的聚会："千万别被人说点儿话就恐吓住，其实大部分人更在意自己在外面的形象，那些说自己只手遮天，能黑白颠倒的基本都在虚张声势。"

"小许，你这话就不对，我们怎么说都是同事。"对方借着酒劲儿不依不饶，伸手来拉她，攥住她的手腕道，"我和你们钱总还是朋友，你不给我面子，难道还不给你们钱总面子？"

许泊宁冷笑了一声，没再跟他啰唆，直接把手包向对方砸过去。包上的金属链砸到他，他吃痛，龇牙咧嘴地松开手。

她理了理自己的衣服，走进会场，找到自己的位子重新坐下。

直到宴会结束，分公司那个周总都没有再出现过。

许泊宁没有表现得那么淡定，职场性骚扰这种事情就跟吞了只苍蝇似的恶心，但她还是担心对方会给自己穿小鞋。

之前听说有两个地区的负责人是靠上头的关系进来的，保不齐他就是其中一位。

许泊宁在这儿胡思乱想，品牌部那边的小群里有人给她发消息。

"许经理，下周活动方案已经修改好，你看可以发给产品开发那边吗？"

针对新年周边游的活动反反复复改过好几个版本，原本要确定了，上头又让修改，许泊宁大概看了看需要重新完善的部分，觉得没有什么问题，让对方发给产品部同事。

"可以的，辛苦你了，早点儿回去吧，打个车，回头发票交给小吴，下个月去财务部报销。"

这都十点多了，同事还在公司加班，打工人就没有容易的。许泊宁轻拍了一下额头，叹了口气，摸了摸自己的脖子，总觉得有点儿刺痛，打算去浴室洗洗。

时洲在这会儿拨了视频通话过来，许泊宁猜测许喻早睡下了。不过因为上次许喻生病住院，但凡他打来的电话，她只要看到定然会接。

"妈妈。"没想到许喻还没睡。

许泊宁愣了一下，说："这么晚了喻喻怎么还不睡觉哇？"

话是对着许喻说，问的却是他身后的男人。

时洲半靠着床，看背景是许喻的卧室。他无奈地搂了搂自己怀里的儿子，道："他不肯睡，我跟他说你晚上有事，他非要跟你说完话才肯睡，我想着你这会儿应该结束了。"

时洲抬头面向许泊宁，突然皱了一下眉。不过他什么都没有说，只是安静地听着许泊宁和许喻讲悄悄话。

小家伙很困了，之前他为了等许泊宁，一直强撑着，许泊宁话还没说完，他已经靠着时洲捧着手机睡去。

时洲将手机抽出，帮他调整好睡姿，掩上门走到客厅里。

"他睡了？"许泊宁问。

时洲点头道："睡下了，就等着跟你说晚安，小家伙脾气也挺犟的。"

许泊宁不喜欢他的"也"字，说："嗯，那我挂了，你早点儿休息。"

"泊宁？"

"嗯？"

时洲略思索了一下，低声说："你脖子那儿怎么了，伤着了？"

许泊宁只觉得脖子有点儿疼，跑到浴室里一看，颈部左侧多了一道长长的淤青，还泛着紫，看样子是她拿手包甩人时不小心碰到了自己。她当时情绪太过激动，都没怎么留意，时洲倒是眼尖。

她用手背蹭着伤口，漫不经心道："没事，刚才遇到一个几杯黄汤下肚、人模狗样、想趁机揩油的同事，我自己不小心砸到的。"

时洲难得露出类似愤怒的情绪，脸色发青，问她："你没事吧？"

"我怎么可能吃亏？对方可比我严重得多。"许泊宁摇摇头，"好了，不说了，我准备洗洗睡觉了。"

"那你自己注意点儿，明天十点到机场？我到时候去接你……跟喻喻一起。"

"行吧。"

时洲想了想又说："既然你说是酒后，这人恐怕也只是外强中干，你别胡思乱想瞎担心，要不要报警？夜里锁好门，要有人敲门的话，先看看是谁，还有安全链也要锁好。"

"报警就算了，就算报警调取了监控，人家看着也没做什么太出格的事。"取证困难不提，还惹得一身骚，但如果对方不要脸，许泊宁也不怕把事情给捅大，但她就搞不懂，"你说这男人怎么就这么控制不了自己？"

像严树杰，像这个已婚的男同事，明明都有家室，偏逮着机会就在外面偷腥。

许泊宁还跟时洲蜜里调油那会儿，恨不得整天黏在一起。她偶尔也会患得患失，拿些不知道从哪儿看到的奇怪的测试题来考验时洲，诸如"什么样的男人最会出轨"。

时洲觉得幼稚，皱着眉随便给了几个答案，得出的结论并不理想。

许泊宁那时心里很是失落，自然不满意。不过只是测验，她也没想依着这种类似占卜术的心理题来过日子，她纠结的是时洲连句哄她的话都没有。她突然想起以前的事，随口问了，并不指望时洲回答出什么来。

"虽然从生理结构来讲，男性受雄性激素影响，更容易冲动，但我觉得无论男女，稍微有点儿头脑，做事总会权衡轻重……"时洲从视频中看她。

倒是跟许齐元当初说的话差不多。

许泊宁将手机搁在大理石台面上，挑眉道："你的意思是我看起来比较好得手？"

"不是，或许你对他而言魅力足够大。"

这话听着怎么都有点儿古怪，许泊宁撇了一下嘴，没继续跟男人扯嘴皮子。

次日清早回程，在飞机上，孙婧婧悄悄跟许泊宁说起昨晚的事："泊宁，你听说没，西北大区那个周总昨天不知道因为什么事，让人给打了，脸上的伤特别深。本来大家还不知道，他提前回酒店时正好碰到几个总部这边的同事，大家都在暗地里猜测他究竟惹了什么事呢。"

许泊宁今天特意换了一件高领的衣服，跟在孙婧婧后面笑道："这谁知道呢，说不定周总只是不小心摔了，本来就不是多光彩的事，不想声张，这下倒好，尽人皆知了。"

"也不是没可能，我们私下猜猜就算了，人家大小也是个分区总经理，要比我们强得多。"

许泊宁的嘴角露出些许讥讽的笑意，说："是呢。"

孙婧婧没多想，笑了笑，把毯子搭在自己腿上，转而又提起别的话题："你前天怎么来机场的，要是没开车就坐我的车回去，我的车放在停车场。"

"不用了，你先回吧……我家里人来机场接我。"

"你爸妈来接你吗？"孙婧婧问。

她们在公司关系还算不错，但很少私下见面，她不知道许泊宁跟时洲住在一起的事，想来韩尧也没有在公司乱传过。

许泊宁不自然地去翻包里的眼罩，点头承认："嗯，正好我爸今天在这附近有事，顺便过来。"

飞机在东堰市机场降落，许泊宁刚关闭手机飞行模式，就跳出来一条提醒信息："我们到了，在八号口等你。"

许泊宁心虚地看了一眼孙婧婧，对方正忙着发短信，根本没往她这儿瞧。她暗嘲自己疑神疑鬼，回复时洲："好的，马上下飞机了，大概二十分钟到。"

她带了一些花城特产回来，行李箱装不下，都改成托运，要晚会儿。

许泊宁拖着行李箱，拎着大包小包到碰面的地点时，许喻激动得自己打开车窗冲她招手："妈妈，你怎么才来呀。"

"许喻，爸爸告诉过你的，不要随便动车上的按钮。"时洲轻声训了一句。

许泊宁看向他，略有些不满，刻意避开许喻小声说："我刚回来你就训孩子。"

时洲下车帮她拿行李，解释道："小孩子好奇心强，之前在清瓷镇，我和喻喻坐车，人家加完油去开发票，那路稍微有点儿坡度，我看了一眼手机，他就把人家车子的手刹松了，好在没酿成大错，也是我没照看好。"

许泊宁听时洲轻描淡写地说出来，有些后怕道："那是要好好管管。"

回到家里，许泊宁蹲在地板上把从花城买回来的东西理了理。她扭头看时洲，示意他过来拎盒子："买了两份腊味，这一份你回头有空带给曹老师他们吧。"

"好的。"时洲接过，很快又拿了一个药膏递给她，"昨天你那件事后来怎么样了？这药膏听说挺管用的，不会留疤。"

"还能怎么处理，对方也不是我们东堰这边公司的，不过现在大家私底下都在传不知道他得罪了什么人，让人给打了。"许泊宁回道。

时洲放心不下，但许泊宁似乎并不想多提，好在看她也不像是受伤的样子，他勉强按捺下心思，说了一句："你没事就好。"

许泊宁微怔，抬手将垂落的发丝别在耳后，笑着唤在阳台上浇树的许喻。

小家伙拿了一个小喷壶跑过来，凑在她耳边小声说："妈妈，昨天我和爸爸一人吃了几个金橘，树上还有呢，留着等你回来吃。"

那株盆栽金橘树是前段时间许齐元送来的，就因为许喻之前在家里的时候说了一句喜欢。

依两边长辈这样宠爱，许喻现在看着还没长歪已是不易，说到底都是时洲的功劳。

明天就是周一，今天下午许泊宁没有去公司。可能是昨天没睡好，她的眼皮一直跳。

时洲看她心神不宁，开口问道："是不是今天起得早，你要不要去补个觉？晚上喻喻想出去吃楼下那家的鸡肉大馄饨，你看看你要吃什么，到时候我喊你。"

许泊宁半瘫在沙发上说："我也吃大馄饨好了，不睡了，睡了根本就不想爬起来，夜里又睡不着，明天上班完全没精神。"

她瞥了父子俩几眼，道："还是你们好，都有寒暑假。"

小的上幼儿园，大的在大学里工作，时洲那个工作室平时虽然也要照看，但毕竟时间自由。

"那妈妈你怎么不放假？"许喻疑惑道。

许泊宁歪着身子耸了一下肩，伸手去够桌子上的投影遥控器，嘴里说："因为妈妈是凄惨的打工人。"

许喻懵懵懂懂地问时洲："爸爸，凄惨是什么意思？"

都说父母是孩子第一任老师，言传身教，潜移默化，时洲看了看许泊宁，一下不知道怎么跟许喻解释。好在他忽悠许喻有一套，琢磨片刻说："就是妈妈养育你很辛苦的意思。"

在这点上，许泊宁不得不佩服时洲。小家伙被时洲寥寥数语哄住，过来抱着她道："妈妈，以后等我长大了，我也给你买很多很多东西。"

许泊宁被感动得热泪盈眶，想着要继续发光发热，做个称职的打工人。

周一活动上线，今年运营部超额完成了既定目标，许泊宁嘱咐部门同事小吴提前订好位子，明天运营部聚餐。

晚上她到家没半个小时，公司那边就打了电话给她，还是分公司老总亲自拨来的。

许泊宁迟疑了一瞬，以为前两天在花城的那件事出什么岔子了。

她刚按下接听键，还没来得及说话，那端就是劈头盖脸一顿骂："许泊宁，活动方案你是怎么审核的，要不是第三方那边打电话告诉我，我还不知道……别的明天晨会再说，你赶紧先联系产品部暂时下架活动。"

许泊宁完全没搞清楚状况，没头没脑挨了批，挂断电话才忙打开公司 App 去查看白天刚上线的活动。

时洲隐约听到对方在电话里的声音。他在一旁瞧着面色凝重的许泊宁，等她联系好几个同事，才关切地问了一句："发生什么事了？"

许泊宁捂着额头长叹了一口气，说："活动内容搞错了，酒店入住一晚加景点门票，设计师那边写成入住两晚加景点门票，从中午活动上线到现在，销量已超两千，粗略估算的话，公司损失两百多万。"

虽说是品牌部设计师和文案的过错，但品牌部现在归许泊宁管。何况那天晚上设计师找她确认过，她当时因为心烦意乱没仔细把关，难辞其咎。

设计师小姑娘大学毕业才两三年，知道因自己失误而造成公司严重损失，刚才在电话里就吓得六神无主，直哭着问她怎么办。

许泊宁头疼得厉害，也只好耐着性子先安抚好她。

"事情总有解决的办法，需要找律师吗？我问问张景那儿有没有认识的人，再不行问问我爸妈。"时洲打量了她一会儿说。

"不用，老许公司就有长期合作的律师，何况也没到那个地步，明天到公司看看怎么处理。"不过发生这种事，今年年终奖怕是要泡汤了。

事已至此，再追究是谁的过错于事无补，现在只有将公司的损失降至最低。许泊宁虽不是专业出身，但她能坐到这个位置，背后下的功夫绝对不少。

其实工作失误造成公司损失这种情况很多，现今互联网经济规模庞大，甚至有过反向营销的案例，不过风险系数极高，尤其还是像他们这种本身已经很成熟的企业，贸然营销被市场和用户反噬，砸了品牌的例子也有。

时洲夜里起床，看到书房里的灯还亮着。他敲了敲门，里面传来应答声，他这才推门进去。

许泊宁盘腿坐在椅子上，扭头看他，问："你怎么还没睡？"

"你呢？"时洲瞥过她的电脑屏幕，道，"还是身体要紧。"

许泊宁打了一个哈欠，挪了挪桌子上的键盘，说："总要出个应急方案，写份检讨，其中还牵扯到酒店方面，公司公关部门那边已经连夜在各个新媒体渠道出了致歉声明。"

这种低级错误，对许泊宁的职业生涯无疑是致命打击。而且圈子并不大，如果因此辞职，仅背景调查那关她就过不去。

这个时候，她从许齐元那儿继承来的基因里的那股不服输的劲儿又占了上风。

"我不是很懂，但如果你有需要的地方，我一定尽力帮你想想办法。"时洲有心安慰她，但是许泊宁的工作对他来说着实是知识盲区。他抿唇看了她半天，才说。

许泊宁笑了一下，说："我知道了，其实也没你想的那么严重，刚才我们老大又给我打电话，听他的意思，总公司那边对我还是挺满意的。可事情既然出了，我恐怕要坐一段时间冷板凳，你知道，资本家又不是来做慈善的。"

公司的体制十分健全，不会动辄跟员工打官司向对方索赔，影响公司形象，只是品牌部负责的设计师和文案被开除已经是既定事实。

许泊宁将心比心，觉得在人家的履历中留下这段并不光彩，但她自身难保，也根本无权置喙公司的决定。去年她刚接手品牌部那会儿，因为他们工作失误动怒了几回，不过这批人不是她招进公司的，大家又都是同事，不好处理得太不尽人情。

她一边说话，一边低头去看手机，韩尧发了短信过来。他作为产品部的同事，这次活动就是他跟运营部对接，自然比别人更早知道消息。

时洲站着，她坐着，从他的角度，几乎不用刻意就看到了她手机上的内容。

他一声不吭，等她回过去"谢谢"二字，收了手机，才开口："我相信你能妥善解决。"

许泊宁满腹狐疑地睨他，那表情明显是不大相信时洲的话。她说："你真这么觉得？"

"真的。"时洲倚在书架那儿郑重点头。

他肩膀处就是他常翻阅的那几本书，许泊宁眯眼看去，不知怎的，心安了点儿。被人信任总归不是坏事。

许泊宁在会议室待了一上午。她跟着总经理从会议室出来时，全公司基本都知道了运营部的失误，原本定在今晚的聚餐临时取消。

最后许泊宁在公司大群里被通报批评，品牌部两个同事被开除。

孙婧婧私下为她鸣不平："本来品牌部就不归你管，人事迟迟没招到合适的人，这下好了，责任全落你一人头上。"

"这也是没办法的事情，不管怎么说，现在品牌部名义上是归运营部管。"许泊宁含糊道。

会议召开时只有总经理、许泊宁还有公司几个股东在场，前一天老大得知此事冲她发火，今天在视频会议上，还是向着她说话的。毕竟真深究起来，他的责任同样不小，"锅"自然得往不在场的人身上甩，她也不至于傻到揽错上身。

售出的两千多个订单，若只算酒店代理成本，每晚不足四百，净损失八十万左右，然而算上公司前后投入，还有跟酒店方面的合作及公司形象问题，预估两百万还是往少了算的。

品牌部那个设计师小姑娘临走前说要请许泊宁吃饭。她这一晚上才是被吓得够呛，以为会被起诉要求赔偿，她工作两年存下的那点儿钱压根儿不够，如今仅仅是被开除已经觉得万幸。

许泊宁委婉拒绝了对方的邀约。她暂时没有离开的打算，这当口跟已经离职的同事私下联系是大忌。

另外，许泊宁再如何宽慰自己，但对方难免心思复杂，今后不如就形同陌路好了。

公司每月的工资都是在次月五日发放，因为今年二月一日是春节，一月份的工资和上一年的年终奖在一月二十八日那天就汇到了员工账户。

许泊宁早知道自己年终奖被取消的事，然而看了一眼账户上的数字，还是忍不住叹了一口气，认命地给时洲先转了八千块过去，并备注"喻喻的抚养费"。

时洲迟迟没收，许泊宁猜测他大概没看到转账信息。他这两天带着许喻在工作室，听许喻说他在烧制什么碗。

下班后财务部同事特意跟许泊宁说了几句："许经理，你知道吗？本来年终奖都核算好了，但是老大要求暂时压着不发，我看他的意思，是以后再补给你。"

"李姐，我清楚的，没事。"许泊宁笑道。

许泊宁开车回家，看到时洲在厨房里忙碌，他的手机就放在酒柜架子上。她问时洲："我把喻喻下个月的生活费转给你了，你看看收到没？"

时洲身上系着围裙在那儿切青椒，闻言犹豫片刻后回她："看到了，你最近手头是不是有点儿紧？我这儿不缺，等你宽裕些再给吧。"

许泊宁是怎么也不肯承认自己连儿子都养不起的。她两手交握在身前拧成团，说："你想多了，没有的事，一码归一码，虽然今年年终奖没了，但是平时我还是存了不少钱的。"

"许泊宁。"时洲看了看她。

"嗯？"

"你知不知道你撒谎的时候有个小动作，"时洲停顿了一秒，"喜欢不自觉地握紧手？"

许泊宁忙松开手，矢口否认："给你你就收下好了，况且你看我这样，像缺钱花的样子吗？"

许泊宁暗自腹诽，上次说她看不得针头，见不了瘆人的伤口，这回又提及她的小癖好，他真以为自己很了解她？

"实话实说，有点儿像。"时洲把刀具冲洗干净，仔细抹干了，放回刀架上，又擦了擦手，说，"昨天去水果店，我看你往车厘子那儿看了好几回，最后愣是没买。"

"看都不行？时洲你是不是有点儿脑补过头？"许泊宁差点儿就要跟他翻脸，"何况我也不怎么喜欢吃。"

"早上的咖啡也戒了？"

上个月小区外刚开了一家咖啡店，许泊宁每天早上出门晨跑都会带一杯回来，这几天都没见到。

许泊宁对时洲敏锐的洞察力有点儿无语，觉得他神经兮兮的。

但是不可否认，他没说错。仔细想想，一杯三四十块的咖啡和公司楼下便利商店里八块钱的也差不了太多，一个月花一千多块钱在咖啡上，未免奢侈了点儿。

许泊宁有些气馁，好一会儿才平心静气地看向时洲，说："这件事情算你说对了，不过该我出的部分你还是别跟我客气，再不济我还有老许能依靠。话说，你和喻喻打算什么时候回曹老师那儿？"

今年没有腊月三十，再有三天就要过年了。

往年每到这个时候许泊宁的日子都很难过，许齐元见了她要挑刺儿，田卫方嘴上不说，但心里肯定不是滋味，她想她那大孙子。

虽说今年时洲和许喻就在东堰市，但许泊宁也说不出让许喻单独跟自己回去过年的话。

"你有什么打算？"时洲问她。

许泊宁无奈地耸了下肩，说："还能有什么打算，后天下午公司开始放假，晚上我开车回家呗。"

时洲默不作声地将鸡蛋搁在水龙头下冲洗，说："上次许喻生日的时候，你不是提议两家吃顿饭吗，我看不如挪到除夕，你觉得怎么样？到时候大家在一块儿吃饭，喻喻也开心。"

许泊宁和时洲结婚那两年，除夕夜两家人都是一起过的，毕竟都在东堰市，双方又都是独生子女，无论去哪家过年，对另一方来说都是伤害。

许泊宁这回学聪明了，想起田卫方上次教育的话，没一口答应时洲，只说："我先问过我爸妈再给你回复吧。"

这回许泊宁再给田卫方打电话，田卫方几乎没怎么想就说"好"。

"妈，你不觉得到时候会尴尬？上回你还问我来着的。"许泊宁不解。

田卫方直接反驳她："既然时洲主动提出来，看来肯定跟他父母那边提过了，人家都没觉得有什么不自在，又不是没一起吃过饭，大家还不都是为了孩子。"

田卫方总是有她的道理。

许泊宁偶尔也会胡搅蛮缠，诡辩的本事不算小，但无论是面对田卫方女的谆谆告诫，还是许齐元的横眉怒目，双方的争论从未有过平衡的状态，她通常都是那个最先丢盔弃甲的人。

上次她说很理解韩尧和他父母间的相处方式，关系亲密但遇事掣肘，她自己何尝不是如此，看着叛逆，其实异常在意父母的想法。

所以无论是婚前婚后，还是现在这种状态，她的感情永远不可能单纯是两个人的事。

许泊宁得到田卫方肯定的答复，转而告诉时洲："我妈说可以的，你看选在哪个地方，最好找个离我们两家都方便的饭店，石鼓区那一片你看怎么样，就是要过年了，饭店不一定好找，应该都客满了。"

"弘昌洋房行不行？"时洲告诉她，"我之前预订了一个包间。"

许泊宁一愣。她印象里弘昌洋房的年夜饭挺难订的，一桌难求，提前两三个月都未必能订到。她问时洲："你什么时候订的？"

时洲看她脸色微变，迟疑片刻，倒是没撒谎骗她："去年十月份的时候，上个月刚去交了定金。"

许泊宁顿觉心堵了一下，想了想还是没憋住："你这是早打算好了？觉得我们一家肯定会同意？"

时洲一家子都不爱交际，要是他们自己过除夕，最多在家里吃顿饭，何必大老远跑到开车半个小时以上路程的石鼓区来。

"我只是想着先提前订好，到时候不管去不去都行。"时洲说。

许泊宁笑了一下，说："是呀，定金不便宜吧？大几百扔出去连个水声都听不见，就你钱多，觉得无所谓。"

她心想，自己跟时洲还是没法儿过到一块儿去的，一个人不管怎么变，他深植在骨子里的秉性总难改，他跟之前其实还是没有太大差别，尤其爱自作主张。

这话一听就不对劲，夹枪带棒的，时洲蹙了一下眉，说："不是钱多钱少的问题，有备无患总归不是什么坏事。"

许泊宁近来力倦神疲，不想跟他在这件事情上争辩，便敷衍地点头道："嗯。"

其实自打从张景婚宴回来到现在，两个人相处一直都客客气气的，许泊宁很快意识到自己太情绪化，语气过冲，话说完又接了一句："抱歉，我最近心情不好，订了正好也省事，回头我告诉我爸妈他们一声。"

"事情处理得怎么样了？"

"公司倒没怎么追究我的责任，年终奖只是暂时压下没发，后面八成还会补发给我，所以那钱你就收着吧，回头让我爸知道了，非得削我不可。"许泊宁半真半假道。

许齐元知道她连孩子生活费都不给，会骂她肯定不假。至于公司那里，本来年终奖就没有写进合同，就没听过取消了还能再发的。

听说明年分公司会调个副总过来，明眼人一瞧就知道是怎么回事，不止许泊宁这位子不好坐，就连老大王辉那儿，恐怕权力都得放一放。

明年如果不做出点儿业绩来，王辉的日子也没那么好过了。

"好。"时洲收下了钱。

许泊宁松了一口气，玩笑道："下回可别这样了，没见过让人追在后面送钱的，这么费劲，难不成还要我把离婚协议书翻出来？"

上面对财产分割，还有抚养费问题都写得清清楚楚。

周盼得知许、时两家要一起吃年夜饭，在视频那头惊讶得差点儿下巴都掉下来，嘴巴张得老大。她说："许泊宁，你没有搞错吧，离婚夫妻两家一起过年，别说我头一回听说，你在东堰市找找，看有几个这么奇葩的，你爸妈也同意？"

离婚不闹得翻天覆地，双方见了面还能打个招呼已经是不易了，周盼是真闹不懂这两家子。

"我妈倒觉得无所谓。"许泊宁说道，"主要是想她大宝贝孙子了，我爸心里再嘀咕，还是得听她的。"

周盼有心想调侃许泊宁一两句，然而想到那日她落寞的神色，忽然换了语气正色道："许泊宁，你跟时洲如今这关系，和人家正常夫妻有啥区别，该做的不该做的都让你们做完了。说真的，就你现在这控巴的劲头，我都怀疑我认识的那个许泊宁是假的。"

"当然有区别。"

"什么区别？"

许泊宁侧头想了一会儿，说"要搁以前，时洲敢跟别的女人私下吃饭，我肯定要带着你过去砸了他们桌子，现在嘛，互相都管不着。"

她想，要是时洲这会儿真跟谁确定了关系，她心里虽然不大舒服，但最后或许还会如释重负。

"得，嘴硬成这样，我白操心了，提前祝你新年快乐吧。"

腊月二十八下午，许泊宁没有回父母家，等到腊月二十九除夕这天，田卫方和许齐元两边的家族群里，一大早就红包、信息不断。

许泊宁年纪不大，辈分可不小，她也跟在后面发了两个红包图吉利。

发完之后许喻喊她过去看东西，她就把手机扔在沙发上没有理会。

许喻今天早早跟时洲出门了，许泊宁帮许喻把羽绒服脱了挂在衣架上，随口问时洲："带他去哪儿了？"

"去了一趟工作室，叔叔阿姨他们不是喜欢喝茶吗？我烧了一套茶具送他们。"时洲搁下手中拎着的大盒子，看着有点儿分量。

许泊宁从盒子上面透明的塑封看了一眼，想起许喻说过年前这段日子时洲都带着他在工作室捏碗。

"妈妈，你看，那个是我捏的，好不好看呢？"小朋友凑过来，趴在桌上用指尖戳点着塑封，让许泊宁瞧。

许泊宁眼睛眯起，笑着夸他："好看，喻喻捏得真好看，爷爷奶奶肯定会喜欢。"

"谢谢你，时洲。"许泊宁的目光往时洲那儿瞟，开口说道。

时洲看着她说了一声"不用谢"，便往浴室走，又一脸无奈地扭过头来喊许喻："喻喻，先来洗手。"

许喻跟着时洲，卫生习惯其实养成得挺好，就是小孩子没记性，一玩起来完全不记得。

父子俩一同进了浴室，许泊宁拿起自己手机看了一眼。许齐元这边的家族群里似乎有人在找她，她点进去后怔了一下。

"琰琰？"

唐余那事弄得许泊宁成了罪人后，她私下里跟二姑一家都没什么联系了，至于她这个表外甥女，二人连微信都没加。

这会儿严琰在群里怪声怪气地喊许泊宁，说什么"表姨，你如意了"

之类的话。

　　亲戚间根本就藏不住秘密，现在谁都知道唐余跟严树杰闹离婚，许泊宁在里头搅局的事。

　　都说宁拆十座庙，不毁一桩婚，长辈们几乎都不赞同许泊宁的做法，传到最后，倒像是因为许泊宁那对夫妻才要离婚似的。

　　大姑家的表哥问："琰琰怎么了？"

　　二姑说："琰琰，好好跟你小姨说话。"

　　三姑又问："姐，怎么回事，琰琰怎么突然要找泊宁？"

　　这一连串的信息，弄得许泊宁的心顿时沉到谷底。田卫方和许齐元没在群里说话，大概是还没注意到。

　　许泊宁不想跟才上初中的小姑娘计较，更不想大过年的还要唱大戏给亲戚们助兴。她私下去加严琰的微信，然而对方压根儿不领情，又在群里诋毁她。

　　"我奶奶说得没错，你就是见不得别人好，我家的事情不要你管。"

　　许泊宁一字一句看完，懒得再跟她多说半个字，直接退出群。

　　半个小时后，许泊宁从田卫方那儿得知，这天一早唐余和严树杰又在家里吵起来了。

　　"严琰还小，不知道内情，也没有人在她面前乱嚼舌根。依我看，你姐他们也不能长久，严树杰被上家公司辞退，到现在都没找到合适的工作，两个人在家动辄闹起来，琰琰平时在你二姑那儿，这要过年了，他们一家人去了琰琰奶奶那儿，又没个消停。现在你二姑也松动了，说还不如离婚呢。"田卫方说。

　　"敢情我上次就劝了几句，还得对他们一辈子负责不可，但凡他们俩不好了，就都怨到我身上。"许泊宁讽刺道。

　　严琰对父母要离婚的缘由并不清楚，然而事实是什么样，这些长辈明明心知肚明。看来这个屎盆子，她一时半会儿是别想摘掉了。

　　"我就说你这孩子有时候做事太冲动。今天不提这事，东西收拾好没有？这次回来在家里多待几天，住到上班再走吧，你爸还要让你陪他出去见见人。"田卫方说。

　　许泊宁瞥了一眼不远处的时洲和许喻，压低了声音道："妈，我先跟你说好了，喻喻可不跟我一起回去，还有我爸那儿，难不成让我去替他挡酒？”

“喻喻我知道，我不争这个。挡酒的话哪里轮得到你，好了，我心里有数的。”

许泊宁总觉得母亲这话里话外透着几分蹊跷。老许生意上的事她一向都不管，老许也从来没带她出去应酬过，怎么突然说过年要带她见人。

“老许这是有退休的打算了？”许泊宁试探着问田卫方，“可我这工作好好的，他那个我也不懂。”

田卫方和许齐元还不知道她最近工作不顺的事。

许泊宁咬咬牙，给田卫方买了一套护肤品，许齐元那儿也不能什么都不送，两个人的新年礼物花了她大半个月的工资。

田卫方道：“你爸才五十出头，还能干个十来年，没指望你。我们早想好了，到时候给亲戚打理肯定也不放心，还是考虑职业经理人，或者转卖了。”

“我觉得现在要退了也行，他现在身体也不算好，年前体检不是还说尿酸和血脂都偏高，钱够花了就行。”

“你爸哪里闲得住哇，养完女儿还要养孙子。”

许泊宁没能从田卫方口中套出半句话来，继续问她，她肯定也不会说。

不过田卫方这样遮掩，却让许泊宁猜出了个大概。她以为田卫方对时洲的态度很明确，敢情也没那么坚定，这是打算骑驴找马呢。

许泊宁到这会儿还没意识到，田卫方的立场完全是跟着她的态度走。前段时间她对时洲不冷不热，在家里也一副不想提及半句的模样，作为父母，肯定想得更多。

何况田卫方这句话虽然不中听，但是现实是，女儿和前女婿暧昧不明地住在一起，到头来，容易让人嚼舌根的还是女儿。

时洲他父母那里同样如此。最开始，曹老师看时洲没挑明，许泊宁又有男朋友，不还是忙着给时洲介绍对象？

之前因唐余乱说话，许家这边的亲戚现在哪个不在心里嘀咕许泊宁私生活乱。想到这儿，田卫方瞪了正在喝茶的许齐元一眼，跟女儿没说两句就挂断了电话。

许齐元被瞪得莫名其妙，将冲泡了一遍的茶水倒掉，无辜道："我怎么了？"

"许齐元，我跟你结婚三十年，女儿都这么大了，你今天要不在这儿表个态，下回去扫墓，我非得去问问你爸妈不可。你看看你那个外甥孙女在群里说的什么话，要是没有大人教唆我可不信。我原本看着唐余和严琰那孩子可怜，还说了泊宁，可今天好端端的除夕，非要触泊宁霉头是不是？"

田卫方摆起狠话来也轻声细语的。这些年她的脾气一直都这样，虽说没吃过多少苦，但刚结婚那会儿日子也没那么好过。

许齐元母亲过世得早，上头有三个姐姐，本来田卫方家里不同意她嫁，老许工作不好，又是幺儿，以后三个"婆婆"压在头顶上，家里铁定鸡飞狗跳。

也亏得田卫方情商高，要搁别人身上还真不一定能应付过来。她跟姑姐的关系处得还算不错，即便上回许齐元他二姐态度蛮横，越姐代庖摆着长辈的架子把泊宁训了一顿，她也没翻脸。

许齐元知道妻子真的动怒了，自己的女儿谁不心疼，简直比指着他鼻子骂还令人生气。他无奈道："我也压着火，但是咱们年纪一大把了，没有跟孙辈计较的道理。"

"我可没让你自降身份，去跟小孩子对骂，倒显得咱们没品。"田卫方道，"过年我是不打算请客吃饭了。家里亲戚要聚，你帮我们娘儿俩跟大家说一声，你自己去就行，我是不愿意去。至于泊宁那儿，她要去我也不同意，没有把脸送给别人打的道理。你三姐家的黄青，我就没见她去过几回。"

"我知道了，到时候我找个借口推辞不去就是。"许齐元叹了一口气。

妥协让步

chapter 09

今年春节期间似乎比往年都要冷些，外面风大，许泊宁让时洲领着许喻先去包间里，自己在"弘昌洋房"门口等许齐元他们，田卫方刚才打电话说还有几分钟就到了。

许泊宁没等多久便看到两个人从车上下来，她迎过去，忽然听到后面有人喊了一声她的名字。

许泊宁挽着田卫方的手，闻言停下脚步，转过身去，看清了来人，笑道："韩尧，你们今年也订的这家？"

她的目光微微左移，见到韩尧身后几人中两个熟悉的身影，便不着痕迹地冲他们轻轻点了一下头。

田卫方和许齐元没见过韩尧和他父母，不过许泊宁一喊出口，他们便默契地对视了一眼，只在许泊宁身边站着，没有任何表示。

"这儿离我家近，我们几乎每年都来这边吃年夜饭。"韩尧之前跟她说过他的父母家在石鼓区。

"嗯，那我和我爸妈先进去了。"许泊宁没有要向她父母介绍韩尧的意思。

韩尧也没有故作殷勤，双方打了招呼后就各自分开。

看吧，这才是好聚好散，接下来还有场硬仗要打。

韩尧的父亲等许泊宁他们走远了，神色怪异地问韩尧："你之前说小许她爸在建筑工地上班，她妈现在退休了在家种种花？"

“是呀，爸，怎么了？”

“没什么，我和你妈先选条鱼，你带着爷爷奶奶去包间。”

韩尧的父亲看着服务员挑鱼，似有些惋惜地跟韩尧的母亲感慨道：“你知不知道，小许她爸的车值两三百万呢，韩尧那孩子怎么说她家里的条件一般，而且跟父母关系还不好？”

韩尧的母亲吓了一跳，扭头看向他，说：“我还真没仔细看，老韩，你看清楚了？真那么贵？那天吃饭我看她开的车极其普通，连我开的那辆都不如，也不特别呀。”

韩尧的父母当时看许泊宁，认为她年纪大，且离异有孩子，唯一比韩尧好点儿的地方，就是现在职位稍微高点儿，薪资高一些，不过恐怕那点儿薪资全都花在她一身行头上了。

他们暗地里慨叹了几句，儿子现在都有稳定的交往对象了，还是家里介绍的姑娘，这话自然不可能再拿到台面上去讲。

当时看儿子还有些恋恋不舍，要是早知道这种情况，普通人自然希望找个条件更好一点儿的亲家。当初那些完全不能忍的缺点，在这种条件的加持下，都变得不那么紧要了。

当然，他们仅仅是想想而已。毕竟韩家条件也不差，在双方家庭差距不是特别大时，另一方汲汲营营的野心相对而言就会低很多。

许泊宁特别讨厌这种尴尬的场景，可是包间里总共就七个人，大家的注意力又都在她旁边的许喻身上，她连躲都没法躲。

十人座的圆桌，从许喻开始将两家分隔开来，许齐元跟时老师中间空了三个位子留给服务员上菜。田卫方和曹梅则正谈笑甚欢。

难怪周盼说他们两家人奇葩，就是许泊宁自己瞧着这画面都觉得够清奇的。

想当初许喻还被抱在手上的时候，那会儿两家一起吃年夜饭，双方父母还开玩笑说过两年生个二胎，就是八个人了。

田卫方他们或者因为许喻的姓氏问题对时家抱有一丝愧疚，许喻还不到一岁的时候就催着许泊宁备孕，趁年轻抓紧生个二胎。

时洲的父母再开明，在姓氏问题上还是颇有微词，对二胎的渴望自然更强烈。

曹老师作为婆婆，不能像田卫方说话那么直接，而是委婉又艺术，许泊宁一度没有听懂她的意思，还是时洲事后含蓄地告诉她的。

许泊宁被催生了一段时间，后来因为她和时洲离婚才彻底解脱。

"你家那个外甥女后来怎么说的？我上次问了一下我们院里的同事，好像没听说她去做手术。"曹梅说。

田卫方瞥了一眼许齐元，然后才道："最近她家里不怎么太平，暂时不打算要二胎了，麻烦曹老师，还白操心了一场。"

"不麻烦，我其实也没能帮上什么忙。依我看，别的倒是其次，主要家庭还是得和睦，对孩子成长才有利，你看咱们喻喻，现在多开心。"曹梅一脸慈爱地望向许喻，根本没追问，只笑着对田卫方说。

田卫方眼底同样满是爱意，然而她没接曹梅的话茬儿，说："都是你家时洲教得好。"

许泊宁这几年摸爬滚打，比以前经历的事多了，默默听着两个人你一言我一语，如高手切磋武艺，不到下一秒，完全不知道对方会出什么招数，旁观者看个热闹都觉得格外刺激。

不过她现在可以确定，田卫方对时洲的态度变得模棱两可起来。她不自觉地往他那儿看了看。

时洲隔着桌子，一脸认真且恭敬地听长辈们聊天，许喻在下面拽了拽他的衬衫，说："爸爸，我要去尿尿，你陪我一起。"

时洲领许喻出了包间，小家伙尿完说自己要拉臭臭。他早有自主意识，脸皮薄，不肯让时洲在洗手间里面等。

时洲照例揉他的发顶，忽然想起自己还没洗手，转而温和地笑笑，俯身帮他换好马桶坐垫纸，说："那爸爸在门外等你。"

时洲在外面的洗手台洗了手、擦干，低垂着头将袖口的纽扣扣紧，仔细整理一番后往镜中看了一眼，身旁不知何时站了一个人。

时洲有轻微的近视，但他只在阅读时才会戴眼镜，他觉得这人有些眼熟，又想不起来在哪里见过，忍不住微眯双眼望向镜中。

对方大约察觉到了他的视线，困惑一两秒后又低头检查了一遍，旋即冲他社交式微笑了一下。

时洲却不知突然记起了什么，脸色骤然一变。

时洲没有开口，韩尧更是觉得莫名其妙。他确定自己不认识这人，突然盯着自己看，他还以为自己身上有哪里不对劲。

韩尧转身欲走，忽然从里面跑出个孩子，一上来就抓住身旁男人的衬衫，将对方的衣角扯成一团捏住，说："爸爸，我还以为你先回去了呢。"

小家伙将男人的衣服弄得皱巴巴的，踮起脚凑到洗手台边自己搓起手来。

"喻喻，用点儿洗手液。"男人在旁边叮嘱了他一声。

这孩子？喻喻？韩尧愣了愣。他知道许泊宁的儿子叫许喻，且许泊宁今天也在这儿吃饭。

小家伙跟面前这男人长得极像，韩尧前段时间在许泊宁的朋友圈见过。许泊宁去花城之前，发了一张跟孩子的合照。

那会儿韩尧正跟女朋友在外面喝下午茶，本来没注意，打算直接划过去，还是女朋友挨着他的肩膀瞧了一眼，说："这孩子长得好可爱，谁家的呀？"

"同事家的。"韩尧没有多大兴趣纠结前女友的私生活，轻描淡写道。

女朋友并不知道照片上的女人跟自己男友的关系，笑着说了几句："看着跟你同事不太像，可能像孩子爸更多一些。你公司女同事的颜值可真高，要不是看对方孩子都这么大了，说实话，我还真不太放心。"

女朋友只顾着说话，完全没注意到韩尧不自在的表情。

韩尧这时候立刻反应过来，男人恐怕也是认出了自己，才会有那么古怪的举动。他笑了笑，也不拐弯抹角，看了看许喻对时洲道："刚才我在门口碰到许经理，原来你们一起过除夕。"

时洲轻蹙了一下眉，诧异于他口中对许泊宁的称呼。不过他什么都没有问，点了点头道："你好。"

"你就是喻喻呀，小帅哥长得像你爸爸……可惜叔叔今天没有带红包，下次有机会一定给你补上。"韩尧转过身跟许喻笑道。

按东堰市的习俗，长辈初次见小辈是要给见面礼的，许喻现在还没什么金钱观念，不过知道家里爷爷奶奶常会给他红包，时洲就会说帮他存起来。

许喻仰着脖子看韩尧，然后又扭过头一脸不解地去瞄时洲。然而时洲没看他，他只得再次回头，认真盯着韩尧，脆生生地跟他说："谢谢叔叔。"

韩尧摸了一下他的头，说："真可爱。"

然后他冲时洲微微颔首，走开了。

"爸爸，刚才那个叔叔是谁呀？"许喻问时洲，"我好像没有见过。"

时洲微妙且复杂的目光落在许喻身上，总不能说"那叔叔差点儿成了你父亲"。他想了想，说："叔叔是妈妈的同事，跟妈妈在一个地方工作。"

有一次他出门去接许喻，正好在小区对面的马路上碰到许泊宁从外面回来，韩尧倚着车门站在她身边。那时候天还没冷下来，她穿得单薄，温热的风贴着她小腿，不时吹起她的裙摆。

时洲说不清那一刻的感觉，杂乱的思绪交织在一处，到最后脑海中只剩下一句话：还好，许喻并不在车上。

否则时洲真不知道怎么跟小朋友解释。

当下许喻一知半解地点头，说："哦，就跟我和黄宇涵都在大（三）班一样。爸爸，你知不知道，黄宇涵是我最好的朋友，但是他上次说我家里没有奥特曼，我有点儿不喜欢他了，我明明有的，妈妈之前送了我一个，爸爸，你还记不记得？"

小孩子的自我认知在发展，也会像成年人一样"攀比"，只不过他们的"攀比心"表现得更直接，从在幼儿园的吃饭速度、谁家爸爸妈妈好看，到家里玩具的多少，小孩子也有他们自己的社交模式。

像许喻，去年刚从清瓷镇回来那会儿对奥特曼还全然不感兴趣，现在连"迪迦""赛文"之类的名字都能说出几个。

"记得，喻喻想玩的话，回去我们找出来。"许喻的玩具太多，他拿到手就拆开，有些玩了一两回就放在箱子里没再拿出来过。

对这么大的孩子来说，简单粗暴地苛责他不要攀比是没有任何作用的，小孩子甚至连这个词是什么意思都不知道，只能慢慢引导。

许喻不在包间里，田卫方和曹老师融洽归融洽，但多少还是有点儿尴尬，都觉得缺了一些什么。等时洲带着许喻回来，屋里氛围顿时活跃起来。

"怎么去了这么久？"许泊宁隔着许喻，在背后低声问了时洲一句。

"刚碰到个认识的人，跟他打了一声招呼。"

许泊宁心想，这天除夕，在这儿碰到熟人也正常，她自己刚刚不也碰到韩尧了，就"嗯"了一声没说话。

小孩子耳朵尖，听到父母在他身后讲悄悄话，兴奋地和许泊宁说："妈妈，那个叔叔是你的同事哟。"

许泊宁瞬间明白过来，猛地抬头看向时洲，他脸上露出一丝窘迫，轻轻转开了头。

田卫方和许齐元刚才见过韩尧，隐约猜到了，田卫方暗道造孽。

曹老师夫妻俩不知情，曹梅笑着从包里递过来两个红包，说："我们给喻喻的，泊宁，你收下吧，上次你去花城还惦记着我们，给我们带了礼物。"

许泊宁自然不会接，想想也知道往年这红包都是给时洲的。正僵持的时候，田卫方也跟着掏出红包搁在她跟前道："泊宁，你回头拿给时洲，喻喻现在还小，以后用钱的地方多，你们先给他存起来。"

田卫方这样说，曹老师也没有再坚持。

两家因为许喻的关系，愣是凑在一起吃了一顿团圆饭，吃完饭后各回各家，许喻自然是跟着时洲。

先前许泊宁已经跟他说好，小家伙虽然不舍，但还是没闹着要许泊宁跟他一起，乖乖跟许齐元他们告别。

临走前，许泊宁蹲下身子抱了抱他，小家伙在她脸颊上亲了一口，说："妈妈，新年快乐。"

一句话听得许泊宁鼻尖酸涩，田卫方在后头忍不住抹眼泪，连许齐元见了心中都不是滋味，直叹气。

时洲到家时，许喻已经睡着了，曹梅忙走过去开门，让时洲抱着许喻进屋。她说："让喻喻在楼下卧室先睡着吧，放他一人在楼上也不放心。"

春节期间，阿姨放假回去了，曹梅在那儿捏汤圆，指挥时保宗把搁在冰箱里冷藏了一会儿的芝麻馅拿出来。时洲把许喻安置才好出来，她抬头看到时洲，说："喻喻睡熟了？来坐会儿，现在离新年还有几个小时呢。"

东堰这边习惯正月初一早上吃汤圆，曹梅做了留着明天吃。

"嗯，我给他擦了遍身子，刚才在饭店出汗多，怕他着凉。"时洲走过去，将手机搁在桌子上，又洗了手去帮曹梅包汤圆。

一家子的手机都并排摆在那儿，提示音不断传来。

时保宗坐在沙发上取过自己的手机，基本都是学生们发来的新年祝福。虽然他常年端着教授的架子，学生都挺怵他，但是他为人和善、做事严谨，几乎每条信息都会一字一句回复，即便是一眼就能看出来是群发的信息也没遗漏。

时保宗难得蹙了一下眉，看向桌前的母子俩，说："初三回趟谷州市吧，刚才顾国华给我发短信，说老太太越来越忘事，问我们今年能不能回去一趟。"

"你大哥说的？那去医院检查过了没有？"曹梅开口，"那是要回去的，去年我们就没回，怎么说老太太都是你亲妈。我听着像阿尔茨海默病的症状，要是没检查，回头我们带她去医院看看，你也别太担心了。"

时保宗是家里第三个儿子，因为姨妈姨父不能生育，他出生才两三个月的时候就被过继给了他们，改姓时，还取名保宗。

他养父母忌讳这层关系，后来搬离谷州市，他跟亲生父母那边其实不怎么走动。

"好，把喻喻也带回去吧，老太太还没见过。"

时保宗看向时洲，毕竟孩子是他的，总要他表个态："时洲，你看行不行？"

去谷州没有直达的飞机，还得先坐到省城再坐火车到市里，然后再转大巴去县城。

"喻喻现在大了一些，应该没什么问题。"时洲说。许喻还小的时候就跟他坐过飞机去清瓷镇，"不过这件事回头还要跟泊宁说一声。"

"那是，你看我还没儿子细心，这大过年的，也不知道喻喻那边的爷爷奶奶有没有什么安排。"曹梅拍了拍手上的糯米粉笑着说。

吃饭的时候自己的话都说到那个份儿上，就差明说让两个孩子复合了，田卫方却半点儿没松口。上回许喻住院，她们碰面的时候，田卫方可不是这个态度。

好歹做过两年多的亲家，曹梅大概知道许家夫妇的性格，思来想去，怕还是儿子和泊宁的感情出了问题。也许泊宁在田卫方面前说了什么，田卫方就是再疼许喻，也不会拿自己身上掉下来的那块肉的幸福去赌。

曹梅抬头瞧了一眼儿子，再看向坐在沙发上的时保宗。老时这个人，跟儿子差不多，有话都闷在心里，可她清楚，就冲着他名字，这人的心理压力也不小。

当初喻喻跟着他母亲姓许，他们家自然不舒服，后来想着大不了再生个二胎姓时也行，许家当年响应国家政策也只有许泊宁一个独苗苗。

可谁知道这两个孩子不声不响地离婚了，自己儿子根本放不下，前后去相了几回亲，说是女方没看上他，但她之前可听说，赵医生看过他的展，对他挺有好感的。

照理说，曹梅和时保宗都受过高等教育，前三十年对时洲的教育还算开明，在姓氏的问题上不能一味苛责说他们封建顽固，毕竟撇开别的不谈，时保宗还有养育之恩要报答。

各家的情况不同，许家那儿，单看许齐元上头的三个姐姐，就知道二十八九年前许泊宁出生，或多或少还是让某些人失望过。

说来说去，都是他们这些老古董的想法，要是跟年轻人说了，肯定不愿意理睬他们，许泊宁更是要炸毛。

许泊宁陪田卫方和许齐元在楼下客厅里看《春节联欢晚会》，一家三口都洗漱好了才开始看，许家的习惯是看完春晚各自回房睡觉。

时洲打电话过来的时候，电视里正播着主持人的祝贺语："新春的钟声马上就要敲响……在新的一年里，让我们共同祝福伟大的祖国繁荣昌盛……阖家幸福……"

"时洲？这么晚了有什么事吗？喻喻睡了没？"许泊宁接起电话，往边上走远了点儿。

田卫方拿手肘捅了一下许齐元，刻意压低声音说："老许，你看，还刻意避着我们。你说咱这姑娘，到底怎么想的？你别说，虽然今天跟喻喻吃了顿团圆饭是好事，可我这心里更空落了。不过还好你们父女俩总算没再掐架。"

"我看她就是想得太多。"许齐元道，"她这么大的人了，我也不想一见着就动火气。"

"小时礼数好，想得也周到，喻喻告诉我，那套茶具是他跟他爸一起捏的。我猜他是怕我们不肯收，才将喻喻做的放了进去。我回来想了想，又有些拿不定了。"

"不声不响，满肚子的主意，就泊宁那心眼儿能玩过他？"许齐元自许泊宁离婚后，骂起女儿来都不留情，何况还只是个前女婿。

许泊宁对着墙角跟时洲通完话，突然，二人跟约好似的，都安静了一瞬。

"喻喻你放心，我肯定会照顾好他……我先挂了……"时洲说。

"时洲。"许泊宁开口喊了他一声。她以前真不是这么扭扭捏捏的性子，自打这人回来，她是一天比一天不得劲，有时候连她自己都嫌弃，"那什么……新年快乐。"

话说出口似乎也没那么难。

时洲在那边笑了一下，说："泊宁，新年快乐。"

田卫方和许齐元早在许泊宁过来前就结束话题，许泊宁捂住嘴打了一个哈欠，说："时洲打来的，说他家初三要去趟谷州市，想让许喻跟着一起去，好歹给他那边老太太看一眼。"

田卫方他们知道时保宗的事，许泊宁跟时洲结婚，时保宗亲生父母那边的两个哥哥还有个妹妹都来参加过婚礼。

不过时洲从小到大没去过几次谷州市，许泊宁怀孕生子，直到离婚也没过去。

"也该带许喻回去看看，毕竟是亲生的。你困了就上楼去睡觉，明天不用早起，睡到自然醒，咱吃点儿圆子，去庙街逛逛。"

前几年庙里"头香"开放，许齐元是生意人，讲究好兆头，还要在除夕夜守着点去庙里烧"头香"，撞"头钟"。

许泊宁一愣，心说难道不去几个姑姑家拜年？不过看田卫方和许齐元都没觉得不妥，她"嗯"了一声，说："爸，妈，那我先回房睡了，新年好。"

"新年好。"

"快去睡吧。"

田卫方等女儿上楼，跟着伸了伸懒腰，说："我也去睡觉了，这年纪一大，就熬不了夜，身子还是比不上年轻那会儿。"

"不是，怎么年都不去拜了？到时候我姐她们肯定要说闲话。"刚才许泊宁在场，许齐元不好当着女儿的面跟田卫方争论，跟着她进卧室，"不是说就家庭聚会不去吗？"

"我不想去拜年。你也看到了，我刚才说这话，泊宁连间都没问，你以为她想去？每回聚会女儿都不痛快。"田卫方洗了脸出来，坐在梳妆台前抹晚霜。

大家过年走亲戚都是谁家请客就去，有几个像他们，把姑姐当婆婆，大年初一别的事不做，先过去拜年的？

田卫方这些年八面玲珑，关系打理得极好，家里亲戚有点儿事都会跟她说。

许齐元一时不知道做何反应，觉得妻子突然间像变了一个人。

这会儿已是正月初一，许齐元看着五大三粗，做生意左右逢源，可是人精。他叹了一口气，说："这往年都去，今年也没提前打声招呼就不去，肯定不好，我明天早点儿起床转一圈再回来。"

"嗯，你自己去吧。"田卫方点点头。正因为去了这么多年，她才不想去。

家里的兄姐之前都说她嫁给许齐元要受气，她偏要嫁，泊宁出生后她不知道偷偷抹了多少泪。要不是许齐元这个人还成，知道护着人，就冲他那一大家子，她早抱着泊宁回娘家了。

年轻时一地鸡毛，她原本已不打算计较，谁叫他们又太把自己当回事。

东堰市早禁了烟花，年味越来越淡。许泊宁起床下楼，家里空荡荡的，只有田卫方一人。她道了吉祥话，又问："妈，我爸呢？时洲说一会儿带喻喻来拜年。"

大过年的，怎么瞧着田卫方心情不太好？

"去你姑姑家了，我打电话问问他什么时候能回来，喻喻都要来家里了。"田卫方听到这话顿时来了精神，起身去找手机给许齐元打电话。

家里现在没别的人，许泊宁想了想，问田卫方："妈，你跟老许闹矛盾了？因为我？其实我被说两句也没什么，亲戚该来往还是要来往，毕竟那也是老许的亲人。"

"这孩子，道理我比你懂。"田卫方笑道。见女儿一脸狐疑，她又道，"这件事真跟你没什么关系，我跟你爸也没吵架，别没事瞎担心。就是我发现，亲戚们有时候走得太近也不是件好事。"

许泊宁没法儿想象这话会从田卫方嘴里说出来，不过她求之不得。

时洲和许喻穿了一身红衣服过来，许齐元说是在路上，还有半个小时才到家，田卫方一见到这父子俩就蹲下身抱许喻，说："我们喻喻今天穿得可真喜庆，时洲，快进屋里坐会儿，泊宁她爸马上就回来。"

"奶奶，妈妈，新年好。"小家伙抬头看许泊宁，"妈妈，你怎么不穿红色的？"

许泊宁还穿着平日里的衣服，身上这件驼色大衣买回来就穿了一两次。她笑着摇摇头，面不改色地对孩子撒谎："妈妈没有红色的衣服。"

其实她有一件红色的卫衣，跟时洲身上这件还是同款，就挂在楼上衣柜里。不过看了看面前红彤彤的一大一小，她真没那个勇气穿上跟他们一起走出去。

许喻有些失望，嘟着唇"哦"了一声。许泊宁一瞧他这样，差点儿就要心软，好在这时候田卫方喊他们过去吃水果，许喻牵着他奶奶的手进屋去了。

时洲跟许泊宁并肩走在后面，他不自在地扯了扯身上的衣服，忽然问她："泊宁，我穿起来是不是有点儿奇怪？"

这是五六年前的衣服，当时G家的新年系列款，许泊宁喜欢，时洲才陪她买下。

这几年时洲的衣服基本就没跳出过黑白灰三色，这会儿穿红色总觉得局促不安。他年后就三十一岁了，有装嫩的嫌疑。

不过时洲这几年样貌没有太大变化，身材也没发福走样，色彩鲜艳奔放的红色反而将他衬得年轻不少。

许泊宁"嗯"了一声，装模作样上下打量几眼又低下头，说了一句："还行吧。"

时洲走在她左手边，重新理了理衣角，没有再说话。

二人进到客厅，田卫方招呼时洲来坐："一会儿在我家吃了午饭再走，我让泊宁他爸顺便买点儿菜回来。"

"不了，阿姨，我下午还有点儿事……喻喻在您这边，明天下午我再来接他。"

时洲在许家坐了一会儿，等许齐元回来才起身告辞。许喻忙追出去。

时洲摸了摸他的头，说："喻喻乖，同妈妈在一块儿，爸爸明天下午来接你。"

许喻有点儿舍不得，时洲刚将车开走，他扭头就跑过来扑到许泊宁怀里，闷哼了两声，情绪低落。

"我们喻喻可是个香饽饽，爸爸妈妈和爷爷奶奶都抢着疼爱呢。"许泊宁俯身贴了贴他的脸颊。

对着许喻，不管时洲还是许泊宁，都会不自觉频繁地使用叠词。

许喻不懂香饽饽是什么意思，不过他知道后面那句话。小孩子的情绪来得快去得也快，他圆溜溜的眼睛眨了眨，开心地从许泊宁怀里挣脱，又问田卫方："奶奶，妈妈说得对不对呀？你们最爱我是不是？"

田卫方笑着说"是"，心里却想着，看来女儿近来排斥时洲，得让许齐元给女儿介绍对象了。

现在两家都只有许喻这么个孙子，自然争着抢着爱，假如以后父母各自再婚，又有了孩子，虽然对他的爱不会少，但人毕竟精力有限，指头伸出来还有长有短，何况人心。到那时候，还是孩子可怜。

只是田卫方觉得这件事情难办，她做不了主，转而瞧见没心没肺跟许喻蹲下玩的女儿。她欣慰一笑，心中骤然舒坦不少。

以后的事情谁都说不准，大过年的，她何必在这儿胡思乱想。

许齐元从许泊宁二姑家回来，告诉田卫方，唐余夫妻这次可是来真格的，连离婚协议都签好了。

田卫方不免叹息："你说唐余也是倒霉，以前我瞧着严树杰还挺好的，这些年越来越不像话，离了也好。"

"我劝我二姐，孩子以后日子还长着呢，咱这思想也不能老古板。"许齐元说。

许泊宁不想听这个，在边上直撇嘴。当初自己离婚，他们可不是这样说的，人都是这样，虱子不在自己身上不着急。

过了正月初二，时洲他们离开东堰，许泊宁的饭局就没停过。

她在这座城市生活了近三十年，同学、朋友都在这儿。毫不夸张地说，她上大学之前，幼儿园到高中都没离开过鼓楼西路。上大学时，班上有个男生比她还厉害，不止幼儿园，连大学都在家附近的街道。

正月初四，许泊宁原本跟老同学约好聚餐，却一大早被田卫方从床上拖起来："早点儿起床，收拾收拾，一会儿中午咱出去吃饭。"

"妈，我今天跟人有约。"许泊宁睡眼惺忪，胡乱揉了一下头发道。

"男的女的？"田卫方打听。

"什么呀，就几个高中同学，周盼也去，大家好久没见了。"

"那你跟他们说一声，你有事去不了，下次再约。"田卫方一边说，一边往她的衣帽间走，挑了半天道，"穿这件大衣吧，显气质。这人到了什么年纪就要穿什么衣服，你看看你这些花里胡哨的，十七八岁的小姑娘才喜欢，穿出去也不怕人笑话。"

许泊宁不知怎的，想起时洲初一那天穿的红色卫衣，轻笑了一声。

田卫方听到，侧过身看她。

田卫方的精致是东堰老派的腔调。她格外喜欢珍珠类的首饰，觉得温婉素雅，出门也讲究衣服搭配，手包必不可少。

许泊宁忙摆摆手，没有任何否定田卫方审美的意思，问她："我知道了，我们今天要去哪儿？"

田卫方怔了半晌，才说："你爸的一个老朋友，都是过年才有空，一起吃个饭。"

许泊宁盯着田卫方看了好一会儿，不知道从她脸上瞧出了什么，最后掀开被子下床，也没问对方是谁，悠闲地打趣道："你这架势，别是要把我弄去卖了？"

"净贫嘴！赶紧去刷牙洗脸。"田卫方松了一口气，拍了一下许泊宁的肩，从她卧室走了出去。

许泊宁收敛笑容。许齐元和田卫方这是铁了心要把她再次嫁出去呢。

许泊宁装作不知情，跟着父母出门，一到地方见到来人她就乐了，敢情许齐元把压箱底的招数都使出来了。

"李叔叔好。"许泊宁喊了一声，又瞥了一眼他身边坐着的人，对方看到她似乎也诧异了一瞬。

"泊宁好。"中年男人站起身招呼，"老许，弟妹，你们来了，来，坐，坐。"

对方的位子就安排在许泊宁身边。她挑眉看向右手边的人，笑道："李辰杰，你什么时候回来的？前两天我看你朋友圈还在喀纳斯湖赏雪。"

只不过他身边还有个漂亮的姑娘，两个人在北疆冰湖上拥抱，眺望远处雪山，那场景许泊宁作为旁观者看着都觉得浪漫，忍不住心驰神往。

半个月前他又在哪儿来着，好像是山城，反正身边的姑娘不是同一个。

李辰杰比许泊宁大一岁，小时候两家住得近，两个人常一块儿玩，这些年偶尔还会联系。

李辰杰是个自由摄影师，满世界跑，满世界泡，交往过的女朋友怕是能组成一个连。过完年他就三十岁了，难怪家里头着急。

双方家长的意思太过明显，李辰杰应该也明白，干笑一声，说："我昨天下午刚回来。"

长辈们正在聊天，他压低声音说了一句："许泊宁，我真不知道我爸让我见的是你。"

"李叔叔这是病急乱投医。"许泊宁摇了摇头，"我爸妈那儿也是。"

他们小声地说话，几个长辈瞧进眼里，田卫方心里直犯嘀咕，难不成他们真相互有点儿意思？

李辰杰这孩子是他们看着长大的，知根知底，人品肯定过得去，而且许齐元说这件事情还是老李主动提出来的，也不是不行。

一顿饭吃得几人心思各异，中途许泊宁忽然拿着手机离桌，对他们道："李叔叔，你们慢慢吃，我出去接个电话。"

是时洲的号码，但给许泊宁拨来视频电话的人却不是他。

"喻喻？怎么了？"

许喻也不知道偷偷蹲在哪儿，许泊宁只能看到他身后白色的墙。他委屈地噘着嘴，泪珠扑簌扑簌地往下落，肩膀一抽一抽地抖动，见了许泊宁也不说话，只睁大眼，看着她哭。

　　许泊宁被他哭得心都要融化了。她往门外走了几步，神色柔和地低声问他："发生了什么事？喻喻，爸爸呢，你去喊爸爸好不好？乖，听话。"

　　许喻不吭声。往常他听到时洲的名字，怎么都会有点儿反应，这会儿却正好相反，像完全不想提起他似的。

　　许泊宁多问了两句，小家伙竟号啕大哭起来，怎么安抚都不管用。

　　"不要……我有妈妈的……我有的……"

　　许泊宁勉强从许喻的话里分辨出了几个字，正一头雾水地琢磨着怎么哄他，突然听到视频里传来一道男声："喻喻。"

　　时洲焦急地抱起许喻，又从他手上拿走手机，看了许泊宁一眼道："我先挂了，一会儿给你回电话。"

　　许久之后，时洲才给许泊宁回电话。

　　许泊宁站在饭店外头，没穿外套，衣服领口低，冷风直往她脖子里灌。

　　田卫方出来找她，远远看到她的身影，又回包间拿了她的衣服，一边往女儿身上披，一边说："谁的电话呀？打了这么久，连大衣都不穿，也不怕冻坏了。"

　　田卫方把衣服往许泊宁身上套，方注意到女儿双眼通红，明显是哭过。田卫方一惊，握住她冻得跟冰块似的手，问："泊宁，发生什么事了？"

　　许泊宁抹了一下泪，跟田卫方说明了情况后，决定去谷州陪许喻："我不吃饭了，妈，你能进去帮我把包拿出来吗？回头你帮我跟李叔叔打个招呼。"

　　"我知道，你等我会儿。"田卫方叹息道，知道她肯定没有心思再吃饭，"那你赶紧去看看，机票买了吗？要不要回家收拾东西，小孩子懂什么，都是有些大人口无遮拦，不知道积点儿口德。你也别太着急，时洲肯定会想办法安抚好孩子的。"

　　"不回了，我证件在包里，这儿离机场也近，我直接去机场。"

　　田卫方看她这样也不好拦她，嘱咐两句便让她走了。

许泊宁上飞机之前给时洲发短信："喻喻怎么样了？我买了机票和火车票，大概七点多到谷州。"

时洲很快回复："还行，我去市区接你。"

谷州市境内山峰绵延不断，从市区到县城还有一个小时的车程，时洲问大伯家的堂哥借了车，准备开车去市里。

许喻扒住门框，默不作声地站在屋檐下看时洲，往常这个时候他早跑出去拽紧时洲的裤腿跟着了，这会儿却抿着唇，瞪大眼睛死死地盯着时洲。

时洲扭头看到他，胸口蓦地疼了一下。他蹲下身向许喻张开双臂。

许喻眨眨眼，摸着金属门框上的花纹，踟蹰老半天，才向时洲跑去。他扑到时洲怀里，脑袋贴着时洲的头发轻蹭，说："爸爸，我不是妈妈不要的孩子，妈妈还说她好爱我，对不对？"

许喻对以前的事很茫然，在他刚有点儿记忆的时候，许泊宁确实没在他生命里出现过。

今天中午吃饭前，许喻跟堂伯父家的小哥哥一块儿玩。小孩子之间免不了有争执，两个人不知怎的，因为一块积木吵起来了，对方脱口而出："我妈都说了，你是没妈的孩子！"

小孩子最爱学嘴学舌，肯定是大人私下讲，才被他学去了。

本来老家姓顾的这边亲戚都不怎么来往，时家也不会大张旗鼓地去告诉亲戚时洲离婚的事。还是前年时洲的大伯母患了卵巢囊肿，特意去东堰市请曹梅帮忙，这才偶然知道时洲早已经离婚。

刚才时洲他伯母私下训儿媳妇："我们闲时说说也就算了，你怎么还到孩子面前乱说话？！你是没看到，刚才你小婶娘嘴上说孩子玩闹没事，但我看她脸都黑了，她就这么一个孙子，能不当宝贝？之前我去东堰看病，人家可帮了我们不少忙，我们做事可不能这样，现在弄得大家见面都不得劲。"

儿媳妇也委屈得很，说："妈，我就随口说了一句，谁知道二宝偷学了。"

"算了，要不是老太太这边留他们，我看他们下午那会儿就想走，回头等孩子他妈过来，你可别乱说话。"

"妈，瞧你说的，那哪能呢，我有数的。"

这会儿时洲抱着许喻，轻言细语地告诉他："妈妈之前是因为有事才没有跟我们一起过来，你看你中午给她打电话，她不就说要来看喻喻吗？爸爸去接妈妈，喻喻先跟爷爷奶奶在这儿好不好？"

许泊宁七点多才到市里，时洲考虑到许喻平时睡得早，白天情绪波动太大，又是在比较陌生的环境里，所以不想带着他四处奔波。

"真的吗？"

"真的，爸爸不骗你。"时洲摸了摸他的后脑勺。

听到时洲肯定的回答，许喻才咧开嘴。小家伙心情全都写在脸上了，他得意又自豪地跟时洲说："那我要让顾期博看看我妈妈，谁让他说我没有妈妈，我妈妈比他妈妈漂亮一百倍！"

时洲笑了一下，没阻拦小家伙突如其来的胜负欲："好。"

"喻喻来奶奶这儿，奶奶带你去看大白鹅好不好？"曹梅从屋子里出来，看到时洲手上的车钥匙，唤许喻过来。

中午许喻哭得那么伤心，曹梅当时就想拖着孩子走。本来时保宗跟这边也没什么感情，可老太太八十多岁了，时保宗虽然已经过继出去，但好歹生了他，他们来一趟不容易。说句不好听的，如今就是见一次少一次，她完全是看在这点儿骨肉情面上才没计较。

老太太一直跟着时洲的大伯生活，他家是自建的两层小楼，以前这儿还是片农田，近十年城市化发展，将这块划入城区，他家房产面积大，地理位置也不错，出门走个几百米就是商业街区。时洲的大伯母还在院子的角落圈养了几只鹅，虽比上不足，但比下有余，小日子过得还算惬意。

小孩子看什么都觉得稀奇，听到曹梅的话，许喻来了兴致，蠢蠢欲动。时洲松开手，拍了拍他，说："喻喻去找奶奶吧。"

"路上车开慢点儿，这儿山路弯道多，注意安全。"曹梅叮嘱道。

还没到市区，车外便淅淅沥沥飘起小雨，途中雨越下越大，时洲临时到超市里买了把伞往车站赶。

因为天气不好导致火车晚点，时洲在火车站等了一个多小时才看到许泊宁从站台里出来。

许泊宁一路风尘仆仆，刚下飞机没来得及喘口气就换乘火车，到这会儿连饭都没顾得上吃。

谷州火车站不算大，新车站及地下停车场还在修建中，时洲的车停得比较远，他将伞撑开问许泊宁："先去吃点儿东西？"

"没有胃口。"她摇摇头。中午她就吃了几口，路上更是没有心情，"喻喻怎么样了？"

"刚才我给我妈打电话，说喻喻已经睡了，你别太担心。这会儿雨势不小，山路我不习惯开，等明早天亮看看情况再走吧。"时洲说。

许泊宁坐火车来，路上经过一个又一个山洞隧道，知道这边山多，眼下头顶的雨越来越大，她也担心发生山体滑坡，不敢贸然催时洲走，便说："也行，一会儿到车上我订两间房，到酒店吃点儿东西吧，雨这么大，省得四处绕弯子。"

时洲闻言一愣，抿着唇沉默了一会儿，说了声"好"，顺手把伞往她那儿偏了偏。

上了车，时洲抽出几张纸巾坐在驾驶座上擦头发，因为车内光线暗，许泊宁也没怎么注意。

直到两个人到酒店，时洲打了一个喷嚏，许泊宁扭过头才注意到他半边身子都湿透了，再看她自己，雨下得那么大，头发丝却都还是干的。

她的目光落在时洲身后那盆绿植上，神情恍惚了一瞬，一声不吭地从前台手中接过房卡，把时洲的那张递给他。

时洲的房间就在她隔壁，许泊宁垂了垂眼，开口说："你赶紧进房间脱了湿衣服，泡个热水澡吧，别着凉了。"

许泊宁压根儿没有带换洗的衣服过来，从酒店商品部买了一次性内衣，简单冲过澡就换了浴袍躺到床上。

从今天中午开始，她的精神和身体都处于极度紧绷的状态，此刻背贴着软绵绵的床垫，她竟没有丝毫睡意，只是保持着一个姿势，怔怔地望着头顶昏黄色的灯带发呆。

这时手机响了起来。

"泊宁，我好像有点儿低烧。"时洲的声音微微嘶哑。

许泊宁去敲隔壁的门，时洲过了两分钟才打开房门让她进去。

许泊宁抬头看时洲，他同样穿着酒店浴袍。

她狐疑地蹙了一下眉，依着时洲的洁癖，应该不会穿才是。不过再看他病恹恹的模样，脸颊泛红，隐约打着冷战，她顾不上多想，踮着脚摸了一下他额头，果然滚烫得厉害。

"你去床上躺着，稍微盖点儿被子，我给酒店打电话，让他们送点儿药和姜汤过来。你应该是刚才淋雨了，先喝点儿姜汤看能不能出汗，不行的话再吃药。"许泊宁果断安排。

时洲的头昏昏沉沉，任由她指挥着躺下。

许泊宁拨通酒店客服部电话，跟对方说了几句，转过身帮他掖好被子，便坐在一旁的沙发上。

"我没什么事，你回去休息吧。"时洲侧身道。

许泊宁心觉好笑，睨着时洲没吭声。要不是他打电话来，她根本不知道他发烧的事。

时洲或者也发觉自己言行矛盾，尴尬地轻轻咳了咳，没再说让她走。

室内安静了好一会儿。

"要不你来床上躺会儿？我离你远点儿，不会传染给你的……"时洲低声道。

许泊宁挑了一下眉。曹老师是医生，他从小耳濡目染，怎么都不该说出这种不着调的话。

正好门铃响起，她去取了东西进来，说："你先喝掉，睡一觉，我等你出汗了再回房。"

她把姜汤递给时洲，扯过沙发上的毯子坐下玩手机，一副不想搭理他的姿态。

时洲的身体素质还可以，一杯姜汤喝下去，盖着被子躺了半个多小时就开始浑身冒汗。他睁开眼，头虽然还昏昏沉沉，但总算比进屋那会儿要好很多。

再看左边，许泊宁已经躺在沙发上睡着了，胳膊搭垂着，手机直接掉在了地毯上。

时洲起床去捡起手机，正要喊许泊宁，却又迟疑了。他自嘲地低笑几声，帮她盖上毯子进了浴室。

许泊宁本来睡得就不安稳，时洲刚离开没多久她就醒了。等他出来，她揉着眼仰头看他："好些没有？"

"头不烫了。"时洲冲她点下头，顿了顿，走过来问她，"你要不要摸一下？"

这话怎么听着都奇怪。

"看着精神好了不少，那我先回房了。"她摇摇头，从沙发上起身。

经过时洲的时候，她似乎闻到了他身上沐浴露的味道。实话实说，她刚才也用过，这家酒店的沐浴露还挺好闻的，有股子清甜的花香。

"泊宁。"他轻轻唤她。也许是因为还病着，他的嗓音比平日里低哑许多，听得她耳朵发痒。

她的脚定在原地，指尖动了动。

他们认识这么久，即使是细微的身体反应也瞒不了对方的眼睛，何况时洲本来就擅于察言观色。

许泊宁没有说话，手蓦地被人包裹住。时洲出了汗又刚冲洗过，冰凉的指腹触碰到她的手，她不由得颤了一下，试图甩开。

然而时洲力气大得吓人。他缠着她的手，俯下身唤她："泊宁。"

这两个字几乎是贴着她的眉眼说的。

时洲的呼吸逐渐变得粗重。他额前碎发垂落，清澈的眸子看似平静地凝视她。

许泊宁仿佛能瞧出他掩在深处的惊涛骇浪。她脚上趿着酒店拖鞋，浑身紧绷地站在那儿，只有鼻翼微微张合。

"呼吸。"他低笑。

许泊宁恼羞成怒地偏过头，不快地说："时洲，你烦不……"

时洲的唇已覆过来。他眉眼舒展，完全不像刚发过烧的病人，轻咬着她的嘴角。

许泊宁心想，这会儿再拒绝，未免显得她假惺惺，何况她的身子早缴械投降了。

她向来不肯示弱，伸手去扯时洲浴袍上的带子。他的衣服松松垮垮，她没费什么劲儿，几下将带子拽掉，手背却不小心碰到了滚烫的地儿。

许泊宁呆愣住，好半天才意识到那是什么，竟不知该做何反应。

时洲显然比她还窘迫。他挨着她的唇讷讷地说："我不是……刚冲澡顺手把衣服搓洗了，还没干。"

许泊宁是知道时洲洁癖严重的，别说他，她自己也受不了贴身衣物不换洗。她忽然想起之前许喻生病住院，她忘了带衣服给他。

她扑哧一声，笑了出来。

"泊宁……你别误会……"虽然自己确实图谋不轨，但时洲显然不愿意让她觉得他心理不正常，甚至怀疑他有暴露倾向，试图跟她解释。

许泊宁抬眸望着他，陡然问："时洲，有个事儿我想问你很久了。"

她这样郑重其事，时洲还以为有什么，也跟着正色道："你说。"

"上回喻喻住院，嗯……我不是忘记帮你带衣服了吗，你怎么弄的？没穿，还是……我看人家说可以反过来穿。"

时洲："……"

就像许泊宁领着许喻学习生猪饲养，她的脑洞向来很大，天马行空，跟时洲相比起来，她或者更适合当个艺术家。

时洲搂住许泊宁的腰，他的掌心滚烫。这还不够，他低头轻舔了一下她的鼻尖，她瞬时脸红到耳根。

他的声音落在耳边变得异常清晰："许喻那时候还在医院，我没想那么多，何况……"

时洲顿了顿，斟酌半天才说："我现在没那么……讲究。"

这点许泊宁倒是相信，她猜大部分原因是在许喻身上。小家伙闹起来，一天能换三四套衣服，伺候喻喻已经够折腾人了，哪还有精神头再管别的。

她失神片刻，忽然腰间力道一重，下一秒已被时洲抱起。

此刻已经是深夜，室内的隔音很好。

许泊宁的喉咙沙哑，瞪了一眼身旁的时洲。他这朝气蓬勃的疯劲儿，和二十五六岁时好像并没太大区别，半点儿都不像是还在病中的"老腊肉"。

她心想，这种事还是浅尝辄止，克制些的好。

而且，她最近经济不宽裕，就差厚着脸皮借用许喻的压岁钱来花了，很是心疼隔壁房间那一晚的房费。

情不自禁

chapter 10

次日艳阳高照，二人因为昨晚折腾太久，都起晚了。

离开酒店的时候已经九点多，许喻打了好几个视频电话过来，见到许泊宁和时洲在一块儿，小家伙眉开眼笑道："妈妈，你快来，我等你呀。"

曹梅也在旁边附和："喻喻早上五点不到就醒了，一直念叨你，掰着手指头数你还有多久到呢。泊宁，你们路上开车慢点儿，我跟时洲他爸还有他伯父伯母这会儿在医院。"

时洲大伯母虽然劝儿媳妇别乱开口，可她心里也直犯嘀咕，不是说已经离婚了，怎么又跟女方处得像一家人似的？她听曹梅跟孩子和前儿媳讲话，那话里话外，都让人摸不着头脑。

"她婶娘，喻喻妈过来的话，明天中午要不要也喊她来吃个便饭？"她客套地说了一句，心说人家怕是不会应。

谁承想曹梅想了想，说："也行，那我跟泊宁说一声，问问她愿不愿意？"

他们白天陪老太太，晚上都住在附近酒店里。这天带老太太去县人民医院检查颅脑CT，这会儿检查结果还没出来，三个儿子陪老太太到处转转，他们在这儿等报告。

这下时洲伯母更觉得奇怪，趁许喻蹲在一旁玩魔方，悄声问曹梅："时洲他们是不是又在一起了？"

曹梅先是摇头，转而又说了一句："年轻人的事情我不懂，也不掺和。倒是老太太那儿，万一检查结果……以后还是要麻烦你们多费点儿心，有什么事尽管跟我们说，没关系。"

老太太平日里身子骨其实还算硬朗，就是前两年高血压中风，左脚稍微有点儿跛，平时需要拄着拐杖走路。

"他婶娘，这个你放心，老太太生老病死本就是他这边两兄弟的事，不然肯定要叫人戳脊梁骨。顾国华给你们打电话也没别的意思，老太太虽然最近常忘事，可老在我们面前提起你家保宗，他大哥就想着让你们来看看。"

"应该来看的。"曹梅说，"有些事我家时老师不好明着做，毕竟还有那么层关系，但该我们出的那部分你可千万别客气。"

曹梅一番话说得周全。要按以前的说法，过继出去了就是别人家的孩子，连走动都不该有。

"我明白的，你们有心了，有心了。"

老太太的颅内CT报告结果出来后，海马区能看到明显的萎缩情况，结合血液检查以及临床症状，基本可以判断为阿尔茨海默病。

顾家这边众人比时保宗他们更清楚老太太的病症，都知道老太太这是要变"痴"，如今来做个检查，只不过确诊而已，都没有太难过，回头该吃药吃药，该照顾照顾。

时保宗反而把片子翻来覆去看了几眼，最后长叹了一口气。曹梅知道他心情复杂，没上前去打扰他。

时洲一路开得慢，到县城里已经快十一点了，曹梅带着许喻在酒店等他们。小家伙根本坐不住，隔几秒就要去看父母来了没有。

曹梅忍不住感慨终究是母子连心，以前许喻跟许泊宁也算不上亲近，但这从母亲肚子里爬出来的那份情谊，是任何人都取代不了的。时老师也一样，说跟老太太压根儿没什么感情，可心里还是过不去那道坎儿。

正月初二下午，时洲把许喻接走，这天正月初五，满打满算就三天而已，小家伙刚见到许泊宁，就眼泪汪汪地抱着她哭了，眼泪、鼻涕都蹭到她身上，委屈地说："妈妈，我还以为你不要我了，顾期博他乱说的对不对？"

"嗯，没有那回事，妈妈不会不要喻喻。"许泊宁喉头哽塞，在他没注意的时候偷抹了一下眼泪。

曹梅拉了时洲到一旁说话："一会儿我开车走，你陪泊宁他们吃点儿东西，到处逛逛。今天不用过去，老太太就是阿尔茨海默病，现在还是初期，症状不明显。明天中午你大伯、二伯他们说一起吃顿饭，你问问泊宁去不去。还有后天初七，泊宁要上班的吧，她返程机票买了吗？是要跟我们一起，还是你们先回去？"

"我跟她商量商量。"时洲点头道。

曹梅对许泊宁笑了笑，先走了。

许泊宁单手牵着许喻，总算意识到这是在人来人往的酒店大堂，取出证件要去前台开房。

许喻乖乖任她拉着，说："妈妈，我带你去我们房间，可大了，还能看到摩天轮，晚上会发光的。"

"他上午跟我爸妈他们去过医院，我们先上去帮他洗个澡，让他换好衣服，房间就等了吃了饭回来再开吧。"时洲道。

"嗯，好。"许泊宁的嗓音有点儿怪，却不是刚才伤心难过导致的。

大概因为已经不是第一次发生这种事，昨晚之后，两个人连交流一下心得的话都没说，仿若那场烈火就如同穿衣吃饭般，再寻常不过。

许喻洗完澡，坐在沙发上让时洲给他吹头发。他很讨厌吹风机在耳边轰隆隆的声音，时洲哄他，让他数到六十就停。

小家伙冲许泊宁傻笑，念得飞快。好在他头发短，十几秒就能吹到半干。

时洲把吹风机收起来，许喻兴奋地指着那张两米大床对许泊宁讲："妈妈，我们晚上一起睡好不好？等去幼儿园，我要告诉花花老师，我爸妈也是一起睡的。"

许泊宁和时洲面面相觑，对视了一眼。

"喻喻，什么叫爸妈也是一起睡的？"许泊宁开口问他。

许喻歪着头，掰着手指想了好一会儿，说："赵心柠说她每天都是跟爸爸妈妈一起睡，还有胡柏轩也是……我说我不跟爸爸妈妈一起睡，爸爸妈妈也不睡在一起，他们说是我不对，我就去找花花老师，花花老师说哪样都可以。"

小家伙语言能力正处在学习叙事的阶段，一连串重复的词差点儿把两个大人绕晕。

还是时洲经验丰富，又或者之前早有先例，他转身走过去对许喻道："喻喻，老师说得对，每个小朋友家里都不一样，以后这种事情就不要去幼儿园说了，好不好？"

"嗯，好。"许喻重重地点点头。

不过可以肯定的是，他到时候就会把时洲的话全置之脑后。

许泊宁有点儿蒙，时洲背着许喻笑道："之前给他开家长会，老师就告诉我们，家长在家要注意自己的言行，孩子们什么都会在幼儿园说，要是老师想，连小朋友家里的保险箱密码都能知道。"

许泊宁被他成功逗笑，不过几秒后又蹙起眉。她忍不住去回忆，她去接喻喻的时候，老师是什么样的表情，喻喻究竟在幼儿园里说了哪些话，老师会如何想。

她这在意别人眼光的毛病一时半会儿是改不掉了。

"别多想，老师每天要照顾那么多孩子，哪还会放在心上，而且喻喻还有半年就上小学了。"时洲似乎窥探出她的心思，"饿不饿？中午想吃什么？这儿野生菌多，红菇味道不错，喻喻很喜欢吃红菇汽锅鸭。"

让他一眼看穿，许泊宁的表情实在称不上有多好。她扯唇假笑道："那中午就去吃这个。"

时洲父子跟曹梅他们住在同一家酒店，但不在同一个楼层，直到晚上睡觉，曹梅和时保宗都没来找过时洲。

许泊宁自然能猜出曹老师和时老师是刻意避嫌，就是这样，才更让人觉得憋闷。

半年之前，许泊宁信誓旦旦，绝对不会因为许喻影响自己的人生，虽然现在她还是同样的想法，可在关键时候，还是不得不多考虑孩子。

退一万步说，她跟时洲现在这样子，说没点儿关系别人都不信，还是怪她自己定力不够。

许喻睡在床中间，她和时洲一人占着一边。

小家伙有记忆以来还是头一回跟父母一起睡觉，兴奋得在床上直跳，许泊宁念了三本故事书他都还不肯闭眼睛。

"爸爸，以后我们都这样睡好不好？"许喻期盼地说。

时洲伸手将灯光调暗了一些，说："不好，喻喻去年开始不就自己睡觉了吗？你今年又长大了一岁，是大宝宝了。"

许喻又眼巴巴地看许泊宁，撒娇道："妈妈？"

许泊宁拽着被子。她一晚上都有些心神不定，自然也不同意。

小家伙没有得到自己想要的，大失所望。还好他也很好哄，不会因为大人的拒绝而撒泼打滚。他自己钻到被子里，分别拽住他们，说："爸爸，妈妈，晚安。"

许泊宁躺在许喻左侧沉默不语，任由他拉着。等许喻睡着，她才轻轻移开他的手，掀开被角，蹑手蹑脚地下了床，去了外面客厅。

许喻一两岁的时候，许泊宁买了那种可拼接的儿童床搁在大床边，他一直都跟他们睡在一个卧室。小家伙现在对此完全没有印象，后来因为小床太占地方，被许泊宁送回了田卫方那儿。

客房果真像许喻说的那样，拉开窗帘就能看到霓虹闪耀的摩天轮。许泊宁站在窗前，胸口似被什么东西堵着，烦闷得让她几乎没法喘息。她不知在那儿站了多久，最后长长地叹了一口气。

"要不要喝？"

许泊宁转过身去，时洲手上拿着两瓶看不出牌子的饮料。她拧了一下眉，问："你昨天发烧，现在还能喝酒？"

"不是酒，是果汁，我刚从客房冰箱拿的。"时洲在她身后站了有一会儿了。

许泊宁摇头道："我不喝，会发胖。"

"你又不胖。"

许泊宁确实不胖。倒不是因为身材焦虑，她平时该吃吃，该喝喝，没有刻意控制体重，纯粹是沾了个人体质的光。

她好笑地睨着他，忽然嗤笑道："肉没长在你身上，你自然无所谓，还是你觉得我反正要跟你捆绑在一起，你就可以肆无忌惮地对我品头论足了？"

两个人住在同一个屋檐下，许泊宁大部分时候待时洲都极为客套，就是偶尔话不得体，她也很快道歉，极少有这样尖锐的时候。

这会儿她双手抱胸背对落地窗站着，犹如浑身长满刺，防备意味十足地望向时洲。

时洲不确定是不是从她眼睛里看到了泪花，她很快转过身，背对他站着。落地窗上映出她纤细的身影，她低垂着头，看不清面部表情。

时洲跟着她沉默，良久后问："后天你要上班吧，回去的机票买了没有？打算什么时候回去？"

"还没有，我一会儿订票，明天上午吧。"

时洲想了想，对她说："那我和喻喻跟你一起回去，他寒假围棋班的课周二也要开始上了。"

许泊宁不知道他们因为什么来谷州市，刚才对时洲发火，何尝不是她自己内心在左右挣扎。但无论怎么样，许喻跟着回去她求之不得，她答道："好。"

时洲没再提曹梅让问她要不要和顾家吃饭的话。他把饮料又放回冰箱，站在不远处轻声喊她："你早点儿去睡吧，火车票、机票我一起买了。"

许泊宁没吭声，时洲隔了几秒又道："回头你把钱转给我就行。"

许泊宁爬上床，睡在许喻左手边，时洲迟迟没进卧室。她盯着许喻熟睡的侧脸，莫名心安不少。

一觉睡到自然醒，次日，许喻差不多跟许泊宁同时睁开眼，小家伙低喊了她一声，急匆匆跑下床去尿尿。等他跑回来，往床上一看才发现时洲不在。

"妈妈，爸爸呢？"他问。

许泊宁哪里知道。她还没开口，许喻已经跑到外面客厅。

"爸爸，你怎么睡在这儿，不是说好了我们一起睡的吗？"小家伙觉得被骗了，泄气地摇了摇他的手。

时洲昨天夜里很晚才睡下，许喻一晃他就醒了。

时洲坐起身，单手抱着许喻坐到沙发上，说："昨晚是跟你一起睡的，爸爸起得早，才在沙发上躺了一会儿。"

小家伙一想，确实有这么回事，他睡觉前还拉着爸爸的手。他的小脑袋想不了那么复杂的问题，让时洲哄了两句便没有再纠结。

许泊宁这会儿才知道时洲昨晚在沙发上躺了一整夜，一时竟分不清她跟时洲谁更作一些。她心里清楚，他十有八九是顾及她的情绪。

　　"十一点的火车，我堂哥说送我们去市里，我们吃完早餐就过去。"时洲看了她一眼说。

　　"好的，几点的飞机，来得及吧？"许泊宁挪开视线问他，伸手招呼许喻，"喻喻过来刷牙，牙膏帮你挤好了。"

　　"晚上六点。"

　　"那多少钱？我微信转你。"许泊宁去摸手机。

　　时洲报了一个数字。

　　时洲的堂哥比时洲大不了两岁，结婚早，生了一儿一女，大女儿已经十岁，小儿子前天刚跟许喻闹过矛盾。

　　隔了两个晚上，许喻还记得前天的事，非拖着许泊宁去人家面前炫示。

　　院子里站着几个人，都是顾家这边的亲戚，许泊宁只在结婚那会儿和他们打过照面，完全没有印象。她被许喻拉着，硬着头皮跟在时洲后面喊了几声。

　　大家知道他们离婚了，但现在瞧着明显是要复合，倒待她分外热情。

　　之前婚礼老太太人没去，她偶尔会忘事，可人还没糊涂。她忙拄着拐杖，拿两个红包塞给许泊宁，说有一个是给喻喻的。

　　许泊宁笑着婉拒，曹梅在旁打圆场道："您收起来吧，现在小辈们都不兴这一套。按咱老一辈的想法，喻喻还要给您磕头才是。"

　　老太太这才作罢。

　　小孩子玩闹归玩闹，不能拿成年人的思维来判断他们的行为，几个大人在这儿说话的工夫，两个小朋友已经手牵手去看大鹅了。

　　许喻临走时还拉着对方的手，恋恋不舍。旁边的大人都笑了，说："你看这两个孩子，就跟亲兄弟一样。"

　　"那可不就是亲兄弟，咱们喻喻虽然姓时，但说到底跟期博就是同宗兄弟。"说话的是时洲的二伯父。

　　许泊宁一愣，却还是顾着场合没反驳他的话，倒是喻喻听到后，扭过头来一本正经地解释道："二爷爷，我姓许，跟我妈妈姓的。"

众人一下愣住，平时都"喻喻、喻喻"喊着，大家都默认他姓时，谁知道他是随母亲姓。在他们的想法里，时洲没入赘，喻喻还是个男孩子，时保宗夫妻怎么想的，竟然能舍得？

但这毕竟是他们的事，大家心里嘀咕，谁也没把话说出口。

然而老太太耳不聋，眼不花，听到这话惊得差点儿连拐杖都没能拿住，时洲大伯母忙和曹梅一左一右去搀她。

"哎哟，曹梅，你们可真糊涂！这大孙子跟人家姓，好端端的孩子，怎么就能送到别人家去呢？"老太太捶胸顿足，直拍着曹梅的手，"可怜我那老姐姐和姐夫，你们怎么对得住他们。我当年把幺儿送人，那也是没办法，还不是想让幺儿过上好日子，才狠心将他送走。你看他现在，三兄弟中他日子过得最好，我也高兴。"

老太太越说越伤心，不禁老泪纵横，陈芝麻烂谷子的事都翻出来反复念叨，几个儿子儿媳妇在旁劝都劝不住。她年纪大了，本来就刚查出来病，大家还真怕她气出个好歹来。

时洲的大伯顾国华喊了时保宗到一旁小声说话："老太太这是糊涂了，你们别跟她计较，说两句话哄下她就算了，就说孩子不懂事乱讲。"

时保宗跟曹梅对视一眼。他也难办，依着他的意思，顾国华的话也不是全无道理，人的年纪越大，有时候越像孩子，老太太这个岁数，也不会真去调查真伪，暂且顺着她就行。

可时洲、许泊宁和许喻还在那儿站着呢，行李箱都装上车了，时洲他堂哥都把车停在院子外面了。

许喻看不懂这突如其来的变故，有点儿被吓住，惊惶失措地往时洲和许泊宁中间挤。

许泊宁的手轻轻搭在许喻肩头安抚他。她其实不大听得懂谷州当地的方言，然而老太太这架势，她猜也能猜出几分。她当下觉得难堪又愤怒，她辛苦生的孩子，跟她姓怎么就不行了。

当然，许泊宁明白老太太封建思想根深蒂固，同她辩驳定然论不出个什么道理来，还会叫人诟病，指责自己没家教。

连曹老师这么面面俱到，说话做事向来圆通的人，此时也面露难色，让"孝"字压得有口难言。

许泊宁试图息事宁人，牵着许喻要走。她跟对方也没有别的交集，大不了不理会就是了。

谁料旁边的时洲忽然俯身下去，单手将许喻抱起来，看了许泊宁一眼，又望向老太太，轻声说道："姨奶奶，法律规定的，孩子可以随父姓，也能随母姓。"

周围空气顿时安静了几秒，时洲对老太太的态度倒没什么问题，语气温和。这话乍听着，没有任何忤逆的地方，可坏就坏在称呼上头。

本来按老家规矩，老太太既然把孩子送给姐姐抱养，也收了姐姐的钱，现在应该算是时保宗的小姨，大家睁一只眼闭一只眼，就当没这回事，时洲还是喊"奶奶"。

"时洲！"时保宗难得开口，低喝一声。

老太太也不知道是没听懂时洲的话，还是故意装作没听清，这下倒完全不发作了。

曹梅瞥了一眼丈夫和儿子，笑道："我之前就说了，这年轻人的事我们都管不了，时洲，你们快走吧，回头再耽搁时间赶不上火车，毕竟带着孩子呢，还是早点儿过去，别让你哥等久了。"

"是呀，时间也不早了，我就不留你们了，下次记得带孩子来多玩几天。"时洲的大伯母跟着道。

飞机起飞已经是晚上六点多，许喻伸手问许泊宁要东西吃。起飞的时候因为气压变化，耳朵会感觉压迫不适，不止小朋友，大人也会难受。

许泊宁拆了一块口香糖给许喻，想了想又递到时洲跟前："要不要来一块？"

"谢谢。"

许泊宁坐在靠过道的位子，她把腿往座位里收了收，摇头说："不客气……那什么，时洲，谢谢你。"

"不客气。"

许喻在一旁，不懂父母的哑谜，看看这个，又看看那个，问："谢什么呀？"

时洲揉了一下他的头发，说："谢妈妈给我们糖吃，好好吃糖。"

许泊宁也怕许喻留下什么心理阴影,刚才坐火车时就跟他讲了半天,太奶奶只是因为生病了才会变凶。

小家伙当时还煞有介事地回答她:"我知道,爷爷奶奶带太奶奶去医院看病,我不害怕。"

许泊宁侧身看了一眼时洲,跟着说了一句:"爸爸说得对,糖还在嘴里,不要讲话了,注意点儿,别噎着。"

许喻点了点头。小家伙对父母的情绪很敏感,他总觉得父母之间跟以前有些不大一样了,可惜以他贫瘠的词汇量完全表达不出来。

从上午就开始奔波,许泊宁都觉得疲乏,更何况是许喻。他跟他们说了几句话,起飞没多久后就闭眼睡着了。

下了飞机,许泊宁和时洲谁都舍不得喊醒许喻,时洲一路把他抱回家,许泊宁则拖着时洲的行李箱跟在后面。

"我来开门。"

时洲往边上退了退,许泊宁照例输入数字。忽然意识到什么,她不自在地捏了捏手指,明明时洲刚回来那会儿她就说要将密码换掉,然而到现在仍保留着。

家里几天没有人住,许泊宁让时洲把许喻裹好,自己将屋子里的窗户都打开换气。

小家伙在时洲怀里哼哼唧唧,许泊宁走过去看着他一脸担忧地问:"喻喻没事吧?会不会梦魇?"

她怕白天那件事情把许喻给吓到。

"不会的。"时洲摇头道。

其实他也拿不定主意,好在小家伙只哼哼两声,没多久就安静了。

他又跟许泊宁说:"你先洗澡睡觉,明天一早还要去上班,喻喻我来给他洗。"

"大家都累了,一起搭把手也快点儿。"许泊宁说。

帮许喻洗完,两个人各自回房间。

毕竟时洲照顾许喻有经验,有时发烧也会导致小家伙梦魇,他还是不放心,半夜跑到许喻房间里。

门刚打开，床上的人便坐了起来。

"时洲？"许泊宁揉揉惺忪的眼睛。

时洲没料到许泊宁在这儿，转念又觉得自己早该想到。她如今待许喻上心许多，有时候比他照顾得还好，刚才既然问出口，肯定还是不放心。

"我来看看喻喻。"时洲过去摸摸许喻的额头，小家伙四仰八叉地躺着，许泊宁几乎被他挤到床边，"摸着没热度，不会有事的，你回去睡吧。"

"没事，我就睡他这儿。"许泊宁说，沉默片刻又问他，"时老师那儿……还好吗？我看今天上午他……"

她那位前公公，跟他儿子以前一样，平日里都不声不响的，今天那句"时洲"，明显是动了怒。

"你放心，他没生气，只是给我个台阶下。"时洲道，"他要真生气可不是这样。先前他手下有个研究生涉嫌抄袭，还未经允许将指导老师写成他，他在家独自生闷气，两天没说话，没出门。"

许泊宁还真不知道。她跟时保宗接触得不多，时老师在她心中的形象一直挺高大，叫人敬佩，被时洲这么一说，倒像个会任性躲起来的幼稚鬼。

她心叹，这一家子神人，心里门儿清，却个个都是演技派。难怪当时田卫方说她跟时洲结婚，再给她几个心眼儿都不够用。

时洲见许泊宁执意睡在这儿，也没有再催她，不想打扰她睡觉。正打算离开，许泊宁突然喊他："时洲，我问你个问题。"

"嗯？你问。"时洲完全猜不到她想问什么，可别又是些稀奇古怪的。

许泊宁慢慢抬起头看向他，说："你是不是说你后悔了？"

时洲真正在她面前提及后悔，只有两次。许喻生病，他说后悔把小家伙带到清瓷镇去；还有一次，他说后悔三年前对她说了那样的话。

许泊宁这话问得没头没尾，时洲却听懂了她的意思。他背对她，说了两个字："后悔。"

许泊宁瞬间泪流满面。她也不知道自己为何非要再问时洲这话不可，抹了把泪，轻"嗯"了一声，说："我要睡了。"

"晚安。"

"晚安。"

年后第一天上班，在公司例会上，王辉就向几个部门的同事介绍了新来的朱正坤副总，还特意提了许泊宁的名字："许经理，以后朱总主要负责运营部这块的工作，你工作上的事直接向朱总汇报。"

许泊宁没有丝毫不满，笑着点头并主动向对方伸出手："朱总好。"

"许经理，合作愉快。"朱正坤三四十岁的样子，是总部直接空降过来的，没听说跟公司董事那边有什么沾亲带故的关系。

"朱总，别看我们小许年纪轻，去年运营部几个策划方案都是她提出来的。"王辉说道。

"许经理的能力你我有目共睹，不过我觉得专业的人要做专业的事。"

这话一出，不止许泊宁笑容僵硬，连王辉脸色都不好看。这话明摆着打他的脸，许泊宁虽然不是市场营销专业毕业，但确确实实做出了成绩。

例会上在场的人不少，消息很快传了出去，几个跟许泊宁交好的同事私下为她抱不平。

而朱正坤上任的第一件事就是让人事部去招聘网站发布品牌经理职位，将品牌部从运营部分出去。

上午开完会不久，王辉喊许泊宁去办公室说话，无非是给她画画大饼，告诉她好好干，话里话外没提朱正坤半句，但许泊宁能察觉到他对这位新来的副总不是很满意。

这也难怪，朱正坤过来不只是单纯管理运营部，作为分公司副总，朱正坤还分走了王辉的部分权力。

虽然在其他同事看来，这位朱副总刚来就拿许泊宁开刀，还揪着她的小辫子不放，但她的的确确是松了一口气。品牌部的文案和设计工作她实在不擅长，就像朱正坤说的，专业的人做专业的事。

不管别人怎么想，接下来的三四月份是旅游淡季，许泊宁白天还是很忙。她将几个主要的线下地推活动放在四月下旬，并重新梳理了一下与快消行业的合作计划。

助理小吴将上个月部门的报销和加班情况统计出来交给许泊宁签字，并问了她一句："许经理，要不要跟朱总那边再确认？"

许泊宁淡淡地瞥了他一眼："公司暂时还没有别的人事调整，你直接交给行政和财务部门吧。"

她心知肚明，运营部大概人心涣散，觉得她在这个位置坐不了太久。

下班的时候，朱正坤忽然喊住她："许经理，麻烦你临时加个班，帮我找几份资料，具体内容我刚发你了，你看一下，明早我要用。"

这天是假期后上班第一天，许泊宁的电脑已经关了。昨天夜里她挤在许喻床上，小家伙睡相实在不怎么样，她连翻身都不敢，将就着躺了一晚，肩颈那块儿疼了大半天。中午她实在没忍住，去药店买了药膏贴上，原本还想着早点儿回去休息的，看样子是要泡汤了。

孙婧婧下班过来喊她："泊宁，怎么还不走？"

"你先走吧，我还有点儿工作。"许泊宁重新打开电脑，将包放好。

孙婧婧了然，冲她挤眉弄眼，往朱正坤的办公室努努嘴："这才第一天就这么忙啊？"

公司同事这会儿已经走得差不多了，连产品部那群加班狂魔今天也全都下班了。

许泊宁笑道："我手上这堆事得做完。"

她把朱正坤发来的文件打开，里面的内容是几个旅游综合度假区。去年公司推出亲子周边游，立足"酒店＋景点"模式，整合产品资源，年底顺利完成了第五轮融资。

年会会议上有提及，公司下一轮的目标是扩大亲子市场，借助人气动漫 IP 与酒店合作打造沉浸式主题酒店。国内如今做得比较成功的只有朱正坤在文件中注明的这几个，已经基于自身 IP 资源达成跨界产业模式。

目前来看亲子游市场仍是一片蓝海，尤其放开三胎后，众多旅游公司开始重视对亲子出游的投入，公司有这计划也是意料之中。

公司在全国有近二十家分公司，若项目启动，定然需要不断试错，慢慢探索，不可能所有分公司同时施行。只是东堰与总公司所在地花城同为一线城市，大家都猜测若是试点布局的话，定然先从花城开始。

许泊宁看着这份文件突然意识到，王辉对朱正坤的敌意来自哪里。即使去年运营部没出岔子，朱正坤也会被调到分公司这边来，就是为了推进新项目。

归根结底，公司内部的权力争斗免不了，王辉能坐上分公司老总的位置没点儿手段肯定不行。至于这位朱副总，年纪不大，也不是等闲之辈，就怕这两个人拿她当作筷子斗法。

担忧归担忧，该完成的工作还是得做，许泊宁没去园区食堂吃饭，今早起床称了一下，春节短短几天胖了三四斤，难怪摸着腰上有点儿肉。

许泊宁给时洲拨过去视频电话，准备告诉时洲自己晚上要加班。时洲刚出现在画面里，田卫方的声音却传了过来："你们公司怎么这么忙？平时都这样吗？这工作也太辛苦了。"

田卫方以前几乎没怎么问过她工作的事，这会儿听她说要加班，不免心疼女儿。

"妈，你怎么来了？"许泊宁一愣。

"你那天走得急，车和行李还放在家里，我怕你急着要用，开车给你送了过来，顺便给你带了点儿年货。"田卫方笑道，"我听时洲说你早上是坐地铁去上班的？今天几点能下班？"

许泊宁看向满脸笑容、丝毫瞧不出异样的田卫方，说："还不知道呢，应该不会太早，你们别管我，先吃饭吧。妈，喻喻呢？"

"在那儿拆玩具呢，要我喊他吗？"田卫方问。

"不了，我尽量早点儿回去。"许泊宁啃了一口苹果，"妈，你今天就别走了，在这儿多待两天，喻喻幼儿园还没开学，除了围棋课，平时基本都在家里。"

"也行，正好陪陪我这大孙子。"田卫方直接应下，看到许泊宁手中的苹果，说，"你晚上就吃这个？可别瞎糊弄，自己去买点儿吃的。"

"妈，我减肥。"

"好端端的减什么肥，回头再把胃饿坏了。你还记不记得你之前胃疼都让人送到医院里了……要不是我看到你包里的胃药，你这孩子还想瞒着我们。"田卫方絮絮叨叨说了她几句才把电话递给时洲。

时洲往书房走了两步，看着她说了一句："你妈说得对，还是身体重要，不要乱减肥。"

"嗯，我去忙了。"

朱正坤临时交代的任务量不小，许泊宁查资料，整理数据，十点多她确认了一遍才给对方发过去。

田卫方又给她打来电话："泊宁，时洲去接你了，你问问他到哪儿了？"

"怎么让他来接？我自己打车回去就好。"况且时洲怎么会知道她公司的地址。

"时洲也是好心，这么晚，你又没开车，自己一个人回来我也不放心，你要觉得不行，我现在去接你。"

许泊宁觉得田卫方这天有点儿心态"炸裂"，毫无耐心，她不过随口说了一句，就被训半天。她忙示弱道："我知道了，我给时洲打电话，喻喻还在家呢，你出来，喻喻怎么办？我就说说而已，妈，你早点儿休息。"

深夜的园区内格外冷清，许泊宁坐电梯下来，一脚踏出大门顿觉寒意袭来。她裹紧围巾，往前走了两步，时洲正站在那儿等她。

许泊宁刚才跟他通过电话，知道他已经到了。

时洲穿着一件得体的黑色大衣，身后是园区的交通指示牌，五颜六色的灯光映在他脸上，瞧着有些滑稽。

她抿唇看向他，没有说话。

许泊宁骨子里肯定有爱炫耀的成分，例如貌似不经意地显摆男朋友的体贴。以前她还在敲代码那儿，经常加班到深夜，时洲也会来接她。

夜晚的风微微吹过，眉清目秀的时洲低垂着头倚在柱子后面，许泊宁看来看去都看不腻。她从小并不缺爱，却一度沉浸在这些小细节中无法自拔。

"你去办公楼里等等，我去把车开过来。"时洲看她冻得瑟瑟发抖，开口说。

"没事的，又不远，我跟你过去。"许泊宁回过神，走到他身边，"时洲，你怎么知道我公司在这儿？"

时洲看了她一眼："你朋友圈发过定位。"

许泊宁停顿半秒，扶了一下额，轻笑道："我完全不记得了。"

车内暖和，许泊宁将围巾解开，侧过身问时洲："我妈什么时候来的？来的时候心情看着怎么样？你看她有没有觉得哪儿不对？"

时洲闻到她身上淡淡的膏药味，说："下午四五点来的，其他的我没怎么注意。阿姨怎么了？"

许泊宁说："我也说不好，总觉得她突然过来有点儿奇怪。"

时洲"嗯"了一声，忽然又问她："你哪儿伤了？"

许泊宁扭头看他，没懂他的意思。

"身上有药味儿。"时洲说。

"哦，那个，脖子有点儿不舒服，贴了一张膏药，味道很重吗？"

"还好。"

许泊宁心里搁着田卫方的事，心想她别是和老许闹矛盾，主要是这会儿太晚了，不然许泊宁还真想打个电话问问许齐元。

两个人到家后，田卫方和许喻已经睡下，许泊宁指了指房门问时洲："你晚上睡哪儿？"

看样子他又把卧室让出来给田卫方了。

她说这话时压根儿没觉得有什么，直到时洲慢吞吞地看了她一眼，她才反应过来，解释道："不是……我的意思是，你跟喻喻睡吗？不然你睡我这儿，我去跟喻喻挤挤。"

她的卧室是他们以前的房间，时洲违心地摇摇头，说："没事，我跟喻喻睡吧，你脖子怎么样了？"

"估计睡一觉就没事了。"许泊宁揉了一下脖子，"我先去洗洗睡了，你也早点儿休息。"

这几天浑浑噩噩，发生了不少事，今天工作太忙，田卫方那儿又不知道什么情况，许泊宁有些头疼。

让许泊宁头疼的还在后面。第二天，她在上班路上给许齐元打电话，许齐元愣是没问起田卫方，这太过反常，两个人结婚三十年，在许泊宁印象里也有意见分歧的时候，但田卫方不是爱和人吵架的性子，还真没见他们拌过嘴。

"上次一起吃饭，李叔叔家那个，你看着怎么样？"许齐元问她。

许泊宁想了一会儿才明白许齐元问的是李辰杰，他们本来就有微信，吃了那顿饭后都没联系过。她回道："没戏，爸，你就别操心了。"

"你年后都二十九了，你自己不懂事，你妈也不当回事，难不成你还想跟时洲一直这样住着不成？"

"再说吧。"许泊宁模棱两可地回他，转而又直接对许齐元说，"老许，你跟我妈闹矛盾了？我妈昨天说要在我这儿住几天。"

许齐元自然不承认，劈头盖脸地训了她一顿："许泊宁，大过年的你乱说什么，我和你妈好着呢。"

"嗯，行吧，爸，你要有空的话来我这儿转转，喻喻最近在家里，还时不时念起你。"老许家脾气犟都是一脉相传，许泊宁想起上回唐余的事，田卫方教育她不要贸然插手长辈的事，问了一句就没再说。

"梯子"许泊宁已经递过去了，来不来就看许齐元自己。

到公司后，朱正坤对她提交的资料并不满意，提出一堆意见让许泊宁回去重新做："这个数据是前年的，还有每个 IP 旅游度假区都有自己的爆点，迪士尼的烟火秀，长隆的十环过山车……注重沉浸式体验……"

许泊宁在连续修改了三稿之后，朱正坤那里才通过："许经理辛苦了。"

平心而论，许泊宁近几天对朱正坤未必没有半点儿怨言，但这会儿再看自己之前的文件，内容确实浮于表面，没有任何说服力。

许泊宁连续加了几天班，田卫方在她这儿有些待不住。

一来许泊宁白天上班夜里到家，就剩她跟前女婿大眼瞪小眼，虽然有许喻在中间，但总归觉得尴尬；二来她本身就不是个喜欢给人添麻烦的人，时洲让出房间，要跟许喻挤在一起，上次是请她来帮忙带几天孩子就算了，这样没事来住着，她心里也过意不去。

就在田卫方琢磨着自己要么去酒店住几天，要么干脆回家的时候，许齐元过来了。夫妻俩本来没多大的矛盾，就是许齐元亲戚的事，再如何都不好在孩子面前争执。

许齐元前天跟许泊宁打电话，别的不知道，倒是从许泊宁那儿看出点儿她的心思。他此刻投鼠忌器，对时洲明显态度温和不少，还拉着他闲聊了两句："你爸妈从谷州市回来了没？谷州那儿我年轻时倒是去过一次，大山大水，比东堰有看头。"

"还没有，本来喻喻这边要上课，打算初七就回的，现在我们提前回了，他们说再待两天。"

许齐元点头道："老人年纪大了，是要多陪陪。"

田卫方在一旁听了，忍不住侧头看他，还没开口，又听到许齐元说道："我跟你阿姨就先回去了，家里还有事，喻喻，要不要去爷爷奶奶那儿住几天？"

许喻仰头看了看时洲，说："爷爷，爸爸说等妈妈不上班了，要带我去看大鱼。"

对小朋友来说，还是父母跟海洋馆更有吸引力些，许齐元也不勉强他。

司机在楼下等着，上了车后田卫方同许齐元坐在后排默不作声，许齐元看着她说："这几天我想了想，亲戚之间还是要分清楚些。"

田卫方瞄了一眼在前排开车的司机小刘，笑道："不说你，我自己也想过，五十多岁的人，孙子都马上要上小学了，突然计较这些，让泊宁知道了要笑话，都不好意思在她面前提。这事就算过去了吧，是我不对，以后还是该处处。"

不怪田卫方反复，又自己想通了，夫妻俩一起生活，要真事事计较，那一两年都过不下去。

正月初五那天，许泊宁去了谷州，许齐元大姐家里请客，他晚上有聚会推不掉，让田卫方去他姐那儿。田卫方没去，就为这点儿事两个人起了龃龉，田卫方怕传出去丢人。

许齐元心说女儿早就知道，不过看着老婆的脸色，还是保持了沉默。

"这几天我看着，泊宁跟时洲还真有点儿苗头，咱也别乱安排人了。她那工作比你还忙，我想想都心疼。"

许齐元以前嘴上常骂许泊宁只管工作不顾儿子，事实上他在这点上倒跟田卫方想法不同："她还年轻，顾着工作不是什么坏事，当然，喻喻那儿也重要，他看着明显比去年那会儿亲近她不少，孩子的反应骗不了人。"

正月十四，许喻学校开学，时洲那儿虽然还有几天才开始上课，但他接了一个政府的公益项目，没有时间接送许喻，连家长会都是许泊宁请假参加的。

王辉在给她批假的时候，随口问了一句："听说朱总那边下周要喊你一起去洽谈酒店，选中了哪几家？"

许泊宁迟疑了一瞬告诉他："其他的暂时未定，万喜酒店与我们合作一向不错，他们的负责人我这边接洽得多些，去年冬季还特意出了软广，所以我建议朱总可以先去谈谈这家。"

公司总部那边拿下了最近热门人气 IP 卡通动漫神奇猫的代理权，计划在自有亲子品牌的基础上与酒店合作，打造沉浸式亲子氛围的特色房。

项目主要由朱正坤那边负责，公司如今隐隐分为两派，本就和王辉不对付的产品经理与朱正坤走得近。然而，许泊宁当初是王辉招入公司的，他又是公司老大，于情于理许泊宁都不好拒绝回答。

唯一好的是，她去年在公司年会上露了脸，之后虽然工作失误，但总部那边未做出处理，朱正坤也不好轻易换了她，何况许泊宁这些天跟朱正坤打交道，觉得这人对事不对人，并不像是故意给自己穿小鞋。

时洲一直忙到周末下午才抽出点儿空，他和许泊宁打算带许喻去看最近上映的《汪汪队立大功大电影》。

许泊宁照例跟许喻坐在后排。她刚上车就闻到里面有一股陌生的香水味，前排座椅似乎往后调了一些，明显不久前副驾驶座坐过人。

她不由得看了一眼时洲。

时洲倒没什么反应，调整好座椅又问娘俩晚上想吃啥。

许喻在旁边大声喊他要吃番茄鱼，许泊宁想起自己和时洲谈恋爱那会儿，恨不得他身边连个雌性生物都不要有。对自己的伴侣过度在意，觉得他百般好，谁见了都会喜欢上，也是情人眼里出西施的表现。

过了些日子，周六的早晨，许泊宁带许喻去楼下的馄饨店吃早餐，时洲一早便出门了。前段时间他所接的项目展会从这天到四月中旬对市民开放，活动邀请了十几位东堰当地的青年艺术家共同参与，致力于关注残障儿童。

"妈妈，我们下午要去找爸爸吗？"许喻上午还有围棋课，昨晚时洲给了许泊宁一张门票，让她有时间的话带着许喻去。

许泊宁将他碗里的香菜挑出来。小家伙别的蔬菜都还能接受，香菜是怎么都不肯吃的，说有味道。她告诉许喻："等你上完围棋课我们吃完饭就去。"

"好。"他兴奋地拍了一下手，"爸爸最近都没有时间陪我玩。"

这一点许泊宁知道，时洲除了学校和展会的事，还要准备教育教学基本能力测试，以及四月份的普通话等级考试，以便后面申报高校教师资格证。

下午两点，许泊宁开车带着许喻到展会附近，车刚停稳，许喻敲了两下车窗，说："妈妈，我看到爸爸了。"

许泊宁将车停进车位，顺着许喻的目光看过去，时洲正站在不远处跟人说话，他身边的那人看着有些眼熟。

上次在张景和李茜的婚礼上见过，没想到又在这儿碰到了，还真巧。

许泊宁下车绕到后座给许喻解安全带，手却迟迟搁在座椅上没动。小家伙嫌她动作太慢，指着按钮道："妈妈，这里，这里。"

他其实会解开，不过时洲因为之前手刹的事教育过他，不让他碰车上的任何一个按钮，小家伙被说了两三次后便一直记着。

许泊宁轻笑了一下，说："妈妈看到了。"

一松开束缚，许喻迫不及待地从车上跳下来，往时洲那儿跑去。许泊宁面无表情，不紧不慢地跟在他身后，不知道在想什么。

那边时洲已经抱起儿子，向她看过来，喊了她一声："泊宁。"

许泊宁点点头。

"这是赵医生，你见过的，她也是参与这次展会的青年画家，一会儿我学校那边还有点儿事，赵医生会在这边，你们要有事可以找她……"时洲对许泊宁说。

他临时接到电话，上次递交的论文材料还缺了一段，周一就要送上去，得过去一趟。

小家伙贴在他耳后，不高兴地嘟起嘴说："爸爸，你不是说好要陪我的吗？"

许泊宁心想，原来她还有这么个背景，曹老师当初给时洲找相亲对象肯定花了一番心思，难怪她见赵彤第一眼，就觉得她身上有股跟时洲相似的气质。

"我和许喻随便逛逛就行。"许泊宁笑了笑，说，"没关系的，不用麻烦赵医生。"

赵彤原本受时洲所托，这会儿听到许泊宁客气地拒绝，说道："好，我就在一楼展厅这儿做志愿者，你们要是有事就来找我。"

"赵医生，麻烦你了。"许泊宁看看她，又望向许喻。

小家伙伏在时洲肩上一本正经地跟他咬耳朵，却由于声音太大，完全没瞒过几个大人。

"爸爸，你回来的时候要陪我玩拼图，还有那个字母，你能不能跟妈妈讲一下呀，我晚上回去不想写，妈妈好凶。"

三人因为小家伙的童言稚语哑然失笑，许喻下半年就要上小学了，原本幼儿园都有个幼小衔接班，教些基本的学前拼音和思维训练，现在改革后，幼儿园不教了。

许泊宁不想给孩子压力，可架不住每天去幼儿园门口排队接孩子，听小朋友家长们说自家孩子又学了什么。

她心说，许喻除去围棋，还有整天跟在时洲后面捏泥巴，其他的都不会，跟着生出焦虑，这些天就买了一摞书回来教他。

许泊宁笑归笑，刚要喊许喻，就看到对面的时洲和赵彤都别着展会的志愿者徽章，这样站在一处，倒有点儿像是一家子。她脑子嗡嗡的，忽然就笑不出来了，还觉得有点儿丢脸，毕竟许喻吐槽的是她。

"喻喻，爸爸还有事，我们先进去看展好不好？"许泊宁强笑着，温和道。

时洲轻轻拍了拍许喻的背，哄了两句，小家伙才撒开手，让时洲把他放下来。

"你注意力不集中，妈妈才会提醒你，妈妈只让你每天写三个字母，喻喻肯定能完成的，是不是？"时洲低声对他说。

小朋友噘着嘴不甘不愿地点头，他人虽小但也是有眼力见儿的，知道时洲这儿不同意，就不再耍赖。

许泊宁牵着许喻的手走了，赵彤扭头看看时洲，说："没想到你带孩子还挺有一套的，我也认识不少搞艺术的朋友，不管男女，常年都待在工作室或到处写生，在家就当个甩手掌柜，完全跟家庭脱节。"

都说跟艺术家结婚是场巨大的灾难，若家庭条件能够支撑倒罢了，如果不能，作为配偶的另一方只会陷于生活泥淖。

时洲的目光紧随着那母子俩，笑了一下说："其实艺术家只是个职业，也要吃五谷杂粮，不是生活在乌托邦，这点你应该更清楚。"

画家这个身份对赵彤来说只是附加，她的本职工作显然更受普通人喜欢。

许泊宁实在没什么艺术细胞，虽然自觉审美还可以，但说到底骨子里就是一个俗人，即便是去看世界名画，脱口而出的也只有"好看"，顶多再附上一句"颜色鲜艳"就没了，连词汇量都异常匮乏。

小家伙年纪虽然不大，也许是在时洲身边耳濡目染，倒显得比许泊宁还热忱。

许泊宁面色凝重，一直心不在焉。她自然不可能主动去找赵彤，只在打算带着许喻离开的时候，跟赵彤打了一声招呼。

许泊宁比谁都清楚自己对人家的反感并非来得无缘无故。她不喜欢所谓的"心灵契合"，无论对着时洲还是对着周盼，她都没有隐瞒过对时洲的心意。可是她缩手缩脚，轻易不肯往前走半步。

赵彤作为一个成熟且有魅力的女性，频繁出现在时洲身边，又或许她是曹梅认同的人，无论从哪方面来说，都符合时洲那句"精神共鸣"。

要是周盼在旁边，定然要心生感慨，能把吃醋说得这样清新脱俗的约莫只有许泊宁了。

试着交往

chapter 11

从展览馆出来，许泊宁给周盼打电话约她出来吃晚餐。

许喻坐在安全座椅上看着许泊宁，等她打完电话，扑闪着眼睛问她："妈妈，晚上是不是就不用写了？"

他还想着之前的事情呢，许泊宁忍不住怀疑是不是自己辅导作业太过严厉，给他留下了什么心理阴影。

她摇头笑道："今天不用写，明天要是你爸爸有空，让他教你。"

有段时间她在网上看到"辅导作业引发心肌梗死"的新闻，还觉得人家是小题大做，等事情搁到自己身上，才切身体会到。

她又给时洲发过去了一条信息："晚饭我们跟周盼一起吃，不回去了。"

"哦。"小家伙听到许泊宁说明天还要继续学，知道是时洲教他也不见得有多高兴。

这天气手伸出去一会儿都冷，周盼想吃火锅，因为许泊宁带着小朋友，便去了一家口味稍微清淡些的港式打边炉餐厅。

周盼这个年过得不怎么样，她想从报社辞职，家里包括许泊宁都不赞同，她跟许泊宁发牢骚说支持她的只有以前游戏群里的网友。

"这哪能一样？人家随便打两个字就能替你决定，但好坏你都赖不着对方，顶多把你拉黑就算了。我们不行，要是你后悔，岂不是会怨我们没拉住你。"许泊宁帮许喻把围裙系好，说道。

"行啊，许泊宁，什么时候这么懂人情世故了？"周盼对许泊宁玩笑道，把菜单递到许喻跟前问他要吃什么，"喻喻随便点，今天阿姨请客。"

许泊宁瞥了她一眼："这也就是对着你我才说。"

"你说是不是你们这理工科出来的，说话都一个调，昨天还有个人也跟你说了类似的话。"

"谁呀？"许泊宁有点儿好奇。

"罗江超。"周盼道，"还有谁，之前那个。"

完全陌生的名字，许泊宁想了想，猜测说："去非洲修铁路的那位？"

周盼不置可否。许泊宁还是第一回从她口中得知对方的名字。

"你们还联系着呢，我以为人家说要回来，你这儿就立马谈崩了。"许泊宁让服务员给许喻倒了一杯温水，回过头来若有所思。

"就当作朋友处处。"周盼看了一眼捧着水杯喝水的许喻，含糊其词开口道，"你那儿呢，又是怎么个情况？连谷州都跑了一趟。"

在谷州的经历着实称不上多愉快，但许泊宁突然想起时洲那夜湿润的头发和他淡淡地反驳他奶奶时的模样。

她偏过身，看到许喻头顶的两个旋儿，愣怔片刻，忽而说："我估摸着朋友是做不了了。"

朋友做不了，孩子这么大了，年夜饭两家都凑到一块儿去吃，更不可能当仇人。周盼反应过来，不好当着孩子的面说得太明白，点头会意："挺好的。"

"我们喻喻开不开心呀？"

许喻不知道她们打的什么哑谜，只抬起头，笑呵呵没心没肺地应她："开心。"

"那你问问妈妈开不开心。"周盼逗许喻。

小家伙经不住逗弄，果然转过身来把周盼的话又重复了一遍，眨巴着眼就等她的答案。

许泊宁不自在地摸了一下鼻尖，说："开心。"

晚上回到家已经七点多，许喻趴在地板上玩了一会儿后直打哈欠，时洲喊他去洗漱完，许泊宁又给他念了会儿故事，小家伙很快被哄睡着了。

许泊宁帮他掩上房门，见时洲坐在那儿看手机，问："学校的事忙完了？"

"下午四点多就弄好了，本来想约你们晚上出去吃饭的，正好你说跟周盼有约，我就先回家了。"

"哦，那你晚上吃的什么？"

"下了点儿面条。"时洲抬头看她，总算不再盯着手机了。她这样啰唆，明显是心里装着事。

"我有件事情想跟你说。"

时洲关闭手机屏幕，拿起沙发上的垫子，将身边位子空出来，拍了拍，对许泊宁说："什么事？要不要坐？"

许泊宁走过，在沙发一端坐下，顺手扯了一个垫子抱在怀里，有些不自然地道："时洲……"

她看向身边的男人。认识他的时候自己才二十出头，现在儿子都比桌子高了。她捏紧怀中的垫子，抿唇望着他，欲言又止。

时洲在他们回家之前已洗过澡，穿着灰色的家居服，浑身清清爽爽。他顺着她的目光看过去，对视了一会儿，电光石火间他猛然醒悟，眼皮直跳，问："泊宁？"

她避开他的目光，低垂下头，说："时洲，我们要不要再试试？"

时洲怔住，也许是一时没能回过神，直愣愣看着她好一会儿，半天都没说话。

许泊宁迟迟等不到回应，想到他车里陌生的香水味，有些憋闷地抬起头。

突然面颊一热，时洲的双手抚着她的脸，托着她的下巴缓缓抬起，他俯身凑过去，鼻尖抵着她，喃喃地喊她的名字。

时洲眉眼精致，声音酥软又温柔，她睁大眼睛看他，胸口如有细小的绒毛拂过，心痒得不像话。

这姿势她不是很舒服，刚扭了一下身子，嘴唇蓦地让人给覆住，温热的、湿润的肌肤贴着她的。

时洲那样小心翼翼，浅尝辄止，让许泊宁想起了他们的初吻。

那会儿他们确定关系还没几天，她在公司附近租了一套公寓，时洲送她到公寓楼下。

就在冰冷的白炽灯光下，电梯旁，时洲忽然亲了她，蜻蜓点水般从她唇上掠过，她傻傻地望着他，眼尾往上微翘。

那晚他们在楼下分开，许泊宁回去激动得直在床上打滚，眼睛一闭就全都是时洲的模样。她磨蹭到半夜还是毫无睡意，兴奋地给时洲打了一两个小时电话。

时洲是她的初恋。都说初恋基本被当作白月光搁在心底，她高中情窦初开时曾经对班上某个男生心生好感，那时候许齐元三令五申不让她早恋，她自然不肯听，不过这段暗恋最后还是无疾而终。

原因仅仅是有一次她看到对方的字实在太丑，而且成绩也不好，因样貌生起的那点儿光环顿时就消失不见，说到底还是不够喜欢。

时洲很快松开许泊宁，修长的手指滑过她的眉目。她的眸子亮晶晶的，映出他的影子，她忽然羞赧地冲他笑了一下，问："时洲，这次算不算我追的你？"

她的三段恋爱，她总算自己主动了一回，就算以后不能跟面前这人走到最后，她也不想永远被人牵着鼻子走，被人抛弃的滋味的确不好受。

时洲是个心细如尘的人，敏感地察觉到她的情绪变化。他蹭着她的鼻尖，低下头哑声道："许泊宁……我有个东西给你……你等我一会儿……"

明明有那么多话想对她说，想告诉她，然而最后只剩一声喟然叹息，全留在她的名字中。

许泊宁坐在沙发上等他，时洲很快返回，拿了一个盒子给她。

许泊宁打开一看，里面静静地躺着一个黑白树叶花纹瓶。

"照着以前的照片重新做了一个，虽然不能说跟那个一模一样，但应该也差不了太多。"时洲说。

"对不起，我当时只是想……"跟你彻底划清界限，这话许泊宁说不出口。

"都过去了。"

虽然说了要试试，但夜里两个人还是各自睡在自己的卧室。似乎因为突然附加的那层关系，无论是时洲还是许泊宁，与对方相处时反而不觉拘谨起来。

时洲站在门口亲了亲许泊宁的额头，说："晚安。"

"我以为你会说想进屋。"许泊宁狡黠地冲他眨了眨眼。

时洲听到她的话，轻笑着揉了一下她的头发："你这是在示意我？"

许泊宁忙摇头，说："没有，那晚安，时洲。"

时洲熟悉她的一切，见过她吃饭打嗝时的样子，也看过她披头散发处理耳垢的模样，说是刚确定关系的男女朋友，却曾经做过两三年的夫妻。

两个人依旧不完美，少了初始的那份新鲜感，似乎盘桓在他们之间更多的是患得患失。

许泊宁不出意外地又失眠了。她翻出聊天界面想找周盼，输入几行字没等发送出去，新的聊天框却跳出来，是时洲。

"泊宁，睡了没？"

"还没有。"

"睡不着？"

许泊宁还没有回答，时洲就又发了消息过来："我也睡不着，女朋友，明天周末，不用工作，现在要不要一起看电影，冰箱里还有你年前囤的冰激凌。"

许喻还在家里睡觉，作为父母肯定不可能半夜三更抛下他出门去看电影。许泊宁披了一条毛毯打开房门，时洲正从厨房里出来，手上拿着一盒冰激凌和两个勺子。

许泊宁前几天还说要减肥，可还是抵挡不住冰激凌的诱惑。她盘腿坐在沙发上捣鼓投影仪，举着遥控器扭头问时洲："你想看什么？"

"我都可以。"时洲走过去，跟着坐到她身边。

许泊宁自然地分了半条毯子给他，屋里开着暖气，温度不低，这只是她自己的习惯而已。她问时洲："《美丽人生》行不行？"

二十多年前的老片子，比他们的年纪小不了多少。

"好。"时洲点头道。

影片很长，近两个小时，许泊宁和时洲早已经看过，许泊宁甚至能背出几句经典台词。她最喜欢其中的一句话：没有谁的人生是完美的，但生命的每一刻都是美丽的。

这会儿二人裹着同一条毯子，肩并肩靠着，分享同一份冰激凌，谁也没有心思注意影片中究竟说了什么。

许泊宁有些恍惚。这样自然，好像之前的隔阂顿时没了，好像他们一直这样，从没有分开过。

许喻每天夜里都会自己起床上厕所。他揉着眼睛打开房门，因为困得很，眼睛都没完全睁开，迷迷糊糊凭着记忆跑到厕所尿完，刚要回房继续睡，却看到父母坐在客厅里。

时洲手里拿着一个冰激凌盒子，小家伙晃晃悠悠走过去，他还没怎么清醒，糯糯地开口对时洲道："爸爸，我也想吃。"

许泊宁和时洲这才注意到他。时洲看了一眼许泊宁，又尴尬地晃了一下手中的空盒子。许泊宁说："没有了，小朋友刷过牙，夜里不能吃东西，否则牙齿会长虫子，还会变丑。"

"喻喻乖，快去睡觉吧。"时洲附和道。

许喻看了二人一会儿，一时不知道该怎么办，撇着嘴几乎哭出来，说："我不要长虫子。"

他被许泊宁三言两语唬住，还没意识到父母这种行为叫吃独食。

时洲陪着他回房，哄了十来分钟小家伙才重新入睡。

出来时电影已经到了尾声，小男孩呆呆地看着坦克说道"我们赢了"，时洲再往沙发上看去，许泊宁已歪头倚着沙发靠背睡着了。

周末早晨，许泊宁先醒。她完全想不起来自己昨天是怎么回到床上的，睡前的最后记忆是在沙发上看电影。

父子俩的卧室门还关着，许泊宁没去喊他们，系上围裙进了厨房。

她煮好鸡蛋没多久，时洲也跟着起床了，倚在门边说话吞吞吐吐："那个……泊宁……昨天晚上……"

许泊宁将火熄灭，笑了一下，道："我记得的。不过，时洲，我想跟你商量一下，我们和好的事，还是暂时先对家里长辈保密吧，你看怎么样？"

时洲能猜到许泊宁的想法，应了一声，说："好，那暂时不提。"

"我也没别的意思，就想等再稳定些。"

现在说的话，不用想都知道，肯定会催着他们去领结婚证。

“我知道的。”

周盼问许泊宁跟时洲的进展。

许泊宁想了想，没有隐瞒她："先谈谈吧，家里还不知道，什么时候有空，大家一起吃个饭，你跟时洲也好几年都没见过了。"

这件事许泊宁除了周盼也没有别人能讲。她跟周盼说了之后，周盼只问了她一句："许泊宁，现在这日子是你想要的吗？"

周盼作为许泊宁的好友，其实更能直观明了地看到她这些年的变化，看着她结婚，生子，离婚。

一年之前，许泊宁完全不在意自己还有个孩子。

"其他挺好的，但我总觉得吧，我们现在这关系有点儿畸形。"许泊宁说。

周盼点头道："是挺畸形的，别说，我看你们都能去参加情感调解类节目了。"

许泊宁斜眼瞟她，说："我跟你说真的。无论我跟时洲说什么，他几乎都没有反驳过，你觉得这正常吗？"

肯定不正常。

许泊宁跟时洲生活了两三年，她知道他的规矩一大堆，现在看起来，倒像是他在一味妥协。

然而两个人的相处过程，旁人真没有办法指手画脚，周盼也不知道他们以前怎么相处，只说："你这是要他跟你唱反调才行？"

"哎，也不是，算了，我也说不清。"许泊宁摆摆手。

十几天后，时洲搬到了许泊宁的卧室。

这事像温水煮青蛙，原本时洲偶尔会在她房里过夜，过段时间在她这儿洗漱，再后来连东西都挪了过来。

许喻十分羡慕，也想跟着一起搬到许泊宁这儿，甚至把自己的读本都拿到了许泊宁的床头柜上，时洲不得不又给小家伙上了一回生理课。

三月底的时候，许泊宁回了一趟家，从田卫方口中得知前几天唐余离婚了，严琰如今跟着唐余。

"严树杰到现在都没找到工作，天天在家吵架，邻居报了三四回警，现在住的那房子归唐余，之前那套给了严树杰。"

"还真离了？"

田卫方说："离了，你二姑现在正到处托人打听，要给唐余介绍对象。还有件事，泊宁，大家毕竟都是亲戚，怎么说都是你爸爸的亲人，之前的事过去就过去了吧，你二姑让喊严琰给你道个歉，我给推了，大人还好，现在最可怜的就是小孩子。"

田卫方看着严琰就想起自家喻喻。

许泊宁说："严琰比我小了十几岁，又是我晚辈，不分青红皂白地在群里骂我，让她给我道歉也没什么不对，这么大的孩子，也该明白事理了。如果因为父母离婚就一味迁就，过度关心，那才真是害了她。"

许喻年纪还小，感觉不到，在许泊宁跟时洲分开后，两边长辈看他，不免生出"这孩子可怜"的心思，对他几乎有求必应，百依百顺，对他的成长未必好。

田卫方诧异地看了许泊宁一眼，笑道："孩子在身边就是不一样，我们这老思想有时候还真不如你们。喻喻最近怎么样？前天你洗澡去了，我给你打电话，时洲帮着接的，我怎么瞧着喻喻情绪不高的样子。"

许泊宁一愣，心虚地偷看田卫方。

田卫方神色自若，完全没觉得时洲主动接了她的电话有什么问题，可那会儿她的手机还放在自己卧室呢。

"还能有什么，之前太放纵他了，除了围棋几乎什么都没学，他们班的孩子，有的从三四岁就开始学主持、英语、钢琴，那天我看他同学妈妈发的视频，人家孩子的口语比时洲都溜。"许泊宁叹口气，"跟我闹脾气呢，不肯学。"

许泊宁想不到自己也会走上"鸡娃"的路。先前时洲说许喻是围棋业余二段，她还心疼，觉得孩子辛苦，看人家给孩子弄一堆兴趣班更觉不可思议。可现在知道周围的小朋友都在下苦功夫，她的心思顿时就转变了，不想许喻比人慢一步。

田卫方在这个问题上分寸把握得极好，如果许泊宁有需要，生活上她和老许可以帮着照顾一下许喻，但是教育方面，还是得他们做父母的亲自来。

比较好的是，无论是时洲还是她家姑娘，都没有靠着父母啃老的想法。

"这你得和时洲商量着来，孩子还小，不愿意学也正常，但多学点儿东西总归不是什么坏事。"田卫方道。

许泊宁听到这儿就有些气闷，深吸了一口气道："嗯，商量肯定是要商量的。"

前段时间她还跟周盼说时洲在与她相处时对她过于容忍，谁知道时洲只是阳奉阴违。她让他抽空教许喻念英文单词，培养语感，他倒好，一星期就教了几个词，许喻不乐意背，他也不勉强，只让孩子去做自己喜欢的事。

许泊宁也是这时候才明白时洲的态度。老实说，原先她以为时洲跟她一样，对许喻学习这件事都是同样的想法。

许泊宁在田卫方这边吃午饭，许齐元知道她喜欢吃海鲜，特意出去买了不少，让阿姨帮忙处理了。

"你看给你爸高兴的，喻喻怎么没跟着你回来？"田卫方看着小酌啤酒的许齐元，问许泊宁。

"上午他参加东堰市围棋业余段位赛，升段结束后，时洲带他回那边去了，今天曹老师和时老师正好都有空在家。"

"他们也想孩子。"田卫方感慨道。

许齐元喝了一口酒，问许泊宁："比赛怎么样？"

"已经升三段了，就等什么时候去棋类协会申领证书，喻喻在这上面挺有天赋。"

田卫方听到这儿，实在没忍住看了一眼许泊宁，不赞同道："这不是挺好的，孩子毕竟还小，你小时候我们可没逼你学这学那……你呀，有时候就是太要强。"

许泊宁没吭声。她也清楚，她跟时洲的那段失败的婚姻，有很大一部分是她自己争强好胜，口不择言造成的。

现在嘛，时洲说是学会对她坦白了，其实都是拣好话说，更多的是他在退让，不想跟自己起冲突。

在家里待到下午，许泊宁准备回去了，田卫方在院子里帮她收拾东西。她笑道："你种的这点儿菜，每次都给我了，你和老许还吃什么？"

"给你们吃我才高兴，我和你爸哪里吃得了这么多。"田卫方跟阿姨帮她把菜根都剪掉，用袋子装好了给她放到车上，"你爸呢？有一会儿没见他，人去哪儿了，也不来送送你。泊宁，你等会儿，我去喊他。"

"他中午喝了点儿酒，是不是睡觉去了？"

田卫方进了屋，许泊宁在外面跟阿姨闲聊了两句，刚把后备厢关上就听到田卫方大声喊她的名字。

许泊宁忙跑回屋，田卫方正试图将许齐元搀扶起来，扭头对许泊宁道："快来搭把手，你爸这左边膝盖不知怎的，疼得走不了路。"

许齐元也是能忍，疼了半个小时，愣是没说，到这会儿还嘴硬："能有多大的事，过会儿就不疼了，上次脚指头也是……"

"少说两句话吧你。"田卫方忽然喝道，把父女俩吓了一跳。

什么时候见过优雅的田卫方这样惶急。她连鞋都没顾得上换，跟许泊宁匆匆把许齐元送到医院，一检查，尿酸指数六百多。

时洲打电话问许泊宁回去没，许泊宁拿着父亲的检查报告，皱眉道："我暂时回不去，这会儿在医院呢，老许身体不舒服，在医院。"

"怎么了？在哪家医院？我现在过去找你。"

许泊宁摇头道："没事，他尿酸高，痛风发作了。我估计要晚点儿回去，先不说了，我把单子拿给他们。"

上次许齐元体检的时候尿酸就高，已经到了临界值，今天中午他又是啤酒又是海鲜，这才导致痛风发作。

许齐元又高又壮，五十多岁的人了，身子看起来结实得很，平时连感冒都很少有。

医生给开了止疼药，又让他回去吃两天秋水仙碱把尿酸降下去，虽然不是大病，但是发作起来着实折磨人。

回去的路上，许泊宁开车，经过十字路口等红灯时，她从后视镜看到田卫方直抹眼泪，还数落许齐元："老许，你说你真是的，明知尿酸和血脂都偏高，还不知道控制点儿，也怪我，中午你喝酒我都没管你。下午要不是我去喊你，你难不成一直忍着……"

许泊宁从小到大都没看到田卫方这样失态过。她的目光一直放在父母身上，直到后车鸣笛催促，方才回过神。

许泊宁开车回去，时洲还没有睡下，卧室门没关。他听到动静下床，顺手帮她把菜放进冰箱保鲜层，问："叔叔怎么样了？"

"我走的时候他已经没有那么疼了，就是尿酸没控制好，以后好些东西要忌口呢。"

时洲说："那就好，还是身体重要，给你打电话那会儿我跟喻喻正打算回来，本来想直接去你家看看，但是想想还是没去，你吃饭了没？"

"吃过了，我去洗澡，你先睡吧。"许泊宁拿了衣服进浴室。

她站在镜子前刷牙的时候突然想到，满打满算她跟时洲和好才一个多月，就已经过得像老夫老妻似的了。

许泊宁从浴室里出来，看到时洲戴着金丝边框眼镜倚在床头看书。她从床尾爬过去，歪头盯着他看了一会儿，时洲这个样子，很有点儿"斯文败类"的气质。

时洲将书合上伸手揽她，说："困不困？睡吧。"

"时洲。"许泊宁靠着他，忽然开口。

"嗯？"

下午许齐元去医院，许泊宁着实被母亲震惊到了，平时看着稳重的田卫方，好像一下就没了主心骨。

她轻叹了一口气，说："时洲……我们离婚这几年，我爸时不时盯着我说教，我被逼急了，连家都不回。前年春节我妈跟我讲，伴侣有时候比孩子还重要，她说如果有合适的人选，也不是非要我再婚什么的。我当时觉得她跟我爸一样，只是她不像我爸暴脾气，更委婉而已，现在想想，她或许并没有骗我……"

时洲看着她不作声，知道她还有话说。

"就像喻喻学习这件事，你明明不赞同我，却还是选择一句话不说，我大概能猜出你的想法。可是，时洲你有没有想过，你选择退让，一次两次还可以，你能保证自己不会再一次厌烦吗？"

时洲想开口，却被许泊宁轻轻地伸指按住了唇。

"时洲，你明白我的意思吗？"她没头没脑地问他。

许泊宁说了这么些话，乍听着一点儿都沾不上边儿。时洲默默看着她好一会儿，忽然笑了一下，说："我不是不赞同你，喻喻大了一些，有些知识迟早要接触，提前了解当然好。只是他现在抵触心比较强，突然塞给他那么多要学习的内容，我怕适得其反，才想着开始先缓一缓。喻喻那孩子并不笨，总要给他适应的过程。"

"哦，那你也该早点儿跟我说的。"还害得她胡思乱想，"我不那么着急就是了。"

时洲搂住许泊宁的肩，伸手去关灯，说："我明白了，下次肯定告诉你。"

许泊宁极少有这么披露心迹的时候，她笑着"嗯"了一声。时洲凑近她，亲吻她的头发，二人静默了好一会儿，良久黑暗中才传来声音。

"睡吗？"

"睡吧。"

许喻不够了解他父亲，还暂时沉浸在时洲不像许泊宁那样高压逼迫他学习的快活中。不过他很快就明白，这只是他的错觉罢了。

许泊宁在朋友圈分享了一张照片，是普普通通的书桌一角，桌上摆放着电脑和几本书，还有一个插着几株干花的黑白色花瓶。

周围的朋友和长辈谁都没当回事，毕竟她平时发朋友圈的频率可不低。

别人看不懂，倒是时洲紧跟着在后面给她点了一个赞。

自从许泊宁把朋友圈对时洲可见后，有时候她发自己跟许喻的合照，时洲和曹老师他们都相当捧场。

然而这张照片，只有许泊宁跟时洲明白其中含义。这样隐秘的小心思，不仅仅许泊宁，连时洲都跟在她后面被感染了，莫名很是受用。

许泊宁近来情场得意，工作虽然不算称心，但好在项目慢慢步入正轨。

亲子项目规划，总部要求东堰分公司在四个月内布局两百间亲子房，以每家酒店十间房来算，最少得治谈二十家。而公司这边一向合作稳定的万喜作为国际知名酒店，单它这个品牌在东堰市就多达十七家，合同很快签订下来。

让许泊宁烦心的是，空降的副总朱正坤和老大王辉不对付，许泊宁团队提出项目方案，朱正坤这边要求修改，两三稿后到王辉那儿又被打回来，她夹在中间焦头烂额。

时洲看她一脸忧郁，试着给她出主意，告诉许泊宁看谁是她的直接领导，所有工作听直接领导的。

朱正坤没有加入公司之前，王辉直接负责所有部门，现在她名义上的领导是朱正坤，按照时洲的意思，只要遵从朱正坤的意见就可以，至于王辉那儿，由朱正坤去跟对方交涉。

许泊宁心说时洲还是太局限了，她要真照着他的话去做，恐怕要不了一个月就得卷铺盖走人。

而许齐元就不一样，他这二三十年来打交道的人多了，在外头处世圆滑，说好听点儿是精明，说难听点儿就是老奸巨猾。

"不要觉得是什么坏事，对你来说，有站队的资格也是一种变相的肯定。"许齐元接起许泊宁的电话，顿了顿，说，"这种情况下，你想两面讨好或者装聋作哑肯定都不行，我的建议是，你选择自己情感偏向的那方就行。"

从许泊宁内心来讲，自然是王辉，即使她偶尔觉得朱正坤为人处世颇有让人欣赏的地方，但她跟王辉毕竟共事更久，何况这几年他待她不薄。

她不知道，许齐元对她终究还是有所保留。

许齐元挂了视频电话扭头看向田卫方，说："你刚才也听到了吧，其实要是别人问我，我只会跟他讲，选择权势、利益更大的那方，不过毕竟是自己姑娘……"

田卫方笑了一下，道："我说不让她太辛苦吧，你又说她该多磨炼一下，到头来还不是舍不得，她这个年纪，不上不下的，能依自己感情做事可不容易。"

张景给时洲打电话约他出去喝两杯。

那会儿时洲跟许泊宁已经歇下，时洲没直接答应张景，只说等一会儿。

他按了静音键，看向许泊宁说："我要出去一趟，张景这会儿找我八成是有什么事。"

许泊宁看到来电备注，说："你去吧。"

听时洲"嗯"了一声，她想想又道："记得少喝点儿，明天上午你还有课呢。"

时洲笑了一下，说："好，你先睡吧，我尽量早点儿回来，打个车去，就不开车了。"

时洲到酒吧的时候，张景正一个人坐在吧台跟调酒师有一搭没一搭地闲聊。

时洲走过去，张景见他就道："怎么，时洲，你都离婚了，现在只是谈个恋爱而已，难不成还有门禁，许泊宁拘着你了？"

时洲蹙起眉，他来这儿的次数本就不多，更不习惯让陌生人看热闹，他拖着喝得微醺的张景重新去找了一个卡座坐下。

"发生什么事了？"他问张景。

张景一脸醉态地看向时洲，又低头饮了一口酒，说："李茜怀孕了，上周刚查出来。"

他恋爱七年，结婚刚三个多月，照理来说还处在蜜月期，现在又有了孩子，时洲实在猜不透他为什么看着这样苦闷，脸上完全不见喜色。

"恭喜你当爸爸了。"时洲对张景道。

谁料到张景却忽然开口说："但是时洲，我怎么就一点儿都高兴不起来，反而想离婚呢？"

时洲愣住，大声道："张景，你胡说什么？"

"时洲，我现在想想，其实还是你和许泊宁好，起码新鲜感还在。我这谈的时间久了，感情不能说没有，但是确实不如刚恋爱那会儿，心里想要分手也舍不得，那就结婚吧。"张景摇头，"可你也知道她家，还没结婚，我让你当个伴郎都要干涉。"

"也不能怪李茜爸妈。"

张景心里对伴郎那事一直挺介意，总觉得自己在兄弟面前丢尽了面子，又说："这才刚怀孕，她妈就不放心，搬来伺候她，说我妈不来就让我妈补贴营养费，这些都算了。住在同一个屋檐下，难免有点儿摩擦，李茜每次都向着她妈。她妈还净给她出馊主意，说要把我看严实点儿……李茜耳根子软，我要出轨还会等到现在……"

时洲沉默着听他絮絮叨叨数落完，也知道离婚肯定只是张景嘴上说说，这么多年的感情哪能说放下就放下，况且李茜都有孩子了。

他想了想说："就你们现在这情况，矛盾并不是不能解决，我只想告诉你，即使知道是气话，'离婚'两个字也不要轻易说出口……免得像我一样。"

许泊宁至今都不肯告诉父母他们复合的事，他们身边的朋友就只有周盼和张景清楚。

"我知道。"张景看来还没完全喝醉，往后仰叹了一口气，道，"这话你也别跟许泊宁说，她跟李茜处得不错，回头要是告诉李茜，还不知道要出什么乱子。"

"我不会的。"时洲想到许泊宁那脾气，知道张景在李茜怀孕这时候还想要离婚，肯定觉得张景不像话，指不定还要迁怒到他身上。

时洲不好这口，陪张景喝了小半杯酒，就请了代驾送张景回去，自己再绕路回家。

许泊宁睡得迷迷糊糊，察觉到身边床塌陷下去，边翻身边嘟囔："时洲，你回来了，张景喊你出去什么事儿呀？"

"当爸了，高兴着呢。"时洲洗了澡才上床，伸手将她揽进怀里，轻轻拍了拍，说，"你睡吧。"

许泊宁半梦半醒地应了一声，直到第二天早上才记起跟时洲说起这件事："原来李茜怀孕了，难怪张景高兴得大半夜要拉你出去喝酒。"

许泊宁说起这话的时候一脸艳羡，人家谈了七年才结婚，肯定早就磨合得好好的，至于孩子，更是顺理成章地期待他或者她的到来。

哪像当初自己和时洲，谈了七个月都不到，便手忙脚乱地完成了人生大事，连个心理准备都没有。

时洲了解许泊宁不假，但到底不是她肚子里的蛔虫，要是知道她这会儿在寻思什么，时洲指不定就想对不起张景，给他拆台子了。

四月初的时候，许喻幼升小网络报名，之后一个月就是资料审核，许泊宁从教育局的网站了解到，像许喻这种情况，除了户口本及房产证明，还需要提供父母的离婚证以及孩子随父母一方生活的离婚协议书。

两个人安静地看完网页，对视一眼，一时都有些尴尬。

小家伙浑然不觉，从他的卧室跑出来跳到沙发上，拼命挤到两个人中间，扭头问许泊宁："妈妈，今天我穿这件外套好不好啊？"

许泊宁点点头，若无其事地摸着他的脸笑道："好啊，不过喻喻早上穿的那件不喜欢吗，怎么又换了？"

"上面没有这个口袋。"小朋友的审美奇奇怪怪，他拉开口袋给许泊宁和时洲看，里面装了几个小汽车。

许泊宁好几个月没去过家庭聚会，今天才说一会儿带着许喻去吃饭。

许喻得到许泊宁肯定的回答后，很快又跑开，留许泊宁和时洲呆坐着。

许泊宁拿开平板电脑，不经意间瞥到时洲手上的婚戒。

"我有些资料不在这边，正好你们出门，今天有空的话我回去取一下，省得到时候还要再跑。"时洲道。

"嗯，好。"许泊宁神色凝重地看了看他，又说，"时洲，要不要什么时候跟我爸妈或者你爸妈他们吃个饭？"

时洲的指尖一颤，好半天才抬手轻碰了一下她的头发："好。"

许泊宁眉眼弯弯地看着他，他心尖如春水微漾，偏过身，刚想去亲她，被她挡了挡，说："一会儿我还要出门呢，别把我妆弄花了。"

时洲的吻落在她的耳侧，二人还没来得及分开，许喻忽然冒出来说："爸爸，你能不能帮我把这个拆一下，我弄不动。"

他们还抱着呢，平时在孩子跟前从没有过度亲密，许泊宁面红耳赤地推开时洲，时洲很是窘迫，理了理衣服站起身，拉着小家伙进卧室去了。

时洲帮许喻把乐高积木拆开，蹲在他跟前对他讲："喻喻，刚才爸爸亲妈妈，是因为爸爸喜欢妈妈。"

小家伙揪着时洲的衬衫衣领道："我知道，就像爸爸妈妈和爷爷奶奶都喜欢亲我一样，因为你们都很喜欢我，不过不能亲嘴，很不卫生的。"

"嗯，喻喻真聪明。"时洲讪笑，这话还是他以前教育许喻的。他摸摸小家伙的头站起身。

许泊宁在外面听到了父子俩的话，看到时洲忍不住瞄了他一眼，压低声音道："下次喻喻在家还是注意点儿好了。"

时洲表示赞同，喻喻是男孩子，从小又跟着他长大，虽然他比较重视孩子的生理及心理发展，可许喻到底才六岁，有些事情不好说得太明白。等他长大后就会发现，他父亲半真半假忽悠了他不少东西。

许泊宁一个星期前刚回了一趟家，碰到许齐元痛风发作，但是田卫方夫妻俩很久没看到许喻了，平时基本都是电话联系。这刚见到，田卫方就牵着许喻不松手，还特意在她跟许齐元中间留了一个座位。

"爸，最近你去医院复查过了没？尿酸值怎么样？嘌呤高的食物尽量不要吃。"许泊宁坐在许齐元左手边，问他。

许齐元正低头跟许喻说话，闻言扭过身看她："你妈看得紧，昨天去医院检查过，四百多，还是比正常值高了点儿，你别担心我，把孩子带好就行了。你那工作的事，现在怎么样？"

"工作还行。"许泊宁虽然站队王辉，但内心还是觉得朱正坤胜算更大些，总部派他来，将这么大的项目交给他，肯定是看中他的能力，指不定日后想让他接替王辉。

许泊宁的二姑坐在二人不远处，听到后笑着说："许四小，你也真是的，这么大的人了，还要孩子跟在后面操心，不过还是咱家泊宁贴心，知道心疼人。"

许泊宁的二姑比许齐元大了十岁，六十岁左右的人，跟许齐元说话还是喊他的小名。

她那个年代，大学毕业给分配工作，吃公家饭，早早退休，基本没受过什么苦，这才几个月不见，看着苍老消瘦了不少，不用想肯定是为了唐余的事操心。

许泊宁见到心里极其不是滋味，暗自唏嘘，往时聚会，唐余相当积极，今天都没有过来，餐桌上显得冷清不少。

许泊宁神情怅然，顿了顿笑道："还要二姑你帮着劝劝，前段时间我工作忙，经常要出差，过年时又去了一趟谷州，都没能抽空去看您。"

"你们年轻人还是工作重要，看不看的没关系，只要有那份心就好了。"

那边三姑招呼许喻："喻喻，过来让小姑奶奶抱抱，有段时日没见，咱喻喻好像又长高了好些。"

"我家隔壁人家那孩子已经上小学二年级了，看着和喻喻差不多高。"

"咱这几个孩子个子都不矮，你看黄青家的辰辰，才上六年级就一米七……"

因为许泊宁带着小朋友过来，倒没有人在许喻面前再提及许泊宁感情的事。

许齐元也高兴，前段时间妻子和姑娘都不乐意来。虽然严琰那孩子不懂事，姐姐们啰唆了一些，但不管怎么说，在他看来并没有恶意，姐姐们跟他是同一个娘胎里出来的，他出生的时候母亲已年近四十，他基本就是跟着大姐和二姐后面长大的，感情自然不一般。

这会儿听到许泊宁的话，许齐元心中顿觉宽慰不少。

许泊宁看许齐元一脸喜色，心想不单单是因为这天见到大孙子，也许还有她跟田卫方松口来吃饭的事。

难怪田卫方变脸变得这么快。田女士这些年在亲戚间八面玲珑，不管真心与否，总归很大程度上取决于许齐元对亲戚的态度。

人对自己的亲人，尤其血脉相连的，通常来说都更包容，底线相对也更低。

今天是三天小长假的第一天，饭局结束，田卫方说要带许喻回家住两天，原本她是跟许齐元坐一辆车来的，但许齐元有事要去趟公司，只能由许泊宁开车送田卫方和许喻回去。

"泊宁什么时候换的车？"许齐元看见新车道，"是该换了，你那车都多少年了，手感也不行。"

"不是我的，时洲的车。"

许齐元没吭声。司机已经将车开过来，他正准备上车，许泊宁临时喊住他："爸，你等会儿，我跟你说个事。"

许齐元转过身看她，那边田卫方牵着许喻，许泊宁轻描淡写地说了一声："我和时洲在一起了。"

没想到许齐元比她还淡定，"哦"了一声，说了一句："既然决定了，那就好好过日子。"

他冲田卫方使了一个眼色，便让司机把车开走。

田卫方坐着许泊宁的车，脸上瞧不出喜怒。她看了看左手边坐在安全座椅里，吃饱饭开始犯困的许喻，沉思片刻间许泊宁："真想好了？"

"差不多吧。"许泊宁回她。

田卫方点头道："你仔细想好，我和你爸肯定尊重你的决定，时洲爸妈那边知道吗？"

有些话，说出来好听，做起来就不是那么回事，许泊宁眉峰微微蹙起，没拆穿她："他今天回家去了，估计会跟时老师他们说的。"

"嗯，打算什么时候去领证？别看你爸刚才什么话都没说，你信不信，他心里指不定都想着要找人给你们算个好日子去民政局。泊宁，这以后过日子，针尖对麦芒最要不得，大家都相互体谅些。"田卫方不放心，又嘱咐她道。

老许封建思想还是比较重，许泊宁想想就笑了："妈，我们还没想过领证的事，还早呢，就是彼此处处。再说了，老许请人算的日子肯定不靠谱，要不然当初我们也不会离。"

田卫方倒是没催她，只说："那你们自己商量，你爸也就是图个吉利。"

时洲果然跟曹老师略提了提，他告诉许泊宁，她看着他笑道："曹老师他们别也是催我们现在就去领证吧？"

"没有。"时洲很快岔开了话题，"明天那讲座想不想去，正好喻喻不在家，结束后我们去吃饭，看个电影？上次陪喻喻去看电影，我看你中途基本都在睡觉。"

自许泊宁和时洲复合以来，到现在都没单独约会过，小家伙白天在幼儿园里，他们也要各自工作，每天只有等许喻睡下，才能有点儿私人空间。周末去电影院，片子都得选孩子能看的。

许泊宁几乎没多想就答应下来。她去翻手机，说："这部片子怎么样？这个月二号刚上映，我看评分挺高的。"

"好，我来订票。"时洲探身去看。

次日，时洲在T大有一场专题讲座，许泊宁一大早就翻找衣服，折腾半天都没找到一件合心意的。

问时洲，无论她换哪一套，时洲都没什么大的意见，还不如不问。

时洲看了一眼腕间的手表，提醒她："泊宁，讲座九点半开始，我需要提前半个小时到报告厅准备。"

许泊宁这才换了一套衣服出来，时洲看过去，她戴着棒球帽，微卷的头发散在肩膀处，上身浅色牛仔外套加长袖T恤，下身黑色直筒裤，站在二十来岁韶光正盛的大学生中毫无违和感。

再看他自己，因为这天的讲座，他穿得格外正式，跟她站在一处，就不像是一辈人。

"时洲，你看怎么样？我都好久没去学校了，这样子坐在里面会不会太突兀？"许泊宁还是觉得不大放心，"到时候我随便找个位子坐下，你就当不认识我。"

时洲撇开自己心里那点儿奇怪的思绪，失笑道："行的，一点儿都不突兀。"

时间还早，许泊宁在还没进学校的时候就从时洲车上下来，自己走了十几分钟才到报告厅。

T大厚学楼七楼能容纳二百多人的报告厅稀稀落落坐了几个人，时洲腰间别着挂式扩音器和工作人员在台上调试设备。

许泊宁不想惹人注目，又不想连时洲的脸都看不清，便在中间几排挑了一个位子坐下。

时洲原本俯着身子在专心检查PPT，忽然抬头往厅内看，对上她的眼神。她咧嘴冲他眨了眨眼，时洲微微一笑，随即又低下头去。

报告厅里的学生渐渐多了起来，不过时洲的年纪还很轻，这样的背景，在高校内算不得太出众，报告厅内没有坐满，一百多人的样子。

许泊宁听旁边两个男生在小声说话，似乎是时洲他们系的学生。

想想也知道，讲座专题是《陶瓷传统工艺与现代美学的碰撞》，纯粹的理论知识，枯燥得很。

只是许泊宁几乎没见过这样的时洲。他仍是平素里温和的样子，上起课来却又是另一副面孔，慢条斯理地说着话，知识点信手拈来，脸上的表情虽然不严肃，但是完全没消磨他的威严。

她欣赏不了时洲讲的那些东西，可是这并不妨碍她煞有介事，坐在一堆比她小了八九岁的学生中间，认真地看着台上的时洲。

时洲当老师的时日不算久，从他上第一节课起就没怯场过，今天不知怎的，他总频繁地去摸腰间的扩音器，好在除了他自己和许泊宁，并没有别的人注意到。

两个小时的讲座，其中留有半个小时的提问时间。前排有个女生很快举起手，问："时老师，听说您在大学期间主修的是现代陶瓷，而我看过您的作品，民族传统风格的更多些，请问是什么导致了二者的偏差？"

许泊宁端端正正坐着，刚要认真听时洲说话，旁边座位的男生忽然将手机递过来，指着二维码界面道："同学，你好，可以加个微信吗？"

许泊宁瞥了一眼台上说话的时洲，摇摇头道："不好意思，我已经有男朋友了。"

"没关系，就当交个朋友也可以，同学，你哪个系的？"男生见许泊宁拒绝，仍不死心，追问道。

刚才他跟同学聊天，许泊宁在旁边听得清清楚楚，不但清楚他是时洲的学生，而且连他的名字都知道。这位胡文同学丝毫没意识到他是在挖老师的"墙脚"。

"同学，真的不好意思。"许泊宁笑着再次婉拒。

男生看她态度坚决，这才失望地转过身。

许泊宁看向台上的人，不知看到了什么，忽然轻轻地皱了一下眉。

十一点半，时洲关闭演示屏，他的手搭在讲台上，主持人走过来对着台下学生说："最后，让我们以热烈的掌声感谢时老师为我们带来这期精彩的讲座，一会儿大家从后门依次离场。"

时洲把扩音器解下搁在讲台上，对主持人说了两句话，对方收拾好东西从前门走了。许泊宁站在过道里，等学生差不多走光了，她才往讲台上走去。

"时老师，你看着挺像那么一回事的嘛。"许泊宁笑道，"不过你是不是还不习惯授课方式，有点儿紧张，我看你摸了好几次扩音器。"

时洲一征，没想到她连这个都注意到了。他从包里拿出湿巾擦手，点点头承认："是有些紧张。"

但是跟学生没多大关系，是他自己总不自觉地想在她面前表现，可惜好像适得其反。

"中午想去哪家吃？要不要离电影院近点儿，就去那家商场看看怎么样？"时洲单手搂住她的腰。

两个人从前门走出去，时洲突然停下步子往后看了一眼，然而空荡荡的走廊半个人影都没看到。

"怎么了？"许泊宁问他。

"没什么，走吧。"

"那你走前面，我们还在学校里面，搂搂抱抱是不是影响不好？"

时洲松开手，老老实实往前走了两步。

许泊宁和时洲一前一后坐上车。她系好安全带，冷不防想起一件事来，扭头看时洲道："今天讲课的时候，我看有个女生总问你问题，坐第一排那个，是不是上回你说的那个女生？"

上学期期末的时候，有人在宿舍楼下对时洲告白，害得他停了几天课。

时洲有点儿吃惊，说："你怎么知道？"

"大概就是女人的直觉，现在怎么说，小姑娘迷途知返了吗？"许泊宁两手一摊，"不过，时洲，我看你在学生中间还挺受欢迎的，他们私底下对你评价挺高。"

其实哪里是什么直觉，时洲作为老师，面对学生自然要一视同仁，然而他终归有私欲，许泊宁只是察觉到了他的情绪变化而已。

许泊宁一直觉得这人很难懂。她可能还没发现，自己对时洲的了解，其实比她所认为的要深得多。

时洲启动车，揉了一下眉心，道："学校的心理辅导老师应该跟她聊了，这学期我没排那个班的课，她开学以来都没有什么过激的举动，也没私下给我发短信。今天我有件事做得不对，她多问了两次，我当时第一反应竟然是觉得厌烦，作为老师不该这样。"

"你是老师，又不是神，不要对自己太过苛求。"许泊宁话锋一转，含笑道，"时洲，我还听到几个女生感慨你'英年早婚'。"

时洲啼笑皆非："这都是什么奇怪的词。"

"就是喜欢你呗。"

时洲闻言忽然侧过身来看她，也不说话，看得许泊宁浑身不自在。她问："怎么了？这样看着我干吗？"

时洲却低"嗯"了一声，踩下油门，说："许泊宁，你也挺受欢迎的。"

许泊宁一脸蒙。时洲将车驶出停车场，说："坐你旁边的那个男生是我们班学生，我看他后面半个小时一直在跟你说话。"

"这你都看到了。"许泊宁干巴巴地笑了一下，说，"你说现在这些孩子，什么眼神，也不看看我比他大了多少……我告诉他我有男朋友……"

时洲没吭声。她先前谈的那个男朋友，也是比她小了几岁，何况她这天这身显嫩的打扮，完全看不出年纪。

如今已经是四月份，中午太阳火热，许泊宁属于比较怕热的那类人，她脱了牛仔外套，只穿着一件纯白色短袖 T 恤，精致漂亮的锁骨上微微沁出汗珠。

时洲望着许泊宁，喉结上下滚动。他轻轻别开眼，哑声回应了她一句。

说起来，他们上次单独出门还是很久之前的事，是谈恋爱那会儿。后来许喻揣在许泊宁肚子里，生子，离婚，五六年的时间，倒像是没过去多久。

许泊宁心不在焉地盯着电影银幕，不免生出几分怅然。

她对自己和身边人都算得上苛刻，现在想想，即使当年时洲不主动提出离婚，恐怕他们也只会在日复一日的冷战中耗空所有感情。

因为在对彼此仍有眷恋的时候分开，如今才会有重新在一起的可能。

许泊宁在黑暗中拉住了时洲的手，时洲微怔，很快反握住她的。

时洲掌心温热，许泊宁没来由地心如鹿跳，指尖在他手心轻挠了一下。她不是故意的，他却突然幼稚起来，有一下没一下地轻蹭着她的指腹。

许泊宁抽回手扭头瞪他。她凑到他耳边咬牙切齿地低哼一声，说："时洲！"

时洲偏过头，轻轻碰了一下她的额头。

许泊宁顿时就蔫了，抿着唇偃旗息鼓。

舆论风波

chapter 12

晚上二人回家，许喻拿田卫方的手机跟许泊宁视频，许泊宁盘腿坐在地毯上，时洲半俯着身站在她身后，手自然地搭在她的肩上。

许泊宁跟小家伙说着话，还没感觉到，直到田卫方走过来，探身瞥了一眼视频画面，笑着唤了一声："时洲。"

"阿姨好。"时洲搁在许泊宁脖颈后的手一僵，喊田卫方。

许泊宁莫名有些心虚，即便昨天已经跟田卫方他们报备过了，然而被田卫方亲眼瞧见，总不是多自在。她一副无所适从的模样，支吾了半天道："妈，我爸呢，还没回来吗？"

田卫方装作没事人似的笑笑道："你爸刚打过电话，一会儿就该到家了。时洲，明天泊宁来接喻喻，你要是没什么事，就跟着来家里坐坐。"

"妈，时洲他没有时间，明天学校那边还有事。"时洲还没开口，许泊宁便插嘴道。

"你这孩子，我又没问你。"田卫方道，又看向时洲，"时洲，你要是忙就下次，以后机会会有的是。"

"好的，阿姨，我明天应该去不了，学校那边有培训课程要参加。"

"那行，你工作重要，我让喻喻跟你们说话。"

许喻现在不像以前那样完全离不开时洲，他昨天独自在田卫方那儿待着，也没吵着要回来，反而因为田卫方和许齐元谁都没有逼着他学习，只陪着他玩，他兴奋得有些乐不思蜀了。

挂断电话，许泊宁的头往后仰，靠着时洲道："你还别说，喻喻不在家，一时半会儿还好，时间久了，真觉得有些冷清。"

许泊宁不常跟许喻待着都有这种感觉，更不要说时洲。他从后面抱住她，说："想喻喻了？"

许泊宁点点头。

时洲沉吟不语，良久喟叹一声："这件事我的确做错了，当初不该把喻喻带那么远，完全没顾及你的感受。"

清瓷镇毕竟离东堰一千多千米，许泊宁就是想看孩子，也不可能动辄跑过去。

许泊宁不知道说什么。她转过身，抱住了时洲，说："你做得已经很好了。"

时洲笑了一下，似有些受宠若惊。他低垂着眸子，忽然问许泊宁："明天才去接喻喻，你想不想去泊山看海上日出？"

东堰市靠海，地处平原地区，全境最高的泊山海拔也不超过百米，泊山地靠海边，许泊宁的名字就是从泊山而来，她对这地方一直怀有特殊的情结。

而泊山对许喻来说更是特殊，也就是那年在泊山，许泊宁意外怀上了许喻。

"这会儿？"许泊宁摸到手机看了一眼，迟疑道，"都已经七点多了，而且你明天十点不是还有培训课吗？我妈让我明天中午回去吃饭。"

"嗯，没事，开车到那里两个多小时，也还好，明天一早回市里来得及。"

大晚上开车过去，来回近五个小时，就为了明早五六点起床看个日出，怎么都觉得不靠谱，许泊宁真是要对时洲另眼相看。

他平日里做事循规蹈矩，完全不像个捏泥巴的艺术家，这会儿看来，他骨子里本就疯狂，只是大部分时候被压制住了。

许泊宁陪他疯。

二人在网上订好酒店，收拾好东西直接开车往泊山去了。临出门前，时洲特意往自己行李包里塞了一个东西，许泊宁没有注意到。

泊山三面环海，他们订了一间带有露台的海景房，推开阳台上的门，就能听到海浪拍打礁石的声音，这会儿脚下不远处的海面黑漆漆一片，什么都瞧不见。

许泊宁披着毛毯，站在那儿吹了一会儿风，有点儿难以置信。两个多小时前她还想着在家里盘着腿玩单机小游戏，这会儿人已经到了山顶的酒店。

明明她因为工作太忙，连陪孩子出游都要再三掂量时间，最近她连逛街都少，一到周末只想在家里补觉。

时洲把客房里的床单和被罩换了后出来找她，许泊宁头也没回招呼他过去坐。

"困不困？"时洲问她，"十点多了。"

许泊宁摇头道："不困，时洲，你记不记得，以前我们来这儿，就是住的这家酒店。"

时洲抬手揽住她的肩，道："记得。"

那会儿他们刚认识没多久，某天周末，她不用加班，就拉着他过来观日出，她告诉他自己的名字是她爷爷站在泊山上取的。

时洲想起往事，又看着身边的许泊宁，忽然从口袋里掏了一个盒子出来。

阳台灯光昏黄，许泊宁没怎么看清，只瞥了一眼就惊愕地望向他。

"其实之前就想给你……"时洲轻声说。

许泊宁深吸了一口气，打断他的话："时洲，是不是太快了点儿？我还没做好复婚的准备，而且你不觉得，我们最好再多相处一段时间……万一分开了呢……许喻那时候大了，他会不会觉得被我们欺骗……"

显而易见，时洲比她还要错愕。他一脸讶然，手中的绒布盒子已经打开，里面放着一条手链。

许泊宁这才知道自己误会了，这是许喻过生日那会儿，时洲打算送她的礼物。

露台上顿时安静下来，许泊宁将身上的毛毯裹紧了一些，轻咳一声刚要开口解释，时洲抿了抿唇，说："我是更想送别的。"

许泊宁因为这个小插曲尴尬得抬不起头，直接伸出左手："哦，那你给我戴。"

海风习习，月色正浓。

时洲额间不断渗出汗，水珠越积越多，"啪"的一声落在许泊宁脸上。她像刚从水里捞出来一般，浑身上下都裹了层细薄的水雾，头发全润湿了。

时洲低头看她，眸色温柔，是她再熟悉不过的样子。

仿佛又回到了那时候。

那一瞬间，有什么东西在许泊宁脑子中破裂了。

许泊宁亮晶晶的眼睛却小狼似的仰头看着时洲。她不知道想起什么，笑了一下，说："时洲，我刚才突然想起那时候，你说小朋友跟泊山有缘，以后孩子的名字也要跑到山上来取。"

当时因为不知道肚子里孩子的性别，许泊宁和时洲想了好几个名字都没有确定下来。

后面因为姓氏问题，又僵持了几日，终究没能满足时洲的心愿。

时洲的面部扭曲了一下，十分克制地点了点头，说："嗯，我知道。"

时洲直接吻住了许泊宁的唇。她在这时候开口，还突然发笑，险些让他彻底崩溃。无论她是有心还是无意，总免不了让他质疑起自己的能力。

许泊宁脑子晕晕的，不知道哪里惹到他了，直等到她沉沉昏睡过去，时洲还精力充沛得很。

说好来看日出，然而等第二天闹钟响起，许泊宁又困又乏，根本睁不开眼睛，还是时洲喊了好一会儿她才从床上爬起。

昨天来得急，没带几件厚衣服，山上清晨气温低，许泊宁那个单薄的毯子抵不上用，干脆裹着被子蜷缩在露台的椅子上。红日慢慢从海面升起，她倚在时洲怀里迷迷糊糊睡着了，完全错过了。

回程的路上，许泊宁坐在副驾驶座上给田卫方打电话："妈，昨天我睡得晚了点儿，估计要下午才能去接喻喻，中午不回家吃饭……嗯，行，你们吃吧，中午不用给我留饭。"

她结束通话，瞪了时洲一眼："时洲，你昨天怎么回事？我怎么说都不听。"

时洲有口难言，男性的自尊也不允许他跟许泊宁正儿八经地谈论这些问题。但是他真的挺在意，想问她是不是没什么感觉，所以才能在那时候笑出声。

据说男女在这件事上的体验其实大相径庭，男人通常自我感觉良好，认为自己天下第一，强悍得不得了，能叫自己的伴侣酣畅淋漓，醉生梦死。而事实上，女人很有可能只是在假装配合，何况许泊宁或许还曾暗地里比较过。

时洲认为自己并没有那么古板，他们离婚了，她有新的恋情，所有身体接触都是正常的，他不想在这上面纠结不放。然而他越在乎许泊宁，抱着她的时候越会忍不住去胡思乱想，去妒忌、猜疑，这些阴暗的情绪掺杂着，让他不由得保持了沉默。

他先送许泊宁回家，许泊宁没让他把车开进小区，说："这会儿九点半，你去学校吧，我自己走回去就是了，也不算远。"

"泊宁。"时洲忽然喊她。

许泊宁正要开车门，听到时洲的话，扭头看他，问："嗯？还有什么事吗？要回家拿东西？"

时洲摇摇头，低头想了一会儿道："昨晚，是不是你的感觉……不那么好？"

许泊宁脸一红。刚才路上她嗔怪了他一下，就当这事已经过去，他又提起这茬儿做什么，任谁被没轻没重地折腾都不会好受。她急着下车，敷衍道："是有点儿，你下次注意就行。"

时洲神不守舍地看着她的背影没吱声。

许泊宁拎着包下车，扶着车门催促他："我回去睡会儿，你再不走就要迟到了，下午我去接许喻，要是回来晚估计就在我妈那儿吃了，你自己吃点儿东西，不要管我们。"

培训课结束，时洲收到一条陌生的好友申请。这是他的工作微信，附在课程PPT后面，平时加他的基本都是院系的学生，他看一眼备注后，通过了对方的申请。

许泊宁在家睡到下午才去田卫方那儿接许喻，到的时候都五点了，田卫方留她吃了饭。

母子俩都不回来，时洲到家简单给自己煮了点儿面条，坐在桌前，一边吃，一边随手翻看新闻，忽然手机状态栏跳出来一条信息，原来是下午刚加他好友的那位。

对方说："时老师，您好。"

时洲出于礼貌回应："你好。"

对方很快又发来一张照片，还附带了几句话："不好意思，时老师，昨天听完讲座后我和同学正好在走廊上看到你们，因为好奇才拍了照片，这是您老婆吗？跟您好般配呀，您要是觉得唐突，我马上删掉，祝你们幸福美满！"

照片里他和许泊宁在走廊上走，他的手还搂着许泊宁的腰。

现今社交软件的丰富使得信息接收、传播速度更快，作为高校老师，经常有学生在课堂上偷偷拍摄，时洲早适应了镜头。去年十一月份，他还在某个短视频平台上小火了一把。

时洲皱着眉将照片保存下来。他是不介意，可上面还有许泊宁，他想了想，回复道："谢谢同学的祝福，照片麻烦删掉可以吗？"

对方回了"好的"便再没有动静，时洲也未放在心上。

晚些时候许泊宁带着许喻回来，小家伙两天没见时洲，一进屋就找他。

"喻喻睡了一路，我还想着要不要让你去接我们，到楼下的时候他就醒了。"许泊宁对时洲说。

"这么多东西，应该提前给我打个电话。"

"没事，也不是特别重。"

"爸爸。"许喻揉了揉眼睛去拉时洲。

时洲领着许喻去洗手，他踩着小凳子认真地搓洗手，冷不丁地对时洲说："爸爸，我想要个弟弟或妹妹。"

时洲愣了半拍，问他："喻喻怎么突然说这个？"

小家伙踮起脚，要时洲低下头悄悄跟他讲："爸爸，我们班陈嘉睿就有个妹妹，她也跟我们一个幼儿园，不过她不在我们班，她是小（二）班的。"

时洲笑着摸了一下他的头，没说话。

过了一会儿，他把擦手的毛巾递给许喻，不放心地嘱咐道："喻喻，刚才那话不要在妈妈面前说，知道了吗？"

小家伙不太懂为什么要瞒着妈妈，但他最听时洲的话，说："知道，但是爸爸，我已经和妈妈说过了呀。"

许泊宁将从田卫方那儿带回来的东西放进冰箱，突然拎着保鲜袋出来喊时洲："你还记得冰箱里这个西红柿是什么时候买的吗？塞在果蔬抽屉里面，我刚才才看到，是不是不能吃了？"

"西红柿是我上周四买的，忘记吃了，应该没有变质，留着明天炒鸡蛋吧。"时洲的神色微微僵硬，也不知道许泊宁听进去了多少。他跟着她进厨房一起收拾。

"好。"许泊宁面色如常地说道，"这边我来弄，你给喻喻拿衣服让他去洗澡吧，八点多了，虽然他在路上睡了一会儿，但他明天还要去幼儿园呢。"

时洲转身要走，许泊宁瞄了他一眼，在他身后冷冷地开口："时洲，什么话不能在我面前说呀，你别教坏我儿子。"

"没……"时洲好一会儿才开口，"刚才喻喻提到弟弟妹妹……我就是……"

"哦，那个，今天上午我妈带他在小区游乐场那儿玩，碰到个带孩子的阿姨，人家逗了他两句，他就记住了，有样学样，下午已经问了我好几次。"许泊宁笑笑，继续整理冰箱。

每次回家，田卫方都大包小包地给她准备东西。时洲那边也差不多。前天他回去拿证件，同样带过来不少东西，冰箱都被塞满了。

时洲轻轻地"嗯"了一声。

许泊宁故作淡定道："小孩子随口说的话，你这样当真做什么，我妈说我小时候还追着她要哥哥姐姐呢，他回头就忘了。"

等时洲走出去，许泊宁抬手摸了一下脸。大概是在冰箱旁收拾太久的缘故，手心冰冷，脸上感觉热乎乎的。

周盼跟许泊宁说她可能恋爱了，许泊宁对此丝毫没吃惊，电话中笑了一下问周盼："是不是罗江超？他今年不用去非洲？"

"你怎么知道？"倒是周盼心里纳罕，"那边项目已经完成，不用过去了，东堰市二〇二五年前不是预计开通十三号地铁线路吗？他们公司中标，最近两三年应该都留在东堰，不会出差。"

许泊宁嘴里嚼着许喻塞过来的苹果，说："你回来工作这几年一直空窗期，除了这位，我还真想不到还有什么人。正好，最近约个时间我们碰碰，之前说了吃饭，一直都没有空，你看下周怎么样？这周六时洲要考试，周末我妈说要过来。"

"行啊。"周盼笑着道，"不过说实在的，许泊宁，你打算什么时候请我喝喜酒？"

许泊宁下意识地看向紧闭着的书房门，压低了声音回她："再说吧。"

结束通话，许泊宁站起身看了一眼时间，问在客厅里玩的许喻："喻喻，你晚上想吃什么，妈妈来煮，家里还有南瓜，给你做个芝士南瓜好不好？再炒个青菜和鸡蛋。"

"好，我最喜欢吃芝士南瓜了。"许喻爱吃甜食，高兴得又是跳又是拍手。

时洲最近正忙着普通话等级考试的事，常在书房自己练习。许泊宁怕许喻去打扰时洲，紧跟着又道："喻喻，你在外面玩会儿，可以看五分钟电视，但是别去书房，爸爸要看书。"

许喻懂事地点点头，说："我不会去打搅爸爸的。"

许泊宁没等时洲提，自己主动承担了家里大部分家务，包括早晨送许喻上学。

她的工作其实也很忙，自从她选择站在王辉那边，朱正坤明面上不说什么，但是他作为直接领导，明显给许泊宁分派了许多分外的工作。跟产品部的沟通也变得困难起来，好好的方案，对方部门偏偏推三阻四，运营部的同事去交涉也没用，只能她亲自盯着，若是活动没能按期上线，到最后责任还是她扛。

职场上的钩心斗角许泊宁还真没怎么碰到过，只不过领导要想给下属穿小鞋简直太容易了。晚上八点多，朱正坤还让她加班处理事情，还需要找同事沟通。

许喻已经睡下，时洲出了书房，在许泊宁旁边看书。他见她蹙着眉，一脸忧郁，抬头问她发生了什么事。

"我需要找同事开个会，会影响你吗？要不然我去房间里。"

"没事，你开你的，我不发出声音就是。"时洲摇头道。

许泊宁叹了一口气跟时洲吐槽："明天上午也能处理的事，非要我大晚上的去找人家，这是要我把同事都得罪光。"

她心想朱正坤御下挺有一套，刚来公司就给她来了一个下马威，但是做事又有理有据，让人挑不出毛病，自己还对他评价颇高。

"那怎么办？"时洲觉得棘手，不好乱说话。

依时洲来看，许泊宁现在的公司乌烟瘴气，闹心的事太多，不如直接辞职换份工作。不过他也明白，他的意见毫无借鉴性可言，还没许齐元的来得更有说服力。

不用许齐元说，许泊宁自己也清楚。她道："先干着吧，其实最近两天我真考虑过要不要辞职，但是转念想想，换家公司未必就没有这些事。老许有句话说得对，吃多大碗饭，背多大的锅，逃避肯定不行。"

她还有孩子要养，何况以她的性子，也不是一遇到点儿事就胆怯的人。

"嗯，你决定就好。"时洲开口，想想又道，"我支持你。"

许泊宁歪头看他，难免想到刚才周盼在电话里问她的事，还有那天二人在泊山，她误会了盒子里的东西。

许泊宁清楚，就算时洲这会儿真变出个戒指，她也不会接受，然而内心还是矛盾，想东想西。

从泊山回来，许泊宁做了一次噩梦。梦里时洲真跟她求婚了，可她高傲地站着睥睨他，不但对时洲不屑一顾，而且恶语相向："时洲，前段时间我都是骗你的，其实我就是想让你尝尝被人甩了的滋味。"

许泊宁当时直接被吓醒了，都说梦境是人潜意识的反映，她甚至怀疑自己内心真的就是这样想的。时洲跟着她醒来，温声询问她怎么了，她神色异样，仓皇下床去了浴室，什么都没说。

许泊宁伸手抱住时洲。他不明所以，以为她还在因工作苦恼，回抱住她，在她背后轻拍了两下，又低声重复了一遍刚才的话："泊宁，你工作上的事我不是很懂，但我肯定支持你。"

"嗯。"许泊宁应了声，头埋在他肩处好一会儿才抬头，从他怀里站起身。她说，"我去拿笔记本，再晚人家都该睡了，晚点儿我还要把方案整理好发给领导。"

"我陪你。"

几日后的周末，田卫方从家里过来。时洲前一天刚参加完普通话等级考试，中午吃过饭后带着许喻去了工作室，许泊宁便陪着田卫方出门逛街。

田卫方进去试衣间，换了衣服出来，刚想问许泊宁衣服怎么样，才发现许泊宁压根儿不在店里。

再往外面看去，许泊宁正倚着栏杆跟人打电话。田卫方笑笑，对柜姐道："这两件先给我包起来吧，其他的等我女儿过来再说。"

柜姐机灵地说："您可真有福气，女儿孝顺贴心，很少看到姑娘这么大了，还愿意陪妈妈出来逛街的。"

田卫方笑笑："贴心是贴心，就是工作忙了点儿。"

许泊宁不知道碰到了什么事，隔了好一会儿方挂断电话进来。她瞧了瞧田卫方身上的衣服，说："你皮肤白，这件挺适合你的，顶多再过两个星期，天就热了，正好可以穿。妈，刚才我公司那边打电话，要我现在就过去一趟。"

"那你赶紧去吧。"田卫方刚才已经猜到，忙道。

许泊宁没有推辞："不然我先送你回家吧？"

"不用管我，回头我自己打车走，时洲和喻喻都不在家，我也就不上楼了，给你们带的菜记得吃，放久了也不新鲜。"田卫方摆摆手。

许泊宁拿着包就匆匆走了，没走多远又拿出手机："盼盼，你把那个账号名字发我一下。"

周盼刚才打电话给许泊宁，说在某社交网络平台上看到有人爆料，公开指责 T 大美术学院某教师婚内出轨，与女学生交往，并附了二人的聊天记录，言辞露骨，不堪入目。

文章里虽然没有指名道姓，可其中指向性太明显。

周盼本就经常跟文字打交道。她很快将账号发过来，劝许泊宁："你先别着急，也不一定就是时洲，我看时洲并不是那样的人，何况文章里面大多数都是春秋笔法，乍看很有说服力，但事实上漏洞很多，完全经不起推敲。'婚内出轨'这条跟他就不符，你看看再说。"

周盼不清楚，时洲在学校都宣称自己已婚。

许泊宁摇摇头，转而发觉对方看不到，又否认道："不是的，盼盼，我不是怀疑他……"

内容很长，许泊宁大概看了几眼，几乎能确定文中所说的那位男主角是时洲无疑。

许泊宁跟时洲在一起的时间不算长，可也不短。奇怪的是，即便是在婚姻存续期间，二人起了龃龉，他提出离婚，她也没有因此质疑过他可能在外面有了第三者。

她觉得以时洲的性子，断不会做出这样的事。

离婚后很长的一段时间里，她对时洲怨恨颇多。可她从未在旁人面前诋毁过他，其中虽然有她自己太好面子的缘故，不过他在律己这点上确实无可指摘。

就像许泊宁之前在他车里闻到陌生的香水味。她当下心存芥蒂，后面二人和好后她完全忘记了这事，她相信他不可能在追求她的时候又跟别人牵扯不清。

倒是后来有一次许泊宁单独坐时洲的车，时洲帮她调整座椅时才顺便提了一句："上次忙展览的事，有一天回来晚了，当时有两个前辈没开车过来，我顺便送她们回去了一趟。"

许泊宁坐在副驾驶座上微愣，问："怎么突然说起这个？"

"你以前不是说过，副驾驶座只有你才能坐。"时洲轻笑了一下。

她顿时臊得满脸通红，讪讪道："那会儿不是还年轻嘛，不懂事，我胡诌的，你还记得。"

时洲眼含笑意地凝望着她，没说话。

许泊宁心里没别的想法，只想着要赶紧告诉时洲。她退出页面，打算给时洲打电话的时候，手机便响了。

"泊宁，阿姨在你身边吗？"时洲先开口问她，"我有点儿事要跟你说。"

许泊宁闻言，瞬间明白他已经知道。也是，他毕竟是当事人。

"我在停车场，我妈刚说自己打车回去。时洲，你和喻喻还在工作室吗？我过去找你们。"许泊宁道。

许喻专心致志地坐在小板凳上走泥，时洲嘱咐他两句，就往镂空屏风后面走了走，轻描淡写地把事情说了："这事我没有做过，那个聊天记录是伪造的，学校已经报了警，一会儿我需要去配合调查取证，做个笔录。你先带喻喻回家吧。"

"我信你。"今天周末，路上有些堵车，许泊宁戴着无线耳机看向前方的红绿灯，"你等我一会儿，我还有二十分钟就到了。"

刚才她随便看了几眼，网络上几乎都是辱骂他的评论，那些污言秽语看得她无比愤慨，她实在没忍住，登录账号上去回了两句，却很快被留言淹没。

她突然很想见到时洲，倒不是担心他的意志不够坚定，就是这会儿，她想站在他身边而已。就算不说话，抱一下时洲也好。

时洲听着她的话，忽然喉头哽塞。他偏过身，安静地看着坐在不远处的儿子，说："好，那你开车慢点儿，不要着急，我等你来了再走。"

T大建校近百年，不是头一回遇到这类舆论事件，学校拥有健全的预警机制，因为不排除某些教师本身师德欠缺，所以学校那边第一时间联系了时洲，以便判定事件性质，前前后后四五个电话事无巨细地询问，最后还是时洲主动要求报的警。

一遍又一遍地剖析自己的私生活，饶是时洲再好的性子都觉得受不住，尤其他内心一直充斥着一股羞辱感。

许泊宁将车停在工作室外面，许喻看她走进来，满手泥巴便要抱她。她温和地哄他："喻喻，你玩你的，妈妈和爸爸有话要讲，好不好？"

"哦，好。"小家伙落寞地点点头。

许泊宁于心不忍，还是去摸了摸他的脸蛋，夸他："喻喻捏得真棒。"

时洲拿着手机坐在屏风后面。就这二十分钟，他又接了不少电话。

时洲努力压抑着自己的情绪，见到许泊宁，勉强扯出一抹笑，说："泊宁。"

"笑得难看死了。"许泊宁慢慢走到他跟前。她低下头像刚才对待许喻那样揉了揉他的脸，又是捏又是搓的，随后俯身抱住他，宽慰道，"没事的，时洲。"

"嗯，别捏了，你拿我当喻喻哄呢？"

时洲单手搂住她的腰，不经意间抬头看了看，许喻从屏风后探出头，冲他眨眨眼，说："爸爸，你喊我吗？"

许喻不知道在那儿站了多久，他手中的白泥还没清洗干净，黏糊糊的，弄在楠木屏风的雕花上。

时洲忍不住扶额，许泊宁听到声音急忙推开他，扭头望向许喻。她轻咳几声教育孩子："喻喻，你把爸爸的屏风给弄脏了，快去洗个手来帮爸爸擦干净。"

"爸爸，对不起。"许喻听话地将头缩了回去。

小家伙顿时跑开了。

让母子俩这么一打岔，时洲的心情舒坦了许多。他站起身，眉眼柔和地低头看着许泊宁，说："我其实还好，网上那些评论你少看，免得影响心情，等喻喻洗完手，你带他先回去吧。"

"好，是谁要陷害你吗？如果报警的话，应该很快能查出来是谁发的，你心里有可疑的人吗？"许泊宁问他。

"具体是谁我也不确定，还是别臆测了，没查出来之前胡乱猜测对谁都不好。"时洲摇摇头。

这事说大不大，说小不小，就算爆料是真的，双方都是成年人，归根结底还是道德层面的问题。

T大有舆情监管处置组，评估舆情走向及可能出现的风险，并在适当时机引导舆论，将对T大的负面影响降到最低。

舆情没有大规模传播开来，然而T大尤其是美院这边的师生基本都知道了时洲的事，虽然觉得他无辜，帮他说话的学生也不少，但作为育人子弟的教师，处于舆论的风口浪尖，对时洲来说本身就是糟糕的事。

万幸的是双方长辈还不知道这件事，时洲下午之所以问田卫方在不在许泊宁身边，也是不想让他们知晓。担忧暂且不论，更怕会坏了自己在他们心中的印象。

老话说"苍蝇不叮无缝的蛋"，别人好好的，什么事都没有，就他总是出状况。

上学期时洲就因为男女问题被停课几天，这新学期才开学两个多月，又折腾出事情来，总有人觉得八成还是他自身有问题。

美术学院副院长陪时洲来派出所，对方可能也是这么个看法，私下语重心长地对时洲道："小时呀，其实咱们院系很看好你，你年纪轻轻大有可为，就是这个作风问题还是要更小心谨慎些才好。不瞒你说，咱们学校领导对这件事情很重视，弄得不好，你和我都没法收场。"

副院长措辞严谨，话到嘴边留三分，不过时洲清楚他的意思，作为刚入职还不到一年的新教师，学校没因此直接跟他解除聘用合同已经是给了他情面。

许泊宁晚上早早哄许喻睡下，田卫方不放心，以为她还在公司加班，特意打了电话来问："你可别骗我，我跟你讲，不要仗着自己年轻身体好就不重视，等到我和你爸这年纪，腰疼腿疼，有你后悔的。要我看哪，你像时洲或者唐余他们考个有编制的工作多好，清闲不累人，时洲还有寒暑假。他人呢？你让我跟他说句话，我让他帮我监督你。"

许泊宁心说他这会儿还在派出所待着呢，便打着哈哈敷衍田卫方："妈，现在就拿人当女婿是不是早了点儿，他也管不到我。"

田卫方哑口无言："行吧，尽耍贫嘴。"

时洲直到晚上十点多才从外面回来，许泊宁一直在等着他。她走过去，帮他把电脑包搁下。

时洲面带倦容，说："我去洗个澡换身衣服。"

许泊宁点点头，瞧着时洲的表情不太对劲，意识到不妥后，她回了房间，坐在床上耐着性子等他。

时洲好一会儿才从浴室出来。他看许泊宁拍了拍床边，才笑了笑，说："困了，要不要先睡？"

"睡不着，你那边怎么说的？"许泊宁问他。

时洲上了床，顺手搂住许泊宁，低头在她发丝间轻嗅了一下，道："已经知道对方是谁了，她用的是校园网，IP很容易查出来。上学期期末的时候……那个女生你还记得吗？"

"是她？"许泊宁略显惊愕，看向时洲。

她对那个女生印象深刻，不久前在时洲的讲座上，她还见过，当时就猜测了一番，还向时洲确认来着。

"嗯。"时洲蹙眉应她。

许泊宁捏着他的手指，不解地问："那个女生不是喜欢你吗？无缘无故怎么做出来这种事？"

"派出所传唤她过来，据她自己交代，是因为上次讲座，你去学校了，看到我们走在一起，她一时糊涂胡乱编造了一个故事，不知道怎么被大V注意到并转发出去。"时洲完全不能理解这种做法，抱着许泊宁长叹了一口气。

人心是最说不清的东西，说白了大概率是因为嫉妒，见不得心生好感的男老师跟别的女人好，小姑娘泄私愤，大概根本没想到后果会这么严重。

"现在打算怎么办？"许泊宁不愿意在这种毫无意义的、她自己觉得三观扭曲的事情上纠结，只关心结果。

时洲默默不语，半天才道："我一直以为，作为一个成年人，无论在什么境况下，都得要为自己的言行负责。学校那边说会结合报警情况出通报。至于对方，我想以诽谤罪起诉她，然而学校不太赞成。"

他珍惜自己的羽毛，想以公平公正的方式为自己正名。学校需要考虑的情况则更多，更希望大事化小，听说女生的父亲已经连夜坐火车赶来东堰市，明天上午双方见了面再调解。

许泊宁肯定支持时洲的做法，任谁好端端地被泼了一盆污水都不会好过，何况这件事对时洲的影响显而易见。

就算学校出了通报，还是会有许多"键盘侠"根本不信，觉得T大包庇、护短，什么都没有一纸判决来得更有说服力。

可是学校那边既然这样考虑必然有自己的理由，诽谤罪一旦成立就是刑事案件，那个女生刚入大学没多久，就要面临着退学、坐牢，万一心理承受能力差，不仅仅学校，包括时洲都永远不得安宁。

而且那个女生已在派出所做过笔录，亲口承认捏造事实，只要时洲向法院起诉，证据确凿，女生被判刑的可能性极大。

"时洲，我明天请假跟你一起去吧。"许泊宁认真想了片刻对时洲道。

要真吵起来，时洲连架都吵不赢。

时洲从今天下午开始就不在状态，要搁平时，他绝对不会同意把许泊宁卷进来。可他毕竟是人，有私欲，陷入泥沼中也会希望有人能拽他一把。

周一上午，时洲还有两节课，许泊宁在他们院系教学楼逛了两圈，中途休息的时候，时洲把自己的水杯拿给了她。

她早上吃了两个包子，又走了不少路，这会儿确实渴了。她就着时洲的手仰头喝了两口水，才想起来问他："有没有学生在你面前说什么呀？你不要管那些。"

"你想多了，他们哪里敢，何况学校早上七点就出通报了。"时洲帮她拿着杯子，停顿了一下，"十一点去办公室。"

她重重地点头表示自己知道了。

许泊宁觉得自己这会儿无坚不摧，心肠极其硬，一会儿还有一场仗要打，好护着时洲这只鸡崽子。待会儿无论对方说什么，她都不会同意和解。

时洲看她一脸严肃，大义凛然的模样，唇角不由得微微上扬几分，打趣道："见面说两句而已，不用这么紧张的。"

"我没紧张啊。"许泊宁不承认。

可谁都没料到，到了办公室，三方刚一会面，学校这边领导才说了几句话，女生的父亲就拉开椅子，直接给时洲和许泊宁跪下了。

女生家在外省某个县级市，家中还有个姐姐，学艺术的最烧钱，家庭条件都不会太差。她父亲衣着打扮还算体面，近一米八的汉子"扑通"一下跪在跟前，大家都知道这是道德绑架，可总不能真的不管不顾。

时洲面无表情地将他扶起来，说："潘桐爸爸，潘桐有判断及约束自己行为的能力，更不该让你来替她道歉。"

他这话刚说完，对方就要拉着一旁的女儿跪下来给他磕头，女生不愿意，双眼通红，倔强地站在那里。

这点许泊宁倒是能够理解，再怎么说小姑娘对时洲曾经抱有好感，让她给时洲下跪，定然觉得丢脸。

她父亲拉扯了两下见她没反应，抬起手一巴掌就要甩过去，却僵在半空迟迟没有动作，顿时红了眼哭出来："你还不道歉，老师要告你，要坐牢的你知不知道，你怎么这么糊涂？！你妈和你姐现在还不清楚这个事……你是不是要气死她们……"

能看得出女生平时在家里比较受宠，要不然犯了这么大的事，父亲气急了也愣是没动她半根手指头。

潘桐这一天一夜也不好过，听到这儿终于有了点儿反应，哭出声道："时老师，对不起，我真的不知道会发展成这样，对不起……"

学校领导在旁边看了一眼时洲，把他往边上拉了拉，低声对他说道："时老师，你看这事？咱这教书育人，学生犯了错不假，可总要给学生改过自新的机会，如果真闹大了，学校方面为难，你也烦心。"

许泊宁看向时洲，不大确定这会儿自己开口合不合适。她在桌子下面捏了捏时洲的手，刚要说话，时洲却开口说了一句："魏院长，我明白了。"

这就是同意退让的意思了。

"那就好，时老师，时间不早了，你带夫人先去吃饭吧，这儿我来处理，你放心，肯定给你个满意的交代。"魏院长蓦然松了一口气道。

万一时洲死咬着不肯让步，事情真闹大了，确实不好办。

许泊宁觉得今天自己跟着时洲来学校来了个寂寞，一句话没说，到最后还是时洲妥协。她叹息道："一点儿都没能帮上你的忙。"

时洲失笑摇头："不是的，你今天过来就帮了我大忙了，当时那个情况，我还真不知道怎么办。"

"时洲，你觉得学校会怎么处理？"

"可能记大过，留校察看吧。三食堂的酸菜鱼还不错，要不要去尝尝？"时洲不想再谈这个，换了一个话题问她。

"好哇，我都好几年没吃过学校食堂了，被你这么一说，还真有点儿饿了。"

学校的讨论结果很快出来了，果真是像时洲所想的那样，女生被记大过，许泊宁对此愤愤不平。她没度人的那种境界，然而看时洲不想再提这件事的样子，她也未再说什么。

倒是几天后，许泊宁听时洲随口提了一句："潘桐自己申请退学了。"

这件事在学校被传得沸沸扬扬，原本大家还不知道始作俑者是潘桐，或许还想着时洲身不正。等学校通报处理结果一出来，许多同学顿时明白了是怎么回事，就算时洲不予追究，她也受不住周围同学明里暗里的排挤，主动向学校申请退学了。

潘桐今年刚读大一，退学回去重新参加高考，虽然受了教训，但总比坐牢强些。

许泊宁闻言道："这样也好，省得在一个学院里头，我还担心她再弄出点儿什么事。我看她就是家里太溺爱，蜜罐子里长大的，不知道轻重，就上次那种情况，搁我身上，老许肯定一巴掌甩下来。不说这个了，你觉得周盼她男朋友怎么样？我看他虽然不怎么说话，人却细心得很，就是做事太一板一眼了点儿，和周盼喜欢的类型好像不太一样。"

时洲对此表示怀疑，别看他前岳父脾气急，要许泊宁真闹出点儿事，恐怕还是护短的可能性大。

二人刚带着许喻跟周盼他们吃了顿饭，时洲自己现在都还没"转正"，知道她和周盼的关系，不敢胡乱发表意见，再说他也不是爱背后嚼舌根的人。他沉吟片刻回她："我看着挺好，主要还是周盼她自己觉得合适。"

时洲回答得滴水不漏，许泊宁扭头看向一旁眨巴着眼睛认真听父母聊天的许喻，笑着揉了一下许喻的头，知道从时洲那儿听不到什么建设性的意见。她说："她自己觉得好最重要，不过谈恋爱还行，结婚毕竟是终身大事，不能太草率了。"

许泊宁心说周盼那性子本就不爱受拘束，而她男朋友罗江超显然更宜室宜家，二人性情截然不同，若是关系更进一步，还需要多磨合才好。

毕竟她跟时洲这前车之鉴就摆在这儿。

时洲抬头看了看后视镜，冷不丁来了一句："其实这样也没有什么不好，主要还是看个人。"

许泊宁怔怔地看着在前面开车的时洲，半晌，忽然笑了一下，说："也是。时洲，明天你要是没什么事，跟我回趟家吧。"

许泊宁最近回家的次数有些频繁。

前三年，她顶多过年的时候在家待两天，弄得田卫方接到电话后跟许齐元直感慨："泊宁这孩子从来报喜不报忧，她要是有点儿什么事情，肯定不往家里跑，我们也不清楚。时洲比她稳重，有他看着，真碰上难处，还能有个商量的人。"

许泊宁不知道田卫方这会儿对时洲的评价，知道的话定然要嗤之以鼻。

她坐在沙发上打了一个哈欠，看着来来回回往房间里跑了好几趟的时洲，道："我看这件就可以，而且我实在没看出来，这和刚才那件有什么区别。"

时洲这一晚上，光顾着试衣服了。

"穿这件衬衫见叔叔阿姨会不会太严肃了点儿？"时洲低头看了一眼，"明天温度高，不然我去换件T恤？"

"别折腾了，我爸妈见过你多少次了，又不是头一回见，时洲，你怎么比你儿子还难缠。"许泊宁毫不客气地吐槽道，不愿意再继续配合他，作势要回卧室。

许喻临近毕业，最近幼儿园里在排练毕业典礼的节目，他们班级表演《感恩的心》，小家伙没事就在家练习。

许泊宁晚上给他读故事，他时不时哼两句，她耳朵都听出茧子来了，作为母亲还得一遍又一遍地跟在他后头鼓掌，夸他唱得好，表演得棒。

谁知道好不容易哄睡小家伙，还要继续受时洲的"荼毒"，当年许泊宁意外怀孕后第一次领时洲回去都没见他这么紧张过，现在反而越活越倒退了。

好好的一个周六，许泊宁本想早点儿睡觉。

许泊宁回卧室没多久便睡下了，睡得正迷糊时，感觉身后有人贴了上来，那人太聒噪，非搅和她的清梦，她不想听，胡乱挥舞了两下手，又隐约听到男声喊着她的名字。

那样低沉温柔，是许泊宁最喜欢的语调。她闭着眼翻身，脸无意识地往热源处贴，寻了一个舒服的姿势沉沉睡去。

许泊宁昨天没跟田卫方说时洲也跟着她一起来家里，而且还大包小包拎了不少礼物。

田卫方稍怔，默不作声地看了许齐元一眼，让他招呼时洲坐下，自己则喊了许泊宁过去："泊宁，你来一下，帮我准备点儿水果。"

母女俩刚离开客厅，田卫方就开口问许泊宁："今天这算是什么意思？"

许泊宁不自在地拢了一下头发，说："时洲就是来家里坐坐，你们随便怎么想都行。"

许喻都那么大了，难不成还当头一次带男朋友回家吗？

田卫方看她的样子顿时心下了然，笑着说："那你昨天也不早点儿讲，我好去买点儿时洲爱吃的菜，我记得他喜欢吃牛肉，是不？我看看冰箱里还有没有。"

"没事，时洲又不挑食。"许泊宁道。

田卫方不理她，走过去打开冰箱，想想还是不放心，又多问了一句："泊宁，这回真考虑好了？"

父母闹别扭，孩子以后懂事了，夹在中间也痛苦。

许泊宁不知道怎么说。在她看来这一举动还没到愿意去领证的地步，而田卫方明显不这么想。

当然，许泊宁不愿意去领证，不是因为和时洲关系不和谐。相反，近来二人的关系甚至滋生了一点儿颇耐人寻味的变化。

这种微妙变化在于，无论是许泊宁还是时洲，不知道什么时候开始，都越过了刚在一起时的局促和小心翼翼，渐渐愿意在对方面前显露出自己软弱的一面。

她含糊其词地"嗯"了一声，田卫方没有继续追问，跟她一起进了客厅。

许喻在院子里玩，客厅里极为安静，许齐元正煮着茶，茶具还是过年时时洲送的那套，底下有时洲的印章。他不开口，时洲更不知道该说什么，在他左手边干巴巴地坐着。

直到田卫方和许泊宁走过来，尴尬的气氛才稍微缓解。

"时洲，就当在自己家里一样，不用客气，上次你送的这套茶具，泊宁她爸可喜欢了，现在几乎天天都用。"田卫方笑着将果盘放在桌上，招呼时洲道。

许齐元看了看妻子和女儿，终究什么话都没说，兀自帮时洲倒了一杯，说："时洲，你尝尝，这是今年刚从福建寄来的白茶。"

"谢谢叔叔。"时洲站起身，毕恭毕敬地双手接过茶盏。

许泊宁见许齐元待时洲这么和气，竟然有点儿不习惯。

许齐元对这个前女婿自然有不满，但就像田卫方之前对许泊宁说的，他找人算过近一年里的好日子，对许泊宁和时洲复合这件事情，他心里早就妥协了。

田卫方这个前岳母兼现女朋友母亲做得极为称职，生怕时洲丢了面子，饭桌上特意叮嘱道："时洲，我听泊宁讲，你们也有些日子没带喻喻回时老师那儿了，他们肯定想孩子，有空的话多带他去转转。"

时洲笑着应下，许泊宁只当听不懂田卫方拿许喻做幌子，实则催时洲带她回去见父母的事。

许齐元因为身体不好，现在彻底戒了酒，不再拉着时洲喝。吃完饭，坐了一会儿，明天周一都要上班、上课，田卫方也没有多留许泊宁他们。

等时洲系好安全带，正打算开车离开，田卫方忽然急匆匆跑出院子，说："你看我这记性，这事儿差点儿都忘了。"

许泊宁眼尖，瞧见她手上的红包，笑着说："妈，这么破费干吗？我回家一趟连吃带拿，不用给喻喻钱的，过年压岁钱就给得不少。"

田卫方却越过她直接递给时洲说："时洲，这是阿姨跟叔叔给你的。"

看着就是厚厚的一叠，时洲没接，偏头看向许泊宁。

"那就收着吧。"许泊宁说，"妈，我们先走了，你和爸在家注意点儿身体，尤其我爸。"

"你也是，年轻是本钱，那也得身体好才行，时洲，你帮我管着点儿她。"田卫方满脸堆笑，又跟许喻道，"喻喻，跟奶奶拜拜。"

许喻夸张地做了好几个飞吻："拜拜，奶奶。"

田卫方给了时洲一万零一块，跟几年前他第一次去她家时的数额一样。

许泊宁看着时洲手上的红包，心说田卫方大部分时候做事都不肯落人口实，做足了礼数，不让人挑出半点儿毛病。

重归于好

chapter 13

周一一早开了两个多小时的会，许泊宁刚从会议室出来，听公司前台说有人找她。她走出去看到来人，微微吃了一惊，原来是李茜。

许泊宁上次见到李茜还是在她婚礼上，前段时间听时洲说她怀孕了，许泊宁还暗自羡慕过她跟张景细水长流、水到渠成的感情。

她很是好奇李茜的来意，暗自在心中猜了几个答案都觉得不靠谱。她约李茜去楼下咖啡馆坐会儿，李茜现在还没显怀，看不出来已怀孕。

许泊宁贴心地帮她拉开椅子，问服务员要了一个软垫，然后才坐下问她："要喝点儿什么？鲜奶行不行？"

"白开水就好。"李茜面上的表情似有些难以启齿，等服务员走远才道，"泊宁，我原本不想来打扰你的，还是在你工作的时候，会不会给你带来困扰？"

许泊宁摇头说："没关系，原本过会儿我也打算去食堂吃饭。我听说你怀孕了，现在几个月啦？"

"三个多月了。"

"你找我有什么事吗？"

李茜低下头晃着自己面前的玻璃杯，叹息道："泊宁，这件事情我这也是不知道要跟谁说，没办法才来找你。"

许泊宁闻言，浑身一激灵。不怨她怕了，实在是唐余的事给她的感觉太过糟糕，她和李茜的关系还可以，但远远没到无话不谈的地步。

而且李茜的性格跟许泊宁并不那么合拍，就像时洲当伴郎那件事，明明还有别的解决办法，她偏绕着弯子，迂回来找许泊宁，让许泊宁去叫时洲知难而退。

不过这纯粹属于个人处理事情的方式，没有什么对错，不好多加置喙。

"什么事呀？"许泊宁当下只能硬着头皮继续往下问。

李茜没说话，直愣愣地盯着面前的水杯，掉了滴泪下来，说："我总觉得……张景在外面有人了……泊宁，张景跟时洲处得最好，什么事都跟他说，你有没有听时洲提过什么？"

"怎么可能？"许泊宁下意识地反驳，脑子里却不知怎的突然想起前段时间某天夜里张景喊时洲出去喝酒。大半夜的，怎么都像是借酒消愁的样子。

她心里咯噔一下，面上丝毫不显，安慰了李茜几句，又喊服务员给她换杯温水："你跟张景在一起都七八年的时间了，不管遇到什么事，还是要先开诚布公谈一谈，何况你现在怀孕了，不要胡思乱想，那样对肚子里的孩子也不好。"

"你不知道，他最近回来得一天比一天晚，前天干脆就没回来，还是我打电话问他，他才说回他爸妈那儿去了……"李茜一边落泪一边说。

许泊宁看着哭泣不止的李茜，顿了顿，忽然一句安慰的话都说不出来。

作为夫妻，不管有没有第三者的存在，其中一方刻意冷落疏远，都委实不是好信号。

晚上许泊宁下班早，跟时洲一起去接许喻，许泊宁明显不在状态，老拿眼神瞄他。

时洲拉着她，有意跟前后家长隔开了点儿距离，问："怎么了？"

许泊宁何尝不知道李茜这又是把她当枪使，不过她听李茜说的话，其中并没多少添油加醋的成分。她不能理解那么多年的感情，刚结婚才几个月，就能对怀孕的妻子进行冷暴力。

她盯着时洲的脸，试探性地说了一句："今天上午李茜到公司来找我。"

时洲一愣，脸色变了变，问："她怎么突然去找你？"

"我听她的意思，好像跟张景之间出了点儿问题，上次你还说张景高兴地喊你出去喝酒，这刚一个多月……也不知道怎么回事。"

时洲沉默了一会儿，回她道："别人的事我们还是少管吧，她下次要是跟你讲，你就安慰两句算了。"

许泊宁没打算插手，李茜怀疑张景在外面有人，是不是捕风捉影她真没数。不过看时洲这反应，肯定是知道些什么，而且八成是真的出了点儿状况。

她暗叹一声，说不上什么感受，憋闷得慌，站在队伍中往前走了一小步，撇过头轻"嗯"一声。她远远看到许喻班级的牌子，语气轻快道："我不会再犯傻的……喻喻出来了。"

二人领着许喻去吃饭，小家伙下午在幼儿园吃得多，扒了几口米饭就不吃了。他嫌无聊坐不住，在那儿叽叽喳喳。一会儿黏着时洲跟他说话，一会儿又要绕到许泊宁那边跟她坐，还是时洲从包里拿了一个魔方给他才哄骗住。

许泊宁盯着小家伙发了一会儿呆，回过神见时洲若有所思地看她，咧嘴道："养孩子可真不容易，以前我听人家说'七八岁的孩子狗都嫌'，你看这还没到那年纪呢，就要开始跟他斗智斗勇。"

"其实也没错，老话都是以虚岁来计算的。"时洲回她。

许泊宁笑了一下没说话。

李茜自从周一找过许泊宁后，跟她的联系突然变得频繁起来，有时候看到一家好吃的餐厅会私信给她，昨天还约她去听钢琴演奏会。

可惜许泊宁不像李茜是自由职业者，最近实在挤不出时间。

晚上许泊宁在公司加了一会儿班，回到家，时洲刚关上许喻的房门。

"睡了？"她凑过去看了一眼，扭头悄声问时洲。

时洲点点头，问："嗯，你吃过了没？"

"在公司吃过了。"

许泊宁将东西收拾好，给自己倒了一杯水。时洲坐在沙发上倚着靠背，招手喊她："泊宁。"

"怎么了？"她喝了一口水，端着杯子走过去。

"没事的话，我们谈谈。"

许泊宁笑了一声，说："谈谈就谈谈，搞得这么严肃，跟开会一样，还嫌我在公司开的会不够多吗？头都疼死了。"

"那我给你揉揉。"

许泊宁没跟他客气，盘腿坐在沙发上。时洲靠近她帮她轻捏着，按摩的手法并不娴熟，不过好在力道适中。

许泊宁闭着眼昏昏欲睡，忽然想起他刚才的话，问："你要跟我谈什么呀？"

时洲手下动作一顿，问道："你最近是不是遇到了什么事？"

许泊宁微愣。她自以为掩饰得很好，正要否认，偏头看了看时洲的脸，抿唇轻叹了一口气，道："其实还好吧。"

时洲又帮她按了按，猜测道："是因为李茜？"

许泊宁心不在焉地摇头又点头。最近李茜天天找她，她不想为了别人的事跟时洲闹别扭，更不是同情李茜，只是觉得，她认识的这些人，好像除了父母那辈，就没几个婚姻和美顺遂的，连李茜和张景这样恋爱数年，相当了解对方的都会出问题。

婚姻、孩子就像是美丽的糖衣炮弹，让人觉得是爱情的最终归宿，却又在关键时候给人致命一击。

许泊宁手中的水已经凉了，她仰头喝了一口，道："我就是觉得，李茜挺不容易的。"

怀孕的人本来就身体不舒服，爱胡思乱想，她站在女性的角度，知道孕育孩子的艰辛，自然偏向李茜。

而且时洲跟张景真不愧是好兄弟，连处理矛盾的手段都如出一辙。大部分男人自以为在感情中比女性更能保持理智，遇到事情不愿意跟伴侣争辩，十分擅长所谓冷处理的方式，殊不知这样只会让矛盾激化。

时洲看着她，垂眸想了想说："两年前张景跑到清瓷镇找我，说他跟李茜闹矛盾了，我当时太忙……也没有心思劝他……后来他在我那儿待了三四天，自己想通了，回去后二人又和好了。张景和她在一起七八年，无论遇到什么事，肯定有他自己的办法，总比我们贸然插手要好。"

他说了许多话，见许泊宁不开口，正要继续说些什么。

许泊宁听出时洲话里的意思，抿唇笑了一下，说："看来我最近还是太闲了。"

她和时洲感情稳定，才有心思去关心别人的事。

"工作忙成这样还闲？"

说起工作，许泊宁笑了笑，说："时洲，跟你说个事儿，今天老大把我喊过去，说下个月发绩效，要把去年的年终奖金补发给我。虽然是受了点儿气，不过还是老许说得对，该站队时赶紧站队，起码资金顺利到位。"

时洲说："那到时候别忘了请我和喻喻吃饭。"

"还不是一句话的事儿。"

六月底，天气炎热起来，许喻从幼儿园毕业，许泊宁和时洲一齐参加他的毕业典礼，小家伙穿着幼儿园统一的制服站在舞台上，表演得特别认真。

许泊宁和时洲在台下看着，为人父母，不免感慨万千。

许喻出生时丁点儿大，许泊宁看他小小的，根本不敢抱他，在月子中心虽然有专业的护士帮着带孩子，但她不放心，时不时伸出指头到婴儿鼻子下探一探呼吸。

时洲劝了她几次，都没能打消她脑子里各种乱七八糟的念头，现在想想那时候的举动，在旁人看来肯定非常滑稽。

许喻还不知道幼儿园毕业意味着什么，表演结束后拉着旁边小朋友的手，二人在那儿说着话。

直到许泊宁向他比了一个手势，他瞧见，高兴地跑过来，往许泊宁身上扑，脸上的粉底和点在眉心的红印都蹭到了许泊宁的长裙上。他仰头看着她道："妈妈，我要把'心'送给你。"

许泊宁低头看着自己身上的污渍，还没来得及感动，小家伙已经跑过去"荼毒"时洲了："还有爸爸。"

两边长辈对小家伙的毕业典礼同样很重视，田卫方甚至提早订好蛋糕，预约饭店包间，时洲的父母也特意请了假过来。

这顿饭阵仗极大，许泊宁到包间看到里面装饰着花花绿绿的气球，搭配着各类礼物盒子，挂着彩带，不知情的，还以为许喻是大学毕业呢。

时洲领着许喻去接他父母，许泊宁没想到田卫方这样大张旗鼓，愣了几秒说："我以为随便吃个饭就好，早知道你这么重视，那也应该由我和时洲来准备，哪能让你这样费心。"

"我也是闲着没什么事，你们年轻人不都说那什么，生活该有仪式感，我可不是替你省事，都是为了咱喻喻。"田卫方扶了扶气球，示意她过来帮忙摆好，"你爸要不是去了外省，今天肯定要来的。"

许泊宁笑笑，走过去，说："许喻才这么点大，是不是太过了？"

嘴上说是这么说，她自己疼起许喻来不比谁少，昨天还买了一套上千的乐高积木搁在家里。

"就他一个，不疼他疼谁？以后你和时洲再生个二胎，我照样疼。"田卫方道。

许泊宁一怔，摇头道："我和时洲都没那个打算。"

结婚都没提上议程，二胎更是没影的事，田卫方这会儿谈起这事八成还是受了周围环境的影响。她老年大学认识的几个姐妹，人家的子女生三胎的都有。

田卫方暗叹女儿娇憨，思想太片面，不过她没打算在这会儿戳破女儿一厢情愿的念头。她看了一眼紧锁的包间门，说："没有就没有吧，我又不催你，就随口提提。不过跟你说句掏心窝的话，你爸那天痛风发作送到医院里去，我当时就在想，你看我和你爸就你一个，以后要真有个三长两短，你连个商量的兄弟姐妹都没有。你外公去世前瘫了一年多，还不是我和你舅舅、姨妈几个轮流伺候的。"

许泊宁蹙眉，很忌讳她的话，尤其他们已经五六十岁，有关生老病死的话题她连听都听不得。她不快地说："妈，你突然说起这个干吗？你和老许身体好着呢。"

"人年纪大了，就喜欢胡思乱想。好，好，不谈这个，你去看看时洲他们怎么还没上来。"田卫方笑道。

"还要一会儿呢，刚才时洲给我发消息，说时老师他们走错出口，跑到 D 幢那里去了。"

许泊宁性情莽撞，做事冲动，不顾后果，但她共情能力强，待人接物还算过得去。这跟田卫方言传身教、潜移默化的教育脱不了关系。

田卫方和许齐元不同，许泊宁不受管教，老许就想摆出架子强压着她低头，可她又不是个能服软的性子，二人常闹得不欢而散。而田卫方遇上不赞同的事，常拐着弯儿来讲道理，面儿上仍是一副开明的模样。

可是田卫方并不清楚许泊宁在谷州发生的事。

许泊宁将气球重新粘好，母女俩坐了几分钟，包间门被人推开。

"泊宁妈，你辛苦了。"曹梅笑着先开口打招呼，四周看了一圈，低身对许喻道，"喻喻，你看你田奶奶给你准备的，喜不喜欢呢？"

"喜欢。"小家伙极给田卫方面子，按捺不住跑过去拆礼物。

"都坐吧，先坐。"田卫方笑着说，"泊宁，你去喊服务员进来点菜。"

许泊宁刚打算绕过桌子，时洲站在离门不远的地方说："我去吧。"

田卫方喜欢时洲这不动声色的体贴，她看向曹梅道："本来我家老许都说好要来，谁知道那边工程又有点儿事需要他去处理。"

"泊宁她爸的公司事情多……"

许泊宁坐在田卫方左手边静静地听着。上个月她也跟时洲回了一趟家，曹老师和时老师待她倒跟离婚后没多大差别，不冷淡也不过分殷勤，临走时也给她包了一个大红包。

田卫方在他们进包间前说的一番话，这会儿许泊宁闲着无聊忽然琢磨过来，想起了一些事。

在谷州那回，时洲的祖母痛哭流涕，得知许喻跟着她姓，像她挖了老太太家祖坟似的。因为太尴尬，那时候许泊宁和时洲的关系也比较别扭，就没有再讨论过这个问题。

上次在时洲家吃饭，曹老师突然说起去年下半年在他们医院出生的新生儿，二胎、三胎占了一半以上，当时许泊宁还在想，曹老师没头没脑地说这些做什么，现在想想，指不定就是说给她听的。

一顿饭吃得许泊宁心不在焉。

许喻下午还有围棋课，上课的地方离饭店不远，曹老师和田卫方原本都想带孩子回去，现在看来，只能再晚几天，等孩子那边课上完再说。

吃完饭，许喻去了培训班，许泊宁和时洲在商场四处逛，顺便等许喻下课。

商场一楼的中心搭了一个展台，某家知名珠宝店在搞周年庆活动。

珠宝首饰对女人来讲，有种天生难以抗拒的吸引力，许泊宁忍不住凑热闹看了两眼，柜姐便热情地给她介绍，从铂金戒指到黄金手镯，说今天她家活动力度大，到年底都没有比这更优惠的。

许泊宁扭头去找时洲，一时没看到时洲的身影。她跟柜姐笑道："我就随便看看，你忙你的去吧，有需要的话我再喊你。"

许泊宁的首饰并不少，大都是结婚时置办的，曹梅和田卫方还分别送了两套给她。

曹老师送的那套是银饰，包括银项圈和银手镯，银子的成色看着有些年头了，是时老师养父母这边传下来的。

离婚的时候许泊宁还给时洲，时洲开始还不收，说让她留着，以后再给许喻他媳妇。

许泊宁觉得留下就跟个烫手山芋差不多，他们家传的东西，值不值钱是一回事，但放在自己这边肯定不合适。

后来时洲搬家的时候，许泊宁直接拿盒子装好塞到他包里，还给了他。

从专柜出来，许泊宁转了小半圈才发现时洲坐在商场椅子上，她笑着打趣道："时洲，你这男朋友有点不够意思呀，不是应该跟在我后面等着付钱吗，怎么还跑了？"

时洲抬头看她，眼神飘忽，问她："有没有看中的？"

许泊宁拨动了一下手腕间的链子，还是二人在泊山上时洲送她的那条。她说："没有，人家太热情，我面子上过不去才跟着去看了看，我首饰已经够多了，还是省着点儿钱以后换车吧。"

最近许泊宁大部分时间都用时洲的车，她那辆前些日子送去保养后，取回来就一直停在地下车库。

由奢入俭难，开惯了时洲的，她那车，感觉单单车噪声这点就受不住。她一直想给自己换辆车，正好前不久补发了去年的年终奖，六位数，好歹钱包鼓了些，有了底气，说不定明年就能换上。

不像前几个月日子难过，她虽然在许喻身上花钱大方，生活费也一分钱没少过，自己却连三四十块的咖啡都给戒了。

时洲没有再说话，"嗯"了一声站起身，走到许泊宁右侧，顺手拿过她的包，说："要不要再去别的地方逛逛，买两件衣服？"

衣服买是要买，不过许泊宁偏头斜睨了一眼时洲。依着他平日里大方的劲儿，听到她提起车，怎么都应该接两句话茬儿，这会儿却像没听到似的。

当然，她也没打算花他的钱。

时洲觉察到许泊宁的目光，没事人般笑了笑，温和地问她："怎么了？怕时间来不及？喻喻还有一个多小时才下课。"

许泊宁低头看了一眼他紧绷着的小臂肌肉，想起这人说自己说谎时喜欢不自觉地握紧手，事实上他并没好到哪里去。她微微挑眉，笑起来说："去逛逛也行。"

幼儿园放假后，许喻又上了三四天围棋课。时洲将学生成绩提交到教务系统，学校这边基本没有什么工作了。

许喻要去许泊宁父母那儿住段时间，时洲正好闲着，先将许泊宁送到公司，再送许喻过去。车开到门外，他看到田卫方跟人站在院子里聊天。

对方看到这父子俩愣了愣，转而对田卫方笑道："哎哟，这是你家大孙子吧？有段日子没见了，回头来我家玩，你琪琪姐最近也在家。"

"喻喻，喊奶奶好……时洲，你先领喻喻进屋吧，我送送你杭阿姨。"

时洲以前跟对方打过照面，依稀记得她家就在前面那栋别墅，跟田卫方关系不错，他打了一声招呼后便牵着许喻走开。

"这是你前面那个女婿？"杭阿姨压低声音站在门边问田卫方，往屋子里努了努嘴，说，"怎么，现在这是，复婚了？"

田卫方笑道："哎，他们小年轻的事，我们不乱掺和。"

"就是说……咱这年纪，他们要帮忙，咱就搭把手，别的事咱也不管……那藕你尝尝，糯米糖藕，我家琪琪可喜欢吃了，就是不能吃多了，小朋友吃糯米不容易消化。"

"你看你还想着我们，谢谢你呀。"

"这又不费心，昨天请人采了几百斤，吃都吃不完，分给大家尝尝鲜。回头让你家老许有空去那儿钓鱼，旁边池塘去年才投了不少鱼苗，鱼也没怎么喂食，都是野生的。"

"那敢情好，还是你自在，乡下空气比这儿好。"

田卫方聊了几句，站在院子里把人家送来的藕用袋子分装了一半才进屋，跟时洲道："他们在金江郊区那儿承包了几块地，二人现在基本都住在乡下，送来不少自家种的莲藕，我给你装好了，你走的时候带点儿回家去吃。"

时洲下午还有事，已经打算离开，说道："谢谢你，阿姨，我先回去了，下午还要去趟工作室。"

田卫方闻言也没留他在家里吃饭，看了看许喻，跟着时洲到门口，说："那你回去开车注意点儿。"

她顿了顿又道："时洲……那天吃饭你们走得急，你爸妈跟我谈了一会儿，我们的意思差不多，只要你们双方都合适，也不用太大张旗鼓，到时候领了证两家一起吃个饭，形式这些都是虚的。"

时洲将莲藕装进后备厢道："阿姨，我明白。"

时洲跟田卫方说自己工作室忙，从她这里出来没多久，却没往城内走，反而开车上了外环线。

许泊宁下班出电梯时正好碰到韩尧，韩尧看到她说："许经理，今天不用加班吗？"

"你不也没加班？"许泊宁轻笑。

"今天没开车过来？要不要顺路送你？"见许泊宁没往停车场的方向走，韩尧随口问道。

她摇摇头，指着停在不远处出口的车说："谢谢你呀，有人来接。"

韩尧哑然一笑道："那行，我走了。"

许泊宁上了车，一边系安全带，一边扭头去看时洲，说："怎么停到这儿来了？要是让同事看见，怪招摇的，我去停车场找你也一样。"

"外面挺热的。"时洲说，"刚才那个……"

许泊宁瞥了他一眼，道："你不是见过吗？大年三十那天还跟人家打招呼，相谈甚欢来着。"

时洲愣住，表情窘迫，手不自在地搭在方向盘上敲了敲。

许泊宁看他这样，忽然笑出声来："我们就是在楼下遇到，打了一声招呼，我现在和他们部门老大不对付，连话都不敢多说两句。你把许喻送我妈那儿去了？晚上我们吃什么？要不要在附近吃点儿再回家？"

"嗯。你明天要不要加班？时间还早，去泊山吧，我看了天气预报，明天天气不错，正好适合看海。"

许泊宁疑惑道："倒不用加班，不过白天没听你提过，怎么突然想起来要过去？我都没收拾东西。"

"给你带了，在后座上。"

看来时洲是打定了主意要过去，他最近几天都挺怪，许泊宁笑了笑，说："行啊，反正只要你不嫌累，这边过去还近点，要不要换我来开车？"

"没关系，你累了的话就眯会儿，到地方我喊你。"

许泊宁没有跟他争。其实只要她稍微动点脑子，结合最近时洲的状态，就能猜出时洲这样神神秘秘，冷不防来这么个决定，八成是有事。

许泊宁当真一路睡到了泊山山顶酒店。

她醒来后往车窗外看去，周遭已经完全暗下来，夏季天本来就黑得晚，不用看都知道时间肯定不早了。

许泊宁掀开身上的薄毯，纳闷地看向驾驶座上的时洲，问："时洲，怎么没喊我呀？"

时洲垂眼正想着事，闻言偏过头看她，笑道："看你睡得这么熟，没忍心喊你，最近工作累？"

"还好，不都是这样，寒暑假要忙些。"许泊宁叠起毛毯，将座椅调回原位，去开车门，"中午开会都没来得及去食堂，吃了两口盒饭，有点儿饿了。"

时洲从另一边下了车，打开后车门去拿行李，说："我刚喊了客房服务，回房吃吧。"

许泊宁拎着包挑了一下眉，没问他什么时候办的入住，歪头看着他轻轻道："那也行。"

建在山顶的酒店有五层楼高，时洲预订的是顶层套房，从一楼乘电梯上去也不过就十几秒，二人一路没说话。时洲捏着房卡，开门时忽然喊了她一声："泊宁。"

许泊宁脚步一顿，客房门打开。她往前走了两步，却迟迟未动。

屋内响着低缓的音乐，从门口的地毯一直延伸到外间客厅的玫瑰花瓣，发光的字牌摆在落地窗前，气球比前两天许喻毕业，田卫方准备的还要多。

她的眼睛有点儿轻微的散光，正常生活不受影响，所以平时也没有戴眼镜的习惯，不过那闪闪的 LED 灯照得她眼花，她忍不住眯了眯眼。

还没等许泊宁看时洲，他忽然在她面前单膝跪下，轻轻地拉起她的手，举着戒指递到她身前。

时洲沉默了几秒，说："我其实知道你并没有做好心理准备，或者应该顺其自然，再多给你一些时间……却还是低估了自己的贪心，从清瓷镇回来大概是我做的最正确的决定。泊宁，你愿不愿意继续跟我走下去？"

许泊宁在少女时期看过不少风花雪月的偶像剧，大学时候跟周盼去迪士尼，碰巧遇到人家求婚，男生举着玫瑰花束单膝跪地，周围都是起哄的游客，她却在人群中看到了女方脸上不甘不愿的表情。最后女方不知道是碍于面子还是别的，总归是收下了花和戒指。

许泊宁一直觉得，求婚这事是极其私密的，若二人没有达成共识，便在大庭广众之下贸然行动，这种做法跟道德绑架没两样，弄不好就是女方尴尬得脚趾抠地。就算求婚成功，也免不了劳燕分飞的结局。

当然，后来她跟时洲从谈恋爱到结婚，直接跳过了这个环节。

许泊宁低头看着时洲久久没有吭声。其实时洲突然说要来泊山，她就已经察觉到了他的意图。

她原本心里极乱，干脆就顺着他的话闭上眼假寐，没想到真的睡着了，也没想出个妥善的应对法子。

她嘴唇抿了抿，时洲半跪在那儿未动，安静地等着她的答案。

二人正月复合，到现在，满打满算离五个月还差几天。许泊宁看着他，脑子里乱糟糟的，肚子还饿着。她抬起头，看着不远处的餐盘，忽然笑道："我不答应的话，不会不给饭吃吧？"

时洲一愣："啊，不会……你肚子饿了，我们先吃。"

时洲匆匆收起戒指，刚想起身，面前却忽然递了只手过来。

许泊宁伸出左手站在那儿，刚才在车上睡觉留下的印子还在脸上，没完全消去。她垂眸说："我一直觉得当初结婚没有做好准备，可是刚才我就在想，即使那会儿没有许喻，你跟我说要结婚的话……我大概也不会反对。"

以她几年前对面前这人的倾慕，估计他说要结婚，只怕她想也不想就会答应。

时洲的掌心全是汗，捏着她的指尖微微颤抖，问："那现在呢？"

许泊宁偏过脸，只觉中指一凉，冰冷的金属环稳稳地落在指根处。她冲时洲眨下眼，想起下午他吃醋的模样，晃了晃手说："不是套上了？"

时洲站起身拥住她，抚摸着她背后柔软的鬓发，用指腹帮她梳了一遍。

时洲有一点其实和许泊宁很像，对认定的东西异常执着，轻易不肯改。从许泊宁认识他起，他身上的香水似乎就没换过，一直是淡淡的青木香。

他牵起她的手，轻啄了几下，低头凝视着她，那么专注又热情。

时洲俯身在她耳边软语，许泊宁觉得自己早过了被时洲甜言蜜语哄几句就脑子发热的年纪，不远处桌子上的葡萄酒还好好地摆着，她明明没有喝，脸却红得厉害，整个耳朵发烫。

向内心妥协并不是多艰难的事。

直到咕噜噜的声音突然响起，缱绻氛围才瞬时被打断，许泊宁面红耳赤地推了一下时洲，不好意思道："刚才就跟你说我肚子饿了。"

空调出风口正好在桌子上方，饭菜已有些凉了，时洲要打电话让人帮忙加热，许泊宁摆摆手道："不用啦，小时候在我爷爷奶奶那儿过暑假，出去玩一圈回来，都是直接捧着碗就扒饭的。"

时洲摸了摸盘子边缘，仍有余温，便没有再劝。他拿过一旁的红酒问她："一会儿要不要喝点？"

许泊宁点点头。

吃完饭后许泊宁跟时洲都喝了不少酒，二人醉醺醺地坐在套房外面的大阳台上吹着海风。她抬起手对着头顶清冷的月光，眯眼看过去，问时洲："你什么时候偷偷买的戒指呀？我都不知道。"

"上个月周末你不是加了几次班吗？我送许喻去上围棋班的课，那时候买的。"时洲说。

许泊宁恍然大悟，扭过头直勾勾地盯着他，说："前几天我去的那家店吗？我说你当时怎么那么怪呢，逛个街人都跑没影了。"

时洲低笑了一声，承认道："当时怕被人认出来。"

"人家服务行业的什么场景没见过，就是认出来了，你不说话，谁会上前跟你打招呼呢。"许泊宁喝了酒，在他面前话痨一般，絮絮叨叨。

时洲在很长一段时间里，都没有见过她这样。他低头亲她，被她嫌弃地避开："一嘴的酒味儿。"

两瓶红酒，就剩了小半瓶在桌子上，许泊宁喝得比时洲还要多些，身上的味道比时洲还要重。

时洲也不戳穿她，只说："要不要进屋洗澡？"

许泊宁晃着脑袋，半个身子几乎都倚在时洲怀里，手无意识地在脖子附近挠了好几下，说："不要，时洲，我们就在这儿等日出。"

时洲注意到她的小动作，看了一眼腕间的手表，说："还早呢，先进屋吧，明早定个闹钟。"

进屋后许泊宁去浴室洗澡，才看见脖子下面起了好几个疙瘩。她的皮肤就是这样，被蚊虫叮咬后就会红肿，不过不怎么痒，只是瞧着有些触目惊心。

倒是时洲小题大做地去翻行李箱，哪知他来时匆忙，完全没顾得上带药包，又联系客房服务，让服务员帮忙送了药膏过来。

拿到药膏时许泊宁刚洗完出来，头发湿漉漉地披散着。她穿着睡裙歪头拿着毛巾在擦拭，时洲也不打声招呼就从外面推门而入。

浴室里雾气氤氲，他站在门边望了她一会儿，目光挪向因为洗澡而暂时搁在大理石台面上的戒指。

"我帮你抹药。"他柔声道。

许泊宁仰着脖子，时洲眸色渐深，盯着她微抬的下颚，往下延伸过去是大片嫩白细腻的肌肤。他迟疑片刻，忽然扔开药膏。

时洲太过急切，自二人复合后，许泊宁已经对此见怪不怪。他抱着她走出浴室，就算箭在弦上也没忘了做措施。

骇浪击打着岸边岩石，汹涌的潮水伴随浪花，很快将海滩上的沙子浸湿，许久之后才再次归于平静。

许泊宁侧着身子，时洲搂住她轻唤了一声："老婆。"

许泊宁愕然抬头，泪一下就流了出来。便是适才时洲跟她求婚，说他爱她，都没有这两个字的触动大。

　　时洲大概记不清了，去年他学校开学没多久，他有一次喝醉回来，迷迷糊糊喊着"老婆"，许泊宁当时只觉愤恨，还有股说不清道不明的怅然。

　　时洲看着她没有说话，他的手就贴在她颊边，掌心似乎比她脸上的温度还高些。

　　许泊宁觉得热，不舒服。她侧开头，又被时洲轻轻扳过去。

　　四目相对，许泊宁在时洲眼中瞧见了自己的样子，她的心怦怦直跳。她二十九岁了，时洲已经三十一岁，然而恋爱从来就不是小情侣间的专利，心动更不是。

　　几年前在曹老师那间诊室里，刚大学毕业的许泊宁跟回国不久的时洲相遇，所谓婚姻，全凭着"看对眼"和"意外"。

　　如今她和他打定主意再次走到一起。

　　她发出几个毫无意义的单音节，任由时洲动作轻缓地将她眼角的泪拭去。

　　"别哭。"他说。

　　时洲凑过去亲了亲她的眼角，她累得胳膊都抬不起来，勉强动了动，环住他精瘦的腰身，静静地看他良久，笑眯眯地咧开嘴说："老公。"

　　时洲原本无意识地揉捏她的手顿时僵住了，像极了木偶人。他轻"嗯"了一声，没事人似的掀被下床。

　　好一会儿时洲才重新回到卧室。

　　"干吗去了？"许泊宁问。

　　时洲淡淡道："喝了两杯水。"

　　许泊宁以为他听了刚才那话总该有些反应的，谁知道就这样不咸不淡。不过她倒没那么矫情，打了一个哈欠道："那赶紧上床睡吧，冷气温度要不要调高点儿？就怕夜里睡熟后冻着。"

　　时洲走过去按了几下控制按钮，上床揽住她。

　　许泊宁听着他的心跳迷迷糊糊正要入睡，他突然开口道："其实也不是想喝水……就是克制不住，怕再三再四惹得你烦，明早起不来你肯定要怨我，只能随便找了一个借口出去。"

许泊宁脑子不是很清醒，琢磨半天才弄明白他话里的意思，有些啼笑皆非，没说什么，就又继续睡去。

二人在山上待了两天，总算不像上次那么匆忙。

夏日清晨暖风挟着淡淡的海腥味袭来，远处红日出现在波光粼粼的海平面上，映得周围海域一片橘红。

"下回带喻喻来吧。"许泊宁道。

"好，他肯定喜欢，其实喻喻从小到大还没见过海呢。"时洲回她。

清瓷镇是内陆城市，东堰市的海离市中心也远，许喻跟着时洲每次都来去匆匆，这一年谁都没想起带他来看看。

提起喻喻，许泊宁忽然想到一件事。她看了一眼自己手上的戒指，望着时洲欲言又止。

许泊宁坐回藤椅上低头思忖半天，还是开口说："时洲，我昨天答应求婚不是一时兴起，但有件事还是要先跟你沟通好，如果……我们再商量商量。"

时洲听她这语气，不由得蹙了一下眉，背对着她几秒才转过身看她。不过看到她的眼神，他心中的石头已然落了大半。

她眼底的情意骗不了人。

时洲松了一口气，坦诚对她笑道："你吓我一跳，还以为一个晚上你后悔了。"

许泊宁眸中含笑，微挑了一下眉，道："不是说了跟你商量嘛，又不是小孩子过家家。"

"你想说什么事？"时洲在她身旁坐下。

许泊宁极其自然地往他那儿挪了挪，说："上次去你家，曹老师说到二胎的事，喻喻毕业那天，我妈私底下也跟我提了，我就想问问，你是什么样的想法，还有曹老师、时老师是何意见？"

时洲斟酌一会儿，道："泊宁，我不瞒你，其实我爸年初就跟我谈了一回。你知道的，他几乎没管过什么事，还是头一回这样郑重地跟我说起……不过他说会尊重我的意见……在这件事上，我肯定同样尊重你。"

也许跟谷州那边有些关系，也许时保宗原先心中早就计较，毕竟他这个名字就能束缚他一辈子了。就像老太太说的，时家对他有大恩。时洲为人子，不可能完全不顾及。

许泊宁沉默不语，时洲越过阳台看向远处。过了好一会儿，她才低声道："我觉得生孩子，肯定是为了爱，做好了为人父母的准备，纯粹想把他带到世界上来才要生的，绝对不是因为什么任务或者意外。"

时洲回过头看着她道："长辈毕竟不能左右我们的决定，你不要有心理负担，对我而言，有喻喻挺好，我很满足了，我对小孩子并没有什么特别的想法。"

他没有诓骗她，时老师和曹老师都不是蛮不讲理、非要把自己的意愿强加到孩子身上的人。

许泊宁的手臂撑在长椅扶手上。看着一脸真挚的时洲，她摸了摸鼻尖，冲他挤眉弄眼道："可是怎么办，我妈那天跟我说后，我就仔细想了想，其实如果再生个也挺不错的，是个小姑娘最好，不是也没关系。"

时洲压根儿没料到她会这样讲，半天才反应过来。

许泊宁笑了笑又说："不过现在我的工作还正在上升期，想过两三年再考虑，你觉得怎么样？"

时洲抿唇看着她，一时分不清她话里的真假。他长长地叹了一口气，说："生孩子不是儿戏，我们都想好了再决定，这是你跟我之间的事……你不用考虑那么多……"

"我知道。"许泊宁摊摊手。究竟怎么打算的，大概只有她自己清楚。

这个话题无论如何都没法当下就商讨出个结果来，缺了任何一方的配合都只是空谈，时洲笑了一下，觉得自己太过较真。

"喻喻九月份上小学，总要有个适应的过程，肯定更需要我们陪伴，至于二胎，顺其自然吧。你上次不是想买辆车吗？有没有合适的车型？我身上还有一百多万，回头我们可以一起先挑挑看。"

"这么多存款！我这儿不算基金，只有二十来万，那不是我占你便宜了？"许泊宁打趣时洲道，不过却默认了，没再跟他划分得清清楚楚。

在金钱方面，许泊宁和时洲都不是锱铢必较的性子，当时离婚除了住的那套房子，其余财产只不过大概分了一下，如今既然选择复合，更没有纠结的道理。

"我完全不介意你多占占。"时洲别有深意地看着她。

许泊宁捂了一下脸,如今总算深刻认识到,时洲就算面上再怎么正经,骨子里还是荷尔蒙分泌旺盛的生物,稍微些苗头,就跟脱缰的野马似的控制不住。

"有点儿热,回屋去换件衣服下楼吃饭吧。"她用手扇了扇风。

"好。"

"我来叫客房服务,请人帮忙把地上收拾一下,到处都是气球和花瓣。"许泊宁歪头看向他,"老实说,你是不是受田卫方启发才弄了这些东西?"

时洲摇头否认:"不是,你喜不喜欢?"

她装模作样地低头想了几秒,说:"嗯,还挺受用的。"

哪个姑娘不喜欢鲜花和甜言蜜语,何况面前这人生了一副好皮相。

只是夏天来泊山实在不是多好的选择。吃完早饭,许泊宁不过去车上拿了一下东西,就出了一身的汗,说什么都不肯再出去。

幸而客房已经让人打扫过,酒店设有室内恒温游泳池,时洲因为有洁癖不太愿意下水,正好学校那边突然发了十月份考试的教学参考书,许泊宁在酒店前台临时买了一套泳衣,自己过去游了两圈。

从水里出来后就看到时洲穿着拖鞋站在岸边,她游过去,笑着问他:"事情忙完了?要不要下水试试?"

许泊宁随意逗他而已,等了半天不见他回答,只见他紧绷着脸,站在那儿犹豫不决地搓着鞋,拿不定主意的模样。

"好了,我跟你说笑呢。"许泊宁道,"我有点理解你了。"

时洲已半俯下身去扶她,他对她突如其来的感慨不明就里。

许泊宁只是发觉,时洲有洁癖这件事和她不爱吃某种食物并没有差别。她对他心怀怨恨时,好好的一条围巾都能成为她发泄的工具。然而这会儿,她抬起头看他,他一脸为难,连眉头微微蹙起的时候都显得那么精致,十分养眼。

他拿了一条浴巾披在她肩上,她去柜子里拿起自己的手机,翻出日历给时洲看:"上次我爸没事让人算了几个日子,你看后天周一,农历六月初六,日子正好,要不要顺便去把证领了?"

她这样的谈话架势，直白干脆，丝毫不见忸怩，一点儿都不像刚刚跟面前这人确定了未婚夫妻关系。

　　"好哇。"他说。

故地重游

chapter 14

原本时洲订了两晚的套房，因为这个临时的决定，当天下午二人便雷厉风行地从泊山回了市区，次日星期天在附近一家私人照相馆拍好结婚登记照。

周一上午，许泊宁有个不得不参加的公司早会，总公司那边的负责人也会参加。她不想惹口舌，进公司时还想要不要将戒指摘掉，后来一想，又不是什么见不得人的事，索性便没管。

好些同事都注意到许泊宁手上的戒指，不过她在分公司职位不算低，老大王辉没那么八卦，只有孙婧婧和财务部的两个同事私下里问了她一句。

许泊宁没有隐瞒。

中午她开车回家接时洲，之前由于许喻要办理入学报名手续，她和时洲的户口本都放在家里。二人简单吃过午饭，等下午民政局上班，直接开着车去了。

许齐元果然没说错，今天日子不错，二人到民政局，前面已经有十几对情侣在排号。

他们对这个地方熟门熟路，结婚和离婚一共来过两次。许泊宁已想不起来当时都是什么样的心情，两次应该都不太高兴。

她填好资料，跟时洲一同坐在椅子上等叫号。他忽然伸手过来握住了她的，说："泊宁。"

时洲明显很紧张，手心都出汗了。

许泊宁轻笑道："咱又不是头一回来，当时不知道人家结婚会带喜糖，我还跟你讲台子上怎么这么多糖呢。"

这话说完，她自己倒恍惚了片刻。

许泊宁的证件都在时洲左手边的文件袋里，除了户口本还有他们各自的离婚证。

领离婚证那天，时洲已经带着许喻从家里搬出去二十多天了。她也不知道他把孩子带到哪里去了，不过肯定不是时老师那儿。

许泊宁独自从家里开车到民政局，在大门口看到父子俩远远地站在那儿，许喻被他牵着，铺天盖地的复杂情绪汹涌而来，几乎瞬间就将她吞没。

她完全想不起来自己是怎么走过去的，只记得浑浑噩噩地进大厅拿了本子，想回去蒙头大睡时让时洲给唤住："泊宁，还约了他们吃饭的。"

"他们"自然是指双方父母。

许泊宁神游片刻，手上力道忽紧。她低头看了一眼时洲骨节分明的手指，他肤色偏白，衬得手背微微突起的青筋异常明显。

她撇开思绪，又道："还是你记性好，今天记得准备了糖果。"

时洲小声地"嗯"了一声，二人没有再说话。

倒是坐在旁边的情侣频频往他们这边看，女人悄悄凑过去在准老公耳边低语了一句："咱旁边那对好像是来复婚的……我们没带糖啊。"

"我也不懂，是不是必须要带的？要不然我现在去买？"那男人道。

"就怕来不及。"

"那算了，下次补上。"

"什么叫下次，张子言，你给我把话说清楚……"

许泊宁跟时洲光明正大地在他们旁边听了一会儿墙角，两个人对看一眼，都乐了。

从民政局出来，外面天色尚早，时洲把自己的那本结婚证递给许泊宁，她一同装进包里，离婚证已经让工作人员收回去了。

"时洲，你陪我去趟信息工程大学后街吧，我想吃那家的鸭血粉丝。"许泊宁踩着高跟鞋站在台阶上看身后的时洲。

虽然昨天已经拍了结婚照，不过这天日子特殊，她中午回去还是特意换了衣服，上身米色短袖衫，下身纯色鱼尾裙包裹着，勾勒出臀部完美的线条，只露出笔直修长的小腿和脚踝部位。

时洲愣了愣，忙说了一句"好"。

许泊宁搞不懂时洲语气中的乐滋滋是怎么回事，他又不吃路边摊，到时候干脆打发他去附近的连锁快餐店。

开车到东信大本部花了一个多小时，现在学生已经放暑假，店里客人虽然不少，但好在还有位子，冷气很足，否则这个时间点坐在外面吃粉肯定要热晕。

许泊宁掀开挂在门口的塑料帘子，扭头对时洲道："从前面路口过去有家快餐店，不然你去那边吃点儿，我吃完了再去找你。"

"不用。"时洲说着已经跟着她走了进去。

许泊宁纳闷，以为他是改变心意想尝一尝了。然而他并没有那个打算，只说："等你吃完再说，我这会儿不是很饿。"

店里只有老板和老板娘两个人忙活，一个收银，一个出餐窗口，许泊宁去端了鸭血粉丝过来，拿起醋罐子就往里面倒。

"怎么后来就不喊我来了？"时洲坐在许泊宁对面看着，冷不丁地问她。

许泊宁低头夹了一筷子粉丝，茫然不解地望向时洲："什么？"

"谈恋爱才几天你就带我来了这儿，我心想你应该很喜欢吃这家的鸭血粉丝，不过后来你就没再叫上我。"

许泊宁想了想，说："是挺喜欢的，不过这东西也不能一日三餐吃，一个月最多吃一两回，我看你完全不感兴趣，就没拉你。"

其实时洲的洁癖已经比以前轻了许多，不过成年人都该知道让对方改变自小养成、刻在基因中的习性几乎是件不可能的事。

许泊宁不想在这个问题上勉强时洲。她为了他考虑，迁就他的习惯，毕竟再情投意合的伴侣也不可能亲密如同一人。

他们是结婚，又不是要驯服对方。

时洲却说："不吃，我也可以陪你过来的。"

许泊宁抽了一张纸垫在桌子边，擦掉不小心滴在桌角的辣椒油。她看了一脸正色的时洲一会儿，笑道："好哇，下次再一起。"

许泊宁和时洲都不想大张旗鼓地再办婚礼，晚上各自告诉双方父母领了证，想着找个机会两家吃顿饭就行。

　　曹梅和时保宗没说什么，但是许齐元觉得未免太过寒酸了一些，他女儿结婚何必弄得偷偷摸摸，他连办婚礼的日子都请人一并算好了。

　　然而许喻已经到了记事的年纪，为了不让小家伙糊里糊涂，加上小两口自己都不愿意，田卫方劝了两句，他也彻底歇了心思。

　　"八月六号是泊宁三十岁生日，到时候请你姐和我哥嫂他们一起过来吃饭，还有时洲他们那边的亲戚，正好认认，好歹让大家知道，不过礼金什么的就不要收了，又不办宴。"

　　许泊宁向来标榜自己还在奔三的路上，没想到在田卫方那儿自己已经三十岁了。

　　"咱老东堰人做整岁生日都是按着虚岁来算的。"田卫方跟她说，"前儿你大舅妈还专程问我，你今年生日做不做席。"

　　许泊宁点点头，不想在这一两岁上纠结："那行，我到时候喊上周盼她们，妈，喻喻呢？这会儿他该睡觉了。"

　　"你爸刚抱过去给他念故事哄睡，白天跟你杭阿姨家的小孙女玩了一天，两个人闹得太兴奋，我还担心他晚上睡不好，这会儿就不喊他接电话了。"

　　挂了电话没多久，许泊宁的手机状态栏忽然弹出一条消息。

　　她下意识地瞥了一眼时洲，时洲就坐在她身边，明显已经看到信息是韩尧发来的。

　　"听说你下午去民政局了，恭喜呀。"

　　许泊宁既然跟孙婧婧她们说了，就没想着要在公司藏着掖着，不过她今天刚跟时洲领了证，这会儿再收到前男友的短信总归有点儿奇怪。尤其旁边这人明面上不说，上周五看到她跟韩尧走在一起都暗地里表达不满。

　　她回了一句"谢谢"，将手机黑屏扔在一旁，举着手上的戒指笑道："现在公司里很多同事应该都知道我再婚的事了，什么时候去看婚戒？要不还戴之前那对吧？买那么多浪费。"

　　时洲手上的戒指一直没有摘下。

许泊宁话音刚落，时洲偏过头凝眸望着她，说："本来我还想跟你说要不要这周末去买婚戒。"

"就是个形式而已，没必要花那个冤枉钱，戴都戴不过来。"许泊宁笑说，"不过戒指我得找找，都不记得放哪儿去了。"

"就在你放相框的那个抽屉里。"时洲道。

许泊宁闻言狐疑地看着他，问："你怎么知道？"

时洲完全没有替许喻隐瞒的意思："去年刚搬进来没几天，你儿子就跑到你房间乱翻，还问我们婚纱照上怎么没有他。"

许泊宁笑了一下："怎么没有？"不就在她肚子里。

许泊宁受许齐元影响极大，许齐元没念过什么书，又是生意人，很讲究风水。以前她和时洲在一起，她丢了回手机，虽然后来又被人捡到归还了，许齐元却不肯让她再用，说已经丢掉的东西不吉利。

周围人包括田卫方都不大能理解，当着时洲的面笑着打趣这父女俩是封建余孽。

不过照许齐元和许泊宁父女俩以前的逻辑，不只是手机和戒指，时洲这个人也该换新的才好。

时洲还当她会介意，但看她心无芥蒂的模样，他释然道："也行，要不抽空去拍套亲子照？"

"行啊。"许泊宁点点头，以为刚才韩尧发短信的事已经翻篇，站起身准备去给自己倒杯水。

"泊宁。"时洲伸手搂住了她的肩。

他盯着她清澈透亮的眼眸犹豫片刻，说："泊宁，其实你不用在我面前这样小心、刻意，我们离婚，你有交往的对象是件很正常的事。你们现在是同事，也不可能因为这个就完全不来往……"

"嗯。"许泊宁应了一声，示意他继续说下去。

时洲的手指略紧了紧，无奈道："这些大道理我已经对自己说了许多遍，然而从我内心来讲，老实说，我不可能完全无视他的存在。"

他们分开那么久，时洲在周塘古镇见过许泊宁跟对方相处的样子。他还算了解她的脾气，所以，她可能真的爱过韩尧，虽然后来不知道他们因为什么分手。

时洲每当想到这些，就觉得自己被撕扯成了两半，明知不该纠结，却还是如鲠在喉。

许泊宁保持了沉默，她的目光没从他脸上挪开。她心想，这些话不知道在他心里憋了多久，他之所以不在婚前说，是不是怕他们的关系会因此而生出变故？

都说"同情男人是不幸的开始"，然而眼下面对这样坦诚的时洲，许泊宁突然异常心疼这个刚从前夫再次变成老公的男人。

她长吁了一口气道："时洲，我不能骗你说我对韩尧毫无感觉，这话无论对韩尧还是对我，都是种侮辱……就算因为韩尧的年纪，我没想过跟他走到最后，但我肯定曾经对他有过好感。"

时洲脸色一白，低垂着眼说："我知道。"

"可是感情的事情毕竟不能用尺子来衡量。"许泊宁顿了顿，安静地看向他，"时洲，我不可能跟我不喜欢的人结婚，跟他一起生孩子、过日子。"

她说完，没有再管沙发上愣怔的时洲，去饮水机旁给自己倒了一杯水。刚抬手喝了一口，便被人从背后揽住。

时洲俯下身，头轻轻地靠在她肩头上，没有说话。

许泊宁轻轻晃了晃杯子，盯着杯口半晌，问他："明早喝粥好不好？"

"家里还有薏米和玉米渣，一起搁进去煮了？"

"好。"她说，"要不然再放点儿莲子？"

时洲想了想，说："家里的莲子应该都吃完了，我们现在去买点儿？"

"好。"

出门的时候已经九点多，许泊宁和时洲换好衣服去了小区附近的一家超市。原本只是想买点儿莲子，到家时二人手上都拎了整整两大袋东西。

许泊宁累瘫在沙发上，说："下次还是开车去，去的时候没觉得，回来胳膊都要断了。"

"让你打车，你又不肯。"

许泊宁坐直身子，睨了时洲一眼，道："小区不让外面车进来，就几百米的距离，你说别人会不会以为我们有病？"

"那下次少买点儿。"

"可是今天卫生巾和洗衣液打折促销，很划算呢。"许泊宁走过去，跟时洲一起把东西归纳好装进箱子，"洗衣液留一瓶放在洗衣机上面的架子上吧，现在那瓶差不多空了。"

洗衣机上头的置物柜有些高，许泊宁踮着脚打开柜门，试图把洗衣液放进去。时洲托了一下她的腰，说："我来放。"

好像过日子就是这样，从超市回来，收拾好屋子，想想明早要吃什么，粥是稠点儿还是稀点儿。

许泊宁和时洲，谁都没觉得刚领证第一天就这样有什么不对。

许泊宁领完证后没休婚假，照常上了几天班。今天她开时洲的车出门，时洲问她："那巧克力我中午买好了直接送到你公司去？"

她前几天结婚公司同事都知道，虽然不打算请客办婚礼收同事的份子钱，但是好歹跟同事分享一下喜悦。

许泊宁一听时洲要去公司，人已走到门口了，又转过身挑眉看时洲。

他被她这狐疑的眼神弄得不好意思，讪笑两声，说："我不上去。"

"那么多呢，你到了给我打电话，我们一起拿上去吧。"许泊宁说。

她不爱在公司乱讲自己的私事，而韩尧的嘴比孙婧婧她们要紧得多，别人都不知道许泊宁结婚的对象是前夫。

去年十月份许泊宁跟韩尧分手，距离现在九个月还不到，怀疑她奉子成婚的人不少，王辉找她商量事时都旁敲侧击地问了她两句。

"朱总那边的事你也清楚，现在运营部可全都靠你管着，你虽说刚新婚，但是工作上的事可不能给我撂挑子不管哪。"王辉对许泊宁说。

朱正坤不久前刚被调回总部，许泊宁心说终归还是强龙难压地头蛇，王辉在东堰市这些年，大小人脉不少。

朱正坤跟酒店签了合同，却在装修的时候出了纰漏，导致酒店消防不合格，最后王辉出面打点才过检。

许泊宁听出他的意思，笑着回道："也不算是新婚，孩子他爸，以前因为一点事分开，现在大家年纪都不小了，两边家长又撮合，就领了证。"

王辉也是担心许泊宁会因为结婚、怀孕之类的原因而辞职，轻笑道："既然领了证，你这婚假，该休还是要休，这个月就算了，下个月你看怎么样？"

"谢谢王总，那我先回去做事了。"许泊宁说。

"去吧，运营部八月份的工作计划下周要给我，空个十天出来。"

许泊宁略显惊讶："王总，会不会久了点儿？"

虽说国家法定婚假是十天，但处在她这个岗位，哪能说离岗就离岗。

"你自己安排好工作就行。"王辉对她比以前还要慷慨，很大一部分原因是她前段时间无条件站队。

许齐元毕竟是老油条，知道职场中"老好人"是大忌，到最后两边都捞不到好，让许泊宁趁早做出选择。

而许泊宁除了在感情方面，一向运气不错。她赌对了。

中午时洲将巧克力礼盒送过去，将东西搬到前台就离开了，并没有在她公司那层停留多久。

只是引得下午前台妹子私下在微信小群里说："许经理老公好帅呀。"

立马有同事回："真的假的？无图无真相。"

前台妹子补充道："许经理就在我旁边站着，上班时间我哪敢玩手机，不过跟许经理配一脸，果然好看的都和好看的在一起。"

大家都知道了许经理老公长得不错，猜测二人大概率是奉子成婚。

许泊宁对同事们私下八卦的事并不是一无所知，但她什么都没有解释，只是连续踩了数天高跟鞋上班后，怀孕的谣言自然不攻自破。

她下班跟时洲商量婚假的事，说来二人先前根本没有度蜜月这回事，十天的假期，出国都绰绰有余。

时洲说是在国外待了很长一段时间，但他没像大多数留学生那样四处旅行，他并不热衷于此。

许泊宁也没有特别想去的地方。对她而言，一两天的休假还能说是放松，时间久了，她心里就开始觉得不踏实。

二人翻着蜜月攻略看了三四个晚上，许泊宁突然想起一件事，道："时洲，我们要带许喻去的吧？暑假也不好总让他在我爸妈或者你爸妈那边。"

"都可以。"时洲道。

"带还是要带的，本来最近这一个月他就没跟我们在一块儿。"说起许喻，许泊宁趴在床上，歪头看了时洲半晌，忽然出声道，"时洲，我们去清瓷镇怎么样？"

时洲和许喻生活了近三年的地方，许泊宁其实挺想去看看。那三年她一次都没有去过，有一回她哭了大半夜，买好一大清早去清瓷镇的飞机票，却在去机场的路上又打了退堂鼓。

她清楚许喻对她的生疏，孩子对人的喜好总是特别直接，谁对他好，谁照顾得多，他自然就偏向谁。

父亲和儿子都不待见她，许泊宁独居许久，对这如履薄冰的亲子关系异常敏感。

许泊宁话说出口，时洲微怔了一下，又笑着应她："行啊，喻喻肯定还记得，不过以前我和喻喻住的那屋子估计是没法住了，房东应该早已经租出去了，我们去逛一圈，再到周围城市转转，那儿离闽省也不远。"

她退出手机上的旅游攻略页面，点头道："好啊，我来看看十五号的机票。"

许泊宁生日前夕，时洲陪她去提车，一辆新款的 SUV，落地八十万出头，比许泊宁之前的预算高了一些，不过性价比在同款价位车中较为突出。她一直迟疑不决，还是时洲在旁劝她："在经济允许的情况下，还是要选个合你心意的，毕竟天天要用车。"

这话说到许泊宁心坎里去了。她蹭时洲的车这么久，还不是觉得她之前那辆不太好，毕竟六年前，二人身上都没什么余钱，车子办好手续上路总共才花了十来万。

第二天，许泊宁开着新车过去，饭店是许齐元找的。说好过个生日而已，她远远地就看到饭店门口那滚动的 LED 显示屏字幕：祝许泊宁女士三十岁生日快乐！看得她忍不住直扶额。

趁许齐元进饭店沟通酒水事宜，许泊宁悄声问站在外面等人的田卫方："时洲说他舅家亲戚大概一桌，咱家这边来了多少人呢？"

"五桌多一点儿，你不是说盼盼还有时洲的朋友也要过来？你爸包了一个小型的宴会厅，预留了一桌，我估摸着七桌差不多了。"田卫方说完，又看向时洲，说，"时洲，你爸妈已经来了，刚陪你舅妈她们进去。"

"妈。"时洲丝毫没扭怩，极其自然地喊了田卫方一声。

他和许泊宁领证后，还是头一回跟田卫方碰面。

田卫方笑着点头答道："哎。"

许泊宁看二人其乐融融，心想时洲应该是私下唤过田卫方了，不过她在时老师他们面前喊了那么久的叔叔阿姨，过会儿还真不知道怎么张口。

今天这阵仗，虽比不上二人结婚的时候，可亲戚几乎都来了，许泊宁有些头疼。她正发愣，田卫方眼尖，问她："你们那车是新换的吧？"

"昨天刚提的，妈，泊宁原本开的那辆挂到二手平台转卖掉了。"许泊宁还没开口，时洲已替她回答。

田卫方说："难怪泊宁她爸说要送她辆车当作生日礼物，你们不肯要。这车不便宜吧？你们养孩子怪不容易的，要是有什么困难跟我们说。"

"好了，好了，妈，孩子我们暂时还养得起，你看那是不是唐余的车？"许泊宁拽了一下田卫方的袖子，说，"她今天也来了吗？"

"跟你二姑一起过来的，你们也有段日子没见面了吧？琰琰也在。"

许泊宁嬉笑道："我知道，不用你特意敲打我，我还能记仇到现在，跟小辈过不去不成？何况她们今天还是客人。妈，我心眼儿没那么小。"

田卫方瞪了她一眼，说："听你二姑说唐余同事给她介绍了一个对象，谈得还不错，不过琰琰那孩子似乎不能接受，最近闹脾气呢，一会儿你说话注意着点儿。"

上次严琰被许泊宁的二姑硬按着头给许泊宁道了歉，正在叛逆期的小姑娘憋着气，眼睛都红了，不甘不愿地说了两句话扭头就走。

许泊宁嘴上没说什么，心中暗忖这孩子真的是被家里宠坏了。尤其是许泊宁的二姑，小姑娘前段时间在她那边住着，父母间发生这种变故，他们老一辈肯定心疼孩子，对她几乎有求必应，现在连母亲的感情之事都要指手画脚。

不过再怎么样，都轮不到许泊宁多嘴。

唐余很久没有出现在家庭聚会上，许泊宁看她的样子心想，田卫方真没说错，唐余跟现在的对象应该处得不错，至少是从严树杰的阴影中走出来了。

毕竟一个人的精气神就摆在那儿，是藏不住的，许泊宁听说恋爱中的女人荷尔蒙分泌旺盛，会比平时更美，当然，应该也有交往期间更重视打扮的缘故。

许泊宁上次见唐余，她看着面容憔悴，人也萎靡不振，生生老了不少，话也不多说。这天她见到许泊宁却先开口："泊宁。"

"生日快乐。"她将手中的纸袋拿给许泊宁，冲时洲点点头。

许泊宁推辞道："姐，吃个饭而已，送什么东西。"

"应该的，严琰，叫姨和姨父。"她轻轻推了推坐在一旁的女儿。

小姑娘低头玩着手机，像是没听到母亲的话，唐余又催促了一遍小姑娘，她才勉强应付一声："姨，姨父好。"

严琰态度不好，许泊宁和时洲却不好对她板着脸。

许泊宁正要跟唐余多说两句，许喻不知道从哪里跑过来，直接往时洲身上撞。

时洲伸手稳住他，他搂住时洲的腰，往后仰着身子扭头看许泊宁，说："妈妈，生日快乐。"

小家伙前段时间住在田卫方那儿，这几天被曹老师接回家去了，一个月没见他们，这会儿特别亲昵，抱着二人轮流撒娇，张着手要抱。

时洲父母跟在许喻身后走过来，许泊宁张张嘴，好像改口也没那么难"爸，妈。"

"泊宁，喻喻跑得快，连这个都忘记拿了，昨天在家里画了一天，说要送给你。"曹老师笑了笑。

她同田卫方一样，对生日这种日子相当看重，一早就给许泊宁发了一个大红包。

曹老师给许泊宁递过来一张卡纸。

"喻喻画得真好，刚才我妈还跟我说，喻喻越长越像时洲了。"唐余凑过去笑了笑，当着曹梅和时保宗的面道。

亲戚们早从双方家长口中得知二人领证的事，唐余这是给许泊宁在婆家人面前长脸呢，虽然许喻本就像时洲些，但其实孩子跟父母任何一方都有相似的地方。女方亲戚聚会碰到孩子，通常情况下，只会说孩子跟母亲长得更像，男方那儿自然也是一样。

许泊宁高兴地眯起眼摸了摸许喻的头，说："谢谢宝贝。"

客人来了六桌多，还有一桌空着，许泊宁一家三口跟周盼、张景他们坐了过去，李茜如今怀孕六个月左右，肚子已能看出来，张景在旁边，贴心地让服务员给她换掉茶，倒了一杯白开水。

不管是不是碍着在人前，总归他们这样看着感情倒是很好，近来李茜也没有来找自己。许泊宁心想，还是时洲了解他们，夫妻俩的问题，只能靠他们自己来解决。

周盼是一个人来的，许泊宁心觉纳闷，私下问她罗江超怎么没跟着一起来。

她放下筷子，擦了一下嘴，压低声音对许泊宁道："别提了，我们分手了。"

距上次见面还没多久。许泊宁有心多问两句，不过总不好当着众人的面谈论，只得暂时按捺下心思。

宴席结束，时洲领着许喻先回家，许泊宁坐了周盼的车。

许泊宁憋了好久，一直等到上车，这才问周盼："你和罗江超怎么回事，没听你提起？"

"其实也没什么好说的，我跟他分了。我们确定关系之前我就跟罗江超说过，三十三岁前没有结婚的打算，他也同意，不过前几天他突然又反悔了，变着法子劝我早点儿结婚。你说这人，原本相亲时我就说我们不在一个频道上，好聚好散，他偏告诉我他可以让步。等感情稍微稳定些，他觉得能拿捏住我了，又开始反悔。"周盼不以为意地道，"他出尔反尔的本事，我可算是见识了。"

许泊宁看向周盼，周盼脸上完全看不出异样的表情。她沉默一会儿，说："他这种做法肯定不对，不过你确定已经想清楚了？"

"自然明白。"周盼道，"泊宁，不是每个人都是你跟时洲那种情况，我觉得现在这种状态也挺好。"

许泊宁原本就觉得他们性格相差太大，现在听到周盼这样讲，便没有再说什么。

"晚上有没有空？"周盼往前开了一会儿，突然问她，"你要不要回家陪喻喻？"

"我没关系，时洲在家的，怎么啦？"

"时洲从不当甩手掌柜这点，就比不少人强。"周盼喟叹道，"要是没什么事，陪我去看脱口秀吧，我上周买的，多了一张票。"

多出的这张自然是罗江超的。

脱口秀到夜里九点才结束，许泊宁没要周盼送，自己打车回了家。时洲倒是有心去接她，不过许喻在家里，他也出不去。

时洲走到玄关处，接过许泊宁手中的包，说："喝酒了？"

许泊宁下意识地闻闻自己衣服，纳闷道："没，晚上随便吃了点儿就去看脱口秀了，怎么，身上有酒味吗？"

"我以为周盼心情不好，找你喝酒去了。"

"啊？你知道她分手的事？我也是路上听她说起才晓得。"许泊宁一脸好奇地看了一眼时洲，边往浴室走，边想他从哪里知道的。

时洲摇头说："我不知道……不过我还算了解你，今天吃饭你往周盼那儿看了好几回，都是一副欲言又止的样子，下午又跟她出去，我就猜八成是她那儿有什么事。"

许泊宁洗干净手，略擦了擦，看过去，哑然道："这都被你注意到了，她跟罗江超分手了。不过其实也好，本来我以为罗江超只是做事死板，听周盼的意思，他心思还挺重的。"

"不合适，分手很正常。"时洲点点头。

"我觉得你挺看好他们。"许泊宁睨他，"你上次可不是这么说的。"

时洲噎了一下，笑道："周盼是你朋友，我哪好多发表意见，不过就算是张景那里，感情的事我也不会插手。"

许泊宁倒是相信这点。她叹了一口气，说："你说得对。"

许泊宁生日过后去上了十来天班，将部门的事情处理好才开始休假。

许喻回东堰市一年多了，大人们觉得他对清瓷镇应该没剩下多少感情，连时洲都这么想。刚回来的时候，许喻还常常提到清瓷镇的小伙伴，现在几乎很少从他嘴里听到了。

没想到，是他们低估了孩子的情感，得知要去以前住的地方，小家伙兴奋得要把自己的玩具装起来带回去。还是时洲跟他解释半天，他们只是过去看看，并不久住，小家伙才噘着嘴把拖出来的东西又放回箱子里。

许泊宁在外面听父子俩小声谈话，到后来不知怎的，听到孩子低低的啜泣声，还冒出几句她不大能听懂的方言。她放下手中的东西，正要上前去看，刚进卧室就见时洲轻轻拍着许喻的肩哄他。

"怎么啦？"许泊宁指了指头埋在枕头里的小家伙。

时洲笑了一下没答，等许喻哼哼唧唧哭累睡着了，才关上门出来。

"闹脾气呢，一会儿要跟小贝壳去挖蚂蚁洞，一会儿又要去看看家里的窑。"时洲在清瓷镇那会儿请人砌了窑炉，窑炉虽然温度可控性不如电窑，不过前期稳定升温这点，却是电窑比不了的。他说，"窑炉退租的时候已经转给房东了，应该还没拆除。"

"他记性不错。"许泊宁笑叹一声，"我看他还会讲清瓷镇的方言呢？"

时洲说："幼儿园老师、小朋友都说当地方言，他基本都能听懂，也会讲几句，比我厉害，我待了那么久，只能勉强听听。"

许泊宁眉开眼笑，往许喻房间看了一眼，"嗯"了一声，说："小孩子的语言能力肯定要比大人强些。"

因带着许喻出门，时洲他们的行程安排得很宽松，计划在清瓷镇待五天，之后再去临近的闽省逛逛。

时洲在清瓷镇的房子已经被房东重新租了出去，是个同样爱好瓷器的艺术家，村子里的大半租户都是这种怀抱梦想的年轻人。

小贝壳家就在隔壁，走过去一分钟都不到，现在大门却紧闭着。

一个挎着竹篮的老太太从屋前经过，她还记得时洲和许喻，操着一口许泊宁听不懂的方言道："今朝去我家坐坐，他们家没人，搬到街上去了，崽伢子好去城里念书。"

许喻听了，仰头看时洲。

"奶奶，就不去坐了，一会儿我们就走了。"时洲摸摸许喻的头跟对方道，"您去村口那儿吗？"

"拿过去卖。"老太太点点头，从竹篮里拿了一个陶瓷小人出来给许喻，"这个给崽伢子玩。"

"谢谢奶奶。"许喻得到时洲允许后，才从她手里接过东西。等人走远了，他还是一副兴致索然的模样。

时洲看他一脸失望也没有办法，安抚道："你回东堰上小学，小贝壳也要啊。"

小家伙似懂非懂地点点头，扭头又跟时洲撒娇："我走不动了，爸爸抱。"

父子俩在村子里待了两年多，出门基本靠走，附近基本都混熟了，许泊宁倒是对这儿的一切都感到稀奇。村里随处可见的瓷器，她拍了不少照片，还在文创店里买了几只瓷器玩偶。

时洲没拦着她，只笑着道："什么时候这么感兴趣了？这都是专门卖给游客的，喜欢的话我回去给你烧一套。"

她瞥了他一眼，道："我本来就是游客……就看着好玩、可爱，出来旅游不买点儿东西，总觉得跟没来过似的，这东西就跟游客照一样，少了不行。"

时洲单手抱着许喻，失笑道："让你这么一说，还挺有道理。"

"我给你们也拍几张。"她举起手机。

许泊宁盯着手机屏幕上表情如出一辙的父子感慨，即使哪天许喻长大，再也不回清瓷镇，他心里一定都会空着块地，装着这儿的乡土和幼年伙伴，记得瓷器出窑时的柴火清香。

许泊宁很是可惜，自己完全错过了那时候的许喻。他跟小伙伴在田埂上撒欢，趔趔趄趄拽着时洲的衣角去看自家窑炉，话都说不清楚却一口清瓷镇的口音。

她轻轻叹了一口气，声音很低，却让对面的时洲听了进去。

时洲神色复杂地看着她，什么话都没说。

夜里，三人住在村子的民宿里，在村口附近，离时洲租的房子有段距离，一楼的客房，有个不大的篱笆院子。

夏天天气炎热，就算已近深夜，外面吹的风还是暖的。许泊宁站在院子里半仰着头吃雪糕，时洲拿着驱蚊花露水走出来，在她光裸的大腿上喷了几下。

许泊宁被微凉的雾气吓了一跳，几乎瞬间弹跳开。

"看什么呢，这么入迷？这儿蚊子多，回头又会起疙瘩。"时洲把花露水递给她，"你看要不要再喷点儿？"

许泊宁嫌弃味儿太重，捏着鼻子摇头。雪糕吃完了，只剩根棍子拿在手上，她指了指满天繁星道："我在看这儿的星星是不是比东堰市的亮。"

"是要亮些，这里污染少，也没城市里的照明多。"时洲抬了一下头，"我和喻喻还买了一个天文望远镜，他晚上没事总踩着小板凳瞧，还领着小贝壳和附近小朋友来看。"

许泊宁保持着同一个姿势久了，脖子有点儿酸。她揉了揉，扭头看向时洲，说："今天没碰到，我看喻喻挺失望的，不然你明天问问看，能不能找到对方的联系方式。"

"我下午就问过了，晚上人家发了一个地址过来，还没来得及跟你们说，明天我们过去。"

小朋友也有自己的社交圈子和异常重视的人，不过因为要依附大人，很多时候只能被迫由大人来决定喜好。

时洲在处理孩子的合理要求和无理取闹方面，向来做得不错。

时洲说完，忽然走近许泊宁，手轻轻搭在她的肩头，说："不要觉得遗憾……"

"我一直想带你来这里看看，想告诉你，这世上就是有所谓的心灵伴侣，事实上在很多年前，我也已经遇到过了。"他继续说道。

许泊宁相当不争气地红了眼。

时洲背对月光站着，温和地望着许泊宁，声音落在空旷的院子里，在他身后，月明如水，倾泻了一地。

（正文完）

妹妹出生

番外一

时简出生的时候，许喻已经上四年级了，T大附小离他家和时洲的学校都不远，几乎每天都是时洲走路接送他。

然而今天在校门口等着的却是曹梅，许喻虽然才读四年级，身高已是班上最高的。他背着书包从班级队伍的末尾走到曹梅身边，叫道："奶奶。"

他不光长得像时洲，性子也学了十成，做事不急不慌，慢吞吞的。跟着曹梅往停车位走了两步，他才歪头问："奶奶，我爸爸怎么没来？"

曹梅一脸喜色地拉开车门，说："你爸在医院。"

"妈妈生了？"

曹梅笑着对他说："妈妈生了一个妹妹，咱们喻喻以后就是哥哥了，喻喻高不高兴啊？"

许喻重重地点点头，说："高兴。"

曹梅带着许喻去了医院，这会儿单人病房里只有时洲和护工，许泊宁从产房出来没多久，正熟睡着。

时洲看到他们进来，忙走过来掩上门，单手取下许喻的书包，揽了揽许喻，跟曹梅说："宝宝要检查和洗澡，岳父岳母他们跟着去了，妈，你要不一会儿带喻喻先回去，最近他们数学正学到小数，这部分喻喻稍微有些薄弱，做作业时你帮着看看。"

许喻在一旁扯了一下时洲，说："爸，我也要看妹妹。"

"看完就跟奶奶回去，这几天爸爸妈妈不在家，要听奶奶的话，知不知道？"

时洲拍了拍许喻的肩，他不自觉地往时洲身上靠，道："知道。"

曹梅看着父子俩这么亲昵，笑了笑，说："这么大了还黏着你爸，咱们喻喻听话得很，完全不用大人操心。"

过了十来分钟，医院护士抱着婴儿回到病房，田卫方、许齐元和时保宗跟在后面，因为许泊宁在里面睡觉，几个长辈都没有进去。

时简裹着包被躺在许泊宁床边的小床里，许喻先探头看了一眼许泊宁，这才蹑手蹑脚地过去瞧妹妹。

婴儿头发稀疏，眼睛闭着，皮肤发红且皱巴巴的，不管是跟时洲还是跟许泊宁都没半点儿相似的地方。许喻已经十岁，对人情世故一知半解。他站在那儿犹豫了半天，才轻声对时洲说："妹妹睡着了……"

时洲太了解许喻了，他皱皱眉时洲都知道他要干什么。时洲揉乱他的头发，说："妹妹长大些就好看了，你刚出生时其实和妹妹差不多。"

饶是许喻最信任时洲，也难免感到疑惑。

父子俩在那儿悄声说着话，病床上的许泊宁醒了。

许泊宁的身体状况还不错，开口喊了许喻一声。许喻还没来得及回答，时洲已先转过身，帮她调整好病床高度，又问她："肚子饿吗？我去给你端小米粥？"

许泊宁摇摇头，看向许喻道："喻喻来了，看过妹妹没？她跟你刚出生时一模一样。"

许喻觉得他父母眼神或许都不太好，他还想再说话，时洲将书包套在他肩上，催了一声："喻喻，你先跟奶奶回家写作业，爸爸妈妈过两三天就回家。"

考虑到许喻在家里，许泊宁这次没选择月子中心，而是请了月嫂来家里帮着照顾。

三天后，时简被时洲抱着从医院回到家，皮肤已不像刚出生那会儿皱巴巴，但是她黄疸指数高了些，脸蛋瞧着黄黄的，跟可爱完全搭不上边。

许喻因为时简的长相忧心忡忡许久，唯一让他稍感欣慰的是，妹妹果真像父亲说的那样好看了点。而且她眼睛生得很漂亮，圆溜溜的眼珠，乌黑明亮，他伸手摸她，她还会咧嘴冲他笑。

时洲私下对许泊宁说："你不知道，喻喻前段时间觉得妹妹长得不好看，才天天盯着妹妹。"

"小孩子不都这样，你回头把他刚出生时的照片拿给他看，比妹妹好不了多少。"许泊宁失笑道，"不过时洲，你别只顾着时简，喻喻昨天看你抱着妹妹哄，那眼神一直在你身上。"

许喻直到八九岁的时候还动不动就要时洲抱，近一米四的个子，六七十斤，时洲单手抱着有些吃力，而且那么大的孩子，在他父亲身上挂着也不像样。

后来时洲跟许喻谈了谈，许喻才收敛了些。今年下半年他上了四年级，几乎没再这样过。

时洲心说，在情感方面，还是许泊宁细致些。

两个孩子时洲肯定都爱，较真儿说，许喻跟时洲相处的日子更久，在很长一段时间里，时洲身边只有许喻，他对许喻倾注了全部的父爱。

许泊宁跟时洲提了提，没有再说别的。时洲作为父亲，委实挑不出任何差错，轮不到她多插嘴。

连月嫂都夸时洲经验足，有些父亲一开始连孩子都不会抱，更别说给孩子换尿布、喂奶了。

年末，许泊宁在家休了几个月产假才去公司上班，时洲和许喻都放寒假在家。

如今养育两个孩子，他们经济还算宽裕，请了一个阿姨在家里帮忙照顾，时洲原先睡的屋子也改成了婴儿房。

这两天阿姨家中有事，时洲便一个人带他们。

许泊宁下班回到家并没有在客厅看到时洲和许喻的身影，婴儿房门虚掩着。她洗过手，换了一身衣服，轻轻推开门，就看到时洲父子俩趴在床边，正逗着床上的时简。

时洲听到身后动静，扭头看过来，见到许泊宁，冲她笑了笑，让出身边的位子道："泊宁，你看，妹妹会抬头了。"

"妈妈，你快来。"许喻也喊她。

许泊宁在父子俩中间蹲下，床上的小婴儿仰着脖子，看着面前的三个人，咯咯笑出声。

夫妻出游

番外二

　　时简出生那天，医院共九个新生儿，就她嗓门最大，没等护士拍脚心，时简就哭得撕心裂肺。田卫方打趣说小姑娘是个急脾气，这点随了母亲。

　　许泊宁还躺在病床上，难免腹诽，怎么说起来孩子缺点都是像她。幸而这话是田卫方说出来的，要是由曹老师来说，保不齐就会闹出家庭矛盾。

　　"哭才好，这口气得出来。"曹老师是医生，自然比别人了解得多，低头去看婴儿床中闭眼吃手的时简，"咱家小姑娘聪明着呢，不想挨打是不是呀？"

　　时简跟许喻一样都更爱黏着时洲，家里就算请了阿姨帮着带孩子，时洲也不得清闲。小姑娘刚出生就喜欢折腾她父亲，眼睛一闭一睁，但凡见不到时洲便要号一嗓子。时洲除了去学校和工作室，在家都得守着她。

　　自打小姑娘出生到现在，夫妻俩几乎没单独相处过。许喻以前用过的床又被许泊宁从田卫方那儿取回来，安装在大床边。

　　许喻对时简的感情有些复杂，虽然他心里清楚时简是父母的另一个孩子，平时放学后也喜欢逗妹妹玩，但是瞧见时洲抱着时简哄，他还是觉得不舒服。

　　他在很长一段时间里身边只有时洲一人，无条件依赖并信任着时洲。许泊宁先前对时洲提起过许喻的情绪变化，时洲跟许喻私下谈过两次，然而说归说，他大部分心思还是放在时简身上，陪许喻的时间难免被压缩。

许喻年后已经十一岁，虽思想还不成熟，却已经有自己的判断能力。

这天傍晚，许泊宁去学校接许喻回家，他刚在四年级趣味数学竞赛中获得一等奖，老师奖励了他一整套油画棒。许泊宁以为他到家后会迫不及待地告诉时洲，没想到许喻见到忙着给时简换尿不湿的时洲，神色微黯道："爸，我回房看书了。"

许泊宁和时洲对视一眼，开口说："喻喻，老师夸你最近在学校表现特别棒，爸爸妈妈也有奖励，你想要什么跟妈妈讲。"

许喻抬头看她，盯着她的发梢好一会儿才道："我也想和你们一起睡。"

他两岁前的记忆几乎没有，印象中也极少有睡在父母房间的时候，说实话，许喻其实很羡慕时简。

时洲闻言蹙起眉头，正想着怎么引导他，已经听到许泊宁答应下来："好啊，那晚上喻喻跟妹妹一起睡在我们房间。"

时洲愣了愣，没有反驳她。

次日一早，许泊宁上班时送许喻去学校，许喻一路不停地打着哈欠，许泊宁笑了一下，问他："喻喻，昨夜没有睡好？"

许喻揉着眼睛"嗯"了一声，他抠着自己衣服口袋，别扭半晌才说："你和爸爸好辛苦。"

妹妹夜里时常哭闹，他整晚几乎都没能睡着，常常在半梦半醒之间看到父母忙碌，一会儿给妹妹换尿不湿，一会儿又给她冲泡奶粉。

"你也是从这个阶段过来的，妹妹睡的床还是你以前用的。"许泊宁侧身看了他一眼，"喻喻，你在比妹妹还小的时候，不肯睡在床上，非要在你爸爸怀里睡，你爸没办法，只得抱着你在家里来回走……外面下着大雨，你想出去玩，你爸打伞带着你在雨中散步……"

许喻羞红了脸，轻声说："原来我小时候这么不听话。"

"不是不听话，那时候你还小，不会说话、走路，只能靠哭声表达自己的需求。"许泊宁想到以前的日子又道，"现在妹妹跟你小时候一样，不过爸爸一直都很爱你是不是？"

许喻毫不犹豫地点点头，临下车前许泊宁帮他理了意下领口，告诉他："你爸说下午他来接你。"

"没事，不用的。"

许泊宁催促他："快点儿进教室吧，中午记得睡会儿。"

时洲讶异于许喻的改变，许泊宁刚休完产假上班，正忙着看洋川市温泉活动策划方案，瞥了一眼时洲道："你这算不算关心则乱？说到底是因为喻喻太在乎你了，你有心照顾他，可是分身乏术，搞得适得其反。"

"还是你有办法。"时洲笑了。

许泊宁合上策划书，扭头看着他说："今年洋川那边有几天烟火晚会，只不过妞妞还太小，等明年冬天我们一家去泡温泉，喊上爸妈他们一起。"

时洲倚在门边低着头若有所思，没说话。

春节过后，许泊宁跟周盼约了去美容院，她换好衣服出门，正要冲时洲打招呼，男人抱着孩子冲她比了个噤声的手势。她看着时简头顶两个明晃晃的旋儿，跟时洲和许喻一模一样，心叹时洲也算是能者多劳。

周盼说许泊宁生了两个孩子，倒比单身的人还要逍遥自在。前几年喊她出来保养，她还哭穷，现在美容院的会员卡级别比自己还高。许泊宁虽然年纪长几岁，但乍看起来整个人状态比以前些年好许多，主要还是没什么烦心事，里外不用她太操心。

"看样子还是结婚好，起码有人肯给你钱花。"

许泊宁躺在那儿昏昏欲睡，听到周盼的话反驳了一句："这话你说错了，我可没花时洲的钱，都是我自己挣的。"

只不过时洲的工资卡和工作室的银行卡都搁在她那儿，地主家有余粮，够养两个孩子。她不是多能委屈自己的性子，所以如今花起钱来丝毫不手软。

"知道了，富婆。"周盼笑了一声，"跟你说个事，回头我妈要是给你打电话问起我，你就说你在家带孩子，一直没跟我联系。"

"怎么啦？"

"还能怎么着，昨天给我介绍对象，我直接放人家鸽子，现在她正满世界找我算账。正好周一外地有个公益活动，我申请跟着去避避风头。"

许泊宁笑着应下："好，不过我看要是有合适的人选，你去见见也行。"

"你当别人都像你和时洲似的，过家家闹着玩呢。"周盼躺在一旁说道，"先前你俩那戏我都看腻了。"

从美容院出来后许泊宁突然接到时洲打来的电话，说他已经到了这附近，问她结束了没。许泊宁为难地看了一眼周盼，周盼冲她摆摆手："行了，你去忙你的，咱俩不差这一顿饭。"

时洲拎着个大包站在路边的停车位等她，许泊宁有些好奇地走过去，笑着问他："怎么想起今天出来？妞妞呢？没有缠着你？"

时洲放寒假后一直带着两个孩子，他白天有事要去工作室，时简也要跟着他。小姑娘刚学会到处爬，就已经在时洲的工作室里玩泥巴了。

时洲说："我给我妈打电话，刚刚她过来将两个孩子接走了。"

许泊宁狐疑地看向他，时洲这样的性子，肯主动让曹老师帮忙带孩子肯定是有事，她到底没忍住，问："是曹老师想他们，还是老家那边的亲戚过来了？"

好像都不至于，春节期间大家才一起吃过饭。

时洲摇摇头，直接坐在驾驶座上，等她上车后又偏身帮她系好安全带："前些日子你不是说想去洋川泡温泉吗，我们去那儿待两天，明天下午回来。"

怪不得时洲拎着个大包出门，而且当时她不过随口说了一句，没想到他一直搁在心上。

洋川就在东堰隔壁，一个多小时的车程。自从那年许喻生日时来过这儿，往后但凡来这儿泡温泉，他们都是住的同一家酒店。

熟悉的院子，昏黄的灯光，高高夜空中清冷的月映在池水中。许泊宁半个身子泡在温泉中。时洲准备得齐全，连她的泳衣都装在行李中带过来了，男人做事向来都是这样稳妥。

忽然肩头一凉，许泊宁惊得转过头去，时洲披着浴巾坐在池边，他帮她捏了捏肩问她："这几天工作是不是很忙？"

她点头又摇头："都是常规工作，你知道的，最近本就是行业旺季，何况我们还有项目要推进。"

许泊宁一直待在这家公司，如今已是分公司副总，时洲手下动作没停："不要给自己太多压力，若有什么解决不了的就跟爸谈谈，或者跟我说也行。"

男人按摩的力道恰到好处，也许是心理因素，许泊宁觉得不比按摩店技师差，她背倚着池子合眼舒服地喟叹了一口气。他目光温柔地低头看她："刚才客房送了两个开口椰子过来，你要不要喝？我去给你拿过来。"

"不喝了，糖分太高，喝多了明早起床眼睛都是肿的。"许泊宁扭头看向他，"冷不冷？怎么不一起下来泡会儿？"

时洲顿了一下，窘迫地开口道："不了，我去给你放洗澡水，你也别泡太久，白天再泡也行。"

男人起身离去，许泊宁只觉莫名其妙，在她看来，男人的背影似有几分落荒而逃的意味。

夫妻俩很久没有单独相处过，时简有了自主意识后就不肯跟阿姨一起睡。

这个夜晚格外静谧，只有他们两个人，她仰头看着眉眼分明的男人，仿佛又回到了热恋时。许泊宁听到时洲在她耳边低喃："其实刚才在温泉池边……我一直在想……"

男人的话消失在耳畔，不用他再多说什么，腿边坚硬的物体早泄露了一切。她脸颊泛红，身子被他撩拨得兴奋起来，意识蒙眬间只能庆幸身边这人有洁癖。

次日，时洲跟孩子视频通话，许喻他们才知道父母出去玩了，时简咿咿呀呀在奶奶家玩得乐不思蜀，浑然不觉自己被父母抛下的事。只不过时洲见着许喻到底有几分愧疚："下次我们再一起去。"

"没事的，爸。"许喻摇摇头表示自己并不介意，他抱起一旁玩耍的时简，看着时洲眨了眨眼，"你们玩得开心点儿。"

也许是做了两个孩子的母亲，便是许泊宁心态再好，也依旧惦念孩子，她窝在时洲怀里说："下次出去玩还是带着他们吧，你看许喻今年十一岁，再过个几年出去求学，哪里还愿意跟在我们身边。"

就像他们和田卫方、曹老师这样，是最亲密的家人，又各有各的生活。

生日惊喜
番外三

　　新学期开学后没多久,时洲领着班级学生去外地写生。他刚离家五天,时简就吵着想爸爸了。许喻上了初中,许泊宁他们便不再接送,他下午自己从学校回来,笑着张开双臂去抱时简:"你又折腾阿姨,这会儿爸爸哪有工夫接电话,等妈妈下班回来再视频通话好不好?"说完,又扭头看向住家阿姨道:"阿姨,我陪她玩会儿,你歇会儿吧。"

　　阿姨五十来岁,从时简出生后就在家中帮忙。她干活儿勤快,平时夫妻俩要是没时间,还会帮忙接送时简。阿姨闻言笑了笑:"你爸不在家,就只有你能哄得住她。"

　　许喻将时简抱起来,小姑娘乖巧地点头,趴在他肩头玩他背后书包的带子。他今年十四岁,站起来已经比许泊宁还要高几厘米,格外疼爱这个妹妹,早就忘记自己几年前还因为时洲抱时简而闹别扭。

　　今天许泊宁跟周盼聚餐,回来得晚,到家时小姑娘早已经睡着。她蹑手蹑脚地掩上门出来,只见许喻站在客厅里,顺手递了杯水给她,男孩不着痕迹地闻了一下她身上的味道,说:"妈,你喝酒了?"

　　除去那缺失的三年,许喻自五岁起就在她身边长大,许泊宁还记得他五六岁时对着自己和时洲撒娇的样子。转眼间这孩子越长越大,连性子都像极了时洲。她借着几分酒意,下意识地抬手去拍许喻的肩:"没喝多少,跟你周盼阿姨喝了两杯。"

　　许喻却避开了,许泊宁的手尴尬地悬在半空,她低头喝了一口水没说话。

许喻对此已经习以为常，只"哦"了一声。

许泊宁隔了片刻问他："都已经这么晚了，怎么还不睡？明早你还要上学呢，晚上尽量不要长时间看书，回头跟你爸一样眼镜摘不掉。"

这大概是时洲身上最值得诟病的地方，许泊宁除去有轻微散光，视力还算得上不错。

"没有看书，我在等你回来。"许喻摇摇头。

"怎么啦？"

许喻看向她，思索几秒后说："周六我有场围棋比赛。"

这件事许泊宁清楚，许喻在围棋上确实算是有天赋，这些年断断续续学习并参加比赛，如今已是业余六段。业余七段需在全国大赛中获得冠军，所以他这两年处于"瓶颈"，一直止步不前，许泊宁和时洲都只当作爱好来培养，倒是许喻自己挺上心。

"我知道的，这次比赛就在咱东堰市，到时候爷爷奶奶都会过去给你加油。"

"嗯。"许喻欲言又止地看了她一眼，挠了一下头发有些犯难，"可是后天也是爸爸的生日，妈妈，你忘了？"

许泊宁哑然失笑，原来他说了这么些话还是为了时洲，家里门锁密码至今都是时洲的生日。虽然时洲本身对这个不是多在意，但哪一年她没搁在心上，还得儿子特意提醒她？

"没忘记，你安心比赛。"许泊宁将水杯搁在桌子上，"快去睡吧。"

许泊宁没想到次日一早田卫方又特意打电话来说这事："按虚岁来算，时洲今年四十，可是个整岁生日，不能糊弄。你们饭店订好没有？是等时洲回来再请客吗？要是没有的话我来安排。"

她至今都还记得自己三十岁生日时，田卫方弄的显眼的滚动字幕，也不知道时洲遇到这样的场景会怎么应对。许泊宁想着笑出了声，田卫方闻声训道："跟你好好说事呢，笑什么？"

"妈，我知道的，这事你就别操心了，等时洲回来再一起吃饭。"

田卫方皱了皱眉，又觉得自己操心过头："那行，这周六等喻喻比赛结束，你跟孩子们回家住两天吧。上周末你爸去钓鱼，带了好些回来，就是你杭阿姨家弄的野池塘，没喂食，大的鲫鱼能有一斤，现在还养在家里，想吃什么口味让阿姨给你们做。"

"妈，可能不行。这周我们要去宛市，机票昨天已经买好了，等上午喻喻比赛结束我们就去机场。"

田卫方闻言微怔，突然想起时洲带学生出去写生的地方就是宛市，她笑了一声："也行，就是妞妞还小，你可得照顾好孩子，实在不行就让阿姨跟着你们去。"

"我知道的。"许泊宁说，"那倒不用，有喻喻在呢。"

往年每逢时洲的生日，许泊宁总是会踩着点给他发祝福短信，今年他在外面，一直等到凌晨也没见手机响起。

早晨起床时倒是多了两条未读信息，只不过是两位母亲发来的，时洲自己并不是很在意生日的人，但仍有一种说不出的怅然。白天和同行的老师领着学生参观遗址时，男人频频翻看手机，这样心不在焉让同行的老师瞧出了端倪："时老师，是不是学校那边有什么事？"

时洲忙收起思绪摇摇头："没事的。"

他长吁一口气平静心神，暗叹自己太过计较。他记得今天喻喻要参加比赛，她一早就和孩子出门，大概事情太多，一时没顾上。

不过自己和她复婚也有八年了，七年之痒已然过去。到底还是患得患失搁不下，中午吃饭的时候，时洲主动给许泊宁拨去电话，那边却提示已关机。

宛市三面环山，降水量丰沛，午后没多久突然下起雨来，原定的写生计划只能暂停，时洲领着学生回了写生基地。雨下了两个多小时总算有要停歇的迹象，时洲站在窗前看着远处逐渐泛白的天空，忍不住又拿起手机。

屏幕就在这时亮起，时洲一怔，推了推鼻梁上的金丝框眼镜盯着手机，悬了一整天的心在这一刻总算落地。

"泊宁。"他温声道。

"时洲，你现在在哪儿呢？"

"写生基地这边。"时洲想想又问了一句，"中午给你打电话没接通，手机没电了？"

"那会儿估计在飞机上。"许泊宁顿了顿，"刚才我给你发了定位，你是不是没注意，隐奢民宿应该就在你那附近吧？"

时洲愣住，呆呆地握着手机数秒才反应过来："我马上过去。"

许泊宁三天前就订好了民宿，上下两层七十平的大套房，又联系民宿老板请对方帮忙取好蛋糕放在冰箱里。

时洲匆匆赶过去，没等他敲门，门忽然从里面打开，只见粉红色的一团扑到他跟前拽住他的衣角，仰头看着他撒娇："爸爸抱。"

"妞妞。"时洲眼底含笑单手抱起她，小姑娘可比许喻小时候分量轻得多。她埋在时洲颈边讲悄悄话，顺便告状："爸爸，我好想你，哥哥都不肯好好给我讲故事……也不陪我玩……"

明明时洲不在家时，她最喜欢的人就是许喻，小姑娘翻脸比翻书还快，许泊宁忍不住扶额，却见时洲轻拍着时简的背轻声细语安抚她。

"生日快乐，爸。"许喻望向时洲，又一脸无奈地看着时简，"妞妞，我路上怎么教你的？"

小姑娘冲时洲眨了眨眼，突然吧唧一下在时洲脸上亲了一口："爸爸，生日快乐。"

时洲笑着抱着时简站在门外，许喻站在他身边，他侧过身看向许泊宁的方向，许泊宁对上他的视线："先进屋吧。"

时简撅着屁股，不肯从父亲怀里下来，还是许喻看不过去，拿橙子哄她才肯松手："走吧，我带你去洗手。"

许喻跟在时简后面往洗漱间走，扭头却瞧见母亲踮脚在父亲耳边说了句什么，父亲神色温柔地低下头搂住母亲的腰。

他轻轻一笑，牵起妹妹的手。

"晚上你有没有时间，我们一起吃个饭？"许泊宁问时洲，"如果不行，就先把冰箱里的蛋糕拿出来。"

"来的时候我跟顾老师他们说过了，明天早上回写生基地就行。"时洲低头看她，他如今也不年轻了，还跟个毛头小子一样急躁，不禁感慨这一天大起大落的心境，跟坐过山车似的，"你们怎么会来？路上淋雨了没？"

"没有，下车时雨就停了。"许泊宁说完睨他，"你儿子和我妈生怕我忘记这日子，我看要不是我说要来给你过生日，我估摸着喻喻都要自己来宛市了。"

时洲坐在她身边轻笑了一声，两人离得有些近，他稍微偏过脸就能闻到她身上淡淡的香味。男人抿着唇，不免心猿意马，刚往她那儿凑近半分，忽然听到屋里一声咳嗽。他抬头看去，许喻正捂着时简的眼睛站在那儿，男孩皱眉看向二人："妞妞还小呢。"

许泊宁满脸莫名其妙，没懂儿子的意思，扭头却看见时洲涨红的脸。二人夫妻这么些年，男人那些想法她几乎一个眼神就清楚。许泊宁瞬间明白过来，暗掐了一下时洲的大腿，佯装镇定地从沙发上站起身："妞妞，橙子不要吃了，你爸今晚有空。我看网上说附近有家饭馆味道不错，一会儿我们到那儿去吃饭。"

夜里两个孩子睡在楼下。时洲给时简读故事，小姑娘毕竟年纪小，加上一路奔波，到底体力不支，没等时洲讲完故事她便歪着头睡去。她三岁时，时洲和许泊宁就有意识地培养她独立睡觉的习惯，到现在她早已经习惯。时洲留了盏小夜灯，帮她关上门出去。

"爸。"他前脚出来，刚要上楼就听到许喻唤他。

时洲转身看去，见儿子正站在房门外。他走到许喻跟前，顺手拍了一下他的背，开口问："要不聊五分钟？"

男孩点点头。

幸而许泊宁没有瞧见这个父慈子孝的场面，不然只怕玻璃心又要碎一地了。

许喻自从上午比赛结束后心情就有些低落，不过时洲今天生日，他不想扫了大家的兴致就一直没有表露出来。许泊宁觉得儿子虽然没有拿到冠军，但成绩已然不错，身边的人知道许喻围棋业余六段，哪个不夸赞，她只安慰了许喻两句，便没放在心上。

时洲安抚好许喻，上楼推开卧室门，许泊宁早换了身睡衣倚在床头："妞妞和喻喻都睡了？"

"妞妞睡了。"时洲说，"喻喻心里装着事，觉得今天发挥不好，我刚跟他聊了会儿。小孩子的得失心有些重，自己在房里复盘，我觉得倒不是什么坏事，只不过我也不希望他压力太大。"

　　"原来他还想着呢，他才多大点儿，这个成绩已经很好了。他们还是想你，妞妞在飞机上一直追着我确认是不是要来找你。"许泊宁撑起身子笑着跟时洲开玩笑，"你看我生的这两个都和你最亲。"

　　男人站在床边笑了一下问："你吃醋？"

　　"我吃哪门子的醋？"她扯了扯被子作势要躺下，"我这是乐得清闲，孩子都由你教育，甩手掌柜当着难道不舒坦？"

　　事实上，这些年她付出的精力也不比时洲少。

　　时洲忽地俯身搂住她的腰，低头在她唇边亲了一口，二人嘴里是同款薄荷牙膏的清香，其实下午那会儿他就想亲她，不料被许喻撞破。

　　她头往后仰去，松垮的睡衣肩带落在小臂处，时洲眸色渐深，吻不觉变了质。二人好几天没有见面，双方都有些急切，尤其是时洲情绪激动，力道大得骇人。

　　"在包里……"许泊宁凭着仅存的意识闷哼一声。

　　身上重量一轻，男人很快去而复返。等到风平浪静，许泊宁安静地窝在时洲怀里打着盹儿，忽听到身前这人低笑了一声。她连半根指头都懒得动弹，恹恹地问他："怎么啦？"

　　时洲轻抚着她的背，好一会儿才对她说："今天你们来之前，我心不在焉了一整天，总想着你大概是忘记了今天是什么日子。"

　　许泊宁有些诧异，她知道时洲不大热衷这些，她也确实是故意没在时洲跟前提他生日的事。

　　"我以为你不在乎这些。"

　　"是不在乎。"时洲想了想，在她耳边低语，"所以后来我觉得，我在乎的是你对我的态度。"

　　许泊宁忍不住感叹，曾几何时，总觉得这个男人就像不食人间烟火，异常难以沟通。然而这么些年过去，她知道他其实好懂得很，很少有人像他这个年纪仍保持一颗赤子之心。

　　"我不会忘的。"她回应了他一句，察觉到开始在自己身上作乱的手，她慌忙挡了下，"时洲，我们睡吧，有些累。"

他拥着她躺下，临睡前，女人贴在他脸颊边，呼吸落在他耳畔。

"老公，生日快乐。"

到底是没能忍住，许泊宁翻身正打算睡去，哪知腰间突然一重，那人又抱了过来。

时洲还要在宛市待三四天，次日许泊宁便和两个孩子回东堰，临走许泊宁突然想起一件事："我昨天听我妈讲唐余要补办婚礼，你说我们送什么好呢？"

唐余和对方认识近十年，二人年初的时候才领结婚证，原本没想办婚礼，男方那边却很重视，坚持要宴客。许泊宁看唐余也算是苦尽甘来，严琰如今正在念大学，小姑娘成年后懂事许多。上次二姑请客吃饭，许泊宁看严琰都已经改口称呼对方"爸爸"。

父母间的关系难免会影响孩子的成长轨迹，听说严树杰再婚后又生下一女，严琰和严树杰仍有联系。许泊宁和孩子们相处久了，心境平和许多，每每看到严琰，她都会想起幼年的许喻。她不愿意揽事，却仍在严琰刚上大学的那一年主动找她谈过一次。许泊宁自觉没有对不住她的地方，作为远亲长辈能做的她都已经做了，还好严琰能听得进去。

"这事你回头还是问问咱妈，是直接给红包还是买礼物。你们路上注意安全，到家记得给我打个电话。"时洲帮她拎着行李箱放进出租车后备厢，俯身站在车旁摸了摸坐在许喻怀里的时简的脸蛋："妞妞要听妈妈和哥哥的话。"

他又伸手揉乱许喻的头发："等爸爸回去陪你去打篮球。"

时洲在许喻小的时候就习惯这样哄他，现在还是改不掉，许喻已是半大的小子，觉得有些别扭，但到底没躲开时洲。许泊宁想起之前的事，支着胳膊靠在门边酸道："许喻，你是不是过于区别对待了？"

她嘴里抱怨，却并没有生气的意思。此时临近正午，九月底的阳光仍有几分热意，时洲眯着眼往后退了一步，冲他们母子三人挥挥手。

同学聚会
番外四

东堰市信息工程大学建校一百二十周年，沉寂许久的班级群再次热闹起来，班上同学都说趁着校庆活动聚一聚。

许泊宁原本并不想参加，还是时洲看到后在一旁劝她："毕业后聚会的次数本就不多，大家同学一场，如果能去，还是不要缺席，免得给自己留下遗憾。"

时洲是在国外念的大学，对此深有体会，自从他回国以后，几乎都跟同学断了联系。

许泊宁始终对当年的事耿耿于怀，她听到时洲的话，不知是为了证明自己还是别的缘由，抬头问时洲："下个月十五号，你到时候有时间吗？"

时洲翻看了手机备忘录后告诉她："那天周六，应该没什么事。"

得到时洲肯定的回答，她最后才答应会过去，又趁着休息日拉上时洲去商场置办行头。

许泊宁好几年没有跟班上同学联系过，这天她一早就起床敷面膜、化妆，时洲穿了件深色大衣气定神闲地倚着门框看她，正是上周二人一起去商场新买的。她开始并没有注意时间，直到拿出首饰盒翻找合适的耳坠，才从镜中瞧见男人的身影。她冲时洲笑了笑说："等急了吧？你来帮我看看这个流苏耳坠是不是太夸张了，还是珍珠的好？"

"我不急，不过你们不是约了中午十一点半吗？这会儿已经快十一点了。"男人走到她身边，"都挺好看。"

许泊宁仰头瞧他，男人看她脸上淡定，但依旧能觉出她有些神不守舍。想到她这些天用力过猛的举动，他轻笑了一声，取了珍珠耳坠帮她戴上："就这个吧，稳重些。"

聚餐的地点定在学校附近的酒店，许泊宁开车过去，时洲坐在副驾驶座上打开头顶的化妆镜看了会儿，突然冒出一句："有根白头发。"

许泊宁盯着前面的路况，等绿灯时才抽空看他："到我们这个年纪有白头发也正常，照我妈那个算法，你今年已经四十岁了，可你看着一点儿都不像。"

时洲默不作声地关上化妆镜，许泊宁开着车，直到酒店停车场时才后知后觉地想到男人一路上的反应。她伸出胳膊摸了一下时洲的手，笑道："我们年纪差不多，我那些同学也是，放心吧。"

"我没有担心。"时洲答道。倒是她有些紧张。

许泊宁熄火下车，他们到酒店时，同学已到了不少，大家步入中年，不重视身材管理，好些男同学已是大腹便便，瞧不出当年的模样。再看自己身边这人，似乎跟他二三十岁时并没太大区别，许泊宁打定主意今日要实事求是，将时洲夸得天花乱坠。

她念书时是班上唯一一个女生，班上同学几乎都会来跟她打招呼，时洲并不擅于应酬，坐在那儿听许泊宁跟人寒暄。

"许泊宁。"席中，孙鹏端着酒杯从另一桌过来，他是班上少数知道许泊宁曾经离过婚又复婚的人。他在许泊宁离婚后曾追求过她，可惜她没有给他丁点儿机会，"近来怎么样？你家孩子上初中了吧？"

许泊宁点头道："挺好的，老二都要上小学了。"

"我家那个明年才上幼儿园……还是你有先见之明，孩子生得早，以后也早些享福。"

许泊宁起身轻轻跟他碰了碰杯，哪知下一秒就让人将酒杯从手中抽走，时洲温和地看着许泊宁，对孙鹏表示歉意地笑笑："泊宁这两天身子不舒服，刚才已喝了不少，这杯我来替她喝。"

许泊宁蹙眉瞥了一眼时洲，昨天她生理期才过去，他这番说辞又是从哪里来，不过她到底没吭声。

一番推杯换盏，席散后有人提议换个场子再聚聚，许泊宁该说的话已经说完，便找了个借口提前带着时洲离开。二人都喝了酒，只得临时请代驾过来。许泊宁抱着胸站在那儿看时洲跟代驾师傅联系，等他结束通话才阴阳怪气道："时洲，你挺能耐呀，我怎么都不清楚自己身体不舒服？"

时洲看着她，一本正经地道："你确实喝了不少酒，喝多了对身体不好。"

许泊宁盯着男人的脸片刻，忽然笑着喊了他的名字："时洲。"

"嗯？"

"你知不知道你这样很幼稚？"

时洲低头看她："其实当年的事我早就不介意了，你也不要将我那时口不择言的话放在心上，而且我没有你说的那么好。"

男人平静的心态倒显得她格外刻意，或许她心里始终介怀，因为她在同学聚会上夸夸其谈，以至于后来覆水难收。她仰头看着时洲道："我刚才没有吃饱，要不先去后街那儿吃碗鸭血粉丝再回去？离这儿不远，走过去就行。"

时洲由着她，说了声"好"便开始帮她收拾烂摊子。他给代驾司机打电话取消订单，而对方已经快到约定地点了，听到时洲这么说只差爆粗口，他答应适当补偿对方才作罢。

二人沿着人行道走到信息工程大学后街，冷风袭来，许泊宁因喝了几杯酒而微红的脸被吹得越发红了。时洲把自己的围巾给她裹上，牵着她的手塞进自己大衣口袋。

许泊宁很久没来过这儿了，总不能为了一口吃的穿过大半个城市。店铺门头依旧没什么改变，她走进去，只点了一碗鸭血粉丝。许泊宁始终认为不加醋的鸭血粉丝没有灵魂，桌子上的醋罐子空了，她起身到隔壁桌去取，回头却看到时洲端着她的碗，低头嗦了一口粉丝。

许泊宁觉得稀奇，时洲陪她来过不少次，这还是她头一回见他吃粉。等男人将碗推还给她，她边倒醋边问："味道怎么样？"

"不是我喜欢的，不过不难吃。"时洲老实地告诉她。

"不要勉强自己。"

时洲低头看她，围巾被他整齐地叠好搁在腿上，他认真地说："不勉强，只是你这么喜欢吃，我突然想尝尝是什么味道。"

图书在版编目（CIP）数据

抵岸 / 林春令著 . —— 北京：台海出版社，2024.5
ISBN 978-7-5168-3816-7

Ⅰ . ①抵… Ⅱ . ①林… Ⅲ . ①长篇小说 – 中国 – 当代
Ⅳ . ① I247.5

中国国家版本馆 CIP 数据核字 (2024) 第 060460 号

抵岸

著者：林春令

出版人：蔡 旭　　　　　　　策划编辑：阿 岁　阿 迟
责任编辑：魏 敏　李 媚　　　封面设计：宗 介

出版发行：台海出版社
地址：北京市东城区景山东街 20 号　　　邮政编码：100009
电话：010-64041652（发行，邮购）
传真：010-84045799（总编室）
网址：www.taimeng.org.cn/thcbs/default.htm
E-mail：thcbs@126.com

经销：全国各地新华书店
印刷：长沙鸿发印务实业有限公司
本书如有破损、缺页、装订错误，请与本社联系调换

开本：880 毫米 × 1230 毫米　　　1/32
字数：300 千字　　　　　　　　　印张：10
版次：2024 年 5 月第 1 版　　　　印次：2024 年 5 月第 1 次印刷
书号：ISBN 978-7-5168-3816-7

定价：52.80 元